内江师范学院精品工程项目（编号2020JP01）

孙自筠文集

孙自筠——著

太平公主

中国言实出版社

图书在版编目(CIP)数据

太平公主 / 孙自筠著 . — 北京：中国言实出版社，
2022.6
（孙自筠文集）
ISBN 978-7-5171-4005-4

Ⅰ . ①太… Ⅱ . ①孙… Ⅲ . ①长篇历史小说—中国—
当代 Ⅳ . ① I247.5

中国版本图书馆 CIP 数据核字（2022）第 010262 号

太平公主（孙自筠文集）

责任编辑：郭江妮
责任校对：宫媛媛

出版发行：中国言实出版社
　　　　　地　　址：北京市朝阳区北苑路180号加利大厦5号楼105室
　　　　　邮　　编：100101
　　　　　编辑部：北京市海淀区花园路6号院B座6层
　　　　　邮　　编：100088
　　　　　电　　话：010-64924853（总编室）　010-64924716（发行部）
　　　　　网　　址：www.zgyscbs.cn　电子邮箱：zgyscbs@263.net

经　　销：新华书店
印　　刷：三河市华东印刷有限公司
版　　次：2022年7月第1版　2022年7月第1次印刷
规　　格：710毫米×1000毫米　1/16　20.25印张
字　　数：293千字

定　　价：68.00元
书　　号：ISBN 978-7-5171-4005-4

作者在武则天无字碑下留影

盛开的理想之花

——写在《孙自筠文集》出版之际

陈晓春 *

汉乐府有一首《上邪》诗歌，歌里唱道："上邪，我欲与君相知，长命无绝衰，山无棱，江水为竭，冬雷震震，夏雨雪，乃敢与君绝。"这是一首描述痴情男女相爱相守的山盟海誓，情感真挚，意志坚决。我想用这首诗来形容孙自筠先生与文学的因缘，也很恰当。

我和孙自筠先生相识不长，在我来到内江师院以前，就知道孙先生大名。他早年入党，参加革命，后来进入兰州大学中文学学习，踌躇满志想要实现这个梦想，正当他整装前行时候，不想却遭遇了"反右"与"文革"，在那样一个极端的年代，一贯仗义执言无所遮掩的孙先生被揪了出来，遭遇批斗劳改，随后艰难地流窜逃亡，走了大半个中国。那时候的他，是一个流窜犯、劳改犯，后来又做过工人、农民，"作家"这两个字，似乎成了一个永远不可实现的梦。

好在再厚的乌云终有散去时候，1978 年孙先生被落实政策，分配到内江师范学院（当时的内江师范专科学校）作教师，那时的他，已经四十三岁。

在大学里，孙先生十分珍惜这难得的一方书桌，一心扑在工作当中，也是，只有饥饿过的人才更加会珍惜这粮食的可贵。他很感激这次工作机会，他教《中国现当代文学》《大学写作》《中国古代文学》等课程。他和学生打成一片，和他们研讨文学经典，分享自己的文学心得，那时在他简陋的家里，总是人来人往欢声笑语，在和同学们的坦诚交流纵谈古今当中，他由衷感到欣慰。

在孙先生的引领之下，不少学生走上了文学之路，并取得丰硕成果，像后来的重庆市作家协会主席、中国作家协会主席团成员黄济人，四川省作协副主席、成都市作协主席傅恒，深圳著名作家杨继仁，等等。这些人都曾是孙先生的学生，听过他的课和讲座。黄济人的《将军决战岂止在战场》，就是在校期间出版的。看着一个个学生慢慢成长起来，孙先生就像实现了自己梦想一样高兴。

不过，毕竟自己最真实的梦想，只有自己去实现。20世纪80年代的中国大地，掀起一股股文学热潮，很多人崭露头角，引领时代。本来以孙先生的坎坷人生和文学功底，完全可以在寻根文学、伤痕文学方面有所作为，只是当时文坛已有不少这样的著作，孙先生感觉自己要进入其中，也很难再有超越。当时的孙先生，已经转到了图书馆馆长的位子，他在操劳日常工作当中，也在大量阅读，他进入到历史的长河，又打开了一个广阔的世界。

这时候，他一边阅读着，一边思考着，一次看电视剧《武则天》时候，看到其中太平公主这个人物，顿时一下燃起了他的创作火花，当时孙先生正在探讨唐史，对这样一个不同寻常的太平公主多有留意，于是就以太平公主为题，写下了自己的第一部长篇小说《太平公主》。

公主，一个高贵的名词，青春与富贵的完美结合体，公主千娇百媚，繁华一生。就像天空的月亮一般，承载着多少人遥不可及的向往。

但在孙先生笔下，这个太平公主却和我们心目中的公主形象完全背道而驰，她性情古怪、行为乖张，好斗、嗜血，尤其是权力的欲望，更是膨胀到了极致，但却最终让欲望吞噬了野心，埋葬了自己，演出了一出彻头彻尾的大悲剧。这样一部作品，一旦面世，即引起极大社会轰动，并马上由李少红导演改编为电视连续剧《大明宫词》，将大明宫里这一曲悲歌演绎出来，一下子风靡开来，几乎成了家喻户晓作品。

在这样的情势之下，孙先生迅速创作了《华阳公主》《安乐公主》《万寿公主》几部小说，他以深厚的历史功底，深刻的历史见解，流畅自如的文笔，栩栩如生的人物，赢得了人们的喜爱，以致人们亲切称他为"公主小说之父"。

少壮工夫老始成。这个时候，孙先生已经六十多岁，儿时的文学之梦，在这个时候终于实现了，幸耶？不幸耶？

我想这还是幸运的，历史从不会亏待一个努力进取的人，在生命的至暗时刻，孙先生还有一种坚韧的生命力，正是这种咬定青山不放松的精神，给了他的文字一份厚重的承载。在"公主小说"之后，孙先生又陆续创作了历史小说《陈子昂》《黄巢》《文天祥》，他们一个个都生机勃勃，活得精彩，活得亮堂，尤其是文天祥，更是熠熠生辉，孙先生饱蘸浓墨，将他塑造为"华夏精骨最尊贵的天神"，只有蹚过苦难之河的人，才会有这力透纸背的洞见。

孙先生的创作，一发不可收，在创作几部长篇小说同时，他还写作了短篇小说、抒情诗歌、人物传记等作品，组成《装嫩篇》《卖老篇》。并且还出版了《中华状元奇闻大观》等历史文化著作。同时他还应邀"触电"创作了电视剧《唐宫谣》。并与人合作写了《风云报恩寺》《国难》《茶神》等电影电视剧本。他在之前任教生涯当中，发表了多篇学术论文，品评作家作品，讨论文学话题，洋洋大观，硕果累累。他还对地方文学怀有兴趣，在出版了《论内江十二作家》之后，又与张用生先生合作主编了《20世纪内江文学通论》。同时孙先生发扬一贯奖掖后进的热心精神，组织引领学生，编写了《留住一片云》《红枫叶》《十六岁的密码》《点燃十七支蜡烛》等青少年读物，受到了青少年的欢迎喜爱。另外他还主编了"中国传统文化丛书"二十册，对中国古代典籍《资治通鉴》《古文观止》《聊斋志异》等著作，均有所研究。

这样的创作，乐在其中。孙先生十分珍惜这难得的好时代，他格外爱护这支笔，他排除所有干扰，为这支笔生活着。因为他明白：精神的馈赠，是一个国家、一个民族最珍贵的财富。

孙先生完成了差不多五百万字的作品，看着这样的成就，真正令人称道。一个人靠着一支笔，成为一位作家，这是国家的骄傲，也是我们内江师范学院的骄傲。大学，作为一个文化承载之地，能够有孙先生这样的教师和作家，是整个学校的幸运。同时，孙先生在十几年前就拿出自己的一部分稿费，捐资设立"孙自筠文学奖"，鼓励更多年轻学子投身写作。他的善举也激励了一批又一批的青年学子，他们在学校就爱上文学，工作后仍笔耕不辍。他们回想自己的写作之路，对孙先生往往感念不已。

　　德与业，两相得。在这样情势下，我们内江师范学院编纂了这套《孙自筠文集》十一册，当然这二百多万字的《文集》，只是孙先生文学创作的一部分。我们将那些历史文化丛书、青春文学排除在外，只收录了他的小说、散文、诗歌、文论等。不过，从这些著作当中，我们也能窥见孙先生的文学成就，并看到一个执着于理想的追求者的不懈脚步。

　　这样的脚步，其实更为重要。就像鲁迅所说："其实地上本没有路，走的人多了，也就成了路。"我诚挚期望青年后进们，走好自己的路，找准自己的人生方向，那就是为理想为梦想执着奋进，无论如何泥泞坎坷，无论如何风霜雷霆，只要自己扎根大地，执着坚持，理想之花终会盛开。

第一章　乌龟叠罗汉

唐时，民间流传一种精奇绝妙的龟戏表演，太平公主小时特爱看，从而拉开她紧张激烈且具戏剧性一生的序幕。

这两年的长安城非常热闹，就好像发得一盆特别旺的面，鼓鼓囊囊，蓬蓬松松，胀得越出面盆横流四溢。莫说那些繁华的大街上熙熙攘攘，人流如潮，就连以前一些僻静的背街小巷，也是人群如织，川流不断：做生意的肩挑小贩，包医百病的江湖郎中，耍把式，变魔术，卖春药，问卦算命，斗鸡玩鸟等等行当，在大街闹市实在找不到立足之地，便向僻静的地方挤过来。他们靠一条板凳，或一张桌子，或一幅布幌，甚至只消扫出一块干净的地方，便就地设摊。两通锣鼓，几声吆喝，人们就被吸引了过来，于是在街巷两边便画出许多人的圆圈。直到日落黄昏，燕雀归巢，摊主们开始清点他们或鼓或瘪的钱包，发出笑声或叹息时，人群才渐渐散去。

这两年长安城非常热闹，固然是因为连年太平，风调雨顺，老百姓日子好过些；还有更主要的原因是这两年朝廷不断采取宽恩措施：大赦天下，减免粮税，放赈救贫……使百姓得益不少。

可知道，朝廷这两年为什么一再"皇恩浩荡"泽被天下吗？也就是说，那盆发得特别旺的面是谁撒下的酵母呢？人人心里都明白，这应归功于一个女人。这个女人便是历史上大名鼎鼎的武则天。

这个武则天在宫廷斗争中，依靠自己的美丽妖媚和阴狠毒辣，连连得手，由昭仪而皇后而天后，后来竟与唐高宗并称为"二圣"。这在中国历史上已是绝无仅有的了。但她并不满足，她还要创造一个更惊人的奇迹：要当女皇。于是她在宫廷内广用计谋的同时，对宫廷外的百姓普施恩惠，以收揽民心。甚至连域外的异国他邦，也从她那里得到比以往更多的好处，引得外国使臣商贾云集京都。中国人加外国人，把长安城的大街小巷塞得满满的。

比如今天，就有父子二人从乡下赶到长安城，找一块街边空地，儿子拿出扫帚细细打扫干净；父亲从肩上取下一个包袱，慢慢解开，从里面取出只木箱，小心翼翼放在面前。然后取过包袱皮，从头到脚掸去尘土。掸罢，又对扫地的儿子喊道："二龟，过来我给你掸掸。"

这二龟今年七岁，长得眉清目秀，聪明伶俐。听父亲叫，放下扫帚走来，站在父亲面前，把身子转来转去，让他浑身上下掸个遍。

这时，已渐渐有人围了过来，都好奇地望着这对父子和那木箱，七嘴八舌地猜测着，议论着。有的说是卖药的，有的说是变魔术的，而其中一位年岁大的人大声纠正他们说："你们都没猜对，他们是表演乌龟戏的，那中年汉子就是有名的乌龟韩，那孩子是他的儿子，叫韩二龟。"

依今天的人看，说谁谁是乌龟，那是绝对骂人的话，可那中年汉子听人叫他"乌龟韩"，不但不生气，还笑了笑表示认可。他还给自己的儿子取名"二龟"。这岂不是很奇怪吗？

其实，把乌龟用来骂人，是宋以后的事，那以前可不是。因为龟主寿，唐代人用龟作名字的人多的是，如陈龟龄、陆龟蒙等还都是著名人物。受其影响，来中国留学的日本人也以龟为名。至今，日本人中还有取名用龟的，如龟田、龟山等。如果远溯历史，早在战国时代，统军大将军的旗帜上多半画个乌龟，用以象征吉祥和胜利。可见乌龟在中国历史上也曾荣耀一时，只是到后来，人类更加进化了，思维更加发达了，联想也更加丰富了，因乌龟头一伸一缩，与男性某个器官颇为相似，于是联想下去，"龟儿""龟孙"等等骂人之词便流传至今。

闲话休絮，且说乌龟韩掸罢土，捡块烂砖头靠墙根坐下，取出烟袋，美美吸了两袋烟。随着最后那缕袅袅上升的青烟，举头看看天空，时候已经不早，便向身边的儿子仰了仰下巴，说一声："干呗。"

二龟听到父命，麻利地从布袋里取出一面铜锣，随着当当当一阵锣响，便是一阵稚声嫩气的吆喝：

"喂，大家都来看，乌龟叠罗汉。叠了宝塔尖又尖，叠个陀螺滴溜转。小孩看了长得快，老人看了老得慢。不老不少看一遍，好运跟着你屁股转……"

两遍锣声后，人已围得水泄不通。但见那乌龟韩轻轻打开木箱，取出一面小鼓，提出一个竹兜。而后，扣好木箱，从竹兜里取出大小七只乌龟，随手放在木箱盖上。

那些乌龟大得如饭碗，小的如鸡蛋，一个个老老实实在箱盖上趴着，决不乱爬乱动，只是伸头缩脑，睁着闪亮的小眼睛东瞧西望。

这时，乌龟韩敲起了小鼓，或重或轻，或快或慢，抑扬顿挫，节奏分明。

随着鼓声，木箱上的乌龟开始爬动了，最大的那只首先占据中央，面向观众把头高高扬起，其余六只，依大小顺序，围着大乌龟爬成一圈，也都把头高高扬起。来了个"集体亮相"。

少许，鼓声转换，第二大的那只乌龟便爬上中间那只大乌龟的背上。随着鼓声加快，乌龟们自动以自身大小为序，依次爬到前一只的背上。最后，那只最小的乌龟，爬过层层龟背到了最上层。这时鼓声由急促陡然变得缓慢，只见那只小乌龟后腿一蹬，以头和两只前爪为支点，把身子竖了起来，小尾巴直立朝天。

人们看到这稀奇精彩的乌龟表演，突然爆发出一阵掌声，加上叫好声，口哨声，响成一片。

这声音传开去，惊动了一位整个长安城都惹不起的大人物；但这个大人物还只是个六岁大小的孩子。这孩子此时正骑在一个胖乎乎的中年人的脖子上，两只白嫩的小手一边牵一只耳朵，叫他向东就向东，叫他向西就向西。因为两个耳朵被牵得太紧，痛得那胖乎乎的圆脸皱成一团，口中不住地喊道："小爷轻点，小爷轻点。"这"小爷"一点不听，照样死拉硬拽。

原来，这"小爷"不是别人，乃是当今"二圣"则天皇后的女儿太平公主，她的胯下是个宫中的太监。今天，太平公主在母亲面前撒娇放泼，一定要出宫玩玩，恰遇则天皇后心情畅快，便叫上几个心腹太监，把小公主背出宫去玩耍。

这太平公主虽是女孩，从小却穿的是男孩衣服。她为何这般打扮呢？说起来话就长了。

唐初太宗年间，荆州都督武士彟，娶妻相里氏，生有二子，名元庆、元爽；后又娶继室杨氏，生有三女：长女嫁贺兰氏，青年守寡，史称贺兰夫人；次女乳名媚娘，即后来的女皇武则天；三女嫁郭郎为妻。

单说二女媚娘，尚在娘肚皮里时就表现异常。她长得特别大，还常在母腹中拳打脚踢，胎音很强，身边侍女们都说准保是个男孩，全家深信不疑，所准备的衣服全是男孩的；再者，武士彟与杨氏夫妇头胎是个女孩，巴望生个男孩，准备了男孩衣服，心想，造成既成事实，菩萨也只有迁就。不过他们也有退一步的打算，如果菩萨不给面子，让生个女孩，也没有关系，反正他们家乡有女孩着男装的风俗，认为这样更好抚养。所以武则天小时穿的全是男孩子的衣服，使那些不明就里的人都以为是个男孩，这其中还包括一位当时著名的相士袁天纲。

有一次，武士彟请袁天纲给孩子们看相，当看到媚娘时，他说道："小公子神采不凡，龙睛凤额，地角天颜，此乃伏羲之相也。只可惜是个男孩，若是女孩，将来必定位尊九五，贵为天子……"

袁天纲的话把武士彟的魂都吓没了，他赶快重金打发了袁天纲，叫他不要再说。不过，袁天纲走后他并不相信，心想是男是女你都没看出来，其他哪谈得上？可是这话被长大后的武则天牢记在心，深信不疑，结果还真的应验了。

所以，太平公主从小便是一身男装。

今天，太平公主出了宫门，见外面横一条街，竖一条街，街两旁店铺林立，卖什么的都有。太监们专拣那些好吃好玩的东西买来讨好公主，可是她这样尝尝丢了，那样看看撂了，都不中意。太监们一逗耳朵，把小公主背到西校场。

这西校场原本是演兵场，因年久未用，便成了玩蛇斗鸡，跑马驯象，耍把戏，唱小曲，算命打卦三教九流的活动场地。每天人山人海，游客如云。

太平公主到了西校场，见到许多在宫中难以见到的新奇玩意儿。看得眼花缭乱，好不开心。正东瞧西望间，忽见那边有个长鼻子大耳朵的特大家伙在表演什么节目，快叫太监背她去看。她从来没见过那个大东西，但知道它叫大象，因为从小她就听了很多关于大象的有趣故事。

唐初，每年都接受藩国外邦贡献的大象，累计有三四十头之多，每遇朝廷大典，便把这些经过训练的大象放出来，使朝典更为吉祥壮观。那些大象先是在宫门外悠闲地吃草，朝钟一响，立即闻声而动，各就各位，一对对相向而立，待百官入朝后，便将长鼻子互相扭结在一起，形成一道道栏杆，再不许任何人入宫。那些大象与朝官一样，各有等级，因而朝班时所站的位置也不一样。象的纪律也特别严明，假如哪一头象误了朝班时间，或者走错了位置，甚至无故伤人，便有两只象过来，用鼻子绞住它的脚，将它放倒，让手持鞭子的象奴过来抽打它。受处罚后，它还得爬起来向象奴俯首致意，感谢他的"教诲"。有一年，外国进贡了一只象，通身雪白，无一根杂毛，长得又特别高大。每逢朝廷盛典，便给它打扮一番，在背上安放五彩屏风，七宝座床，十几名武士手执兵器坐在上面，真是威风凛凛，令人肃然起敬。

后来，大概为了节约开支的原因，这些大象都被释放了，一名朝廷大臣还特地写了一篇《放驯象赋》，记述把这些大象放归自然的经过。

太平公主出生后没见过大象，只是从太监、侍女口里听了满脑子的大象故事。今天，她看到大象了，而且还摸了它的长鼻子。

大象可是最聪明不过的动物了，它好像感到今天的观众里有位不寻常的贵人，表演得特别卖力。它用鼻子敲打锣鼓，打得有板有眼。它还会吹一种叫觱篥的乐器，咿咿呀呀，委婉动听。表演完了，便伸着长鼻子向观众要钱。那象也学得很势利，钱给得多的，又是点头又是下跪；钱给得太少，就丢在地上不要，或者根本不接。不过奇怪的是每次在太平公主面前它都表现得很有礼貌，不论赏钱多少，都照样点头下跪，一再拜谢，做出十分亲善的样子。

这太平公主舍不得大象了。她要太监们把它带回去玩，太监们说，那东西太大，抱不动。可她不依，又叫又闹，非要不可。太监们怕闹久了暴露身份，也不管小公主愿不愿意，把她架在脖子上就走。

　　这下她胯下的那个太监就倒霉了，帽子被抓掉，头发被抓乱，脸上还留下若干条血道道。正当他的耳朵都快被扯掉时，忽然那边传来一阵喝彩声，小公主听了，掉转"马"头，寻声追去。胯下的太监没命地朝那街边人堆跑去，才算保住了耳朵。

　　这时，乌龟韩已指挥那七只乌龟表演了好几套节目，现在正在表演"转陀螺"。但见乌龟们在鼓声指挥下秩序井然地爬动着：最大那只乌龟稳稳伏在下面，其余乌龟纷纷朝它身上爬，最后垒成一个中间小两头大的"陀螺"。接着，鼓声一变，中间那只小乌龟四只脚用力一蹬，上面的乌龟都随之转动起来。渐渐地，越转越快，恰如一个飞旋的陀螺。看得人们又是一阵喝彩。

　　喧闹中，一个小脑袋从人群的腋下钻进来，看到这稀奇的表演，也手舞足蹈地吆喝起来，当乌龟陀螺停止转动时，便伸手去摸那可爱的小乌龟。

　　"不许摸！"二龟伸手去挡。

　　"我偏要摸！"

　　"偏不准你摸！"

　　"小公子"，乌龟韩笑道："这东西生人是摸不得的。"

　　"我不光要摸，我还要要！"太平公主双手叉腰说。

　　看到那趾高气扬的样子，二龟也不相让，上前半步说："你凭什么要要？快走开！"

　　太平公主从来没有听见过有人敢在她面前这样讲话，便眼一瞪，抬手就给二龟一巴掌。但听"叭"的一声，打得实在，二龟脸上顿时就出现五道指印。打了还不解气，顺手把那乌龟搭成的"陀螺"掀翻，抓住那只中间的小乌龟就往怀里揣。

　　二龟虽是穷人家的孩子，却是父亲的独苗苗，从来也舍不得打一下。今天忽地钻出个野孩子，打了他耳光不说，还抢了乌龟，他气得大叫一声，也瞄准对方的脸，重重地还了一耳光。

　　如果二龟能预见这一耳光的严重后果，他无论如何也是不会去打的，他为这一耳光付出的代价太大太大，从此开始了他悲痛耻辱的一生。

　　太平公主没想到这世界上除了母后以外还有人敢打她，一时间竟愣住了。当她感到左脸上火烧火燎地发痛时，她才相信真的被打了，而且打她的就是站在面前的这个衣衫破烂的小乞丐。她忍住痛，忍住泪，她要报复：先是对准那些乌龟乱踢一通，而后抓住二龟又打又抓又咬又撕。二龟正待还手，却被父亲过来制止了，还连声向打他的孩子赔不是。二龟委屈地望着父亲，他想不通。

正在这时，两个太监挤进人群，见公主正在起劲地打一个孩子，不问情由，也挥拳向二龟劈头盖脸打去。乌龟韩见儿子挨打，忙转身来护着，又苦着脸求告道："二位老爷饶了他吧，孩子小，不懂事。"

见是孩子的父亲，两个太监便骂道："好啊，原来是你的指使，那就连你一起打。"骂完，拳打脚踢，疾如雨点。乌龟韩也不还手，只紧紧地护着自己的孩子。

而这时的太平公主却像没事一样，一只只把地上乱爬的乌龟拾起来，牵起围裙往里装，准备拿回宫中慢慢玩。

二龟见那孩子要拿走乌龟，便从父亲怀里挣脱出来去夺，你争我抢，互不相让。两个太监见了，放下乌龟韩，转向二龟，一人提手，一人提腿，把他朝地上一摔。不想二龟的额头与木箱碰个正着，顿时血流如注，染红了半个脸。乌龟韩大叫一声："我的儿呀！"就扑在儿子身上。

两个太监全不把这些放在眼里，转身帮小公主收捡好乌龟，吆喝围观的人让道，准备回宫。

这时，人群中走出几个抱打不平的汉子挡住去路，气愤地说："你们光天化日之下，抢了东西又打人，就这么走了？"

两个太监又拿出打人的架势说："识相点，少管闲事。"

几个汉子道："这闲事我们管定了。"

围观的人也七嘴八舌地附和说："这还有王法吗？""天子脚下，能容你们这些无赖横行？"有的还吼道："打，打死这些不讲理的狗东西！"

正闹得不可开交时，人群中走出一个笑容可掬的胖老头。两个太监见了他，忙垂手侍立一旁。胖老头对他们说："快向这几位客官赔礼。"两个太监立即满面笑容，向众人拱手赔礼。胖老头又说："还不快把受伤的孩子送去包扎。"两个太监赶快过去扶二龟。二龟拨开来人的手，扶着箱子站起来说："我不要你们扶！"

正在惊慌中的太平公主见了胖老头，便一头栽进他的怀里，不再说话。胖老头一面护卫着她，一面向众人打拱道："我家两个奴才不知事理，在下这里向各位赔不是，请各位多多包涵。"他又转向乌龟韩说："我家小公子既然喜欢你这几只乌龟，你就开个价，卖给我们好吗？"

乌龟韩听了，长长叹口气。他跑江湖时间虽不长，遇到的倒霉事情不少。心想，与其带着儿子在外面过这种挨打受气的日子，不如把乌龟卖几个钱，赎回押出去的地，安安稳稳在家乡种庄稼算了。打定了主意，便说："你家公子要要，随您老赏几两银子便了。"胖老头说："你的东西，还是你开个价。"乌龟韩说道："本来这几只乌龟不值多少钱，因为它们会这套本事，就值钱了。您老给二十两银子如何？"胖老头笑道："我给你三十两。只是今日走得仓促，身上未带足银子，请到寒舍去取；顺便也给你儿子头上上点药。"

围观群众见这胖老头对人谦和，说话通情理，也都抱息事宁人态度从旁劝解说："古话说冤家宜解不宜结，不打不相识嘛。""七只乌龟三十两银子，值，快去取了银子回家罢！"

说话间，两个太监一个用竹兜提上乌龟，一个背着太平公主前面走了。乌龟韩父子背着空木箱跟在胖老头身后，很快消失在街头。

转过几条大街，胖老头在一所大宅子门前停下，叫开红漆大门，带着乌龟韩父子走了进去。转过几道回廊，又进了几道小门，便被引进一间房子里。胖老头笑眯眯地说："你们父子俩先在此坐片刻，我去叫厨子给你们送些饭食来，吃饱了拿上银子好赶路。"乌龟韩忙说不必客气，但话未说完，胖老头就笑着走出门外了。

父子俩相对看看，无奈地坐下。

二龟从来没见过这么又好又大的房子。他记得很清楚，刚才已经走过三个大院，每个院子里的院坝，都比自己村里那个最大的打麦场还大；还有那房子，门上窗上都刻着花，漆得通红透亮。廊檐下摆满了花，开得红红绿绿，看得人眼花。房子这么大却没有什么人，冷冷清清的，有些瘆人。

"父亲，这是啥地方？"二龟偏着头问。

"大户人家呗。"乌龟韩回答说。

"我看像个庙。"

"不是，是庙你看见一个和尚吗？"

是的，二龟没看见有和尚，只见到几个长得胖乎乎，说话细声细气的男人。他又问了："父亲，你说，这些人怎么都长得胖？"

"吃得好呗。"

"怎么说话都女声女腔的？"

"什么女声女腔的？"父亲瞪了二龟一眼，又偷眼朝外看看，幸好没人听见，接着说道："大户人家，知书识礼的，哪像我们乡下人，粗声大气地说话惯了。"

父子说话间，又一个胖乎乎的老头进屋，手捧食盘，里面是热气腾腾的馒头和两碗荤菜。那人把食物摆上桌后，轻声细语地说："刚才管家吩咐了，请你们先吃饭，他马上便把银子送来。"

父子俩折腾了大半天，本也饿了，又因多日未见荤腥，抵不住那肉香味直朝鼻孔里钻。二龟看看馒头大肉，又看看父亲。

乌龟韩看看儿子，又看看桌上的饭菜，迟疑了一下，便拿起筷子对儿子说："吃。"父子俩便狼吞虎咽起来。可是，没吃多久，便都头昏脑胀，四肢瘫软，支撑不住，倒在桌子下昏昏睡去了。

不知过了多久，二龟被一阵剧烈的疼痛惊醒。他渐渐恢复了记忆。他想起来了，那痛来自头部，额头被箱子边碰了个口子。他用手摸了摸，父亲为他包扎的那块布还紧紧贴在伤口上；但他觉得那更痛的地方不在头上，似乎在肚皮上。他慢慢移动着手往下摸，没有伤口。他糊涂了，没有伤口怎么又这么痛呢？

"父亲，我疼。"二龟从小失去了母亲，遇事就喊父亲。他记得他跟父亲一起吃饭，怎么又喊不应？睁开眼看看，除了空荡荡的房子，什么也没有。父亲，父亲哪儿去了呢？

一阵剧痛袭来，他又昏过去了。

他在做梦，梦见在村里与几个小伙伴比尿尿，看谁尿得高。以往，几乎每次都他第一。今天，几个小伙伴又比试，可刚一尿，一股钻心的痛由下而上，从胸口直窜脑门。他被痛醒了，便用手去摸那尿尿的小鸡鸡，几次都没摸到。怎么，鸡鸡没有了？他恐怖地大叫道："我的鸡鸡，我的鸡鸡哪里去了？"

没有人回答。

从此，宫中多了个小太监。

第二章 掷绳上青天

> 把绳子朝天上一抛，它便直立起来，玩绳戏的人抓住它朝天上爬去，直到无影无踪。乌龟韩就这样在众目睽睽之下越狱逃跑了。

乌龟韩醒来第一个感觉是今天睡过了头。他好久都没有睡得这么沉了，已经醒了，眼皮还沉得睁不开。

他想起来了，大概因为是吃了肉——他记得昨天确实是吃了肉，人们都说吃了肉睡觉特别香，果然不错。不过他没觉得香，只觉得睡得太久，头昏脑胀，朦朦胧胧中好像天已大亮。

天亮第一件事是要叫醒儿子，他用脚蹬了蹬炕那头，空空的。儿子已经起来了，他很高兴。儿子渐渐长大，开始懂事了，起床再不要他叫了。他这时大概正在做饭，吃了好去赶市。没娘的孩子早当家，这话不假。再过几年，给他娶个媳妇，自己就当老太爷了，有个什么病痛，又多一个人端茶送水。

怎么一想到病痛就真的有了病痛，四肢无力，周身酸痛，口干舌燥，连下炕的气力都没有。

"二龟，水，水。"他吃力地喊着。

果然一碗水送到他的唇边。

喝了水，他的精神好了许多，慢慢睁开了眼睛。

　　当他逐渐看清给他喂水的不是二龟，竟是一个满脸长毛的汉子时，他吓得惊叫起来。

　　那人忙伸手捂住他的嘴说："老哥子，这里是不准大声喊叫的。你要不听，你这一辈子就休想再喊叫了。"

　　"这。这是哪儿？"乌龟韩见这汉子并无恶意，便问道。

　　"告诉你吓你一跳！这是监牢。"汉子冷冷地说。

　　"什么，这是监牢？我犯了什么事？"

　　"你犯什么事我怎么知道。老哥子，我说你既然来了，就安心待着吧。"汉子说完，竟毫不在乎地笑了起来。

　　"那，那我的二龟呢？"

　　"二龟是谁？"

　　"我的儿子。"

　　"没见过。昨晚他们只拖着你一人进来。"

　　"什么？你没见过？"乌龟韩猛地坐了起来，一把抓住那汉子的手，不停地喊："我的儿子，我的儿子！"似乎要向他讨回自己的儿子。

　　那汉子挣脱被紧紧抓住的手，奇怪地问道："你把儿子交给过我了吗？"

　　乌龟韩呆呆地望着那汉子，摇了摇头。

　　他终于想起来了，这与眼前这个汉子确实不相干。

　　那汉子看着乌龟韩那双发愣的眼睛，安慰道："你先别急，好好想想，你儿子是什么时候，在什么地方走掉的。"

　　乌龟韩想了想，说道："在一座像庙的大院子里，一个胖老头给我们送来红烧大肉，白面馒头，我跟二龟放开肚子海吃，吃着吃着，怎么就睡着了。醒过来，就睡在这炕上……"他用手拍拍睡觉的地方，才发现不是炕，立刻改口说："就睡在这草铺上了。"

　　"那吃饭以前呢？"

　　"那以前，那以前我带着二龟在街上表演乌龟戏……"

　　那汉子听了，一阵兴奋，问道："这么说来你就是乌龟韩了？"

　　"是呀！"回答以后，乌龟韩惊奇地望着那汉子说："你怎么知道的？"

　　"你先别问，接着说下去。"那汉子十分亲热地拍着乌龟韩的肩膀说。

乌龟韩便把父子俩如何表演乌龟戏，如何遇见一富家公子，发生争执，二龟挨打，幸遇胖管家欲买乌龟，随他去取银两，在他家吃饭等经过，细细讲了一遍。

刚刚讲完，那汉子便跺脚道："坏了，你遇上老妖婆那帮贼类了！"

乌龟韩莫名其妙地望着那汉子，只见他咬牙切齿，怒目圆睁，双手握拳，像要与谁拼命。便越发感到不可理解，问道："你说的老妖婆是谁？"

"妖后武则天！"那汉子声如洪钟地说。

乌龟韩听了，吓得忙去捂那汉子的嘴，又朝前后看看。幸好，监房里只有他俩，监栏外，也未发现狱卒的影子。他这才出了口大气说："大哥，你我素不相识，说这等株连九族的话，你不怕吗？"

那汉子哈哈一笑道："提着脑袋走四方的人，有什么可怕？再说，我相信我师父金峭，他绝不会收孬种做徒弟。"

"什么？金峭也是你师父？"

"是的，他是去年才收下我这个徒弟的。我跟他跑了大半年江湖，学了几套吃饭的本事。他对我说，在我之前，收留过家遇不幸、生活无着的韩姓父子，教他们一套驯龟的技艺。想来，你一定就是了。算起来，你还是我的师兄，咱俩竟在这里面相会，也是三生有幸。来来来，师兄在上，请受小弟一拜。"说罢，纳头便拜。

乌龟韩忙扶起他道："不敢当，不敢当，我还未请教师弟尊姓大名。"

"小弟姓李，名十三，因随师父学得一手驯猴的技艺，江湖人称猴儿李。"

正说着，只听监牢大门哐啷几声响，猴儿李说道："外出下苦力的犯人回来了。师兄，恕小弟多嘴，你才进监狱，不知里面的规矩，千万不要哭闹，最好装痴卖傻少说话，一切听我安排，自会逢凶化吉。还有你儿子的事，我会帮你打听他的下落。请师兄牢记。"

说罢，在一阵吆喝声中，狱卒打开牢门，做苦工的犯人回到监室，纷纷寻找自己那方安身之地。混乱中，猴儿李又给乌龟韩递过一个眼色，示意他保持安静。

这猴儿李虽是个江湖艺人，却有一段非同一般的经历。他原本不姓李，因父母早亡，不知姓氏。一年冬天，冻饿在长安街头，幸遇太子弘相救，收为奴仆。只因他诚实乖巧，太子很喜爱，便赐李姓；因为是冬天收留的，取名李冬。

李弘太子是唐高宗皇上与武则天的亲生儿子，二十三岁那年被立为太子。高宗卧病时，令他监理国政。看来，准备要他接班当皇帝。可是母后武则天对他却不满意，因为他太有个性。

还在年少时，李弘就表现出非凡的见解。有一次，老臣教他读《春秋》，读到楚世子商臣弑君时，他很吃惊，要求换别的书读。大臣郭瑜说道："孔子作《春秋》，如实记录，善恶皆书，为的是褒扬善行，劝人效法；贬斥恶行，警醒后世。故有一字之褒，荣于华衮，一字之贬，重于斧钺之说。殿下读了，熟悉历史，明辨善恶，对今后治国大有好处。"太子却说："记有这类犯上作乱、灭绝人伦的史书，我读起来恶心。换一本吧。"

太子李弘在监国主政时，宽厚仁爱，深得民心。他了解到士兵生活很苦，便加大拨款，增加薪饷；发现军粮里有树皮草籽石粒，立刻追查，把仓库里的好米分发下去。当时规定，凡逃兵的妻子，一律没为官奴，他便奏请父皇废除这些苛刻的条例。他又奏请父皇下旨，将大片闲置的土地无偿分给贫民耕种，以解救他们的饥荒。

太子李弘特别爱好文学和历史，他搜集历代典籍中的优秀文章五百篇，编成一本书叫作《瑶山玉彩》。高宗看了很满意，赐他锦缎三万匹。高宗皇上对他特别喜爱，当着大臣们的面表扬他是"仁孝有德的彬彬君子"。

然而武后对儿子当"君子"丝毫不感兴趣。因为儿子真的成了"君子"，那就不免要冒犯自己，跟自己过不去。果然，冒犯的事一件接一件地发生了。

有一次，太子李弘发现被母后害死的萧淑妃的两个女儿义阳公主和宣城公主被幽禁在后宫，已被遗忘，都三十好几了还没嫁人。这实在是皇室的大丑闻。便向武则天奏道："母后，依圣人的话说，女大当嫁；可两个姐姐在后宫关到三十好几了都不出嫁，有违圣人的教诲，请母后做主把她们嫁出去吧。"

对这种正当的意见，武则天实在无法拒绝，便说："是我事情太多，给忘记了。你的意见很好，我马上做主把她们嫁了。"第二天，武则天便准备把两个公主许配给殿前卫士权毅和王遂古。李弘知道后，对母亲的这种做法很是气愤。

接着，又发生了一件更让他气愤的事：他的嫂嫂，周王李原之妃赵氏，被母后害死在后宫。

那赵妃不是别人，她是太宗皇上之女长乐公主的女儿。长乐公主常到宫中走动，一来为了拜见皇兄高宗，一则也为看看女儿。这本是人之常情，可武后偏看不惯。她先把长乐公主和她的丈夫调去外地，并下旨禁止她入宫，然后把赵妃禁闭起来，还不许送饭。十余天后打开门一看，早已饿死在后宫。

太子弘再也忍不住了，去见武则天说："儿臣记得母后写过一部《列女传》，现在一个很贤惠的儿媳饿死在您的家里，人家不说吗？"

武则天听儿子这样对自己讲话，大怒道："放肆！竟敢大胆越礼教训起我来了，哼！"

太子弘也不相让，回道："并非儿臣越礼，记得母后曾上表父皇，让他广开言路，多听百姓意见。我只不过遵照母后的教诲学着去做而已，没有半点教训母后的意思。"

武则天这时已完全失望，对这种儿子，还有什么办法呢？她马上换了口气说："吾儿作为皇太子，能这样明辨事理，心怀宽阔，敢于直言，大唐江山可保无虑了。作为母后，我今后注意就是了。"

听母后这样表示，太子弘心中好不欢喜，趁今天这个机会，一吐为快，把梗在心里的话全说出来："母后实在英明，儿臣还有一事相奏。前几日听说母亲将义阳、宣城两位公主下嫁，实是宫里一大喜事，只是听说要嫁给殿下卫士，儿臣感到不甚恰当。想两位公主姐姐乃父王亲生女儿，金枝玉叶之体，岂能嫁给仆役；如果嫁给世代书香之家，不是更好吗？"

武后听了，牙咬得嗞嗞响，拳头几乎捏出水来，心里骂道："你这个不知死活的东西！"可口里说出来的却是："好，我的儿，我都听见了，你退下去吧。"

大概半个月后，高宗和武后驾临合璧宫，太子弘随驾伺候。席间，太子弘又向母后恳求将两位公主嫁给门第相当的人家，母后当即表示同意，并说正在选择中。宴会上，为奖赏太子对国事的辛苦操劳，母后特赐酒一杯。太子弘谢过母后，一饮而尽。

可是太子回到寝宫，便感觉腹痛难忍，御医还没有赶到，太子弘便一命呜呼了。

作为太子弘的贴身侍从，李冬目睹了这一切。在太子灵前伏地痛哭时，他发誓要为太子报仇。但这个仇向谁报呢？毒死太子的正是他的母后啊！

他终于找到一个报仇的对象。

太子弘死后，武后的第二个儿子李贤被册立为太子，他早就从兄长那里知道李冬的忠诚老实，便要来做贴身侍从。

这李贤与他哥哥一样，也是个头脑清醒、处世宽厚的人，对母后害哥哥立自己为太子不仅不感激，还满怀愤懑。他想迎合母后，做个像父亲那样怯弱的人，于心不甘；想去规劝母后却又不敢，生怕又落得哥哥那种下场。无奈中，便写了《黄台瓜辞》一首，命乐工诵唱。歌词曰：

> 种瓜黄台下，瓜熟子离离。
> 一摘使瓜好，再摘令瓜稀。
> 三摘犹尚可，四摘抱蔓归。

诗中，用瓜比喻武后生的几个儿子，如果把儿子都一一处死，最后只会收获一些瓜藤而已。哀婉的歌词谱以哀婉的曲调，唱得宫墙内外一片低沉与惶然。

武后是个善于舞文弄墨的女人，当然能听出歌词的弦外之音，但她并不因此而动心，反倒对李贤耿耿于怀。加之李贤太子在监国期间办事果断，政声斐然，高宗皇上说他"治事勤敏沉毅，宽仁有王者风"。一点不像他父亲那样柔弱寡断没有主见。武后想，要是他将来当了皇帝，哪里还有我的份，便产生废李贤，另立新太子的打算。

察言观色、见缝插针的人有的是。

有一个叫明崇俨的妖人，靠画符念咒被封了个正谏大夫的官。这天，武后叫他为儿子相命，明崇俨故作神秘兮兮地说："天后陛下，恕为臣直言，臣下看太子骨骼显露，眉目分明，乃福薄寿短之相，怕不能继承大业。英王

（李哲）面貌很像太宗，相王（李旦）的长相也主贵。请天后陛下细察。"听了这番话，武后废太子李贤的决心更大了。

武则天做事总是计划周详有条不紊，她先命手下的文人写下《少阳正范》《孝子经》两本书，专赐给太子读；又写信给太子，指责他的过错。太子心慌了，武后又使人散布流言说太子不是武后亲生，他的亲生母是武后的姐姐韩国夫人。这样一来太子就更心慌了。整日诚惶诚恐，疑惧不安，但他不甘心束手待毙。对母后，当然不敢有什么动作，便把目标对准母后身边的小人。首先，当然是那个唆使母后要废掉自己的明崇俨。

太子李贤的计划也很周密。

这天，他把李冬单独叫到面前，如此这般吩咐一番。李冬听了，立刻跪下说，他就等这一天为太子效命，并对天发誓，一定不负太子的重托。

当晚，太子李贤找了李冬一个错处，当着众家奴的面，狠打了他一顿，并交有司严办。不过没几天，李冬便从监狱逃脱，从此了无踪影。

李冬逃出长安，流落他乡。因纪念太子李弘的死期，改名李十三，拜术士金峭为师，学得几手技艺，其中以驯猴为最精。他常以卖艺为掩护，暗中与太子贤派来的人联络，接受打探消息、网罗义士、暗杀权奸之类的任务。

这一天，太子贤派来的人告诉他，明崇俨要去洛阳办事，命他在半道上寻机下手，把他杀掉。

这明崇俨原本是个不学无术的道士，靠甜言蜜语、阿谀奉承取得武后信任，据传他与武后还有许多说不清道不明的关系。有次他与武后单独在密室相会，被高宗得知，龙颜大怒，要武氏说清楚。这武氏反倒理直气壮地说："我只不过让他帮我潜心修炼，为陛下求福增寿，这难道也错了？"高宗无言以对，只英雄气短地说了句："下不为例。"便草草了结。

明崇俨既当了正谏大夫，又有武则天撑腰，趾高气扬，威风八面。这次去洛阳公干，坐上八抬大轿，前后左右，随从侍卫。沿途官员，接风送驾。一路张扬，招摇过市。

这日走进一个小集镇上，前面道路被堵，差役吆喝一阵，也未喊通。原来是一群猴子挡道，明崇俨只得叫暂停。

那些猴子似喝醉了酒，摇摇晃晃，东斜西歪，跌倒在街心。一个穿破烂衣服的汉子过去扶它们起来，它们翻个身又倒下了，扶了这个那个倒，三番五次都这样，真像喝醉了酒一样。那汉子假装无奈，大喝一声："街使来了！"猴子们满不在乎，照样趴着不动。那汉子又喝道："御史中丞来了！"猴子们照样不理，睡着不动。最后，那汉子只轻声说了句："正谏大夫明大人来了！"话音刚落，猴儿们个个都从地上蹿了起来，东张西望，慌慌张张，做出很惶恐的样子，分两边垂手恭立，给明大人让出道来。逗得围观的人捧腹大笑。

明崇俨在轿中看得清楚，也忍不住拊掌大笑，说道："好乖巧的猴子。"说罢，掀开轿帘，丢出一锭银子。

银子尚未落地，只见那破衣汉子蛇一样灵巧地穿过侍卫，直窜轿前，从袖中抽出把明晃晃的尖刀，对准明崇俨心窝刺去。但听轿内哎哟一声，再无声息。但见一汪鲜血从轿里漫出。

当侍卫们明白过来喊捉刺客时，那破衣汉子已混进入人群中跑了。那群猴子也趁乱四散逃得无影无踪。

当今天后的宠臣被暗杀，那还了得。一声令下，凡耍猴的都被逮进大牢细细审问。

李十三早就料到有这一招，那天刺杀了明崇俨，逃回栖身的山间破庙，待猴子全数归来后，便一个个与它们依依告别，放它们回归山林去了。

可是他还是栽在猴子身上。

这天，他正赶路，对面过来两个公差模样的人，二话不说，一根链子把他紧紧套住。他正要分辩，转身一看，身后跟只猴子。那只猴子平日与他最为亲密，舍不得离开，已暗暗跟了他几天，今天被公差发现，闯了大祸。

那猴子见主人被链子锁了，跳起来对两个公差又抓又咬，李十三对它挤眉瞪眼发出信号，它才吱吱叫了几声悻悻地落荒而去。

李十三入狱时，一副蓬头垢面的乞丐打扮，说话侉声侉调，憨头呆脑，问了几堂全无眉目。县衙便备了文书，上报长安府，听候发落。因为有太子那边的人暗中打点，虽是坐监，并未受苦。不久，又巧遇师兄乌龟韩，多一个说知心话的人，日子也倒好过。只是乌龟韩整日想念儿子，唉声叹气，痛不欲生。

因为从李十三那里听来的那些话实在太可怕了。老天不长眼,那天偏偏碰上当今圣上的公主。要是知道她是公主,把乌龟送给她不就结了,可该死的二龟还出手打了公主一巴掌。李十三说就是那一巴掌打坏了,那公主是能随便打的吗?谁不知道她还有个脚一跺整个长安城都发抖的母后,那是个躲都来不及的女人,可偏巧碰在她手上,二龟的小命能不凶多吉少吗?

他怪那天出门太早,路边草丛里窜出只狐狸看了他好几眼,还顺着进城的路跟了半里地,人们背地都说当朝的那个妇人是狐狸精变的……想到这里,乌龟韩心里一紧,说声不好,那年他在山里放夹子,就夹住过一只狐狸,那张皮还卖了一钱银子。"报应呀,报应!"乌龟韩嘴里不住地念叨着,眼泪夺眶而出。

但他有时也不相信李十三"凶多吉少"的说法。就算儿子不该犯上作乱打了公主,可是他不知道呀,不是说不知者不为罪吗?何况,他还是个七八岁的孩子。弄到宫里,教训教训他,让公主亲手打他二百嘴巴,再把那乌龟戏的节目通通表演一番,让公主看个够,等她看腻了,气消了,不就把他放出来了。想着想着,好像二龟真的被放了出来,现在正在什么地方伸着脖子喊爹哩。乌龟韩不觉破涕为笑了。

"怎么,今天太阳从西边出来了,你也会笑呀?"

当他听完乌龟韩讲他发笑的原因后,也禁不住笑了,笑罢便低声说道:"不是小弟扫兄长的兴,你想想,那武氏是何等样的人,连自己亲生儿女都敢下毒手,掐的掐死,毒的毒死,你这小百姓的孩子算什么。还有那个太平公主,别看她小小年纪,浑身都长的毒心眼,跟她母后一个模子倒出来的。她是武氏的心肝宝贝,她一句话也能定你二龟的生死。"说到这里,李十三停了停,接着说:"你以为他们没杀你是让你父子团圆?别做梦娶媳妇尽想好事了。他们是看你还有个好身板,现在修昆明湖正差人,还有征东、征西也差人,你不正合适吗?我劝你还是听小弟我的,错不了。"

听着听着,乌龟韩嘴角上的最后一丝笑意消失了,但他没有哭,只是反反复复地说:"我要找回我的儿子,生要见人,死要见尸。"

这天夜里,李十三突然被叫了出去,两个多时辰才进来。瞅了个空子,对乌龟韩说,刚才出去,看见了师父金峭,他说有个很好的逃跑机会,当时还教了一套逃跑的法术。他听说你也在狱里，便叫我带上你一起跑。他还说等你出去后，帮你去寻找二龟。说着，拿出一个物件交给乌龟韩。乌龟韩接过来一看，原来是块铜钱大小的龟片，是吊在烟袋上做装饰用的，与自己烟袋上的那块一模一样。看着它，便想起与金师父告别时他所说的见物如见人的那番话。当他再次把那极平常的龟片摩挲一遍后，眼里便发出奇异的光，说话的声音也刚强了许多。他说："有了师父的这个，我听你的！"

第二天，监牢里与往常不一样，往日外出劳动的犯人一律不出工。开罢早饭，管狱的头目走进狱中大院，大声喊叫道："罪犯们听着，当今皇上有旨，诏令天下各州县郡府，于正月十五举行赛艺大会，本县司县与司监要在这次大会上以百戏杂技作赌，谁拿出的节目获得皇上皇后的喜欢，谁就是赢家。我们司监大人下了手谕，特告诉你们这些罪犯，谁要是出的节目能在赛技大会上露脸，胜过司县，罪减一等，还有重奖。若是比不过司县，你我脸上无光，还要受到重责。罪犯们听着，拿出你们的看家本事来，也好减罪得奖。有愿献技的赶快报名，切勿失去良机。"

一连喊了几遍，都无人报名。狱头急了，便骂道："平日你们一个个吃铁吐火，吞金吐银，干起坏事来一套一套的，真叫你们干点正经事，就都成了熊包。真是狗肉上不了席，马尾穿豆腐——提不起来……"

又骂了两遍，才有一个犯人应道："禀告狱官，我有一技献上。"

狱头一看，原来是那个耍猴的，便说："猴戏不要。"

"不是猴戏，是绳戏。"李十三分辩说。

"绳戏，那不是很平常的吗？你有什么奇异之处？"

"我的绳戏与别人大不相同。"

"什么不同，你快讲来。"

"别人的绳戏，是将绳子两头系住，踩上去耍点花样。我的绳戏只用一根长绳，不用拴系，只要一个助手，就可以变幻无穷，无所不能。"

狱头听了，忙打开监门，叫李十三出来。李十三顺便叫上乌龟韩做帮手。二人出得监门，走到院坝中央站定，狱头立即交给李十三一根两三丈长的棕绳，叫他表演。

李十三接过绳子，口中念念有词，对它哈了口气便丢到地上。只听李十三说一声"转"，那绳子就慢慢活动起来，越来越快，盘旋上下，宛如一条活鲜鲜的蛇。那李十三指着身边的乌龟韩对棕绳说："捆起来！"那绳子便立刻朝乌龟韩身上一圈圈地缠，也不顾乌龟韩吓得叫唤，把他捆个结实。过会儿，李十三对绳子说一声"松"，那绳子便自动一圈圈松下来。李十三叫声"停"，绳子落地，再也不动。

司监得知狱中有犯人表演奇特的绝技，忙过来看，连声叫好，还问李十三有什么更精彩的，李十三回禀道："这棕绳起舞，绳捆活人，算是平常的，更精彩的莫过于掷绳上天。"司监命他快快演来。

只见李十三将那根棕绳捉住一头，朝天上一抛，那绳就像天上有人牵引一般，笔直朝上而去，至一人半左右，便停了下来。李十三这时运足底气，纵身一跳，抓住绳头，轻轻爬了上去，在绳上翻滚打旋，如飞鸟凌空；上下跳跃，如猴子上树。那绳悬在半空，任随怎么拉拽，也掉不下来，如同在天上生了根一般。李十三身轻如燕，一会儿抱着绳子竖蜻蜓，一会儿抓住绳子荡秋千。看得司监、狱头狱卒和众多犯人眼花缭乱，目瞪口呆。

少时，李十三又换了花样，他双手拉绳爬上高处，一个倒栽葱，双脚钩绳，然后一松，从天上直冲下来，眼看就要触地，却在乌龟韩头顶上空尺余处戛然而停。众人先是一紧，顿时放下心来，报以掌声和喝彩。那李十三在乌龟韩头顶上喊一声："伸过手来！"便紧紧抓住他的双手拉离地面。先是慢悠悠地转圈，后来越转越快，越转越高，看得人们又是一阵喝彩。乌龟韩被拉至半空，又不住地旋转，吓得他紧闭双眼，只觉得耳边的风声一阵紧过一阵。

下面司监、狱头见二人顺着绳子旋转着飞离地面，好不高兴，心想这下与司县较量，必然稳操胜券。但见二人越飞越高，越来越小，已看不见时，才觉得不对劲。两个面面相觑，不知所措。再抬头看看天空，晴空万里，连一只飞鸟也没有。这时，他们才醒悟过来，明白发生了什么事情。司监官高一级，遇乱不惊，急中生智，命左右取弓箭射。但听嗖嗖一阵箭响，无数支箭朝天上飞去。

　　过了一会儿，果然有被射中的东西从天上掉下来，等落下地一看，原来是那根棕绳。

第三章 "我要打他一辈子"

太平公主死死记住那个打她一巴掌的小男孩，他便成了她终身的仇人和仆人；然而后来，他们之间的关系又发生了神奇微妙的变化。

太平公主得意扬扬地骑在太监脖子上，就像打了胜仗凯旋回朝的将军。不，她觉得比打胜仗回朝的将军更得意，因为打胜仗回朝的将军也只能远远地跪在宫殿下向父皇和母后叩拜，这种情景，她曾多次躲在母后身边透过那薄薄的紫纱帐看见过。可自己却能坐在母后怀里，还可以去摸父皇的胡子，向他们讲今天看了大象表演，看了跑马卖解，看了乌龟表演叠罗汉，还可以把这个节目当场对父皇和母后表演，肯定会得到他们的夸奖。于是她两腿一夹，小手不停地在太监头上摇，叫他快些，再快些。

但是太平公主今天也有另一种感觉：像丢了什么东西。她想了好久都没想起，直到进了蓬莱宫，一片树叶飘下来无意间打在她脸上，触动了她的痛处，她才想起今天挨了打。从她记事起，就从来没有挨过打，除了母后有时扬扬巴掌做出要打她的样子，很少真的落在身上。至于父皇，反倒挨过她的巴掌，可父皇不在意，打了左脸还送右脸过来让她打着玩。至于其他的宫女太监甚至太子公主皇亲国戚，谁也不敢碰她一根汗毛，她倒是想打谁的巴掌就打谁巴掌，想扯谁的胡子就扯谁的胡子，谁被打了扯了，还笑眯眯地说感谢公主恩赏。可今天怎么了？一个野叫花子，居然敢打她，而且还打得这么实在，大半个时辰过去了脸上还发烧发痛。

小公主终于弄清楚不是丢掉了什么而是增加了点什么时，她几乎疯了起来。

她使劲踢打胯下的太监，揪他的头发，命令他快些，嘴里还不断地咒骂、哭喊，越临近武后的寝宫，她的哭喊声越大，把伺候她的太监们吓得半死，向她赔礼作揖，小姑奶奶，小祖宗，公主爷爷，老祖宗的叫个不停，请她不要哭叫，求她放小声些，可是她反倒叫得更加起劲了。

也不知怎的，武后陪高宗上朝时高高兴兴的，可散朝回到寝宫后好心情一下就没了，她想想有什么不遂心的事，想了半天，没有。她让宫女卸了头上的凤冠，解去袍服绶带，喝了半碗参汤，慢慢走出卧室，下了台阶，在庭院花丛间信步游走，让自己放松放松；可老放不松，连平日她最喜欢的牡丹花，看着都不顺眼。

忽然，她想起了女儿。

"秋月，快去把公主接过来。"

秋月上前两步跪下说："启奏娘娘，公主蒙娘娘准许早出宫玩去了。"

这时武后才想起，上朝前是自己亲口允许她出去玩玩的，怎么就忘了。但她不能在任何人面前承认自己忘了，便毫不经意地问道："现在还没回来？"

"还没有，刚才奴才还去看过。"

武后这下才算找着原因了。往常，一下朝回来，女儿就又蹦又跳地扑过来，抱住自己亲个不够，可今天，虽然朝堂上的事务件件处理得顺手，回到寝宫没见到女儿，心里空荡荡的像丢了魂似的。原因找到了，但胸中的那块空洞却更大了，因为女儿出宫玩要至今未回，这不更叫人焦急吗？万一有个闪失，怎么了得。她立刻吩咐身边侍女："快叫牛光保来。"

牛光保是武后的心腹太监，已在殿下伺候，听到呼唤，立刻来到武后面前跪下领旨。

"你带上七八个手下，分头出宫去接公主。"

牛光保应声而下。

"回来"，刚走几步，武后又把他叫住，十分认真地说："顺路去御林军武都尉衙门，传我的口谕，叫他做好准备，候旨行动。"

"是！"牛光保答应了，但迟疑未动，他从武后杂乱的脚步声中，听出她的心情烦乱。奇怪，一向沉着冷静的武后，今天怎么啦，没听说公主出什么事呀？

"听见没有？"武后见牛光保没动，厉声呵斥道。

"奴才听见了，这就去。"说罢转身，飞也似的去了。

牛光保走后，武后在庭院中的那棵桂花树下站了片刻，做了两个深呼吸，心情渐渐平静下来。这时，她才感到刚才那么兴师动众似乎有点小题大做。

她对自己今天在下人面前乱了分寸有失威仪的表现很不满意。怎么我堂堂武则天会在这么点小事面前就六神无主举止失态呢？

这其中有她一段隐衷。

那是十多年前的事了。

那时，武后还只是个"昭仪"，虽然她深得高宗宠爱，但毕竟地位低下，又受到王皇后的妒忌，日子过得很不轻松。她时刻思虑着如何置对方于死地，然后取而代之。

那年，武昭仪生了一女，王皇后出于礼仪前去贺喜，恰恰武昭仪不在，屋里也没有另外的人，只见床上睡着个可爱的婴儿。王皇后因为自己没有生育，见了孩子分外喜欢，抱起来又亲又逗。因过了好一会儿未见人来，便把孩子仍放在床上，掖好被子就出去了。走前，还在小孩脸上美美亲了一口。

高宗下朝回寝宫的路上，武昭仪半道跪接圣驾，奏道："臣妾为皇上生的小公主快满一百天了，见人就笑，乖巧可爱。请陛下给她取个名字。"

高宗与武昭仪有着特殊的关系，还在当太子时，就背着太宗父皇与她多次偷情，而今自己当了皇帝，把她正式纳入后宫，二人回忆往日的甜蜜，另有一番情趣。加上去年武昭仪生了一子，今年又生一女，高宗对她更是百般宠爱。今天下朝，正想去与她相会，不想她半道上来接，心中自然分外高兴，忙弯腰把她扶起来，手挽手走进武昭仪的住处。

一路上，武昭仪又把女儿"鼻子像陛下，眼睛似臣妾"形容一番，乐得高宗喜笑颜开，刚进屋，就迫不及待地要去看女儿。武昭仪走前半步，一边谈笑，一边将被子掀开，抱起女儿一看，只见她双目紧闭，通身冰凉，再摸鼻子下面，无半点气息。

武昭仪顿时腿一软，晕倒在地。高宗及众宫女把她扶上床，又掐人中，又灌姜汤，好不容易醒了过来，便哇地叫一声"我的女儿"，接着就号啕大哭起来，边哭边诉说道："我的女儿死得好冤啊。我来迎候圣驾前，孩子还睡得好好的，怎么不到半个时辰，就不明不白地死了。请陛下做主……"

高宗立刻传唤侍女们来问，她们众口一词说刚才只有皇后到过这里。

"哼，自己生不出孩子，还嫉恨别人！"高宗恨恨地说。

其实，这事纯粹是武昭仪一手策划操作的。此后，她又用了一些手段，促使高宗废了王皇后，把自己立为皇后。

不过为此事武后心中也常常感到内疚，那毕竟是自己亲生的女儿。为了扳倒对手，连名字都还没有取，便死在自己手中。有几天晚上接连做噩梦，有次梦见亲手掐死女儿，女儿的脖子在手中不停地挣扎扭动，只听大叫一声，原来掐着的是高宗的大腿，他忍不住痛叫了起来。武后惊醒过来后高宗问她，被她几句话掩饰了过去。

武则天信佛，有次到庙里上香，暗地向菩萨许愿："大唐高宗皇后武氏祈祷上苍，请再赐给我一个女儿吧，我将会对她倾注我全部母爱，以弥补我对死去女儿的罪过。如果菩萨有眼，遂我心愿，我一定重修庙宇，再造金身……"

果然不久她又怀上了。

这天晚上，她腆着肚子对高宗说："你听听，是男还是女。"

高宗摸着那圆滚滚的肚皮，把耳朵贴在肚脐眼上听了又听说："是个儿子。"

"为什么？"武后问。

"胎音很强。"

"我在娘肚里胎音就很强。我看是个女儿。"

"那我们打个赌。"

事事在武则天面前都输一着的大唐皇帝高宗，这次却赢了。生下来的是个儿子。

儿子生于清晨，如一轮旭日东升，故取名旭轮，后改名旦。他便是以后被封为相王，曾两次坐上王位的大唐睿宗皇上。

没生女儿，年近四十的武后心愿未了；再有，坊间有女儿是母亲的贴身小棉袄的说法，她也很想有一领贴身贴心的小棉袄。

武则天耐心地等待着，直到她三十八岁那年，果然生下一女儿。为了她一生太太平平，为了她能给自己带来太太平平，当然也为天下有了她而太太平平，便取名为太平公主。

一则因为那段不可告人的隐情，二来因为老来得女，她对太平公主的疼爱远远超过她那些将来可继承王位的太子。武则天对自己的儿子毫不留情，她贬李旦，废李贤，杀李弘，全不念母子之情，只有对太平公主格外宽厚，从不动她一根汗毛；而太平公主也很乖巧，从小就会察言观色，讨好卖乖。还在一两岁时，每逢高宗与武后下棋，她都在一旁"观战"。起初，只要看到父皇急得抓耳挠腮时，她便伸出小手把棋局抓乱，高宗高兴得抱着女儿直乐；稍稍长大，她变了，一见母后皱眉，便伸手把棋局抓乱，而且直到现在一直都这样，她太会讨好母亲了。长大以后，更是事事顺着母后的意思，是母亲的心腹和帮手，凡母后所欲，她都尽心尽力去办，甚至连自己的情人，她都慷慨地奉献给母亲。母女俩把大唐江山涂抹得花般妖艳，为历史留下许多欢声笑语。当然，这都是后话。

且说武后半日未见着太平公主，派出去接的人也还未回，正在担心怕出意外时，忽听墙外女儿哭喊，一时，竟忘了国母的尊严，寻声朝大门跑去，把身边的一群侍女远远抛在后面。

正在太监背上撒泼的太平公主，远远见到母亲，竟忘了平日规矩，叫一声"母后"，从太监背上挣脱下来，一头向武后怀里扎去。母女像久别重逢似的，搂抱在一起。也许是见到女儿太高兴，也许是看到女儿哭得可怜，铁石心肠的武则天这时也忍不住流下两行眼泪。

她把女儿抱起来，从袖子里掏出手绢，给女儿擦了，又给自己擦了。身边宫娥侍女见了，也都拿出手绢在自己脸上擦。

只有几个太监，自知今天闯了大祸，一溜儿跪在阶前，把头埋得低低的，听候发落。

武则天把眼睛死死盯着那些太监，搂着还在抽泣的女儿说："小心肝，快说，谁欺负了你？"

太平公主指着宫墙外面说："他打我……"

"什么？谁打了你？打在什么地方？"

"一个野孩子，打我这儿。"太平公主指着自己的脸。

武后捧着女儿的脸，仔细端详一番说："怪不得我一看就发现左脸比右脸大，原来是被人打的。这简直反了，打起公主来了。你们这些畜生，是干什么吃的？"

阶前跪的那排太监，听骂"畜生"，便知指的自己，齐刷刷伏地叩头请罪："奴才该死！"

"死了便宜了你们。你们快说，把今天公主被犯上作乱的刁民打了的经过从头讲来。"武则天一字一句地吐出这些话，早把那些太监吓得魂飞天外。半晌，也没有一个敢回话。

这时，太平公主从母后的怀中跳下来，指着伏地发抖的太监说："我挨打的时候，他们一个也不在，要是有他们，那野孩子敢打我？"

"那，我要问，你们一个个都死到哪儿去了？"武则天厉声问道。

一个胆大的太监心想就是死，也死个明白，便说道："启奏娘娘，公主钻到人堆里去了，我们在外面没看见。"

"那我问你，是公主力气大，还是你们力气大？她一个小小的女孩子都能钻进去，你们一个个五大三粗的能钻不进去？"

那太监本想说："公主身子小，从人缝中一钻就钻进去了，我们大人可不容易。"但听了武后那番话，不敢再说，只叩头如捣蒜，连称"奴才死罪"。

"伺候公主不周，全不把我的吩咐放在心上，还要狡赖卸责。左右，给我掌嘴！"

武后话音刚落，便上来两个太监，架住那"狡辩"的太监，左右开弓，照脸上一阵猛打，直打得鲜血长流。直到牙齿也打掉几颗，武后才命暂歇。

自武后掌管后宫，流血、掌嘴、动刑，乃至杀人，已司空见惯，就连小小的太平公主也见惯不惊，所以她看到不但不怕，还在一旁叫使劲打。武后还为自己有这样胆大泼野的女儿而十分得意。

这时，那领乌龟韩父子进宫的胖老头慌慌张张跑进庭院，在台阶前跪下说："奴才王伏胜给娘娘叩头。"

看王伏胜如此卑躬屈膝的样子，武后胸中掠过一丝快意。不过她想，哼，你已经晚了。便冷冷地看了他一眼，说道："那父子俩现在哪儿？你看，该定个什么罪？"

"启奏娘娘陛下，那两个该死的东西在外院睡着哩……"关于下面的问题他感到很难回答。他在宫中多年，跟了几茬主子，唯有她难伺候，特别是因为那次他发现她与郭道士整夜在密室的事向高宗奏知后，她就处处找岔子，尽管自己再小心谨慎，也难免得咎……

"我问你呐，王伏胜。"武后见他不接着说下去，便慢吞吞地一字一句说话，给他点压力。

王伏胜明知武后的提问是个圈套，不管你怎么回答，她都可以挑你个不是，便说道："奴才愚蠢，还望娘娘明示。"轻轻把问题推了回去。

玉伏胜的估计不错，武后因他向高宗告密，惹怒高宗，险些废掉自己，早就想除掉他了。因为他是高宗亲信，又是宫中老太监，不是等闲之辈，不能操之过急，但一时又难消这口气，便在酝酿实行一个除掉他和他的同党的大计划之前，让他先尝尝敢与皇后作对的滋味。今天派他保护公主出宫游玩的差事，表面上看，是对他的信任，骨子里却让他疲于奔命，担惊受怕，吃了苦头还落个不是。

果然，王伏胜劳累了一天，现在却在这里跪着等候宣布对别人、也包括对自己的处罚。

其时，武后对他们已经一一定了罪，做出了处分决定：那父子俩，犯上行凶，杀！几个太监，保护公主不力，各打一百，罚苦役三月。玉伏胜嘛，只在于羞辱他、警告他，罚俸三月。

事又凑巧，武后正要宣示时，被太监提回的笼子突然翻倒，里面大大小小的乌龟纷纷爬了出来。太平公主忙从母亲身边跑过去，从太监提回的布兜里取出小鼓敲起来。那乌龟果然训练有素，听见鼓声就依大小顺序排列整齐，准备表演。但因公主的鼓声杂乱无章，乌龟们无所适从，一个个伸出小脑袋东张西望不知所措。

太平公主见乌龟不垒塔，也不转圈，更使劲敲鼓，那些乌龟则更不知道该怎么办了，便都伏在那里不动。气得太平公主把鼓一撂，跑到王伏胜身边，叫他把那玩龟的人叫来。

武后也被那些小生灵呆头傻脑的样子所吸引，感到很有趣味，不免动了恻隐之心，便问王伏胜："那孩子有多大啦？"

"启奏娘娘，那孩子说他属猪的，刚满八岁。"王伏胜听武后问话的口气变得柔和些了，不觉松了口气。

"那好，把他阉割后，留在宫中，交给你调教……"

"交给我调教，他打过我，我要天天打他，打他一辈子。"太平公主跑回母亲身边，摇着母亲的大腿说。

"好。"武后很欣赏女儿这种有仇必报的个性，抚摩着女儿的头发说，"先让王伏胜教他些规矩，收收野性，然后就让他伺候你。"说罢，继续宣示说："那孩子的父亲，教子无方，流放千里以外，永世不得与其子相见；至于你们几个嘛，姑念初犯，从宽处罚，各责打二十；还有你，王伏胜，念你年纪大了，这次暂免处分，从此要谨言慎行，多积点口德，以修来世好报。听见了吗？"

下面一片谢恩之声。唯独王伏胜觉得武后对他说的这番话，比打他二十板子还厉害。

此后，尽管王伏胜"谨言慎行"，处处小心，还是被牵进一桩谋反叛逆的案件中，判了死罪，斩于市曹。其时间离他跪在阶前聆听武后教训不过半年光景。

不过这半年他做事实在认真卖力，这从二龟的飞快长进可以证明。

韩二龟成为小太监后被改名为韩二桂，也许因为宫里的伙食好，也许是因为他被阉割以后的生理变化，半年间长高了一头。浓眉大眼，面如满月，只是说话做事细声细气低眉顺眼，以前的野性全无。他第一次去见太平公主，按照王伏胜反复教导的那样，匍匐在地，口中不断念道："奴才有眼无珠，冒犯公主，罪该万死。"

太平公主见了他，马上跳下座位，对准他的脸，左右开弓，噼噼啪啪不停地打，直打到手痛发麻举不起来，方才歇下。二桂跪在下面像个木头人，任随怎么打，连眉头也不皱一下。

二桂练得这般忍耐功夫也实在不易。刚开始时也不知道挨过多少打，浑身青一块紫一块。但王伏胜见他虽来自乡野，却颇有一些灵气，便多方开导他。他不止一次地张开只剩下几颗牙齿的嘴巴对二桂说：

"小子你看，我满口牙只剩下这几颗了，但舌头还在。你想想什么缘故？"

二桂摇摇头，不知道。

王伏胜接着说："这牙坏就坏在硬字上，太硬，结果没了；而舌头呢？柔软自如，你看，到现在还好好的。"

对二桂印象最深的还是他说的另一个发生在当朝的故事。

王伏胜说："当朝监察御史娄师德，位极人臣，但事事以忍为先。他弟弟出京到外地做官前一再叮嘱他要善于忍耐。弟弟一再表示谨遵兄长教导，什么事都忍字当头，哪怕有人把口水吐在脸上，也不发火，自己揩了，这总算可以了吧？娄师德说，那还不行，人家吐你口水要等自干，你要去揩了，人家吐口水的人还会高兴？弟弟听了，佩服兄长见解果然高一筹。二桂小子你想想，那娄师德出将入相，当朝一品，尚且有这般器量，你算什么？你想，当初你要是忍了那口气，现在不是还自由自在地在外面跑江湖吗？现在已到了这步田地，你还茅厕里的石头又臭又硬，不想活了！"王伏胜见二桂低头不语，戳戳他的脑袋问道："我给你说了这么多，你这榆木疙瘩听见了没？"

二桂点点头。

"听见就好"，玉伏胜继续说，"不是我啰唆，看你小子就是当太监一辈子伺候人的料。你看人家娄大人就不一样，幼年担柴卖，养家活口。有次乘船过江，遇上大风浪，众人皆惊，唯有他坦然处之，稳坐不动。同船相士袁天纲之子袁客师见船上众人鼻子下都有股黑气，独他神色高朗，气宇轩昂，便对同行的人说：'有贵人在此，今天准保无事。'少许风浪平息，大家平安。那天我看你，就一脸晦气，果然闯下大祸，还牵连我们也跟着倒霉。如今，你保得狗命已是万幸。你要认命。我说二桂，你傻哩吧唧地站着，听见没有？"

二桂点点头。

"再说我自己吧"，王伏胜接着讲下去，"从小因家贫被卖到宫中当太监，当初我也不愿意，可不由你呀。你看……"他撩起衣裤把伤疤显示给二桂，"浑身没有一处不是伤。以后，才学乖了。天大的委屈，都装在肚里。你看，我小心翼翼几十年，现在也算熬到这个份上，宫里太监一半归我管……"其实，王伏胜的职权这时已被武后剥夺得只管二桂一个了。

在王伏胜的开导下，二桂脑筋开始开窍，长进很快。他头次被太平公主左右开弓打几十巴掌，竟然感觉到不是自己的脸痛，而是公主的手痛。于是他连夜赶制了一个木头的小手掌，上面安上把子。第二次去见公主时，双手呈上说："公主赏奴才的耳光，是奴才的福分，只是怕伤了公主的手，奴才献上这个物件，请公主使用。奴才罪该万死，请公主使劲打。"

太平公主接过那做得小巧精致、手掌似的板子，便照二桂脸上打去。果然又省劲，又不痛手。她挥动那木头不停地打，直到手发酸为止。

以后，每次见公主，二桂就带上那手掌形的物件，双手呈上。

两人便在打与被打中渐渐长大。

太平公主说过，要打他一辈子。如果不是因为发生一件意想不到的事，倒霉的小太监的两片脸颊恐怕早就被打没了。

原来武后采用斩断手足，投入酒瓮的残酷手段害死王皇后和萧淑妃之后，常常在梦中看到她们披头散发、鲜血淋漓地向自己索命，便从大明宫里搬到新修的蓬莱宫居住。但两宫相距不足五十步，王皇后和萧淑妃的鬼魂还是经常来找她。她决定搬远些，搬到东都洛阳去住。当然，她向高宗不能说因为她怕鬼魂的纠缠，她的理由是洛阳交通方便，粮草充足，气候又更适于皇上养病。高宗一贯畏惧武氏，又听她讲出这么多好处，便下诏命太子监国，他与武后等一行离开长安，准备到洛阳长住。太平公主是武后的宝贝疙瘩，自然随父母同去。于是，浩浩荡荡的搬家队伍从长安东门出发，拖拖拉拉地向洛阳进发。

洛阳离长安有好几百里路，交通工具主要是马车。那时太平公主已有十来岁，有自己单独的马车，上面装满了各种她喜爱的小玩具、小动物。当然，有时也去坐坐父皇和母后的龙辇，那上面虽然宽大，但在父母亲面前总没有单独一个人自由自在，所以多数时间是在自己的车上玩耍。

那些马车都很高，太平公主过去人小，由太监宫女抱上抱下。现在长大许多，便自己上下。不过这对她仍然困难，于是便有太监趴在地下让她踩着背上去。这个任务自然就落在二桂身上了。

不过二桂更主要的任务是替公主跑腿，干些打杂的粗活，车前马后，跑来跑去，忙个不停。但他干得很欢，脸上还偶尔露出些笑容，这是他入宫以来少见的。

说起来也不奇怪，二桂自入宫以来，已有四五个年头没有外出了，这一下回到野外，真是如鱼得水，如鸟出笼。虽然大路两旁都是成队成行的卫队，但隔车驾有一定距离。就是说，他的活动范围还是比较宽的。他像回到了乡野，又干起掏鸟逮虫、摘果采花的营生了。大队人马过处，惊起许多小生灵。二桂逮到一只小鸟，编了个笼子，逗它叫着玩。公主见了要，他便隔着车窗送上。二桂采得许多红鲜鲜的酸枣，公主要，他立刻送上，酸得公主吐他一脸，他笑眯眯地擦都不擦。二桂捉到两只黑甲虫，把它们穿在一截草茎上，中间安个轴，两只甲虫飞起来像推磨似的不停地转，把公主乐得哈哈大笑。

一路上，公主笑声不断，二桂心里也很快活。

照例，他天天还是呈上那支手掌形状的板子，公主执着地实现着她的誓言，只是渐渐打得轻了，打得少了。有时，只扬了扬板子，似乎在完成一件例行公事。

不过，真正取得公主对他的信任和理解，不再把他当作仇人，而当作朋友和知心人的，那还在以后的另一次活动中。

武则天是个不安分的权力欲望极强的女人。到了洛阳后，使她恐惧的那些鬼魂再没有追来，这件心事算渐渐沉下去了，可另外的心事又浮了上来，她上表高宗要求：泰山封禅。

"泰山封禅"是指天子亲赴泰山，向天神地祇报告天下统一，万民平安，祈求上天永保国家安泰的大规模隆重仪式。从历代看，只有文治武功有卓越贡献的天子，才有资格封禅。如第一个举行封禅大典的是秦始皇，以后有汉武帝和汉光武帝，此后至唐，再没有谁搞这种仪式了。

唐太宗有过封禅的打算，但因政务繁忙和考虑到仪式烦琐花费巨大，议论了多次，终未能付诸实现。

可是文治武功远不及创下"贞观之治"唐太宗的高宗和他的皇后武氏，却要去泰山封禅，其主要原因是武则天想要借此机会显示她垂帘听政以来的政绩和威仪。不过那几年也算国泰民安，财力丰润。特别是讨倭战绩辉煌，破突厥战果赫赫，百官臣僚也都上表支持。高宗于是下诏，决定封禅。然而，在仪式安排上，武后提出要破除不让皇后参加的旧例，她提出"皇帝初献，皇后亚献，太宗生母燕氏终献"的主张，高宗完全采纳。朝廷百官看了如此安排，虽觉于礼法不合，但谁也不敢说个不字。

初冬，封禅的队伍从洛阳出发，千乘万骑，浩浩荡荡。其中有随行文武百官、武士兵弁、歌舞仪仗队，还有来自高丽、波斯等国的使节、观礼代表团。马匹、骆驼、牛羊、车辆组成的队伍，前后有数百里长。一到傍晚宿营时，漫山遍野的帐幕，多如繁星的灯火，顿时把大地装扮成一座喧闹的城市，好一派热气腾腾的景象。恰好那几年丰收，一斗米才卖五钱银子。市场上豆麦杂粮，鱼肉禽蛋堆积如山，更使封禅典礼大增异彩。

武后的爱女太平公主是这支庞大封禅队伍里的明星。她的美丽，她的仪态，她的"方额广颐"酷似其母的长相，使那些有幸一睹她芳容的人永久难忘。但她的价值远不止此，更主要的是她那至尊至贵的身份。人们努力找借口去接近她，都明白巴结讨好她就等于巴结讨好当朝皇后。这样一来，作为太平公主贴身太监的二桂，也就身价陡增，整日车前马后忙得团团转。

由于上一次由长安到洛阳的愉快旅行，太平公主和二桂都在寻找自己的感觉，都感到这次封禅之行虽然也快乐，但快乐中却增了许多难以言喻的神秘。比如说太平公主上下马车，在踩二桂那富有弹性的背脊时，感觉就与那次大不一样；又比如有时因二桂事务太多，一两个时辰不见人，她就感到莫名其妙地心烦意乱……

可二桂的感觉又不一样，他已十四五岁年纪，开始懂得更多的事了。因此，上次由长安到洛阳一路的天真与野趣，已完全没有了，代之的是有不少人向他赔笑脸，使他陡然产生的"人"的感觉，原来自己也有价值，也有人向我赔笑，向我献殷勤。他感到虚荣心得到极大满足。

不过这种情绪没有维持多久，就被另一种情绪所替代了。

那是封禅队伍路过山东寿张县的时候，因有一个九世同堂的家族，老者张公艺已一百三十岁，高宗特地到他家去看望。在问及张家如何维持九世共居的秘诀时，张公艺指着一幅他亲手画的《百忍图》说："这就是我的秘诀。"高宗很受启发，命赐绢百匹以示鼓励。

当时二桂在一旁看得真切，不禁联想道："我韩二龟这辈子就因为这个字。"他看到张公艺家子孙绕膝，好不热闹；而自己身子已毁，不男不女，这人生还有什么味道？想下去，便把一腔委屈指向太平公主。

这太平公主自小生活在宫中，耳濡目染宫中许多艳事，刺激她早熟，虽然她比二桂小两岁，却对异性分外敏感。但在宫中所接触的异性多是太监；太监虽是被做过手术，但终究是男人。她上下马车脚踏着二桂的背，手扶着二桂的臂，柔软光滑却又实在坚韧，使她产生一种直透心脾的眩晕。有一次，她故意失足，在二桂背上滑了一跤，两腿便骑在二桂的脖子上。吓得二桂魂飞魄散，又不得不用手紧紧握住公主的双脚。顿时，他感到心跳加快，四肢无力。幸好旁边有个力气大的宫女扶住，公主方未跌倒。如果在以前，这可算二桂一次严重过失。但这次公主却一笑了之，并不追究。

如这类"失手""失足"的事，每天都要发生一两次。二桂渐渐悟出其中的奥妙，也就有意无意地给以逢迎和配合，还巧妙地示意太平公主，使她明白他只是个不中用的男人，也让她感到些许遗憾。这时，他感受到报复的畅快。

他们这种"游戏"一路玩到泰山脚下。这时，已是十二月，有关官员已在泰山山顶筑好登封台，在山南筑圆坛，在社首山筑方坛。第二年正月，高宗登泰山祭天地。高宗首献，武后率后宫眷属亚献。先献豪华礼物，再唱歌跳舞，搞得很隆重。可大臣们觉得滑稽，因为从来没有女人出席过这种典仪。

封禅的最后议程是高宗登朝觐台，接受百官朝贺，宣布大赦，改元乾封，文武官员都得到晋升。全朝上下，皆大欢喜。而其中最欢喜的要数武后，因为她参与封禅大典是自古以来共七次中皇帝带着皇后参加的第一次，也是最后一次。真是前无古人，后无来者。

其次快乐的就算太平公主了，因为父皇母后忙于庆典，完全放松了对她的管教，她便放心大胆地与二桂做游戏，她觉得比上次逗鸟逮蝈蝈好玩得多。

最不开心的当数二桂，在正值当男人的年纪才发现自己并不是一个完整的男人。他很悲哀，他盼望有人能解救他。谁呢？他首先想到的是父亲。

第四章　宫里多了个小道士

吐蕃国王向唐王求亲，要娶"中国小仙女"太平公主为媳。武后说："她已出家了。"顿时，宫墙边就多了座道观，一个小道士跪在八卦蒲团上心不在焉地诵读经文。

东都洛阳的城市建设规模、皇宫的豪华高大程度都远不及西京长安，但洛阳的好处在于它有条洛水河，河水穿城而过，它的支流流进皇宫，弯弯曲曲在御花园里绕圈子，不仅为皇宫增添了许多迷人的景色，也为宫墙内外增添了许多迷人的故事。

最迷人的莫过于书生于佑的爱情故事了。

一天傍晚，进京赶考的青年书生于佑在御河边散步，洗手时拾得一片写有诗句的桐叶。诗曰：

一入深宫里，年年不见春。

聊题一片叶，寄与有情人。

于佑是个风流浪漫小有名气的诗人，他估计这诗一定是位长期幽闭深宫的佳丽所写。诗人总是爱幻想的，他想象她的美丽，她的风韵，她的才情，想着想着，不能自已，便大胆地和诗一首，也写在桐叶上，把它放在御河上游，使其流入宫中。诗曰：

> 莺啼柳絮飞，佳人断肠时。
> 叶上写红怨，题诗寄与谁？

放了诗叶，于佑有空就到下游御河边徘徊，盼望那位不知名佳丽的回音。

回音果然被他盼到了，大概十多天后，于佑在御河边拾到一张题有诗句的桐叶，上面写道：

> 一叶题诗出禁城，谁人酬和独含情。
> 自嗟不及波中叶，荡漾乘春取次行。

读了这首诗后，于佑一片痴情地在御河边转悠，他盼望还有什么奇迹出现。

奇迹果然又被他盼望到了。

那年，禁宫中开销出数十名宫女，"使各适人"。其中一郝姓女子因无家可归，便暂住洛阳同姓郝冰家。于佑因被红叶诗相思所苦，连年考场失利，也依附在郝冰家。郝冰见二人才貌相当，便从中撮合，使他们成了夫妻。

婚后，于佑偶然发现郝氏珍藏的一片题诗桐叶，正是自己当年从御河上游放下的那片，便取出自己珍藏的两张示与郝氏，郝氏一见便认出是自己所写。两人面对诗叶感慨万端，从此夫妻倍加恩爱。

这个浪漫的红叶题诗爱情故事，在宫墙内外暗地里流传着，二桂听了却从中受到启发。

这天，他找了片桐叶，上面画了个小小的乌龟，悄悄放进御花园的河水中，任其向外流去。那叶片飘走了，他心底却留下一片希望。

他天天借故到御花园的小河边去，盼望能拾到一片隐藏着他想得到的那个信息的树叶。

皇天不负有心人。那天，他拾到一片画有一只大乌龟的树叶，一看，便知道是父亲画的。他忙把它揣在怀里，连夜在大乌龟旁画个小乌龟，还歪歪斜斜写了一行字："初三三更月亭救儿。"第二天，他把那片树叶放入河中，便满怀信心地等待着，他相信父亲一定会去找金术士，他们一定会想出救自己的办法。

当二桂再次在河里捞出一片画有大乌龟的树叶后，他已酝酿成熟了一个可怕的计划：他不仅要跑，永远摆脱这不人不鬼的痛苦生活，他还要报复，要杀人，杀掉那个毁了他一生的坏丫头。

他计算着日子，初三越来越近，他细心地准备着，察看进出的通道，一草一木，一山一石，都画在心里。

初三这天晚上，天气晴朗，星光灿烂，一弯新月在天边露了下脸，就害羞似的隐去了。偌大一座皇宫渐渐安静下来，除了远处的更鼓声外，万籁俱寂，偶尔也有一两声蛙叫虫鸣，反倒把这世界衬托得更加寂静了。

快到三更时分，二桂悄悄起床，穿好衣裳，紧了鞋脚，把一根早就准备好的绳子从枕头底下摸出来，抓紧两头用力拉了拉，确信它结实得足以勒死他的仇人时，便将它绾在腰间。这时，他的嘴角边露出一丝冷酷的笑。这笑，是他脸上从来没有出现过的。

他轻轻开了门，轻轻走出去，返身轻轻把门掩好，顺着墙根转了两道拐角，到了公主睡觉的院落。然后拿出小时爬树的本领，爬上树，翻过墙，轻轻来到公主的卧室门口。

对公主的卧室，他是再熟悉不过了，不费吹灰之力就挑开了门，一步步向公主的睡床靠近。近了，很近了，连公主的鼻息声他都听见了。他再走上一步，一只脚已踩上那雕花大床的踏板。忽然，他看见公主那白净的小脸泛着红光，他惊了一跳，以为眼花了，揉了揉眼再看，原来枕边那串夜明珠闪烁发光，照亮了公主的脸庞。他咬了咬牙，把另一只脚踩上踏板，然后双手伸到腰间去解那根绳子。他要用这根绳子勒死她，然后去月亭见父亲，与他一起逃到天涯海角，逃到永远也没有人找得到的地方。

腰间的绳子快要解下来了，他的身躯开始向公主倾斜。只要一伸手，把绳子往她脖子上一套，再绾一个圈使劲一拉，她就完了。

可就在这最后时刻，他突然停住了。他这才发现，公主太美了，他实在不忍心下手。平日伺候她，总是低头弯腰，从不敢仰视。今晚，面对面，相距不过一尺，把她看了个真切：圆圆的脸盘，雪白丰满。两弯眉毛，又黑又密，里面藏的一粒黑痣也看得分明。端直而微尖的鼻子下面，是两片厚薄适度红润鲜艳的嘴唇；嘴唇轻启，隐约露出一排糯米细牙。看她，梦里都在笑，两个小酒窝一深一浅地变化着。

看着看着，二桂伸去腰间解绳子的手停下了。一闪念间，他改变了计划，他既不跑，更不杀她，他要占有她！这才是最狠毒的报复。

这时，外面传来三更的鼓声，他立刻轻轻退出公主的卧室，翻墙离开小院落，大步向月亭奔去。

远远地，他就见到两个人影，在浅蓝色的星空背景的映衬下，分明是一僧一道。

话说乌龟韩在李十三帮助下，靠"掷绳上天"术逃出监狱后，乌龟韩坚持要找儿子。他先流落长安，后尾随皇宫搬家队伍到了洛阳。无奈宫门森严，哪里打听得到半点消息？何况，自己又是"钦犯"，改名换姓，东躲西藏，挨冻受饿，潦倒不堪。幸好遇上一位有德高僧，收他为徒，当个化缘和尚，常借机在皇宫附近走动，暗中打听儿子的下落。

这李十三逃出牢狱后，一心要辅佐太子李贤，重振唐室，但事态的发展使他十分失望。因为明崇俨被刺杀后，武后怀疑为太子贤所为，命黄门侍郎裴炎等追查审理此案，结果查出一个叫赵道生的嫌疑犯，严刑拷问，供出是太子贤命令他去杀的；继而，又在太子住的东宫马棚里搜查出数百领盔甲，说是准备谋反。于是两罪并罚，太子贤被废为庶人，关在洛阳城中一个秘密地方。李十三思念太子旧情，从长安赶到洛阳，途中恰遇金术士，正式拜他为师，成了道人，又学得几套本事，以便打探太子下落，取得联系，助太子再起。

一个为了寻找儿子，一个为了寻找太子，乌龟韩与李十三在洛阳不期而遇。当乌龟韩那天在御河边洗手无意间捞起一片树叶，上面画了一只小乌龟，一看，便知是儿子寻找自己的信号。与李十三商量后，并再次与儿子取得联系，便按树叶上写的时间，准时于初三三更时分，赶到宫中御花园的月亭。

　　二桂望着那一僧一道的人影正在犹豫时，只听其中一人道："二龟还不快过来，为父想死你了。"

　　一听父亲那熟悉的声音，二桂忙跨前两步，跪在那和尚面前，双手抱着他的腿，喊一声"父亲"便泣不成声地哭了起来。乌龟韩也忍耐不住，扶着儿子抽泣起来。

　　"这是什么时候，什么地方，允许你们这般模样？"那道士冷静地发话道。

　　"快，二龟，快来叩见你李叔。"乌龟韩止住了眼泪，说道。

　　"拜见李叔。"二桂向李十三叩头行礼。

　　"免了免了，快起来，今日时间不多。你不是说要救你吗，准备好，搂着你父亲的手，把眼睛闭上……"

　　"我不走了。"二桂坚定地说。

　　"为什么？"乌龟韩、李十三同时问。

　　"我现在不男不女，成了废人，出去又有何益？"

　　"这不怕，你李叔本事大着哩，他说过，你这毛病很快就能医好。"乌龟韩急着说。

　　"那我就先给李叔叩头了。请给我医吧！"

　　"医好才走？"李十三奇怪地问。

　　"医好我就更不走了。"二桂固执地说。

　　"儿啊，你到底是为了什么呢？"乌龟韩困惑了，痛苦地问。

　　"为一个人。"二桂说。

　　"谁？"

　　"父亲，恕儿子不孝，我现在不能告诉你，也许你以后会知道。"

　　"唉！"乌龟韩见儿子长大了，心里高兴；但长大了他就不听话了，不免叹息起来。

　　盼望已久的父子会面，这时竟沉默起来，都不知道该说什么好。

　　李十三耐不住了，说道："二龟现在已经长大，既然他不愿走，那总有他的打算，人各有志，你就不要勉强他啦。这样，二龟，你过来，李叔给你一瓶药，算是见面礼。我知道你心里想的是什么事。你想到那事，就把瓶盖打开闻闻，自然药到病除，精神焕发，一切如愿。不过，我警诫你，切勿滥用，滥则不灵。切记切记！"

乌龟韩这时也明白是怎么回事了，使劲顿足道："二龟呀，二龟，你是在宫里面呀，这不是找死吗？"

"死，也是我愿意。"二桂说得很轻松，"父亲，请您恕儿子的罪过。您就当没有生我这个孽种。"

"二龟呀，你怎么变成这样啦……"

哨、哨……远处巡更查夜的太监渐渐走近。二桂慌忙跪下给父亲和李叔叩了个头，说一声："二位老人家保重！"便头也不回地走了。

乌龟韩和李十三眼见他消失在黑暗中，各自都长叹一声。而后，李十三拉着还在痴望远处黑暗中儿子的乌龟韩，说一声"走吧"！话音刚落，两条黑影立地而起，很快消失在空中了。

二桂手里紧紧攥着那个小药瓶，紧张、兴奋，却又悲伤万分地朝自己住处跑去。刚转过一棵大树，只听见后面急促而严厉地叫一声："站住！"

像一声响雷在二桂头顶上炸开，吓得他心脏要跳出来。他明白，跑是没有用的，只有老老实实地站住不动。

太平公主早熟，除了在宫中过早过多地看见听见那些男女情欲的事情外，还与她母亲有关。

大概是在两三年前的一天，母后要去感业寺烧香还愿，太平公主闹着要去，母后不但不让她去，还叫她躲在表姊姊卧室里的一个大衣橱里，不准吱声，不准出来，但听外面有什么动静，待母后回来后如实报告。对诸如此类的任务，母后交办的不止一次，她都完成得很好，每次都得到母后的夸奖和赏赐。她觉得这种任务很新奇，有刺激性，她乐意去完成。

不过，当她真的躲进表姊姊的那个大衣橱里时，她又感到不解了。表姊姊的母亲是韩国夫人，她叫她姨妈，死了有几年了，留下的女儿被封为魏国夫人，比自己长好几岁，常在一块儿玩耍。她又怎么惹恼了母后？她觉得大人间的事太复杂，老是一个劲地用心思。她想想没想通，便不再去想，只静静地躲在大衣橱里，闻那衣服上的香味。以前跟表姊姊玩藏猫，她在里面躲过，既宽大，又舒适。

忽然，她听见门响，外面有人讲话，是表姊。过一会儿，又有人进来，一听声音就知道是父皇。她并不觉得奇怪，父皇很喜欢表姊姊，常跟她在一起玩。他们在一起写字，念诗，画画，嘻嘻哈哈高兴极了。可此时他们静悄悄的，没有一点动静。难道他们到外面玩去了？她把衣橱门推开一条缝。外面怎么这么暗，离天黑还早哇？原来，是关了门窗。他们真的到外面去了？

这时，一阵欢笑声从那床的厚厚的帏帐中传过来。她明白了，原来是父皇与表姊姊在那里面做大人爱做的那种游戏。看那床踏板上的两双鞋，一双是父皇的大头深腰高靴，一双是表姊姊的小巧玲珑红绣花鞋，横竖零乱地撂在那里，有一只鞋底还朝上。

对大人们爱做的游戏，她早就看见过，比如父皇与母后，父皇与大姨娘韩国夫人，还有母后跟谁，但只偷看一两眼就走开了；可是今天不行，母后交代不准离开这衣橱，只有坚持看下去了。不过今天他们都在帐幔里，看不见，只听见里面说话、欢笑、喘息，还有使劲地摇床，帐幔抖得好厉害。

她曾和表姊姊在那张床上疯过，唱戏、打架、翻筋斗，那床结实着呢，一点没有响动，可见他们今天打得很认真，不过真的打起来，表姊姊一定不是父皇的对手，但表姊姊没有哭叫，可见不是真打……

过了好半晌，父皇和表姊姊才双双起床，穿好衣服鞋袜，手拉手出门去了。

下午，母后回宫，问太平公主今日见闻，她一五一十讲了个清楚。母后尚未听完，便把手中的茶碗使劲朝地下砸去，把身边的太平公主吓了一大跳。

后来，便见到表姊姊经常独自哭泣，见了自己头扭到一边，再不搭理；又后来，表姊妹去什么地方吃饭，回来就得急病死了。母后很生气，还杀了两个请她去吃饭的表叔，说就是他们下的毒。

但后来太平公主长大了，才知道这一切全是母后安排的，她觉得自己也似乎有参与这桩谋杀的嫌疑，不过她不后悔，也不内疚。她能原谅母亲，要不那样，她能有现在吗？她能坐上那高高在上的龙椅吗？这自是后话。

太平公主自幼生活在后宫，而唐代后宫是著名的淫乱大本营，多次偷看到大人们的那种游戏。起初，她感到新奇，甚至不可思议。大人们真怪，平时说话做事，斯斯文文，可是一玩起那种游戏来，就什么也不顾了，脸皮也厚了，力气也大了，简直无所顾忌，真是多余。可后来她长大些了，渐渐有了那种朦胧的需要了，她才发觉不是大人们多余，而是自己替他们担忧才是多余。大半年前的那次泰山封禅之行，沿途与二桂的那些接触，就是从大人们的游戏中学到的，那感觉比与宫女们藏猫猫捉蜻蜓好多了。

回洛阳后，母后见她渐渐成人，便在合璧宫里单独拨给她一个小院落。她有了自己的一片天地，当然更自由了，但却又更寂寞了。伺候她的人虽然有一大群，只有二桂她看着顺眼，要他常跟在左右，以便继续玩他们在去泰山路上玩的那些游戏；遗憾的是他不是一个真正的男人；尽管如此，也有他的可取之处，多少能平息一下她那躁动的心。

那天晚上不知怎的特别兴奋，辗转反侧也不能入睡。拿出母后赏赐的那串夜明珠，开初还觉得有些意思，爱不释手，玩一会儿，便就腻了，枕边一丢，又胡思乱想起来。她想到昨天来宫中的表弟武攸暨：他年纪比我小，个头却比我大，举止文雅，眉清目秀，站在姨母身后两眼不住朝我这边看，看得我连姨母问话都没听清……她又想到去年躲在母亲身后偷看百官上朝，老老少少一大帮，三跪九叩，山呼万岁，然后分文武两班站立。她专找那年轻貌美的，却又站得很远，眼都看累了，一个都没看清楚。说没看清楚，眼前却出现了一个十分清楚的面孔：浓眉大眼，红唇皓齿，还有那粗壮的胳臂和灵巧的大手，怎么又是他，二桂，老撵不走。唉，这么美貌的男子为什么偏偏是个太监……她越想越睡不着，越睡不着越想。都半夜了，还睁着一双美丽的大眼望着窗外的星空。

忽然，她觉着有个黑影在窗外晃了一下，接着，门被一点点地撬开。太平公主虽然胆大，也吓得毛发倒立。但当她断定来人是二桂后，便马上松弛下来，她记得，今天上午他来请安，双手呈上那手形的板子时，她取过来并没有打他，只在他脸上轻轻刮了三下。

她半眯着眼，见他小心翼翼地步步走近，而且双手伸进腰间。她闭上眼，止不住地兴奋，微笑着去迎接他的狂风暴雨。

可是，他怎么后退了，竟然转身走了？

她感到奇怪，便迅速穿衣起床，尾随在他身后，一直到御花园里的月亭，隐约见亭上有人，身子一闪躲进树丛中，把他们的秘密看个透彻，听个仔细。

二桂站稳脚步恢复些平静后，才想到刚才喊站住的声音是个很熟悉的女音，便大胆转过头来一看，果然是她。

她讲话了："二桂，你好大胆，竟敢私自会见外人，该当何罪？"

"那不是外人。"二桂从来没有这么平静，这么嘴硬地对公主讲话。

"一切我都听见了，你休要抵赖。"

"公主既然听见了，那就听凭发落。"二桂今天豁出去了，一点也不口软。

"那好，这里不是说话的地方。随我来。"

二桂心想坏了，她一进院，喊起宫女太监，自己便凶多吉少了。然而，在公主的威逼下，反抗的结局将会更糟。他壮着胆，随公主进了院子，又被带进她的卧室。她不仅没有喊人，连灯都没有点。

二桂迷惑了，他站在那里不敢动。

黑暗中，太平公主猛地转过身来，张开双臂紧紧地抱着他，用柔和甜蜜的声音说："二桂，把你手中那个小瓶快打开吧……"

二桂明白，今晚之事对她已无秘密可言，只要遂了她的心愿就不会再加害于我；二桂又特别高兴，他没想到他的复仇计划实现得这么顺利，这么快。他勇敢地打开了手中小瓶的瓶盖。顿时，一股奇异的芳香钻进他的鼻腔，很快又变成一股热气，渐渐漫向全身，松软的筋骨一下绷紧了，而紧张的精神却立刻消解了。他与她，都感到进入到生命的不可言说的奇妙境界。直到金鸡唱晓，他们才相约今夜，依依惜别。

二桂犯下的最大错误在于忘记了李叔拿药瓶给他时"切勿滥用"的警告。他第一次尝到"复仇"的甜头后便夜夜去与公主幽会，岂知那小瓶中装的只是一种术士的幻药，不可能让去势之人恢复真身。几次用了下来，功能消失，感觉全无。特别是太平公主，除了头两次有一种如走进幻境般的舒畅快活外，以后的几次相会，完全是场空白。她发现自己不仅毫无所得甚至毫无所失，只是凭空增加了莫名的烦躁和伤感。如渴了梦见喝水，饿了梦见吃饭，醒来，则更饥更渴。

所以，当最后一次二桂走进她的卧室，意欲向她靠近时，她对他恶狠狠地骂道："快滚开，你这个骗子！"他正低头转身准备退出时，又被公主喝住："站住，你听着，下次来时不要忘记带上那块板子。"她见二桂没吱声，厉声问道："你听见没有？"

"奴才听见了。"二桂低声回道。

于是，生活又回到往日的轨道。

然而，经过了这么一次折腾，他们都无法在往日的生活轨道上平静运行了：二桂不甘心自己的失败，一心要做一个真正的男人；太平公主因为这次的行动，春情大发，心猿意马。因不堪忍受，便常常用二桂呈上来的板子对他没头没脸地乱打，直打得挨打的和打人的都泪流满面为止。看得宫娥侍女个个瞠目结舌。

正当宫墙内太平公主用折磨他人的办法来折磨自己试图解除内心的情爱尴尬时，宫墙外的大唐帝国也遇上了一次恼人的尴尬：要以太平公主为筹码，去平息、化解一场危机。

唐朝本是个国力强盛的国家，唐太宗南征北战，扬威四海，天下臣服，万邦来朝。但至高宗时，因武后弄权，时有内讧，国势显弱，于是边患又起。高宗上元年间，吐蕃国王任命钦陵为相，修国强兵，势力大振。钦陵命其弟赞婆、悉多等率兵犯唐，连破西域十八城。高宗下诏派右卫大将军薛仁贵、左卫大将郭待封为正副行军大总管，率二十万大军西征吐蕃。开初，连打几个胜仗，杀敌上万，夺得牛羊无数。后因副帅郭待封不受薛仁贵节度，麻痹轻敌，被吐蕃发兵截击，尽劫粮食辎重而去。薛仁贵见失了后勤保障，远在边地十分危险，立刻下令退兵。不想又被钦陵亲率的四十万大军包围。薛仁贵凭一支铁戟，左冲右突，总算杀出重围，但检点身后残兵，十成已不足一、二。钦陵也未穷追，只派人捎信说，如果同意把吐谷浑一带划为吐蕃势力范围，便可休兵。薛仁贵只得权且答应。

薛仁贵兵败回朝，送有司按问，被贬为庶人。想当年征东征西，三箭定天山的薛仁贵，而今落得这般下场，甚为痛惜。不过后来他又被起用，为破突厥立下战功，也算生命的最后时刻还发了道耀眼的光亮。

　　吐蕃国王得了土地还不满足，听说高宗女儿太平公主长得美丽，便硬要来打个亲家，娶她做儿媳，说是这样一来吐蕃便成了女婿国，可以保证今后永不犯唐。为了讨要太平公主，还派了专门的使臣到洛阳办理此事。

　　高宗和武后听了这个消息大为吃惊，特别是武后，只此一个爱女，岂能将她远嫁异域。但吐蕃此时国力强盛，锋不可当，又不能一口拒绝，便想好了一个计策对高宗说了。高宗对武后一向言听计从，欣然同意。

　　这天，武后专程来到太平公主的小院，进门就把跪接的太平公主拉入怀中，叫一声"我的乖乖"，亲个不够。而后说道："怎么几天不见就瘦了一圈。听说你有事没事哭哭闹闹，到底有什么心事，不妨对为娘讲。"

　　那太平公主从小在母亲面前撒娇惯了，拱在武后怀里不说也不笑，只把武后胸前那串珠子一颗颗数着玩。

　　"你不说娘也知道。娘知道你长大了，只是为娘实在忙不过来，误了你的终身大事，不过，也实在还没找到与你相当的。"

　　太平公主一听，母亲竟一语中的，说到自己心坎上了，便摇了摇身子，长长地叫了一声："母后——看您说到哪儿去了？"

　　武后知道她说的是假话，但为了达到今天来这一趟的目的，便顺着说："不是为这个那就好，究竟你还小。"

　　太平公主抢一句说："还有几个月就是十四了。"冲口说出后，自觉失言，脸上一阵发烧，便把头埋在母后怀里，忍不住嗤嗤暗笑。

　　武后也被女儿的话逗笑了，便说："你是我生的，我还不知道？"

　　母女笑一阵，武后便把话转入正题说："女儿，为娘今天来，有一事要你办。"

　　"母后，请吩咐。"

　　"我跟你父皇商议了，叫你当一回女道士。"

　　"谁又死了？"

　　"什么谁又死了？死丫头，满口胡言。"

　　"母后——"太平公主把声音拖得长长地喊了一声后，笑着说："您忘了，前年姥姥仙逝，您不是叫我当女道士，说是为了悼念她老人家以幸冥福吗？"

　　武后想起来了，果有此事。想母亲当年抚养我几姊妹受尽苦楚，而今我当了大唐皇后，养育之情深似大海，便采纳郭道士的建议，在她老人家仙逝后让女儿去当了女冠。不过那只是走走过场，有那么点意思而已。武后说："你不提起我倒忘了，不过那次是假的，这次是要当真的。"

太平公主一听说要当真，便扑通一声给母亲跪下了，哽咽着声音说道："请母后恕罪，女儿不愿出家。"

武后知道女儿领会错了自己的意思，便解释道："我说当真，也不是叫你真的出家，一辈子独守青灯黄卷；只是要你穿戴真的道冠道袍去道观里住几天，认认真真跪在蒲团上念念经就行了。"

虽然不是一辈子，但一想到要去那鬼影都见不到几个的庙里住几天，还要跪在那里念经，她也不愿意，便伏在母后膝上不开腔。

武后又哄着她说："儿呀，就只短短几天，把那吐蕃国派来的使臣哄走便算了。我还命人专修了个'太平观'，任命你为观主，派些宫娥侍女去当小道士，专门伺候你。那太平观就修在永福门，离这儿没多远。出门就是大街，大街对面就是百行百业的市场，可热闹哩……"

太平公主一听，果然心动了，母亲刚一说完，她就接着说："儿臣听了母后教谕，方知这当女冠非同一般。为了大唐社稷，莫说当几天女道士，就是叫儿臣当一辈子，也是愿意的。"

武后高兴自己有这么个美丽乖巧又懂事理的女儿，欢喜得把她紧紧搂在怀里，说道："为娘代表大唐感谢你了，事过之后，为娘一定叫你父皇重重封赏你，待你将来出嫁，我会倾其所有给你办嫁妆。办得铺铺张张，让天下人都羡慕。"

太平公主听了，也忘了羞怯，立刻跪下叩头说："女儿先谢过母后。"

果然不久，永福门附近就出现了一座精致豪华的崭新建筑，门额上是当朝太后亲笔题写的三个金光闪闪的大字：太平观。一早一晚，有个美丽非凡的女道士坐在八卦蒲团上诵读经文。一传十，十传百，长安、洛阳东西两京都知道那小女道士便是当朝皇帝的女儿太平公主。

没多久，吐蕃派来的使臣到了洛阳，听说太平公主已经出家，便问原因。接待的官员按武后指示解释道："太平公主出生时，一片祥云在大明宫上方久聚不散。出生后长得面若桃花，遍体清香，聪俊异常，读书识字过目不忘。有高僧高道为她看相算命，说是上天仙女下凡，投胎帝王之家。如果出家，可以长住人间；如不出家，凡尘污染，将触怒上苍，短她阳寿，且祸及他人。故早去太平观出家为道士去了。"

那吐蕃使臣听了，将信将疑，接待官员便带他去太平观察看。

听侍从来报，说吐蕃使臣已到街口，太平公主便赶紧撵走观内闲杂人等，洗净脸上脂粉唇膏，换上道袍，戴上道冠，脚踏云靴，手持拂麈等待；再报说使臣已到太平观大门，她才不慌不忙跪在软塌塌的蒲团上，微闭双目，口中念念有词，装得十分专注地在诵读经文。

那吐蕃人乃中国少数民族，虽有些野蛮，但生性耿直，没有多少弯弯肠子，见公主端跪念经，虔诚之至，便信以为真，对一心修炼的中国公主钦佩万分。临走，还捐了许多珍贵礼品，便回吐蕃如此这般复命去了。

吐蕃使臣走后，高宗武后松了一口气，想女儿这一阵实在吃苦了，便派人去太平观接她回宫。可是接的人回来说，太平公主正在为大唐帝国祈福，为父皇母后祈寿，还要七七四十九天哩。

高宗一听，乐了："我女儿真的长大了。"

可武后却不以为然地蹙着眉头说："我看这里面有文章。"

第五章　不爱红装爱武装

十四岁那年，太平公主身着紫衣玉带，戴上军官头盔，蹦蹦跳跳去拜见父母，高宗和武后惊喜道："你想当武将吗？"她低头害羞地说："请赐儿一个驸马好吧？"

唐朝有两座都城，一座是西京长安，一座是东都洛阳。那洛阳建都虽较迟，但由于高宗和武后对它的偏爱，舍得花钱投资，在短短十余年的时间内就建设成个像模像样的大城市了。整个城市以洛水为界分为两个区：北区为皇城和里坊，皇城是皇帝及其后妃家属住的地方，由无数座宫殿院落组成。里坊是王侯勋贵文武官员的住地，由纵横交错的街道分割而成，共有四五十坊之多；南区是工商业区，较北区大得多，由上百条大小街道组成，街两边商店和作坊鳞次栉比，繁华无比。为了交易的方便，城中还设有两个大市场，一为南市，一为西市，每日四方商贾云集，热闹非凡。更有那穿城而过的洛水，由于运河的开通而直达南北，苏杭的稻米、丝绸等物资可以直运洛阳。白天黑夜，樯帆不断，穿梭往来，日以千计。

至于城外，另是一番风景。东南地区共十几道城门，城门外的空旷地带，是一处处自由集市。小商小贩，摆摊设点；农夫农妇，有买有卖；各行各业的手艺人，肩挑背磨的苦力汉，加上跑江湖走单帮的，各类人物如潮水般涌来涌去。

城东南角永通门外，是专辟的游乐场地，戏曲、杂技、魔术、马戏、武术等等，还有南方来的猴戏，北方来的熊戏，西域各国来的幻术和催眠术，应有尽有。

离城再远一点，好玩的去处也不少，如白马寺拜佛，伊水河划船，游龙门，爬香山，各有各的情趣。

守着这么大一座繁华的城市和那么多好玩好耍的地方，跪在蒲团上念经的太平公主心里实在太平不下来。

这天清早，她跪在蒲团上正准备翻开经书，忽听树上的麻雀叫得聒噪。抬头望去，树叶间好一片蓝天，一丝云彩也看不见。她把经书一丢，叫来一个与自己一般大的宫女，脱下自己的道袍道冠叫她穿戴上，代她念经，自己则走进后院，把一个年纪大的宫女叫到卧室，对她说："秋凤，今天你陪我到外面去玩玩，快准备一下。"

秋凤是个老宫女了，久在宫中，学得圆滑世故，回道："公主吩咐，敢不从命，奴才这就去准备，只是怕……"

"怕什么，这观里我当家，谁敢说出去？再说，万一母后知道，有我咧，不关你的事。"

半个时辰不到，道观后门开处，出来两个村姑模样的人，手挽手向街上走去。

太平公主虽身在洛阳，实在没有出过几次宫门，偶尔出来一次，也是随父皇母后，坐在封闭严实的高大马车里，外面的风景只从窗缝里一闪而过。那宫女秋凤，入宫二十年，而今三十挂零，长年锁在深宫，记得还是很小的时候拉着母亲的手进过洛阳城，早想出来见见世面了。这次公主叫上街，口里说怕这怕那，都是假话。

从太平观上街，要过洛水桥。那桥十分高大，站在桥中间，但见大小船只从脚底下穿来穿去。有的挂帆，有的扯篷，有的划桨，有的摇橹，每只船上不是装满了货，就是坐满了人。还有一种船，装饰得辉煌漂亮，白天也点着灯，从里面传来阵阵歌声和笑声。看得太平公主心花怒放，多日来憋在心头的闷气全都散得干干净净。

"公主您看，那船上还搭有戏台。"秋凤指着一艘插满彩旗的船说。

　　走近一看，那船上真有一个戏台，上面还正演着一出戏哩，都是些孩子演员，唱唱打打，锣鼓喧天地从脚下滑过去。

　　"公主您说，这船也怪，有的搭上台子游着唱戏，专给街上人看；有的闷在舱里唱给自己听，那谁给他们管饭？"秋凤问道。

　　太平公主解释说："那游着唱戏的船，是告诉人们今天晚上戏班在什么地方演什么节目，大家好去看；那躲在舱里唱戏的是歌妓，听的人也都在里面躲着听。"

　　"那些人也真怪，这风和日丽的，不出来在太阳底下听，躲在里面不憋得慌？"秋凤对此很不理解。

　　太平公主只有说："那些躲着听的都是些不学好的臭男人，怕老婆找着了。"

　　说罢，两人都笑了。

　　过了桥，便是大街。那街足有两三丈宽，两边一律是楼房，下面是门面，楼上是住房，一处比一处高大宽敞。各种各样的货物，码在货架上、柜台上，任人选购。那街上的行人，有走路的，骑马骑驴的，坐车坐轿的，把街道挤得水泄不通。

　　太平公主抓紧秋凤的手说："千万要记住来的路，记住过了几道街口。别迷了路。"

　　秋凤连连点头答应。

　　太平公主感到奇怪，以前跟父皇母后坐在马车里过大街，总是一味溜就过去了，怎么现在这么挤？想着想着，只听一阵锣响，前面的人如潮水般退下来，赶快闪在街道两旁。原来是有大官要经过，鸣锣开道。但见几十个衙役，有的敲锣喊，有的挥鞭赶。那鞭子在人头上噼噼啪啪响，碰上就掉一块皮，敢不快让。不一会，飞快跑过十几匹高头大马，马后有几辆高大的马车，轰轰隆隆从街中间开了过去。车马队伍过了，人们又拥向街面。这么拥来拥去，把公主挤得晕头转向，幸好她把秋凤的手抓得牢，才没有被冲散。

　　两人喘过气来，手拉手，一路东张张西望望，在店铺里，货摊上，这里翻翻，那里找找，活像两个头次进城的村姑。那太平公主最爱新鲜，看了这样想买，见了那样想买，什么泥人、瓷娃、香包、绣帕……买了一大包，把秋凤临走时抓的一把银子用了一大半。

在一家刀剪铺门前，太平公主停下了。她看上一把小剪刀，要二两八钱银子。她拿过来翻来覆去地细细看了个遍，又挨近眼睛对着亮看了一眼。马上说：买了，叫秋凤快付银子。秋凤迟疑着说："这剪刀一钱银子能买两把。"店家笑道："你这位大姐不识货，要这位姑娘才懂行。这是外国来的洋玩意儿。"

"洋玩意儿也不该这么贵！"秋凤不敢冒犯公主，冒犯店家她是不怕的，便大声顶去。

"快给了银子走。"公主说着便跨出店门。

"这店家也太坑人了。"秋凤给了钱出门时还在说。

又过了几道街口，太平公主问道："一共走过多少街口了？"

"我们走到第二个街口转的弯，转弯后又走了四个街口，一共六道了。"

"我怎么记着是八道呢。"太平公主一心想着那把剪刀，花的是二两八钱银子，便记住了个"八"。

"那一定是奴才记错了。"秋凤在宫中多年，一向唯主子之命是从，顺着公主说。

这样一来，回去的路就找不着了。转上两圈，就更糊涂了。

秋凤要找人问路，公主阻止她说："你长期在宫中，说话口音早变了。我从小在长安长大，说话声音也不一样，随便问路，遇上歹人，一听我们是生人，就麻烦了。"

还是公主点子多，她说："我们不是从北边来的吗，往北边走，一定能找到回去的路。"

她俩便认定朝北走，刚过两个街口，秋凤便指着前面说："公主快看，桥，那不是我们来时走过的桥吗？"

太平公主一看，果然是座桥，便说："你看怎么样，往北走该不会错吧。"

可是走近一看，桥倒是桥，不是来时那座。

两人坐在桥栏杆上，东瞧西望，不知所措。桥下的行船往来如梭，她们都没有心思看。

太平公主闭眼想了想出门后走过的路，渐渐理出头绪，辨出了方向，确定这座桥是在先那座桥的东面。于是眼前一亮，转身向西，踮脚一看，远远的果然有座桥。她高兴地拉着秋凤道："你看，那上面不是我们来时走的桥吗？顺河走上去就是。好了，找到回去的路了。走，下桥去，找个地方歇歇脚，吃饱了好回。"

两人下桥后，找了家河边的饭馆，在一张临窗的桌边坐下。

堂倌过来，送上茶水手巾。然后"爆炒鸡丁，红烧活鱼，糖醋里脊……"报了一长串，听得公主不耐烦，说道："拣好吃的送上来就是，少啰唆。"

说完，堂倌下去，公主便独自走到窗前，摸出那把小剪刀，细细玩赏，还不时把它送到眼睛边，对着天空细看，边看边忍不住笑。她心想，怪不得那年外国进贡给母后这样一把小剪刀，她不用来剪指甲，没事就拿出来看。我想看看她都不给，原来有这么些机关。今天，好运道，我也有了一把。

秋凤见公主拿出那把剪刀不停地看，觉着奇怪。不就是把剪刀吗，有什么稀奇，还那么贵。她见公主看了一阵后把剪刀用手帕包了，揣在怀里。过了一会儿，大概怕它扎了肉，又取出来放在桌子边。

正在这时，那边传来鞭炮声，只见一队插满红绿彩旗的大小船只，在阵阵欢快的乐曲声中缓缓前进。原来是一支迎亲的船队，船中坐着新郎新娘，大小船上摆满了嫁妆，送亲的队伍吹吹唱唱敲敲打打，好不热闹。用船迎亲，是这几年洛阳城的时髦事，有钱人家都爱这样操办。沿河上下，一路风光，出尽风头。

秋凤趁公主专心致志观看河里船队迎亲之际，忙取过那小剪刀，细细察看，别无异处，只是剪刀把那里有个凸起的白点，像是镶了一颗什么珠子。她也学着把剪刀拿近眼睛，对着珠子往亮处看。起初看几眼，未看真切。当她对准光线，看得真切后，立刻如触电般抖着双手，把剪刀放还原处。

太平公主转过脸来，见桌子上的剪刀已被动过，秋凤的脸又红一块白一块，心中不免一笑，脸上却十分严肃地问："刚才你动剪子了？"

"奴才该死！"秋凤说着就要跪下。

公主低声喝道："这是什么地方？坐下！"

这时，伙计送上菜饭，公主边吃边问："谁叫你偷看的？"

"奴才见公主看，我也想看。"

"看见了？"

"看，看见了。"

"看见什么了？"公主逼着问。

"看见两个人。"

这时，伙计送菜的脚步声过来了。公主换了腔调说："秋凤，还不快吃饭？"

秋凤端起饭碗，可是吃饭的兴趣全无。

"看见两个什么人了？"公主接着问。

"一男一女。"

"一男一女在干什么？"公主问了，自己都忍不住暗笑。

"奴才，奴才实在不敢说。"

"那你为什么敢看？"

"奴才不知道。"秋凤端着碗，却还没有动筷子。她吃不下。

今天公主的胃口很不错，吃得津津有味，伙计每端一道菜来，她都夹两筷子尝尝。见秋凤还没动筷子，命令道："叫你吃，你就吃。"

秋凤刚扒一口饭进口，还没咽下去，公主又问了："那我问你，你看见的那一男一女穿的是什么衣服？"

秋凤使劲把饭吞下去后，回道："好像没穿衣服。"

太平公主听了忍不住哈哈大笑起来，弄得来上菜的堂倌莫名其妙。

听公主笑了，秋凤松了口气，便开始吃起饭来。这时公主吃罢饭，擦着嘴说："你进宫多年，该知道管闲事的结果。你看，今天又遇上了吧？以后，该说的说，该看的看，闲事少管。"

"谨遵公主教诲。"

秋凤扒完一碗饭，正在揩嘴，可是堂倌又送上菜来，说是他店里的名菜：红烧活鱼。果然，那鲤鱼已煮熟在盘子里，嘴还在张，尾也在摆。秋凤看了说："饭都吃完了，还送什么菜？"那堂倌道："刚才你们不是说拣好的上吗？"话没说完，另一个堂倌又送上一大盆"烧全景"，眼看摆满一桌子。

双方正理论间，只见门帘一掀，从里屋出来一个四十开外的八字胡，手拿算盘，走到桌前，霹雳吧啦一拨弄，说道："一共十二两六钱银子，饶你们六钱，收十二两整数。"

秋凤正待与他分辩，见公主使了个眼色，便不说话，忙去怀里摸银子。坏了，出门带的银子不多，又买这买那，只剩下五六两，全部掏出来放在桌上，急得她直跺脚。

"大姐，跺脚也没用。这样吧，你们先把这些银子付了，剩下的，请回去取来。不过，你们要留下一个人在这里。"八字胡说着，看了一眼公主。

"慢着"，太平公主说道："你这个店也太坑人，我们才两个人，你们送上一桌子菜，饭都吃完了，还送。筷子都未沾，还要收钱。试问还有规矩没有？"

"小姐息怒，"八字胡佯笑道："这菜端上来了，就没有再端回去的规矩，你们不吃也得付账。"说罢，朝身后的伙计们看看，伙计们同声说："掌柜的说得在理。"

太平公主看了这架势，好汉不吃眼前亏，便一抹袖子，从手腕上退出一只金镯来，丢在桌子上说："你看这个值多少？"

八字胡见了一惊，看不出这乡下姑娘，还戴有金镯，一边伸手去捡，一边说："我看看，该不是铜的吧？"

"你把眼睛睁大点。"公主冷笑道。

那八字胡听了也不计较，拿过镯子，放嘴里咬咬说："倒不是铜的，只是成色不够。"

"开个价吧。"太平公主又冷笑一声。

"这样吧，你那些散碎银子我也不收了，算我今天倒霉，就用这镯子抵这顿酒席吧。"

秋凤实在忍不住了，大声说："你这掌柜的也太黑心，这镯子二百两银子也值。你这么坑人，还有良心没有？"

八字胡还是不生气，只软不啦叽地说：

"大姐，你说你这镯子要值二百两，那好，你去金店卖了，我只要十二两银子。不过，要留下一个人作押。"

"别跟他多说，就把镯子留下，咱们走！"太平公主说罢，拉上秋凤就走。

正在这时，过来一位军官模样的少年，双手一拱说："请二位稍留一步。"

说罢，从怀里摸出一锭白银，重重地往桌上一放，对那八字胡说道："你把这小姐的镯子还了，我这是二十两银子，你看够吗？"

公主看那少年军官，十七八岁年纪，脸宽耳阔，双目如电，一脸英气，说话声音洪亮，举止豪放不羁。又恰在危难中伸出援助之手，心中很是敬佩，不觉对他微笑点头，以示感激。

那八字胡见是位军官，先自软了一半，忙把手镯奉还。太平公主并不去接，却对秋凤说："你拿着吧。"说罢，再次向那年轻军官致谢，并说："请教尊姓大名，府上在哪里，以便改日奉还。"

那军官笑道："些许小事，何足挂齿。"

"既然军爷不愿留名，那我们就谢过了。"说罢，嫣然一笑，告辞出了店门，与秋凤急急而去。

两人顺着洛水，很快找到来时那座桥。过了桥，不远就是太平观。二人仍从后门进去，神不知鬼不觉，谁也不知道。

晚上，太平公主想到今天有惊无险的经历，很感激那位不露姓名的年轻军官。当时，因急于脱身，也未对他细看，现在静下来，才回想起他英气勃勃的双目中分明也含情脉脉，刚强洪亮的语气里藏有几许温情，刚中带柔，举止有度。可惜的是只短短的瞬间，未及细看，特别是不知他的姓名和府第，真是遗憾……辗转难以入梦时，又想起今天买的那把小剪刀，取出来对着灯光细看，越看越有意思，越看越想入非非，实在难以入眠。

更难以入眠的还要算秋凤，满脑袋装的是小剪刀。她奇怪，怎么绿豆大小的地方能装下一男一女两个人？他们是怎么进去的？一想到他们光着身子搂在一起就害臊，害臊还要想。她计算了一下，自己十三岁入宫，天天盼皇上临幸，也许能留下个龙种，自己也可以当个嫔妃什么的。可是二十多年，连皇上的面都难见到几次。而今，正如自己的名字，人生已进入到秋天，来日也不多了。她本想就在宫中混下去，就此了却一生。可是，看了那剪刀把里藏着的故事后，她的信念动摇了，把自己就这么交给高墙深院的皇宫关一辈子也太亏了。大概就在她陪太平公主去逛洛阳城回道观的第三天晚上，收拾了些衣物细软，不辞而别了。

在成千宫女的皇宫里，跑了个把宫女，也算不上什么大事，只是在花名册上少了个"秋凤"的名字而已。

且说那青年军官目送两位"村姑"走出店门后，转身对八字胡说："小心下一次不要再碰到我手上。"

说罢出门，也顺着洛水河，远远跟在那两位村姑身后。

这年轻军官说起来也是洛阳城里一个叫得响的人物，他名叫薛绍，其父乃朝廷光禄卿，其母是唐太宗之女城阳公主，今年刚满十八岁，在禁军里补了个校尉的军职。他今天偶尔到这家饭馆吃饭，目睹这件恶店欺客的事，便打了个抱不平。

薛绍虽然年轻，头脑甚是聪明。他见今天那年轻小姐虽村姑打扮，却有大家气质，美丽大方，谈吐不凡。又看她那金镯，定非一般人家所有。在一种好奇心的驱使下，便尾随在后，要看个明白。一看他们上了桥，朝皇宫方向走去，他更奇了，便再跟一程，一直看见她们从后门进了太平观，他才满怀一肚皮疑问回到家里。

薛绍家住洛阳城东北角的铜驼坊。那是一所大宅子，是当年太宗皇上给城阳公主的陪嫁礼之一，离皇宫也不远。

薛绍回家以后，便把今天如何在饭铺遇见两个"村姑"模样的小姐，她们的年纪长相，说话行事，以及后来进了太平观后门等，一一向母亲讲了，并说那年轻一位看来绝非出自一般人家，他总觉得与她有什么缘分，求母亲相助。

城阳公主听了儿子的一番形容，心中便有了几分底。她说道："依你说的情形看，那年轻小姐说不准就是太平公主。这一阵，她正在道观里读经，大概是耐不住了，带上宫女外出游玩，幸好碰上了你，不然还会惹不少事。"

薛绍听了，更把母亲扭得紧了，便说：

"请母亲明日带我去太平观看看如何？"

母亲听出儿子的意思，笑着说：

"你不要异想天开，癞蛤蟆想吃天鹅肉了。那太平公主心高气傲，个性乖张，能看上你这个窝囊废？"说着说着，忽然叹了一口气。

"好好的，您叹息什么？"薛绍不解地问。

城阳公主再叹一口气说："你不要以为娶公主为妻是什么好事，当年你父杜荷，莫名其妙地就被牵进一桩谋逆案中被杀了。"话未说完，眼泪已成串地掉下来。

薛绍早就知道此事，但他觉得母亲也太多虑太伤感了，挨不着边的两码事，竟被她老人家绾在了一起。心中有几分不悦，但还是安慰说："母亲，那都是好多年前的事了，再不要去想它了。再说，你还没有见到是谁哩！话再说回来，就算见到了，是她，离成亲也还有十万八千里。我想去看看，只不过是为了好奇罢了。"

架不住儿子再三相求，这天，准备了车马，城阳公主便带上薛绍去太平观。

这太平观是皇家道观，一般人是不准进出的，唯皇亲国戚例外。这城阳公主是当今皇上的姐姐，自然可以自由出入。

太平公主正因为那日见了那位不知名的青年军官，引动许多莫名的遐想，心神不定，寝食难安，枯坐在蒲团上不知该怎样打发这漫长的一天。忽听来报，说姑母城阳公主来道观烧香，便懒洋洋地走出来迎接。当她举目看去，姑母身后竟跟着一位美少年，便心头一热，再看一眼，立刻眼睛发亮，那不正是他吗。那日他军人打扮，英气逼人；今日书生装束，儒雅迷人。

薛绍第一眼就认出是她，只是那日村姑模样，天真无邪；今日道袍加身，美丽庄重。

两人四目相对，半天说不出话来。

这时在一旁的城阳公主说道："怎么，你们原来认识呀！"

于是二人重新施礼见面。太平公主一再向表兄感谢，说欠下的十二两银子还不知道找谁还呢。薛绍则说，今天登门，就是来讨银子的。你一句我一句，说得开怀大笑，反倒把城阳公主冷落在一边了。

说起来难以置信，怎么同在洛阳城居住的表兄妹竟不认识。其实，说穿了一点也不奇怪。想那太宗皇帝，三宫六院，嫔妃无数，因此子女众多，光公主就有几十位。试想，那么多公主生育多少儿女？且当朝皇太子、公主，多住在禁宫之内，虽为表亲，也少来往，互相不认识实属平常。

　　且说太平公主与薛绍相见之后，从此胶一样黏在一起，整日在太平观里寻欢作乐。

　　这天深夜，薛绍回家，见母亲秉烛坐在堂上，向前请了安后问道："母亲为何这么晚了还不安歇？"

　　"就等你回来，有话问你。"母亲把烛芯剪得更亮了说。

　　"儿谨听母亲教诲。"薛绍说罢，恭立一旁。

　　"你是从太平观回来？"母亲问。

　　"是。"

　　"绍儿，我早就对你说过，与皇家结亲并不是好事。宫廷之事，瞬息万变。你要三思而行啊！"

　　"谢母亲教导，可是我实在再也离不开她。今后儿小心谨慎就是。"

　　"可是，你知道吗，那公主的脾气……"

　　"母亲，我也知道。不过，您看皇太后的脾气如何？皇上不是跟她很好吗？"

　　城阳公主听儿子说话出了格，便佯怒道："放肆，这是可以乱比的吗？"

　　薛绍也知自己一时失言，忙自责说："儿一时糊涂，脱口而出，望母亲原谅。"

　　城阳公主望着长得英俊高大的儿子，想到他与太平公主已打得火热，心里也很高兴；然而不知怎的，又隐隐有一丝忧虑，无意间竟长长叹了口气，望着儿子说："为娘实在为你担心啊。"

　　这太平公主是个专找新鲜事玩的姑娘，她向薛绍要了一套军官服穿上，女扮男装，二人便从观里玩出观外，大胆上街赶市，游山玩水。不几日，便把洛阳城玩了个遍。甚至附近的香山、伊水、白马寺、龙门石窟等处，都留下他们的踪迹。

　　但是再好玩也有腻的时候。不过，善于揣摩太平公主心事的薛绍，还不等她腻，又想出新的玩法了。

　　听说临淄王府上的"鸡坊"五百小儿长"神鸡童"贾昌从长安来，薛绍便主动与他相交，以重金为酬要他表演驯鸡专场，贾昌欣然同意。

这天，薛绍约了太平公主，双双穿上校尉军官服，扮成兄弟，骑马来到表演场。

表演开始了。贾昌，一个三尺高的孩童，头戴雕翠金华冠，身着锦袖绣花襦，手执一把大铜铃，场中一站，轻摇一遍铜铃，数百只顶着大红肉冠、生有黄色羽毛、黑色利爪、红色尖嘴的雄鸡，从鸡坊中整队而出，一致排开；铜铃二响，那鸡如行军士兵，整齐分为两行，相对而立了；铜铃三响，斗鸡开始。两队鸡各找对手，竖起羽毛，振动翅膀，磨着尖嘴，搓着利爪，打着旋儿互斗起来。这时贾昌手执竹鞭，临场指挥，该进则进，该退则退；有单兵作战，有集团拼杀。正斗得难解难分时，一声铃响，双方停战，听贾昌裁决胜负。胜者走在前面，趾高气扬，引吭高唱；败者走在后面，略显沮丧。而后，队形整齐地退场，各自回到鸡坊。

太平公主看过不少斗鸡，但都是单个斗，从来没有见过这种队形整齐集团斗鸡的阵势，看得开怀大笑，夸奖薛绍安排得好。

当母后派人接她回宫时，她与薛绍玩得正在兴头上，哪舍得离开，便借口说要做七七四十九天的道场，以拖延时日。

这天，两人又玩到红日西坠，回观路过左掖门时太平公主说："从这里到东宫最近，我回宫去了。"

"怎么，你不是说七七四十九天吗？还有好几天可玩呐。"薛绍惊奇不解地问。

"不，用不着那么久，功德已经完满。你等着吧。"说罢，还向他笑着挤了挤眼。

薛绍有所悟，但看她还穿着一身军装，便喊道："你看你，衣服都没换。"

"别管我，你回吧。"太平公主向他摆摆手蹦跳着进宫去了。

她一直走到父皇的寝宫，恰恰这时高宗、武后都在，见了女儿，好不高兴，便问："你不是说为国家祈福，为父母祈寿，专心诵经要七七四十九天吗？算来时间还差几天哩。"

"父皇、母后，俗话说心诚则灵，不一定要那么久。"

武后见女儿今天穿紫袍，拴玉带，头上还戴个头盔，一身武官打扮。便问道："你想当武将吗？"

太平公主羞羞答答，半天才启口说："请赐女儿一个驸马好吧？"

问她看上谁了，又半天才启口说出"薛绍"两个字。

高宗、武后听了，哈哈大笑道："门当户对，亲上加亲，好。"

太平公主高兴地回到自己的小院。多日未见的宫娥侍女和大小太监，都来给她请安。只见二桂手捧那块手形板子也夹在人群中。太平公主皱了皱眉，叫来管事太监牛光保吩咐道："你把那个叫二桂的太监领走，我再也不要见到他！"

第六章　还是母后果断

她爱上了表弟武攸暨，可他早有妻室。武则天笑着对哭泣的女儿说："这还不简单……"太平公主听了立刻破涕为笑。

爱热闹爱新奇是武后的嗜好，女儿太平公主结婚，这可是件最值得热闹的事了，但如何办得既热闹又新奇，别出心裁，与众不同，叫天下人都觉得武则天就是不一样，就连嫁女的平常事都能办得叫人大吃一惊，感到皇后毕竟不同一般呢？

她首先想到的是扩大规模，尽量铺张，比如诏告天下，知照四夷，大肆张扬一番，把全国老百姓都动员起来，庆贺上三天三夜；再比如大办嫁妆，购尽天下绫罗锦缎，奇珍异玩。倾大内库藏，金银财帛，珍珠翡翠，有什么送什么，她要什么给什么。

但她觉得这还是太一般，她要的是与众不同。

终于，她突然想到，把婚期选在明年正月十五闹元宵的日子，让女儿的婚礼与天下人过大年同一天，这不就与众不同，有别于一般了吗？她把这个想法给高宗讲了，高宗马上同意，连称这个主意好。于是立刻下诏，通知各州府道，提前准备，并下旨户部对长安、洛阳两都各拨钱百万缗，作为喜庆之资，不够再拨。武后决心不惜财力物力定要把这场喜事办满意。

有了钱，便有了积极性。全国上下都投入到为公主操办婚典的热潮之中。

弹指间，佳期来临。是日，天公作美，晴空万里，阳光普照。因时值初春，天气转暖，蜡梅盛开，柳枝吐绿，更衬托出一派喜庆气氛。

到了吉时，三声炮响，铜驼坊薛家的迎娶太平公主的队伍出发，一路吹吹打打，锣鼓喧天，向皇宫进发。

转过宾耀门，经过左掖门，在宫城正中的端门停下。然后薛绍下马，由勋戚官员迎入明德门，顺着新铺就的大红地毯进入正殿。

此时，宫中已做好一切准备，司仪官按程序高喊新郎新娘叩拜天地，跪谢皇父皇母，然后夫妻携手而出。那太平公主自择良婿，欢喜异常。但在与父皇母后告别时，不免一阵伤心，叫一声"父皇、母后"，眼泪便唰唰掉下来。高宗和武后揩着眼泪笑道："我的儿，好好去薛家过日子吧！"

待太平公主走出端门，踏进大花轿时，前面的仪仗队伍早已过桥进入大街。只听从街市那边不断传来鞭炮声和锣鼓声。太平公主从轿帘缝中看出去，沿途旌旗招展，彩灯高挂。过了端门正对的御河桥，轿子进入大街。为庆贺公主新婚，全城罢市放假。街道两旁，家家披红挂绿，街边的每株树上都张灯结彩。

太平公主被蒙上红盖头，坐在颤悠悠的大轿里，心中好不激动。她不时撩开盖头，掀开轿窗帘子一角，偷眼向外，只见街两边家家贴着红对联、红喜字。门上，檐下，乃至街道两边的柳树槐树上，都挂满了写有大红喜字的灯笼。向轿的前方看去，刚刚被任命为驸马都尉的薛绍骑在高头大马上，头戴金冠，身着紫袍，肩披红绶带，满面红光。看到有如此英俊的如意郎君陪伴自己，不觉心头滚过一阵热浪。再朝前看，彩旗翻飞，人潮涌动，各种乐队一队接一队，卫队侍从一排挨一排。向后张望，看不到尽头的人抬马驮车拉队伍，全是陪嫁的妆奁。一路之上，鼓声、锣声、鞭炮声、欢笑声不绝于耳。这时的太平公主感到，全城和全国都在为她而高兴，她是一切欢乐的中心。

迎亲队伍出皇城，过御河，上大街，在洛阳城里兜了一个大圈子，然后从另一座桥上过洛水河，再走一程，便是铜驼坊光禄卿薛府。最前面的彩旗队已到，最后面的压阵礼品队才出发，前后十余里，走了两三个时辰。这次婚礼大游行又可说是亘古未有，使洛阳城的老百姓大饱了眼福；但也有那不识时务者，编些歌谣唾骂。歌曰：

> 小小太平女，搅翻两京城。
> 万民脂膏泪，换得一笑声。

送亲队伍到了薛家，一一卸下各式礼物：金锭银锭，琥珀玛瑙，珊瑚珍珠，丝绸绢纱，以及古玩字画，奇珍异宝，一箱箱，一柜柜，把薛府房屋庭院所有空地都塞得满满的，有些大件礼物因院门狭窄，横竖抬不进来，只有暂时码在门外里巷空地上。

这时，太平公主正与薛绍拜天地、拜祖先、拜父母，夫妻对拜后进入洞房。太平公主偷眼一看，只见洞房内檀木八仙桌，镶金太师椅，雕花象牙床，金绢绫罗帐，摆挂得整齐；床上香衾玉枕，异香扑鼻；又见满屋的古玩盆景，珍贵字画，琳琅满目，金碧辉煌，一派豪华景观。太平公主见了，满心欢喜。这时，传来外面的喧闹声，便问薛绍何事。薛绍说因院门狭窄，嫁妆中大物件搬不进来，大家正在议论办法。太平公主听了便说："这有何难，把墙拆了就是。"薛绍一听，果然好主意，急忙跑到外面说了。于是马上拆墙，把大件嫁妆全都搬进了屋。

太平公主进门第一句话，就为薛绍家解决一大难题，从此树立了威信，全家大小都对她敬畏三分。

是日夜，又是正月十五，整个洛阳城，不论官家与百姓，尽皆沉浸在欢乐之中。

从黄昏时分起，通城就都点上了各种花灯，有龙灯、凤灯、鱼灯、兔灯、麒麟灯、走马灯。有的成串，有的成圈；水中放有河灯，顺洛水缓缓漂流；空中，飘着天灯，忽明忽暗，时走时停，混在众星中，分不清哪是灯，哪是星，都在天上闪烁发亮。

那高宗皇上和武后，今晚高坐在端门城楼上，俯视全城，但见天上地下，一片通亮。只听武后向身边太监说一声"放！"传下城去，顿时，从皇城各城楼向天空放射出无数朵烟花，有的像菊花，有的似桃花，还有的闪闪发亮，一会儿变成孔雀开屏，一会儿变成蛟龙戏水。变化万端，不可捉摸。看得全城军民惊心动魄，目瞪口呆。

过了半个时辰，武后再说一声："点！"只见城门开处，几队士兵，举火奔向市区，一路点燃挂在街边槐树上的火炬。高处看去，如一条条火龙在向前窜动：大街是条大火龙，小街是条小火龙，盘来盘去，把整个洛阳城照得通体透亮。高宗皇上及众皇亲国戚，文武大臣，在城楼上观赏，见此景象，都佩服武后的奇思妙想。只是到了第二天，街两旁的树木大部分被烧成了枯炭。

如此热闹了三天三夜，才渐渐平息下来。

婚后，小夫妻也算和睦恩爱。只是，历来公主们所特有的骄傲、乖张、动辄使气骂人，稍不如意就回娘家告御状等等小性子，太平公主样样具备；而历来驸马爷所具有的忍耐、小心，事事谦让俯就，最善察言观色，奉承赔话等等本事，薛绍一样不少。直哄得太平公主团团转。几年以后，太平公主生了二男二女，取名薛崇简、薛崇箴、薛娇、薛艳。太平公主仍得母后宠爱，驸马爷又得提拔重用。小日子过得美满甜蜜，蒸蒸日上。

然而，自古就有"天妒英才"之说，一场谁也没有料到的横祸飞来，把薛绍卷了进去，最后竟死于非命。其母城阳公主早先的告诫不幸言中。于是太平公主的生活航船一度搁浅，而后，便偏离正常航道，她本性中那些不安分的因子膨胀发芽，使她在历史上充当了多次正剧、笑剧、丑剧和悲剧的角色。

薛绍是当朝高宗皇上的驸马，他的父亲是上朝太宗皇上的驸马，父子驸马的特殊身份决定了他与皇室特别密切的关系。其中，与皇子皇孙的交往成了他们社交生活中不可缺少的内容；而这种交往看来很荣耀，很风光，却也很危险，很可怕。因为皇子皇孙中的任何一个，都可能是将来皇位的继承人，而皇子皇孙那么多，谁都想继承皇位，这就免不了发生争夺。李唐王朝的皇位争夺从建国开始就很激烈残酷，太宗李世民就是靠血溅玄武门，杀死亲兄弟建成和元吉而坐上皇位的。高宗继位后，武氏专权，她一心要当皇帝，对皇室亲王太子的打击迫害尤胜，动辄罗织罪名，杀头、关监、流放，株连父母子弟，祸及亲朋故旧。太平公主的驸马薛绍，就是在一次武后清洗李唐诸王的运动中被杀的。

武承嗣，是武则天的侄儿，他为了讨好邀宠，把武后推上皇帝宝座，也让自己顺理成章地成为接班人，便使人在一块石头上刻了"圣母临人，永昌帝业"八个字，染以红色，叫一个名为唐同泰的人奉表献给武后，说这块石头是在洛水发现的，是一个吉祥的预兆。武后见了很高兴，立刻封唐同泰为游击将军，命名这块石头为"宝图"，还亲赴洛水去拜受"宝图"，借机加封自己为"神母神皇"，为自己正式当皇帝造舆论。武则天当皇帝最大的障碍是分封在各地的李唐诸王，为了观察他们的动静，武则天下令诸州都督、刺史及皇帝宗室等在洛阳集中，一齐去洛水拜天受圣图。

在外地的诸王接到通知后都不敢来，怕中了武后的圈套。恰恰这时又流传武后将借洛水受图的名义，召集宗室，一网打尽的说法。诸王听了，更是惶惶然不可终日。

这时，唐高宗之孙通州刺史李譔给诸王写密信说：

"内人疾病日重，应及早治疗，否则将会变成不治之症。"

暗示诸王举兵反抗，晚了就来不及了。

李譔又伪造太子卢陵王李显的敕书称："朕遭幽禁，诸王应发兵救我。"号召诸王行动。

太宗之孙，博州刺史琅琊王李冲得到信息后首先举兵响应。其他诸王也分别举兵，准备攻打洛阳。

诸王的这些举动，正中武后下怀。她正苦于找不到消灭诸王的借口，现在他们公开反叛等于自己送上门来。武则天任命左金吾将军丘神勣为清平道行军大总管，发大军讨伐。才十多天功夫，就把准备不周，匆忙起事，缺乏统一指挥的诸王叛乱镇压了下去。这时，武则天的大清洗运动开始了，她利用酷吏周兴，使用"突地吼""求破家""凤凰晒翅""仙人献果"等毒刑严刑逼供，牵扯上成千累万与诸王有往来的人。济州刺史薛颛便是其中之一。

薛颛是薛绍长兄，与博州刺史琅琊王李冲交谊很深。李冲将举兵讨伐武后的行动计划写信告诉薛颛，希望他参加，共举大业，匡扶唐室。薛颛出于对武氏篡国的义愤，积极打造兵器，招募兵勇，准备起事。同时，又派心腹给在京城的弟弟薛绍送去一封密信，要把弟弟也拉进来。

这天，薛绍在禁军营点了卯后，外出闲逛，在洛水河边的柳荫下观看河中景色。忽然身边过来一人，年约三十开外，一身道家装扮，对薛绍双手一拱，问道："军爷可是薛驸马？"

"在下正是。"薛绍看看来人，不认识。

"贫道今日从洛州来，奉令兄薛大人之命，给驸马爷带来一封信。"说罢，看看左右无人，便从怀中取出一封信交给薛绍。

薛绍接过信后，正准备拆阅，那道士阻止道："此乃刺史大人交给贫道的重要信件，请驸马爷拿回家中无人时细看。"

说罢，一揖到地，准备告辞。薛绍问他姓名，只听他说了"李十三"三个字，又说一声"后会有期"，便急急而去。

薛绍把信揣好，拿回家中，趁太平公主不在，拆开细看，只见上面写道：

绍弟：

　　武氏专权，野心勃勃，李家社稷，将落入武氏之手。唐室危在旦夕。在外诸王，为匡扶大唐，共议立即起事，发兵洛都，不日即将会师城下。望弟认清大局，从中策应，以不负朝廷。

兄薛顗手笔

薛绍看了此信，大吃一惊。心想早听说诸王要反，起兵讨伐武氏，现在看来果有此事。但是他很不情愿卷入这件事中去。

薛绍与太平公主婚后，生活美满平静，突然接到哥哥这封信后顿时陷入痛苦的困境。从他本心讲，对武后所为甚为不满，但因与太平公主夫妻情深，太平公主与武后母女间关系特别亲密，怎么做他都感到为难。因此他采取了一个简单的办法，将哥哥来信一火焚之。

信烧了，可是心中的疙瘩却在，整日神不守舍，表现反常。太平公主见了问道："你这几天怎么了，像掉了魂似的？"薛绍用话遮掩了过去。

但很快，诸王叛乱被镇压了下去。薛颢被押回京师审问。这时，薛绍慌了。

这天晚上，他扑通一声向太平公主跪下，连声说："公主救命。"

太平公主吃惊道："什么事？快讲。"

薛绍一五一十，照实讲了。

太平公主沉吟片刻后说道："此事关系重大，我也无能为力。明日，你随我进宫去见母后，或许可保你一命。"

第二天，太平公主叫人把薛绍捆了，推进马车，拥入宫中。见了母后，双双跪下，求母后开恩。

武则天问明原委后说："吾儿缚夫投案，大义灭亲，至为可嘉；然薛绍之事，案情重大，朕虽为一国之主，亦不能循情，先交大理寺问清楚后再说。"

经周兴审理下来，薛绍以"知情不报""参与叛乱"的罪名被判死刑，但鉴于他是太平公主的驸马，又自动投案，免了死罪，只处杖刑一百，暂时收监，待以后事态平息，准其出狱。然而，十天以后，太平公主去探监时，见薛绍惨状，目不忍睹，而且饿得奄奄一息，即将断气了。她见薛绍下身被打得稀烂，因为天热，蛆虫满身爬，薛绍已痛得麻木，毫无感觉；七八天没吃饭，已饿得无力呻吟。听到公主呼唤，只微微睁开眼睛，作为应答。而后吃力地伸出四个指头。太平公主明白，是要她照料好四个孩子，便连连点头。薛绍见了，闭了眼睛，以后，再不睁开。鼻子处尚有一丝微弱的气，喂他饭，他不张口，只等最后的解脱。

薛绍死后，太平公主不免伤心一场。她奇怪，这一百杖刑为什么会打得那么重？而且为什么一连七八天没人送饭？通过关节，暗中打听明白，原来这些都与一个和尚有关。这个和尚现在正红得发紫，衡量了一下，不是他的对手，便暗暗咬牙发誓，以后非让他偿命不可。

而这时，这个被太平公主咬牙切齿咒骂并发誓要杀死他的和尚，正在宫中与她母亲幽会。

这个和尚就是大名鼎鼎臭名昭著的薛怀义。

薛怀义，原名冯小宝，是洛阳城中一个卖跌打药的小贩，他常年在街头巷尾扯个圈子，怪叫几声，耍几路拳脚，把观众招来之后，便叫卖他的"回春丸""雄狮鞭""金枪不倒丹"等。某天，守寡的高宗女儿千金公主看到这位年轻力壮，膀大腰粗，肌肉发达的小伙子正在楼下卖药，便把他叫上，当晚便与他做了夫妻。从此，他便终日陪伴千金公主取乐，再也不去街上卖药了。

高宗死后，千金公主见武后急于寻找男宠，为讨好武后，便割爱将冯小宝送进宫去供武后享用。

武则天对冯小宝十分满意。但是，一个身强力壮的男子汉经常出入禁宫未免不引起议论。太后便叫他落发为僧，赐法名怀义。这样，他就可以凭和尚的身份，堂堂正正地在宫中活动了。武则天信佛，一年到头宫里都有法事道场可做。

不过美中不足的是他出身低贱，在看重氏族门户的唐代，出身低贱的人是很难有发达机会的。冯小宝因很会讨好武后，使她欢愉无比，武后便想提拔他，但限于身份，难于办到。于是找来太平公主，说："女儿，为娘遇上一件难事，要你来帮我出点主意。"

"母亲请讲，不管什么事，只要母亲吩咐了，儿臣一定效命。"太平公主最会讨武后欢心，她是母亲不可缺少的帮手。

"那怀义伺候为娘有功，我想提拔他，只是他出身低微，怕有人反对，我想把他改姓薛。以后，你和驸马都喊他'季父'，你说好吗？"

武后说是找女儿商量，但实在没有商量余地。太平公主心里本不愿意，但她不愿蹈众兄长的覆辙，便笑眯眯地说道："谨遵母后的旨意，从今后喊他季父便是了。"

可是太平公主回去给薛绍一说，这个平时对老婆百依百顺的人今天竟第一次显现出阳刚之气，表示异议说："那冯小宝本是一个市井无赖，他配姓薛？还叫我堂堂驸马认他作父？恕难从命。"

不管太平公主怎样对他软硬兼施，劝导加威胁，他就是不从。见了面不但不叫，连正眼都不看他一眼。因此冯小宝对他怀恨在心，寻机报复。

尽管如此，"薛怀义"的名字还是叫开了。不久，太后还封他为白马寺寺主。他招了很多徒弟，借太后宠爱，成了京城一霸。

这天，薛怀义应召，带了跟班和尚骑马入宫。下马后，把马交给一个马夫和尚，叫他好好照料，出宫时要用。

这和尚把马喂了料，遛了两圈，拴在马桩上后，便在宫墙内东瞧西看瞎转悠。当他发现有个太监独自在那里扫地，细看了几眼，确定是他想要找的那个人后，便走到那太监身边，用很平和的口气说："阿弥陀佛，小施主，你还认识贫僧吗？"

这扫地的太监是二桂。

二桂听了话音，抬起头来，先愣了一下，而后，扫把一丢，便凄惨地喊一声："父亲……"

二桂自被太平公主撵出内宫后，便被安排在御马房做杂活，一做就是七八年。这七八年间，他见到、听到几多宫墙内外的时事变迁：几个太子，走马灯似的立了废，废了立，撵的撵，死的死；那么多的宗室亲王、太子、公主、驸马，被杀被贬被流放；那么多的将军大臣，不是做了刀下之鬼，便是成了笼中之囚；最可笑的是太平公主，当年招驸马，全国同庆，何等荣耀；而今驸马竟死无葬身之地，没想到年纪轻轻的她就成了未亡人。他感到世事很奇怪，那些有本事有能力的健全人往往得不到善终；而自己，是个不中用的废人，却能保全性命，在宫中慢慢挥舞着扫帚扫地。虽然活得窝囊些，但俗话说，"好死不如赖活"嘛。

有一次，二桂把自己的想法讲给一个有学问的老太监，那老太监就给他讲了《庄子》中的一个故事：

有一个叫支离疏的人，又矮又丑又有病。征兵，他不够格；服劳役，摊不上他。但政府发救济，他每次都能领到三升米，十捆柴。到头来他还可以终其天年。比起健全的人来，他一辈子过得平安得多。

听了这个故事，二桂似有所悟。不过，他一想到过去那些日子，便取出那人手形的板子轻轻朝自己脸上打。

"二桂，你愣着干什么？"乌龟韩望着儿子那发呆的神情，忍不住掉下眼泪。

"父亲，这么多年您在哪儿？"二桂看父亲那样，便把话引开。

"自从那晚我与你李叔离开皇宫，他去了外地，我就在洛阳城里化缘。后来到白马寺挂搭，现在给寺主牵马。我跟他进宫几次，都没见到你，还以为你不在哩！"

"我一直在宫里，哪儿也没去。"

"现在总算找到你了，咱父子俩从此再不分开。我去找你李叔来救你出去，而后我们跑得远远的，种上二亩地，平平安安过一辈子。"

"不，我现在不想走。"二桂对父亲的打算一点不感兴趣，轻轻摇着头说。

"那你到底为了什么？"乌龟韩急了。

"我已成了废人，出去又有何用？"

"李叔说了，可以治好。"

"那是哄人的话。老太监说过，从来没有人能治好这种病。"二桂笑了，平静得很。

"那出去总比这里面好。"

"不，我还有一桩心事未了。"

"什么心事？"

二桂不想说，也来不及说，那边有人过来，把他们的话打断了。

薛绍死后，太平公主哪里守得住寡，一心想找个如意郎君。恰恰武后异母弟元爽的儿子、新近被封为魏王的武承嗣丧妻，武后便想招他为婿。这样一来，又是个亲上加亲。那武承嗣本是武后之侄，见武后诛尽李唐诸王，为自己当皇帝扫清障碍，一旦登基，这太子的位置不就是我的了。现在要是真的又成了她的女婿，加上一层关系，当太子的希望就越来越大了。听说武后有这个打算，心中暗喜，有事没事都找机会与太平公主套近乎，向她献殷勤。

然而太平公主对武承嗣却无半点好感，一则，他其貌不扬，平庸猥琐；二则，他品格卑下，耻于与他为伍。当初冯小宝刚得势时，仗恃武后的宠爱，对朝臣傲慢无礼，对百姓飞扬跋扈。而一些朝臣，趋炎附势，对他毕恭毕敬，其中武承嗣、武三思兄弟，表现更为下贱，不仅经常对他跪迎跪送，还为他备马执鞭，像仆人一样伺候他。太平公主见了就恶心。

对这种人，太平公主看得多了。但凡见了权贵就讨好卖乖、卑躬屈膝，什么下贱事都干得出来的人，一旦手中有了权柄，成了权贵，必定又是另一副面孔，要人家向自己卑躬屈膝，而且什么坏事都干得出来。

果然，武承嗣受到武后器重，当了宰相，便得陇望蜀，想废了皇太子豫王李旦，自己取而代之。于是便使出许多卑劣手段，与武后贴身侍女团儿勾搭成奸，指使她诬告太子王妃刘氏、窦氏在背地里骂太后。武氏一听有人骂自己，也不问情由，就将二妃处死。武承嗣又撺掇团儿诬告太子谋反，几乎要了他的性命。太平公主见武承嗣如此狠毒，如与他做了夫妻，整日提心吊胆地过日子，实在太累。因而，虽然他深得母后信任，封为魏国公，又任职左相，权倾朝野，也不愿意嫁给他。

武后见女儿对武承嗣一无好感，也不勉强，便说道："女儿，你既然不乐意为娘给你选的人，那你自己看上谁了，快给我说。"

"武攸暨。"太平公主这时已是四个孩子的母亲，害羞对她已是多余，也就毫不掩饰地说出她心上人的名字。

武后一听，原来女儿爱上的是那个白净漂亮，新近才被任命为右卫中郎将的侄儿攸暨。他是先伯父的孙儿，是我武家的子弟，也算才貌相当，门当户对。但他不是早就结婚了吗？便说：

"攸暨已有妻室，难道你愿意给他做妾？"

此话正中太平公主的心病，但她巧妙地回答道：

"母后为天下之主，儿是母后之女，您看女儿给人当妾合适吗？"

武后听了笑道："你这丫头，好厉害一张嘴。那你说，该怎么办？"

太平公主说道："女儿思忖，即使是百姓人家，富贵易妻也是平常事。此事只请母亲说一句话，便就成全女儿了。"

武后听了心想，那武攸暨一向惧内，他老婆不好对付，如果明说要她退让，她一定不愿意，说不定闹得神鬼不安，鸡犬不宁，不如这样……想到这里，她对太平公主说：

"吾儿放心，些许小事，我自会安排，你静候佳音吧。"

　　"谢母亲。"太平公主跪下给母亲行了礼，便高高兴兴回到自己的公主府去了。

　　当晚，武攸暨之妻正在家中闲坐，忽听一声："接旨。"刚跨出门，只见送上一段白绫。她正待分辩，白绫便散开来绞住了她的脖子。

第七章　"大周圣神皇帝万岁，万万岁！"

武则天于公元690年自立为帝，改元"天授"，改唐为周，自称"圣神皇帝"。太平公主怀着特别兴奋的心情叩拜母皇，山呼万岁。

武后自从上次泰山封禅大出风头以后，虚荣心得到极大满足。她觉得这是一个保留节目，应当不断重演。光是封了东岳泰山还不够，还有西岳华山，南岳衡山，北岳恒山，中岳嵩山，都要封个遍。她向高宗建议，就近先封中岳嵩山，其他以后选定时间再说。高宗立即同意，并决定弘道元年（683年）十月祭祀嵩山，先命工部在山南建奉天宫备用。

十月，以高宗、武后和太子李哲为首的浩浩荡荡封山队伍从洛阳出发，到达嵩山奉天宫。封山大典眼看就要开始了，朝廷却下了道诏书宣布取消，原因是高宗病重，典礼无法进行。高宗这时自觉生命之路快要走到尽头了，希望赶快回到长安。然而驾返洛阳时，已经不行了。

他宣来宰相裴炎，将拟好的遗诏及辅政之事全交给他，并说："朕去之后，太子枢前即位，军国大事有不决者，要请示太后决定。"说罢，最后看一眼与自己生活了三十多年的武后，只见她仍然长得丰丰满满，白里透红，还像当初那样妩媚动人。他实在舍不得她，舍不得这大好河山。但天不假年，奈何，奈何！在长长的悲叹声中，高宗闭上了双眼，时年56岁。

武后与高宗同年，也是56岁。

对任何人来说，56岁都是一个可怕的年龄，它预示人已进入老年，剩下的时间已不算太多了。可是武后不这样想，因为高宗的死，她觉得自己的生命好像才开始，不论是政治生命或是情爱生命，都是这样。

虽然高宗未死前，她已实际上操纵了朝政，但究竟要用高宗的名义，不论称她太后也好，天后也好，或是二圣也好，她总是在高宗之下，她不可能与高宗一起并排坐在龙椅上向全国发号施令，只能躲在帘子后面出谋划策，指指点点。高宗虽然懦弱，也不是没有一点个性，因此她也多少有点顾忌。

这下好了，高宗死了，她独揽大权的障碍消除了，她似乎可以放开手脚为所欲为了。其实不，武后心里很明白，御座离她虽然只有咫尺，但她要走近它，平平稳稳地坐上去，不知还要走多少路。她要一步步地走，不能操之过急。"欲速则不达"，她时时这样告诫自己。

一切按高宗的遗诏行事：太子李哲即位为中宗，改名李显，武后位尊皇太后，任命裴炎为中书令，刘仁轨为尚书左仆射。另外还任命了一大批官员，加封唐室诸王，把人心稳定下来。武后心里盘算，如果中宗听话，一切听我的，这局面不妨暂时维持下去再说。

可是中宗是个愣头青皇帝，他刚刚坐上皇位，册封了爱妃韦氏为皇后，便提升皇后之父韦玄贞为刺史，还要任命他为侍中。侍中是位尊权重相当于宰相的高官。裴炎向他进言说，韦玄贞没有什么功劳，不应该一下子就登上高位。

中宗冒火了，说道："我是皇上，就是把天下交给韦玄贞，也不是什么大不了的事，何况一个侍中！"

这话很快传到武后的耳朵里。好小子，就连你父皇也不敢这样说话。她把裴炎找来，密议一番，决定废了中宗。

二月的一天，武后把文武百官召集到乾元殿，中书令裴炎、中书侍郎刘祎之、羽林将军程务挺等带兵入宫，宣布武后敕令："废皇帝为庐陵王。"

中宗大声抗议道："我犯了什么罪？"

武后说："你要把天下交给韦玄贞，还说你没有罪？"

于是，中宗被拉下皇位，软禁在后宫，后又把他流放到外地。

这次，中宗一共坐了两个月的龙椅。

第二天，立武后第四子李旦为皇帝，称睿宗，立妃刘氏为皇后，李旦长子李成器为皇太子。为了吸取中宗的教训，武后安排李旦住在偏殿，不让他参与政事；她自己则搬到紫宸殿，堂上挂着一张浅紫色的帐幕，接受百官朝拜，处理起政务来。

大臣们对武后临朝议政议论纷纷，却无人敢讲。刚被任命长安留守的老臣刘仁轨，以汉朝吕太后临朝被后代嗤笑的事，谏太后不要这样做。武后解释说："现在皇帝年幼无知，我只有暂且代他；等他长大了，我自会退下来。"

其时，李旦已二十三岁，早就过了"年幼无知"的年龄。

为了证明自己忠于高宗遗志，武后还写诗明志。诗曰：

> 荷恩承顾托，执契恭临抚。
> 庙略静边荒，天兵曜神武。
> 有截资先化，无为道旧矩。
> 祯符降昊穹，大业光寰宇。

意思是说，我接受高宗嘱托，继承他的遗志，临朝执政治理天下，一切均按先帝的措施，遵守先帝的制规，因而必然会受到上天的护佑。伟大的事业必将成功，光照宇宙。

说得冠冕堂皇，滴水不漏。

朝臣再没有异议了，因为她临朝执行的是先帝的政策措施，是为了巩固发展大唐王朝。就连原先向武后提意见的刘仁轨，也改变了态度，一心向着她。

太后临朝三年后，又听有"牝鸡司晨"的议论，便下诏说要还政于皇帝。李旦知道这是母后的手腕，如果不推辞，不仅连现在这个名义上的皇帝保不住，就连脑袋恐怕也保不住。于是奉表固辞，请太后继续执政。太后也就顺水推舟地继续临朝执政下去。

然而她的目的不是临朝，而是要当朝。她要扫清妨碍她达到目的的一切障碍，而且不择手段。

她善于用人，更善于杀人。

中书令裴炎的例子最为典型。

裴炎是朝廷重臣，在高宗死后协助武后执政卓有贡献，但因为他反对武后为武氏祖宗立庙，便以他参与谋反定他死罪。许多大臣说："如果裴炎谋反，那我们也是谋反的了！"武后说："朕知道裴炎谋反，知道你们不会谋反。"还是有人不服，当初为废中宗而尽力效命的将军程务挺，挺身为裴炎鸣冤。武后连他一起杀。

这样一来，谁敢反对？

她鼓励告密，诬告也不治罪。

几个参加赶中宗下台的士兵在酒馆喝酒，其中有个喝得醉醺醺后说："早知道没有赏，还不如拥立庐陵王当皇帝。"还未离开酒馆，就被人密告武后，抓去杀了。密告人立刻授以五品官职。

索元礼本是一个被判了罪的诈骗犯，因告密而受到重用，太后还亲自接见，提拔他当游击将军。周兴、来俊臣等，都因善于告密，罗织人罪而当上大官。

告密能当官，即使告密失实也不追究。其结果是造成一种人人自危、人心惶惶的恐怖气氛。这正是武后需要的。武后明白，这种气氛不能长久下去，待政敌一个个消灭了，降服了，自己的地位巩固了，她便转过来整治那些告密暴发户。周兴、俊臣、索元礼，一个个"请君入瓮"，以陷害忠良，滥杀无辜的罪名杀之于市。还把他们办的案子一一复查，为不少人平反昭雪。于是人们齐声欢呼，感谢太后为百姓申了冤，出了气。

武后发动的告密运动不知造成了多少悲剧，但也出现过一出笑剧，成了一件历史上有趣的小插曲。

有一个叫鱼保家的人，投武后所好，设计了一种精巧的告密箱，箱子分四层，上面有小洞，可以把告密信投进去，但却取不出来。因为箱子是铜做的，故叫"铜匦"。太后见了很满意，还重奖了鱼保家。不久，有人投书铜匦，告鱼保家曾经教徐敬业制造弓箭武器，徐敬业谋反杀死许多官兵，不能说与他无关。鱼保家因此被投进监狱，最后被押赴刑场。

武后爱创新出奇，而且花样百出。

比如年号，一个皇帝一般只有一个年号，如唐太宗"贞观"年号用了23年。可是高宗在位32年，在武后的指使下换了13个年号。武则天当了14年大周皇帝，年号换了13个，有时1年换3个年号。

又比如衙门名称，她也改来改去，尚书省改为文昌台，左、右仆射改为左、右相，六曹改为天、地、春、夏、秋、冬六官……不过一年，又都改过来。连官员的服色、仪仗队的旗帜，也常常改来改去。

改年号，改衙门名称，改官员服色，都是一种政治谋略，改这样改那样，人们已经见惯不惊，乃至以后把大唐改为大周，把皇后改为皇帝，大家也不觉得奇怪。

她还造了十几个新字，如新造的"曌"字，就是她的名字。日月凌空，普照天下，立意是再清楚不过的了。

但她觉得要堂而皇之地登上皇帝御座，还有关键的一步要走，那就是转变人的观念。

中国传统重男轻女思想很重，历史上还没有一个女人当皇帝。"雌代雄鸣则家尽，妇夺夫政则国亡"，成了普遍认可的伦理原则。洛水"宝图"出现虽然已做了些舆论铺垫，但还远远不够，她苦思冥想，终于想到可以利用佛经为自己服务。她把薛怀义找来，命他遍查佛教经典，找出女人当皇帝的依据来。薛怀义不负重托，很快就找出了好多条。

比如《大云经》中就有一段佛祖如来的预言，佛祖对净光天女说：

"汝将降生人间，成为女王，索管转轮王统治的四分之一领地。那时，汝将成为菩萨，感化众生。为此，汝现在须受女身。"

佛经中还有这样的记载：

南天竺有一个无明国，国王名叫等乘，他有一个名叫增长的女儿。她容貌端丽，人人敬爱。国王突然死亡，诸大臣就请女儿继承王位。那女儿继承王位后，天下臣服。

武后看了这些，无比兴奋，忙叫薛怀义组织僧众对《大云经》进行注释，颁布天下。又在东西两京和全国各地建大云寺，命和尚登座讲解，贯穿当今太后是弥勒佛转世的主题，向百姓宣传。

读了《大云经》后，好多人才大梦初醒。以前，认为武后不过是想长期临朝罢了，现在看来她是想自己当皇帝。

投其所好的人有的是。

武承嗣的把戏有人接着玩，刻有图形文字的石头又从汜水捞上来，说是天降瑞石。武后最信这类东西，马上重奖发现瑞石的人，又组织一番祭祀，改汜水为广武。

还有人给太后送来三只脚的乌鸦，会走路的麻雀；有人报告说目睹一片祥云在上阳宫上久聚不散，又看见凤凰从明堂飞到上阳宫，聚集在梧桐树上，停了很久才向东南方飞去。

太后听了自然高兴无比，她觉得这皇帝是非当不可的了，这是天意，天意不可违啊！

接着，侍御史傅游艺率领关中百姓九百多人上表，请太后自立为皇帝，改国号为周，赐皇帝李旦为武姓。武后谦让一番，没有答应。

不久，又有六万多文武官员，皇亲国戚，僧尼道士，乃至外邦使臣，集体签名，上表太后为皇帝。群情激昂，请太后千万不要再谦让推辞了。

在全国一片劝进声中，许许多多人都向太后献媚献策，唯独她最亲近的女儿太平公主对此不甚热衷。

因为她也是一个很有心计的女人。

父皇去世后，她觉得母后所走的每步都是险棋，她所走过的路布满陷阱，只要踩虚一脚，后果就不堪设想。

就拿那次废中宗来说，如果那些武士真的被什么人收买，恐怕那天被拉出大殿打入后宫流放外地的就不是中宗皇兄了。

再比如徐敬业扬州谋反，振臂一呼，江南皆应。那骆宾王写的《讨武檄文》："伪临朝武氏者，昔充太宗下陈，尝以更衣入侍。洎乎晚节，秽乱春宫。""杀姊屠兄，弑君鸩母，人神之所同嫉，天地之所不容。""君之爱子，幽之于别宫。贼之宗盟，委之以重任。""一抔土之未干，六尺之孤安在！""试观今日之域中，竟是谁家天下！"真是写得太有鼓动性了，哪个读了不感动？幸亏他们内部意见不统一，指挥失误，才被派去的军队镇压了下去。

还有杀元老重臣，杀王室子孙。永昌元年四月七日的一天，就杀掉王公、大臣、武将三十六人。有一次连杀九员大将，三位中书令，一位中书侍郎。杀得朝廷上的人都稀了。那一向，母后杀红了眼，连她进宫见到母后都害怕。

再说用那些酷吏，造成多少冤案？母后明明清楚，却让他们胡作非为。直到最后，才说自己不知道，责任全推到他们身上，把他们一个个杀了，又给以前被他们冤杀的人平反。

尽管杀来杀去，人心也没有被杀服。

看那中书侍郎刘祎之，主张还政于太子而获罪，审问他时，拿出母后的敕旨，他竟不承认，说没有经过凤阁鸾台，不合法。来俊臣逼他检举他人以减罪，他说他不做告密之徒。太后赐他自缢，他与家人从容就餐，视死如归。

还有那个诗人陈子昂，本为官阶不高的麟台正字，却不顾一切后果向太后上书，反对大开诏狱，严刑逼供，滥杀无辜。"一人被讼，百人满狱。""及其穷竟，百无一实。""陛下不务玄默以救疲人，而反任威刑以失民望。"请太后罢酷刑，施仁政。因为话说得实在，母后看了也不便追究。

更有那不要命的郝象贤，本是一个老实本分的一般官吏，竟被周兴安了个谋反之罪；他不服，向上级法官申诉，上级法官认为他无罪，却因此被免了法官之职。郝象贤被判了死罪后不服，在押往刑场的路上大喊大叫，把皇宫中的丑事抖了出来；又挣脱绳索，从路人手中夺过一根杠子，使行刑的人不敢靠拢。他便把冯小宝的故事从头讲来，是什么人，什么来历，太后怎样与他交往，一件件、一桩桩讲个详细。旁边的路人以及行刑官吏、解差听得津津有味，把要杀他的任务都忘了……从此以后杀犯人在押赴刑场前，都把嘴堵上，再不让他们有吼叫的可能。

这些，使太平公主想到古语说的："防民之口甚于防川。"想到先祖父太宗皇帝的教诲："水可以载舟亦可以覆舟。"

她实在替母亲捏把汗。

更使她有想法的是驸马薛绍的死。他完全是无辜的。只要母后一句话，他就得救了。偏偏送大理寺交给周兴，谁不知道他那里是阎王殿有去无回？理由还很充分，不论什么人，只要犯了法，一律从严追究。"王子犯法，与民同罪"，亲侄儿、亲女婿自然也不例外。自家人都这样，你外姓人还敢不服？皇太后以身作则，其他人敢徇私情？

最使太平公主难受的是，那天是她把驸马亲自送给母后的，母后竟也不给女儿留点情面。早知如此，我又何必那样做？让人家骂我这个女人心太狠毒，亲手把男人绑去送死。

越想，太平公主心里越不是滋味；越想，越感到委屈；越想，对母后越有想法。

大概母后也觉得做得太过分了，给我加封食邑三千户。我不稀罕，也懒得上表谢恩。至于母后那些事，也无心插手。可进可退，先观望观望再说。

母后似有所察觉，那日进宫，母后板着面孔问："你这一向很少进宫，在忙乎些什么事呀？"

太平公主忙跪下说："启奏母后，因与攸暨的事……"母后听了，才转怒为笑。

现在看来，大局已定，母后将不日登基，如果自己不赶快撵几步，就晚了。她见献"瑞石"，献"佛经"等大功都已被武承嗣、薛怀义等人抢去，便赶快进宫，向母后献上改自己李姓为武姓的请求。还向母后报告了许多她亲眼见到的"符瑞"吉祥的事情，请母后顺应天意和民意，早登皇位。

在皇妹的启发带动下，睿宗皇帝李旦也上表说自己缺乏德才，请求皇太后称帝，自己改姓武。

武后这时才感到一切已经成熟，做出实在难以拒绝，勉强依顺舆情的架势，接受了睿宗皇帝和百官大臣的请求，改国号称帝。

这年九月九日，太后戴上皇帝的冠冕，穿上龙袍，驾临宫城则天门城楼上，宣布废除唐王朝，建立大周朝，改年号为天授，自封为"圣神皇帝"。赐前皇帝睿宗李旦姓武，改称为"皇嗣"，他的儿子皇太子李成器降格为皇孙。

接着，女皇下诏，在洛阳神都建武氏庙，追祖先为皇帝，最早的祖先周文王为始祖父皇帝，追父武士彟为忠孝太皇，其他五代祖皆有皇帝封号；把唐宗庙改为享德庙，不再祭祀。对武氏宗族，封王的封王，升官的升官。对文武官员，论功行赏。宗秦客最早劝太后登基，功劳最大，任命他为相当于宰相的内史。傅游艺一再率众劝进，官升得最快，不到一年时间，由青衣

（八、九品官服饰）、绿衣（六、七品）、绯衣（四、五品）升到紫衣（三品以上），故有人称他为"四时仕宦"。

武则天的皇帝梦终于如愿以偿地圆了，高兴非凡，特地写了几首诗谱了曲让人们传唱。其中《迎送王公》一首写道：

> 千官肃事，万国朝宗。
> 载延百年，爰集三宫。
> 君臣德合，鱼水斯同。
> 睿图方永，周厉长隆。

歌词通俗上口，曲调流畅明快。从宫廷唱到巷里，歌声不绝于耳。朝廷出了个女皇帝，并不像人们想象的那样会引起什么灾难。虽然宫廷斗争余波未息，但对老百姓来说想得很简单，只要吃得饱穿得暖，能过上太平日子，是男是女当皇帝他们都不在乎。

这时，唯有太平公主心情最复杂。

她目睹了母亲登上金銮宝殿，接受百官朝拜的全过程。一个女人，单单独独坐在那高高在上的龙椅上，那么多长胡子和不长胡子的男子汉，穿戴各式各色朝服朝冠，战战兢兢地跪在她面前，三跪九叩，山呼万岁，那声音把宫殿都震动得发抖。可是，母亲稳稳地坐在上面，面带得意的微笑，真是威风八面，荣耀无比。

太平公主见了这般情景，才觉得母亲冒那么大的险很值得。

忽然她又想，母亲已六十有三，她以后，那把龙椅该谁坐呢？

第八章　知母莫若女

她知道母皇除了那张御椅外还想什么，于是张昌宗、张易之……都经她引见入宫，从而结成一团永远也理不清的情爱乱麻。

今天太平公主府里空气十分紧张。公主从后花园书房怒气冲冲走到前厅，一路上碰上什么砸什么，一口气砸了五只茶壶，六只茶碗，七个大花瓶，边砸边骂。侍女们把她扶进客厅椅子上坐下，给她打扇、递手巾、泡茶。半个时辰过去了，气都没有消。

"非要查个水落石出不可，看这小贱人是谁？查出来杀了她，连那个不要脸的一起杀。"太平公主不停地吼着，又对身边侍女说："快去门口看看，武攸暨回来没有，回来了马上叫他来见我。"

一个侍女飞也似的跑出客厅，去大门口打听去了。其余侍女都静静地站立两旁，大气都不敢出。

"你们都下去！"

五六个侍女向公主躬身行礼后退下。

"腊梅，留下！"

腊梅，一个长得粉嘟嘟水灵灵的侍女，听公主叫她的名字，不觉一惊，立刻站住。

"你过来！"

腊梅低头，移步走向公主。

"把头抬起来！"

腊梅慢慢抬起头。

"果然如花似玉，逗人怜爱。今年十几了？"

"奴婢十六。"

正在此时，只听外面传话："驸马爷到！"

立刻，武攸暨便进了客厅，见了公主笑眯眯地拱手叫一声："公主。"

公主也不理他，只对腊梅说："你先下去。"

武攸暨见腊梅低着头走出去，满脸愁容；又见公主跷着二郎腿坐在那里，一脸乌云。心想坏了，暴风雨来了。"是祸躲不过，躲过不是祸"。由它吧。想着，便无可奈何，很不自在地坐下来。

公主盯住他，用审问的口气说："我问你一件事。"

"什么事？"

"你现在想着的那件事。"

武攸暨明白她要问的是哪件事，但他决定不到最后不说。他笑道："望公主指点迷津，不要跟我猜谜了。"

"好，你看这是什么？"公主从袖子里取出一张似手绢的东西，紧紧攥着，只露一角在武攸暨面前晃了晃。

武攸暨略有些脸红，说道："公主请原谅，那是我去平康里应酬朋友时，楚儿硬塞到我荷包里的。"

"楚儿，大名鼎鼎的妓女，把你给看上了？"公主笑着又说，"你细看，这会是她的？"

公主把手放开，一张白手绢展开了。那手绢中间，有一团鲜红的血，像一朵盛开的花。

武攸暨顿时脸红一阵白一阵，椅子上像有刺似的，坐不住，只把屁股不停地挪来挪去。这该死的母夜叉，我藏得那么紧，怎么会让她翻着的。

"你说，这是你跟谁干的？"公主把那手绢送到武攸暨的鼻子尖上说。

武攸暨看清楚了，就是那晚跟腊梅留下的那块。手一伸，想夺过来，可公主比他更快，手一缩，便把它收到袖子里去了，还说："想抢回去？没那么容易，快说，是跟谁干的？"

"你不都知道。"武攸暨无可奈何地说。

其实公主还不知道，只是怀疑他与腊梅，本想把她留下来拷问，不巧刚刚被他回来打断了；而武攸暨见公主单独找腊梅问话，心就虚了。

"我要你自己说出来。"太平公主还拿不实在，便这样问。

"腊梅。"武攸暨像漏了气的皮球，有气无力地说出这两个字。

"我知道就是她。那你把你们什么时候勾搭上的，往来了多少次，一一给我从实讲来。"

武攸暨无从抵赖，便一五一十仔细讲了，想以此平息了公主的雌威。

不想公主听了不但怒气未消，反倒火冒三丈，骂了一阵"小贱人"之后，便怒吼道："来人，把腊梅这个小贱人捆了丢到山里喂狼！"

武攸暨听了，强按怒火，低声下气赔话说："一切都是我的错，看在我们夫妻份上，给我一个面子，放她一条生路，撵她走了，从此我再不与她来往……"

"那太便宜她了，不行！"太平公主说着，大声吩咐家丁："快把那个不要脸的小贱人绑了，先押到后院关起来，待天晚时丢到后山谷里去。"

听到腊梅呼喊救命，武攸暨心如刀割，再次恳求道："那腊梅再错，也犯不上死罪，请公主手下留情。你不看我的份上，也看我们三个孩子的份，何必把事做这么绝……"

太平公主一点也不被打动，只是坐在那里冷笑，不理他。

武攸暨感到绝望了。绝望的他决定豁出去了。

本来，发妻的被害就给武攸暨留下一腔怨恨，被迫与她结婚后很长一段时间余恨未消，只是太平公主为讨他的欢喜有所收敛，倒也相安无事。几年后，又生了二子一女：武崇敏，武崇行，武婼。可是近年来她脾气越来越乖张，而且还带些狗男女回府，彻夜寻欢作乐。因为她是公主，自己不敢得罪她。只是自己也背地干些寻花问柳的勾当，也算求得心理平衡。这与腊梅的事，就算自己不对，也不该非要杀人不可。只要她不杀腊梅，放她一条生路，我挨打受气，戴绿头巾，都忍气吞声，勾着头走路就是了，谁叫我瞎了眼娶公主做老婆呢？正应了谚语所说"娶妇得公主，无事取官府"。自认倒霉也就罢了。可今天这泼妇一点不通商量，硬要把人往绝路上逼，俗话说，兔子急了还咬人哩。为了能救腊梅，他也不顾了。站了起来，提高了声调，用强硬的语气对她说："公主也不要欺人太甚，你与那柳三在丹房的事……"

还没听完，太平公主就哈哈一笑说："你说我与柳三幽会之事吗，不假，我敢做敢当，不像你羞羞答答，吞吞吐吐的。我才不怕哩。看你们男人，三妻四妾，花街柳巷，无所顾忌。我堂堂一国公主，养个把小厮，能算什么？你就说开去，也损不了我半根毫毛。"

没想到这雌物如此脸厚。武攸暨救人要紧，一着不灵，又拿出一着。

"公主，我也有个物件，请你一观。"说着，武攸暨从怀中取出一个鲜红的琥珀扇坠。

太平公主见了，心一紧，马上去抓，但武攸暨手疾眼快，把扇坠仍放进怀里，说道："这物件公主是认得的，它本是圣神皇帝心爱之物，赐给了张昌宗的，可怎么会到你的手中，最后又到了我的手中？这中间的情由你清楚，我就不说了。公主，我本不想让你难堪，只是你太过分，太狠毒，不得已，只有请出它，大概只有它才能救腊梅。如果你不依，那我只有拿着它去见陛下。咱们拼个鱼死网破，同归于尽。"

太平公主没想到武攸暨竟握有这样的撒手锏，立刻软了下来。她不敢拿自己的生命开玩笑。

张昌宗本是太平公主献给母皇武则天的男宠，但他们之间有一段旧情，太平公主时时找机会进宫与他相会，那扇坠就是在一次相会时张昌宗送给她的。这事要是被母皇知道，后果难以设想。记得不久前，母皇发现上官婉儿与张昌宗幽会，顺手便将一把小刀向婉儿甩去。幸好她躲得快，只伤了额头。母皇气得要杀她，多亏张昌宗跪下求情，才免她一死。不过为了处罚她，便在她额头受伤处刺了个印记，要她永远记住这个教训。婉儿只得用一缕头发遮住那块耻辱的印记。试想，这扇坠的事真的让母皇知道了，那还了得。

太平公主只得说："好，我饶腊梅一条狗命，叫她滚。不过这扇坠要还我。"

"当然还你，但那手绢也要还我。"

于是，两人换回了各自的物件。

只是，此后两人的关系彻底破裂。

如此逞强的太平公主竟在一个小小的扇坠面前屈服了，这中间当然还有更多的故事。

武则天登上皇帝宝座后，白天处理朝政，急匆匆就过去了，唯独晚上的日子不好打发。什么样的歌舞表演都激不起她的兴趣。她想到薛怀义，但他经常出入禁宫引起不少议论，御史王求礼就写了奏章，专门谏阻这件事。她还记得那奏章是这样写的："太宗时，有琴师名罗黑黑者，欲令入宫教授宫女弹琵琶，太宗将其去势后，方准入宫。陛下欣赏薛怀义的才能，欲留在身边，臣请先将他去势之后，再召入宫中，以免紊乱后宫，贻笑朝野。"

武则天看了只觉得好笑，笑这个王求礼太不懂事了。

为了堵臣下的嘴，便把薛怀义调去修明堂，任命他为总监督。

身边没有男人陪伴，这皇帝当起来也没味道。

这时有个御医叫沈南璆的，常为武后看病。她终于找到了个陪伴她的人。

然而，在太平公主看来，薛怀义太粗鲁，沈南璆太斯文，两个都不可能使母皇满意。

太平公主自觉为母亲登基所做贡献不大，现在想来弥补一下，但母亲贵为皇帝，富有天下，还缺什么呢？但她作为女人，当然晓得母亲缺什么，便暗地为母亲寻找起来。

这日，太平公主在府中坐得闷倦，突然想起曾与薛绍看过的斗鸡表演，颇觉有趣，便换了男装，书生打扮，带了随从去鸡坊看斗鸡。唐时，民间流行斗鸡游戏，一般纨绔子弟最爱参与玩耍。

太平公主坐在看台上，见那些斗鸡者兴致勃勃，成百上千地赌输赢，为自己的鸡呐喊助威，吆喝使劲，闹成一团。

另一处有驯鸡表演。但见一老者，赶一群鸡过来，清一色的金黄毛羽大红冠，围老者站一圈。老者喊一个名字，就有一只鸡叫着答应。围观的人一圈又一圈，水泄不通。

这时，太平公主眼前一亮，见一少年，面如傅粉，唇若涂脂，美丽出奇。

忙叫身边人去打听，这美少年姓张，名昌宗，因排行第六，称六郎。当即，太平公主就把他带回府中。

这张昌宗原为官宦富家子弟，整日游手好闲，斗鸡走狗，不务正业。因脸蛋长得漂亮，引得不少贵室妇女青睐。养得白白嫩嫩，专会偷情做爱，讨女人们的欢心。

他进了公主府，只见刚才带自己进来的那位书生，换下男装，穿上裙裾，原来是个美妇人。经引见，才知道她便是太平公主。张昌宗忙跪下叩头谢罪，骂自己有眼无珠。太平公主把他扶了起来，就近一看，真乃绝色男子也。与之交谈，那口中的香气漫过来，令人迷醉。张昌宗见太平公主用一双迷人的眼睛不停地看他，也难以自持。当晚，便留宿公主府。二人如鱼得水，欢愉无比。

欢乐的日子过得快。不觉，张昌宗已在公主府中住了月余。这时太平公主才想起她原本是为母皇物色的，尽管再舍不得，也只有忍痛将他送给母皇。

这天晚上，太平公主准备了一桌丰盛的酒席，与张昌宗对饮。酒至半酣，太平公主才说话："张郎，你我恩爱一场，我很不忍离开你，但更不忍耽误你的前程。明日，我把你举荐给我的母亲当今圣神皇帝。只要你能讨得她老人家的欢心，你一辈子的荣华富贵、高官厚禄就都不愁了。"

张昌宗在公主府过着神仙般的日子，本不想离开，但听说有高官厚禄、荣华富贵的好处，便动了心，但口中仍说："公主待我如此之好，我实在离不开你。"

"天下没有不散的筵席。你进宫之后，我们仍有机会相见，千万不要为了我而误了你的前程。"公主说着，眼圈也红了。

因为明朝就要分离，二人早早安歇。当晚，更是说不尽的恩爱，海枯石烂，永不相忘的话说了一遍又一遍。

为了感谢公主的知遇之恩，张昌宗也向太平公主推荐了一个人。他说："公主对我，恩重如山。为报答公主，我向你举荐我的哥哥五郎张易之。他年轻美貌，不亚潘安。最要紧的是他会制春药，又对采补之术很有造诣，你如与他相交，定能青春长驻，长生不老。明日，我修书与他，叫他到你府上与你相见。不知公主意下如何？"

太平公主听说张易之有这许多好处，恨不得马上与他相见，忙说道："你快快修书，明日我派人把他接过府来，给他拨所院落，便于起居。你兄弟相见，只管到我这里来便是。"

第二天，太平公主把张昌宗带进宫去，举荐给母皇。那武则天见了这艳若莲花的美男子，又惊又喜，惊的是人间竟有这么美的男人，简直通身找不到一丝缺点；喜的是他即将陪伴自己欢度良宵。真是说不出的高兴，把女儿太平公主着实嘉奖一番。

是晚，张昌宗陪圣神皇帝武则天枕席，伺候得她满意，当夜就封为飞旗将军。从此，张昌宗日陪饮，夜陪宿，双宿双飞，欢爱无比。武则天自觉年轻了许多。

众臣僚见圣神皇帝对张昌宗如此宠爱，也纷纷拍他的马屁，当人们齐声赞赏他的粉脸美得像莲花时，内史杨再思马上纠正说："你们都没说对，不是六郎似莲花，而是莲花似六郎。"

听说自己的小情人有如此这般的美貌，武则天大喜，忙命左右取出二百匹绢来，奖给杨再思。

话分两头。且说当天太平公主派人，拿上张昌宗的信，不到一个时辰，便把张易之接进府来。太平公主抬眼看去，那张易之眉如弯月，目如秋水，肌肤白里透红，细嫩无比。较之其弟，别是一番风韵。是夜与之共眠，果如张昌宗所言，奇妙无比。

且说武则天登上帝位后，最高兴的除了她自己以外，就要数武承嗣和武三思了。他俩是武则天的侄儿。他们想，现在是武家的天下了，有了武家的皇帝，能没有武家的太子？如果立武家的太子，那首先当然是我们了。于是他二人争着向武则天讨好。

长寿二年九月，武承嗣发动五千人上表，请武则天接受"金轮圣神皇帝"的尊号；第二年，武承嗣发动二万人上表，请武则天接受"越古金轮圣神皇帝"的尊号。"金轮"指佛教中的转轮圣王，"越古"，即古今未有的意思。把武则天抬得高高的，她当然高兴，但她觉得还不够，又在前面加上"慈氏"

二字，这就面面俱到了。于是便成了"慈氏越古金轮圣神皇帝。"念起来似乎有点别扭，但武则天喜欢。

见武承嗣邀功博得武则天欣赏，武三思不甘落后，他的计划更妙。他把四夷的酋长都发动起来，共同铸造一根高一百五十尺，径十二尺的粗大铁"天枢"，立于洛阳皇城正南门，上面铭记圣神皇帝废唐兴周的功德，以传之后世。武则天对此兴趣更大，她下令造九州铜鼎，与"天枢"对应，用铜五十六万零七百斤，上面铸的是各种吉祥的花纹图样，以显示国威和皇权。

当武承嗣、武三思为争当皇太子挖空心思向圣神皇帝武则天邀功讨好时，太平公主正与张易之在情爱的春梦中沉睡。一觉醒来，才发现自己又慢了一步，不过她认为，如果立武姓皇嗣，只有她最有资格。她是圣神皇帝的女儿，母亲把帝位传给女儿，是顺理成章的事。而且，她觉得她最有把握，你武承嗣尊上"金轮"也罢，你武三思铸造"天枢"也罢，都是虚名，于母皇有多大好处？太平公主要使母皇得到实实在在的好处，她决定把能使母皇得到欢乐、得到青春的张易之奉献出来。尽管，她很舍不得，但为了从母皇那里得到更有价值的东西，她再一次忍痛割爱。

还是在一个晚上，她摆好了酒宴，与张易之对酌，把过去对张昌宗说的话大同小异地说了一遍。张易之与他兄弟一样，也是个利禄鬼，只要能发达，什么样的事都可以干，何况是为当朝女皇待寝呢？不过，他较张昌宗脑子更机灵，临别的话说得意味深长。他说："公主，您是个孝顺女儿，一定会有好报，会得到皇上的喜爱。将来我会再来伺候您，一辈子伺候您。"

太平公主当然听懂了他的意思，对他也意味深长的一笑，说道："我相信会有那一天。"

第二天，太平公主把张易之送进宫中，附耳对母亲说了他的许多好处。母亲笑着在女儿脸上拧了一把。她对女儿的体贴关心很感动，深情地说："真是我的贴心小棉袄，也算我没有白疼你一场。"她还想说一句"知母莫若女"的心里话。但一想到自己的皇帝身份，便打住了。

张易之确实有他的好处，他不仅使武则天心满意足，而且在她69岁时又长了牙齿，在她76岁时又重生了眉毛，眼睛视力大增，高兴得她把年号改为"久视"。张易之回春有术，使武则天感到自己似乎回到了"昭仪"的年龄。

当她左拥右抱张氏兄弟，尽情享受情爱之乐时，甚至比年轻时代更热烈。

后宫里突然间有两个年轻貌美的小伙子活动，必然招致朝廷上下的议论，武则天听了很头痛，便把太平公主找来。

母女间讲话从来都是坦诚的，不用拐弯抹角。她说："你看，这些文武大臣们多无聊，吃饱饭撑的。其他什么事不好管，偏要管朕的私事。对你送来的张氏兄弟，他们怎么都看不顺眼。长期在宫里，有人说闲话；叫他们住外面，进进出出又不方便。我想修个庙……"

"陛下不可。"太平公主把话抢过来说："想当初陛下对冯小宝不就是这么办的么？你看他现在已闹成什么样子了？"

"唉……"武则天听了，叹了口气，说："不要提起那秃驴，提起叫我七窍生烟。今天不说他。你说这张氏兄弟如何安置为好？"

"依女儿看，那张氏兄弟读过些书，不如就在宫内设一个什么衙门，给他们任命个官职，让他们研究古典经书。这样可以随唤随到，也堵了那般爱管闲事大臣们的嘴。"

武则天觉得女儿的建议可行，母女俩经过一番商议，便在宫墙内新设了个"控鹤府"。为了这机构的名称，太平公主还颇费了一番心思，她向母皇解释说："鹤，乃道家成仙飞升之鸟。乘之飞往仙山，永隔尘嚣，与天地造化共存。鹤是仙鸟，清高洁雅，脱尽世虑，远离名利，自由洒脱。任命张氏兄弟为府监，以研究儒、释、道三家学问为主要任务。这样，他们的工作也不会很繁重，也没有案牍的辛苦，有时间和精力陪陛下。"

太平公主当过道士，对道家这套读得滚瓜烂熟，侃侃而读，头头是道，听得武则天连声说好。

于是，以张易之为首的"控鹤府"便在宫里挂牌成立，一批年轻漂亮、略知诗书的男子被召入府为"供奉"。在张氏兄弟主持下，很快编出了集孔、佛、道三教名言精义的《三教珠英》，全国刊行。圣神皇帝武则天很是满意。

更使她满意的还在于"控鹤府"内美男如云，可供她尽情享受淫乐。她又拨巨款扩大"控鹤府"面积，修建了长宽各一里的御花园，里面有池塘，塘内有两个小岛，由彩绘精雕的游廊相连。园内四时花草树木茂密繁盛，恰如仙山洞府。既为"控鹤府"，当然少不了有仙鹤栖息，匠人们做了许多木鹤，供观赏和踩骑。那张昌宗头戴华阳巾，身披鹤氅衣，手执洞箫，骑在木鹤上，一边吹出动听的曲调，一边在园中轻盈漫步。其他年轻供奉，也在府监的带领下，边歌边舞。有时，则天皇帝和太平公主也参与其间，君臣共舞，其乐融融。这时的则天皇帝已忘记是在人间，还是在天上。她觉得只有这样，才算不虚度人生，才算不枉为帝王。

可是，名为"控鹤府"，实际上那些"鹤"是控制不住的。一群美少年饱食终日，无所事事，除了饮酒赌博，寻欢作乐，还想着花样玩耍，乃至不男不女，同性相恋，闹得秽声四起。圣神皇帝武则天对此不闻不问，装聋作哑。

"上有所好，下必甚焉。"有一个名叫魏侯祥的年轻人，听说"控鹤府"如此美好，便向武后上了奏折推荐自己，不仅说自己长得如何漂亮，还把自己也大大美化一番，说自己完全有资格在"控鹤府"中当个"供奉"。

朝廷官员听说有人写了这样的奏折，都捧腹大笑，唯独大臣朱敬则怒发冲冠，拍案而起，向圣神皇帝武则天上书道："窃以为陛下有张氏兄弟亦可自娱矣。陛下岂以二臣为不足必欲美少年耶？满朝之中已人言啧啧矣。窃闻有魏侯祥者，以精力过人自炫，公然自请位列宿卫，无礼无仪，丑慢不耻，并尚有……"

则天皇帝看了御笔批道：

"爱卿为国勤劳，殊可嘉勉。但此事朕并不知悉！"

朱敬则虽然触到则天皇帝的痛处，使她难堪。但幸好她那两天心情好，加上又是正大光明朝堂上的议论，不便追究。可另外在背后议论说这些事的人结局便惨了。

庐陵王李哲之子重润，是武则天的孙儿，年二十，对祖母在"控鹤府"里的表演极为不满。有天他到姐姐永泰公主之夫、武承嗣之子武延基家玩耍，姐弟间谈及祖母之事，皆摇头叹息。武则天听到密报后大怒，立刻下令把皇孙和孙女打死，还不解气，又令武延基自缢。几句议论，就断送了三个年轻人的性命。但他们至死都没想到，姐弟间说的几句家常话竟被姑母太平公主向则天皇上告了密。

太平公主原本也无心用侄儿侄女的闲话去向母皇邀功，实在是母皇相逼，她非说不可。

那天，武则天问太平公主：

"有人上表要我把太子旦废了，立武氏的人为皇嗣，你看谁好？"

太平公主听了，心头一阵发热。她想，这一向自己对母皇尽心尽力，她很满意，给我好处的时候到了。她当然不能自我推荐，便说：

"陛下，皇嗣是将来继承您的大业的人，一定要选一心向着您、靠得住的人。"

"有人向我举荐武承嗣，你看如何？"

太平公主的心一下就凉了。没想到，母亲竟没有想到自己，还不把我当武家的人，可我已经改姓武了呀！她很伤心，但并不灰心，这等大事，要慢慢来。不过，武承嗣确实是个强劲的对手，不把他扳倒，自己的目的是达不到的。她想起了一件事，便借机说："承嗣表兄人倒可以，只是对子女疏于管教。子女都管不好，怎能管好百姓？"

"你这是指什么事？"武则天急着问。

这时，太平公主一下就跪下了，颤抖着声音说："儿臣该死，脱口而言，请陛下恕罪。"

武则天越发奇怪了，追问道："恕儿无罪，你大胆说来。"

太平公主装出无奈的样子，小声说："启奏陛下，儿臣将张氏兄弟送进宫来，是让陛下欢度天年，这也是当皇帝应该享受的。可是一般嚼舌根的人都说个不休。别人家说，倒不奇怪，可表兄武承嗣的儿子媳妇也参与其间，还编了许多难听的话，听了真叫人气愤……"

武则天听了，把桌子拍得山响，骂道："好个孽种，竟敢说到朕的头上来了！我叫他们一个个都死！"

就这样，轻轻便把武承嗣扳倒了，虽然没把他牵扯进去，但立他为嗣的议论便就此停了下来。只可怜他的儿子、儿媳，以及儿媳的兄弟，都做了牺牲品。只是他们至死都不知道是谁告的密。

太平公主也觉得母亲的心狠了些，但不狠，她能清清静静地当皇帝吗？

杀了人，而且杀的还是皇孙、皇孙女、皇孙女婿，可见"祸从口出"的结局是多么可怕，于是朝野鸦雀无声了。

"控鹤府"的节目照常演出，只是有一天太平公主对则天皇帝说："母皇陛下，儿臣觉得'控鹤府'名不符实，似有心虚胆怯之嫌。这大可不必。想历朝皇帝都是男人，他们三宫六院，嫔妃上千，可从来无人议论。陛下虽为女身，也是皇帝，多有几个男人伺候，理所当然。一些大惊小怪的言辞，多出于男人之口，当然不会公平，不值得去理睬它。儿臣觉得，不如将'控鹤府'改为'奉宸府'，光明正大，理直气壮，遮遮掩掩，含含糊糊，反倒被人说来说去。就像陛下未登基前，'牝鸡司晨'的议论不绝于耳。而今，陛下坐了龙椅，这种议论反而没了。"

武则天觉得女儿的一番话有理，很合自己的胃口，便立即下诏：改"控鹤府"为"奉宸府"，宸，本指帝王宫殿，引申为帝王。奉宸意为辛勤伺奉皇帝的意思，算是再明白清楚不过了。

至于张易之、张昌宗，由控鹤府监改为奉宸令，级别待遇不变。

第九章　言传身教

> 武则天有八子二女，除一个早死，她亲手害死了六个。尚有二子，一个放逐在外，一个软禁在后宫，身边只剩下一个太平公主。她便成了当然的接班人。

"唉！"武则天半睡在床上，长长地叹了口气。

母亲有病，在一旁伺候汤药的太平公主劝慰道："俗话说，吃五谷，生百病。母皇不过偶染风寒，吃两剂药就好了。外面的事有一帮大臣哩，您老人家何必着急。"

"为娘不是为了自己的病，也不是挂记朝廷上的事，只是一想到那秃驴我就伤心。我一手提拔他起来的，现在竟……"

"母皇少去想他，他那种下三烂，为他怄气值不得。"

"可是他处处惹是生非，状子都告到我这里来了，能不管吗。你看，这两三天就收到这么多。"说着，武则天随手从枕边摸出一叠交给太平公主。

都是告薛怀义的。

一张是左台御史冯思勖写的，上面说薛怀义横行不法，常骑马上街，带一帮和尚，任意欺压百姓，士民见了避之如虎，躲避不及的就被打得头破血流，然后扬长而去。他曾当面指责薛怀义，可有一次在路上与他相逢，被他指挥几个和尚打得半死。冯思勖写奏章请圣神皇帝对他严惩。

一张是许多道士联名写的，说薛怀义领着一帮和尚，在大街上见道士就打，并一一把他们头发剃了，强迫他们当和尚。状子写得哀哀戚戚，请皇上替他们做主。

看到这里，太平公主"扑哧"一声笑了起来。

听了笑声，武则天说："你这个丫头，老娘气都气不过来，你还笑。"

太平公主便把状纸上告薛怀义强迫道士削发为僧的事说了，武则天也觉得好笑。

"那秃贼蛮横无理，忘乎所以，闹的笑话何止一两件。那天竟跑到朝堂上吆五喝六地摆威风，让中书令苏良嗣碰见，命左右把他按住打了几十巴掌。他还好意思向我哭诉。我说，你以后少到宰相议事的地方去，不去就不会挨打了？"武则天边说边忍不住笑。

又一张状子是告薛怀义利用每月一次无遮会的机会，召集善男信女到寺中，见稍有姿色的，就留在禅房，纵情取乐。许多人的妻女被淫，因畏他权势，只有忍气吞声。洛阳女儿，不知被他糟蹋了多少。

太平公主看了，对母后说："怪不得人们骂和尚是'一字僧，二字和尚，三字好淫徒，四字色中饿鬼'。这秃贼就是这种货。"

武则天听了说："对他，我早就有疑惑。以前，我每次召他，一召就来；现在召他，推三阻四,十次也来不了二三次。我想他一定在外面有什么不轨之事，果不其然。现在他住在白马寺，越发约束不住了。"

这时，太平公主又翻出一张。这是侍御史周矩写的，说薛怀义在白马寺擅自招募了一千多无赖之徒，剃了头发，伪装僧人，整日弄刀耍棍，练功习武，恐有图谋不轨，请皇上下旨追究。

看罢，太平公主说："母后陛下，这周矩写的奏折，您看了没有？"

"看过，这秃贼想找死了，竟干起招兵买马的勾当了。"

太平公主知道母皇最恨的是造反，便乘机怂恿说："我看这秃贼也该活够了。"

"我也有这个打算。"

太平公主明白母亲的心意，究竟与他旧情难断，一时间不忍心下手。再者，母皇封他为鄂国公，还有什么辅国大将军之类的，都是至尊至高的官位，一下子把他问罪、拉下来，岂不说明自己用人不当？

这太平公主还没想出个头绪，只听母皇说道："我打算任命他为行军大总管，去远征突厥。"

"谁？"太平公主以为听错了，问道："母皇是说派薛怀义？"

"是的，是他。"

"母皇，我不明白，他有了兵权，不更麻烦吗？"

"边境来报，突厥新可汗默啜率兵犯境。我派薛怀义为行军大总管，带兵北征。这样，他可以少在洛阳惹祸，他手下那些僧徒也有用武之地。要是打胜了，是朕知人善任；若是他战死疆场，也算除了后患；即使不死，打了败仗回来，我也有理由对他治罪。"

太平公主听了这番话，连说母皇英明。她内心里也确实佩服母亲的计谋，自叹不如。

这薛怀义领了行军大总管之职，不知是计，只当是皇上陛下对自己的恩宠，便威风凛凛地带上二十万大军向突厥杀去。

新继位的突厥可汗默啜，有勇有谋，一把七十斤重的大刀，使得风车斗转，曾多次侵犯唐朝边关，都被将军程务挺打败，再不敢轻易犯边。后听说程务挺被杀，默啜大喜，摆宴庆贺。接着，兴兵深入唐境，连陷十余城，如入无人之境。正得意时，忽听探马来报，说唐朝女皇武则天派了个胖大和尚为统帅前来征讨，又听说那胖大和尚是个法力无边的有道高僧，吓得默啜急令撤军。

薛怀义不战而胜，趾高气扬地班师回朝。从此气焰更加嚣张，武则天一时间也奈何他不得。

薛怀义是个疯野惯了的人，回朝以后，卸去将军盔甲，仍旧穿上袈裟当他的白马寺主，一心一意借佛行乐。回想当年修建明堂博得武则天喜欢，赐号为万象神宫，自己也受重赏，他看出她是个好大喜功的人，便建议在明堂旁边建一座叫天堂的佛殿。天堂内塑一大佛像，硕大无比，一个小指头上就可以站几十个人。他又故弄玄虚，在明堂前挖一个五丈深的大坑，趁做无遮法会时，突然从坑中拉出一幅高二百尺的佛像来。他吹嘘说这佛像是刺他膝盖上的血画成的。佛像在皇城挂出后，引动八方信徒去参拜观看，人山人海，拥挤无比。薛怀义在佛像下举行大法会，会后大施钱财，把一车车钱币抛到空中，引得人们疯狂地去抢，当天就踩死踩伤数百人之多。

同时，薛怀义又放纵他手下的僧徒四处滋事，强取豪夺，奸淫妇女，无所不为。

侍御史周矩面奏则天皇帝查办。武则天也对薛怀义的作为十分气愤，但想到与他的旧情，便软了下来，只对周矩说："你且退下，朕立即派人去查。"

没想到周矩刚回到御史衙门，薛怀义就骑着马赶来了。下马后，脱掉衣衫，直奔御史台公案上，袒胸露腹，长条条睡下，还对周矩说："你不是要查办我吗？来吧！"

周矩被气得半死，命令僚属把他抓起来，先办他个无礼之罪。但还未等到抓他的人近身，他一跃而起，翻身上马，连抽几鞭，飞快出了御史衙门，转眼就消失在大街上了。

周矩无奈，只好又去报告皇上，武则天对他说："这个和尚是个疯子，不去理他。他手下那些和尚，你可以查办。"

周矩得了圣旨，立即把白马寺的千余和尚逮来，一一审问，把他们大部分判了流放，送边地服苦役去了。

但薛怀义的权势未倒，又招些人马，耀武扬威，恶习不改。他发觉武则天对他不满，便想出一些法子与她疏通。

证圣元年正月，薛怀义在明堂举行无遮法会，恭请圣神皇帝驾临，并设计了一个精彩的节目：让武则天扮成活佛，坐在金光闪闪的神龛里，说是圣神皇帝将显现佛身，接受朝拜。一切准备停当，只等皇上光临了。这样，可以给他薛怀义脸上增光，说明他并未失宠。哪知道，时间到了，左等右等，皇上竟没有来。暗地使人打听，原来武则天有了新欢，正在兴头上，哪有时间来看这老一套的节目。

薛怀义老羞成怒，决定报复。

正月十五，整个洛阳一片灯海，百姓倾城而出。十字街口，洛水河边，挤满了观灯的人群。但人最多的还是明堂和天堂，那里搭有高大的灯架，各式各样的灯都在那里集中。明堂大门，悬挂着那幅高二百尺的大佛像，并排供奉着新塑的大佛。都在灯火照耀下，闪闪发光。

临近子时，忽然从天堂后院蹿出一道火光。初时，人们以为又是什么新花样的灯光，欢呼雀跃，拍手称奇。接着，只见火光冲天，越烧越大，整个天堂很快淹没在火海之中。又一阵北风，相距不远的明堂也被大火引燃。火势熊熊，浓烟滚滚，把全城百姓看得惊呆了。

也有一般观众，指手画脚，大呼小叫：

"佛的鼻子着火了！"

"眉毛点燃了！"

只见那高大的佛像，一片片，一块块，燃烧着满天飞舞；那殿中的大佛塑像，里面全是苎麻，外面糊的石灰，遇火点着，突然嘭的一声，爆炸开来，火星四溅……

一夜之间，两座辉煌的宫殿被烧成一堆黑炭，几百万两银子付之一炬。

全城百姓，满朝文武，尽皆陷入惊惧与愤怒之中。

只有一个人高兴，那就是薛怀义。因为这一场大火是他放的。他感到报复的满足，他躲在远处，纵声大笑，心随着那冲天大火，燃烧了个痛快。

过了几天，圣旨下，宣白马寺主持薛怀义大和尚进宫。

薛怀义着实紧张了一阵，但转而一想，我一个人干的，谁知道？再说，就算查出点什么，怕也不敢轻易治罪。我既然敢烧宫殿，什么事干不出来？我只是个和尚，你可是皇帝，要是审判我，我就把我们之间的关系抖出来……这样一想，胆量陡增，骑上马进了宫。

召见安排在便殿，气氛随和。薛怀义见了皇帝要行大礼，武则天叫免了，而且赐座、赐茶。她还先说明那次没有出席无遮大会实在因为抽不开身。在谈到火烧明堂时，武则天说："起火原因朕已命人查清，原来是施工的工匠不小心造成。已经烧了，也就算了。朕决定照样再修，还是任命你全权负责。望立即安排施工。所需银两，朕已命府库做了准备，随你支用。"

薛怀义听了，大喜过望，立即跪拜谢恩。

武则天又命设宴款待薛怀义，当晚留他侍寝。

薛怀义原以为凶多吉少，不想武则天不但不追究明堂失火的责任，反而把再建的任务交给自己，今晚又设宴，又侍寝。可见，你不给她点颜色看看，她不知道厉害。因二人久未相聚，当晚尽情欢乐，一如当初。

圣神皇帝把重修明堂的任务交给薛怀义的第二天，满朝议论纷纷，武则天也不理睬。

晚上，太平公主匆匆进宫，见到母皇第一句话便问："听说陛下把再建明堂的任务又交给薛怀义了？"

"不可以吗？"武则天笑着说。

"人们谣传说那把火是他放的，陛下难道没听说吗？"

"不是谣传！"武则天纠正女儿。

"那？"太平公主眨着眼睛，不知母亲闷葫芦里卖的什么药。

武则天望着女儿，只是微笑。

太平公主从母亲的微笑中立即悟到她的用意，也点头回报母亲一个微笑说："那以后的事情陛下就不用操心了，统统交给儿臣吧。"

薛怀义有些感动了，没想到武则天还是对他那么好，他怀着赎罪的心情，把精力全部投入到新明堂的再建工程中。在他的严厉督促下，整个工程提前竣工。

新明堂高二百九十四尺，方三百尺，完全按原先的样式，拱壁飞檐，高大豪华。大殿顶上立有贴金箔的一对凤凰，展翅欲飞；沿屋脊是两条铜铸的巨龙，口衔宝珠，昂首相向。宫殿内部，金碧辉煌，五彩缤纷。

落成典礼那天，武则天亲临，鼓乐齐鸣，盛况空前。高兴之中，武则天下令改年号为"万岁通天"。并奖励薛怀义等有功人员。庆典后大摆筵席，尽欢而散。

这天，薛怀义正在白马寺作乐，忽然接到太平公主遣使送来的信，拆开一看，信中写道：

　　　明堂重建，再创奇功，应为季父庆贺；时值女四十生日，望有高僧祈福，亦非季父不可，特在敝府设宴，敬请光临。

义女太平公主拜

接到信后，薛怀义大喜。他早就垂涎太平公主的美丽，苦于机会难找，这次主动相邀，也许能了却这个心愿。只是想到武则天，便有几分顾忌；不过转而一想，武氏本是太宗才人，却为高宗皇后；高宗与韩国夫人有染，又与其女魏国夫人私通。那种砍竹子掰笋子的事他们干少了？我，一个花花和尚，百无禁忌。

是日，薛怀义带了随行僧众十数人，前去太平公主府上赴宴。行前，牵马和尚向薛怀义禀告说："那太平公主心地狠毒，诡计多端，望主持不去为好。"

薛怀义见这个平时不说话的邋遢和尚竟来打扰自己的兴致，心中大怒，骂一声"放屁！"便举鞭向他打去。这牵马和尚也不言语，在去公主府的半道上，借口出恭，不辞而别。

这牵马和尚便是乌龟韩。他自那日在宫中与儿子相见，本想领儿子出宫，逃出樊笼，去过自由自在的生活，但儿子不从。无奈，只有暂在白马寺混碗饭吃。他见薛怀义胡作非为，早想离他而去，又苦于尚无栖身之地。今日见他自投罗网，谏他不听，便离他而去，仍然当他的化缘和尚。

太平公主自大半年前从母皇那里领了处置薛怀义的任务后，便精心准备起来。她知道这秃驴曾为无赖，有些花花肠子。何况体力强壮，有一身蛮气力，还带过兵，手下有一批恶僧，不大好对付。

小时，太平公主有一奶娘，姓张，出身武术世家，曾教过太平公主几手拳脚，至今仍在府上，阖府称为张夫人。公主让她训练出一百多名女兵，作为保镖。这天，公主把这一百多女兵一一做了布置。又叫武攸暨之兄建昌王武攸宁派几十名羽林军卫士，隐蔽在公主府内外。一切布置停当，专等薛怀义的到来。

薛怀义领着一帮僧徒，骑着高头大马，到了公主府大门。管家开门相迎，引他们绕过一个大池塘，又转过两个回廊。一路上都有打扮得花枝招展的年轻侍女笑脸相迎。薛怀义心中很是舒畅。前面不远处已是正厅大门，只见太平公主在门口招手。薛怀义见了，便叫身后随从停步，由公主府管家引路，大步流星向公主走去。只听公主用悦耳的声音喊道："季父驾到，未能远迎，乞望恕罪。"

接着，说一声"请"。

一个侍女将门帘一掀，太平公主伸手相让，薛怀义笑眯眯地跨进门去。

刚刚落脚，只听"哎哟"一声大叫，薛怀义便掉进门里的一个深坑里。顿时，两旁上来十数名膀大腰粗的女兵，拿张大网向他头上一撒，装进网里，拖了上来。那薛怀义力气再大，也无从施展。

此时，太平公主喊一声："升堂！"便在大厅正中椅子上坐下。又叫一声："把那秃驴带上来！"众女兵把捆得结结实实的薛怀义押到堂前，按他跪下。

太平公主将惊堂木一拍，说道："冯小宝，你知罪吗？"

"圣神皇帝陛下赐我姓薛，名怀义。你犯下违旨欺君之罪，你可知罪？"

"这秃驴嘴硬，先掌他一百嘴巴。"

两边女兵过来，不由分说，劈头盖脸打了他一百嘴巴。只打得血流满面，嘴斜脸歪。

"我再问你，冯小宝，你知罪吗？"

"公主饶命。冯小宝尚不知罪。"薛怀义好汉不吃眼前亏，立刻软了下来。

"把公子和小姐请出来！"公主喊毕，两个读书郎和两个小姐从里屋出来。公主对他们说："崇简、崇箴，还有薛娇、薛艳，你们看，这就是你们的杀父仇人。"

说完，转过脸对薛怀义说："冯小宝，你将如何害死薛驸马的事，细细招来。"

"那薛绍本有谋逆之罪……"

薛怀义尚未说完，崇简、崇箴兄弟，手执早就准备好的木棒，向他乱棒打去。

"好个秃驴，看来，你是属核桃的。来人，大刑伺候！"公主一声令下，左右立刻摆出一大套刑具。

为了免受皮肉之苦，薛怀义只得把因薛绍不愿喊他季父而怀恨在心，在他关进监狱时，暗使周兴对他用刑，打烂他的下肢，十来天不送饭吃，致使他饿死狱中的经过，一一做了交代。

"那你说，害死驸马，该当何罪？"公主问。

薛怀义不愿就范，便豁了出去，反问道："这公报私仇，私设公堂，严刑逼供当朝国公、白马寺主持，又该当何罪？"

"你问得好，今天叫你死个明白。"太平公主说罢，大声喊道："冯小宝，你且听圣旨。"

这时，从后堂走出一位穿官服的妇女，薛怀义一见，先自软做一团。原来进来的是专为圣神皇帝武则天拟诏书的上官婉儿。只见她手捧圣旨，对跪着的薛怀义吼道："薛怀义听旨。"

接着，便宣读道："薛怀义者，原为冯小宝，本市井无赖，蒙圣恩授以白马寺主等职。本应恪尽职守，敬佛向善，造福百姓，以报朝廷；然自恃恩宠，放纵僧徒，横行乡里，无恶不作。又私藏武器，训练僧兵，图谋不轨。竟纵火烧毁明堂，仇视上苍神祇，实乃罪大恶极。着令杖杀！钦此。"

薛怀义听了，声嘶力竭地吼道："想那武氏，与我有枕席之交，竟然如此狠毒……"

太平公主早就安排好对付他的办法，喊一声："快把特意为他准备的东西抬上来！"

顿时，两个家丁抬进一只桶，从中舀出粪便，朝薛怀义嘴里灌去。

估计灌得差不多了，太平公主才喊声停，然后接着说："冯小宝，你本是一个下贱的卖药小贩，全靠当今圣上提携，十几年间，位极人臣，享尽荣华。叵耐你这厮恶习不改，欲壑难填。更为嚣张者，竟敢与皇上作对。现在，你知道厉害了吧！你身为白马寺主，全无向善之心，今日你去阴司报到，若能悔过自新，还能修个好来世；若执迷不悟，将落入十八层地狱，万劫不复……"

那薛怀义已被屎尿灌得憋不过气来，只有嗯嗯哼叫。

这时，太平公主又一次狠拍惊堂木，喊道："执行！"

但见两旁几十个女兵，手执木棍、扫帚、粪杓，向他一阵乱打，眼看没了气。这时，崇简、崇篏各自抽出剑来，齐齐向他胸口刺去。

当晚，薛怀义的尸体运回白马寺，说是寺主因酒醉坠马而亡，命立刻火化，让他早升天界。

第二天，太平公主进宫复命，武则天听了，长长舒了口气；但接着，她又长长叹了口气。

圣神皇帝遇到了更大的难题。

武承嗣想当太子已达到失去理智的程度，他要害死皇太子旦，便与来俊臣勾结，酷刑逼供太子旦身边的人。谁知道一个普普通通的仆人安金藏竟以剖腹的举动来自明心迹，以证明太子并无反意。武则天感动了，她感到从来没有过的内疚。堂堂母亲还不如一个奴仆对儿子的了解。从这件事情后，她开始对武承嗣反感。

但武承嗣不知趣，又暗使王庆之等人上表，请求皇上立武承嗣为太子。武则天明知是武承嗣的花样，就交给大臣们讨论。大臣们齐声反对。武承嗣又勾结来俊臣，以谋反罪诬陷反对立他为太子的人，接连又杀了几十人，但他的立嗣愿望仍未能实现。他又想起王庆之，要他去向武则天纠缠，结果被杖死在宫廷门外。武承嗣这才有所收敛。

武则天要想武氏江山永存，当然想立武姓的人为皇嗣。武承嗣不行，她想到武三思，当然，她也想到太平公主。

随着年龄的增大，武则天越发焦急。

初春的一天，她把武承嗣、武三思、太平公主都叫上，一起去游御花园。她想测试测试他们。

偌大一个花园，竟没有看到一朵花。武则天说了："这几天天气晴和，为什么花竟未开呢？"

武承嗣说："恐怕还没到时候吧。"

武三思说："不是没到时候，是没有接到皇上的圣旨，如果陛下降旨，花神也许是要听命的。"

武承嗣说："恐怕未必吧。"

这时太平公主却说道：

"什么'恐怕未必'，什么'也许'，我看只要圣上降旨，百花一定会开。皇上乃上界弥勒佛转世，小小花神，敢不遵旨。"

武则天听了，心中高兴，说一声取笔来，立即题诗一首。诗曰：

明早游上苑，火速报春知。

花须连夜发，莫待晓风吹。

写好交给太平公主，说："这就是圣旨！"

太平公主接了，命取高梯，将诗悬挂在花蕾最多的高枝上。

这太平公主敢于在皇上面前这样说，她心里是有底的。

太平公主最爱看杂耍。有天，她在洛阳城外闲逛，见一卖艺者在城墙根下用手刨土，从怀中取出一粒枣核植入土中，舀瓢水淋了。须臾间，发芽、生枝、开花、结果，满满结了一树红枣。老者摘下招待观众，吃起来与一般枣子无二。

太平公主想起了这个老者，命家人立刻找了来，赐以重金，要他施法让御花园的花开放。老者得了钱，说道："请公主明早去御花园验看。"

第二天，太平公主去看，果然满园鲜花，异香扑鼻，忙命人报知母皇。武则天听了大喜，下令今日免朝，大家都去御花园赏花。届时，武则天率众大臣到了御花园，见那花开得无比鲜艳繁茂，看得个个笑逐颜开，争相颂扬圣神皇帝的威德，也把太平公主大大夸耀一番。

武承嗣因说了那句"恐怕未必"的话，武则天对他更是反感。不久，免了他宰相职务。他见皇太子当不成，宰相也被免了，一气之下，绝命而去。

太平公主暗暗高兴，她又少了一个对手。

武则天共生了八个儿子，两个女儿。其中，一个早死，她自己害死了五子一女，还剩下二子一女。二子中，一个被流放在外，一个被软禁在后宫，只有太平公主在身边。她想立武三思，虽姓武，却是侄儿；想立太平公主，虽是亲生，却是个女儿，都有难处。

太平公主完全看透了母亲的心思：举棋不定，左右为难。她要促使母亲早下决心，而且让天平向自己的方面倾斜。

有事没事她都朝宫里跑，去请安、问候、献殷勤、讲笑话，让母皇开心，加重自己在她心中天平上的分量。

"哈，哈……"太平公主的一串笑声在她还没有进门前就传进了母亲的寝宫。

"死丫头，你又有什么好事，这样高兴？快说给为娘听听。"这一向武则天对女儿说话都很亲热。

"哈，哈，哈……"太平公主还没讲，就又笑了起来。

"快讲，快讲，讲迟了我就不听了。"

"母皇陛下，您先等我缓过气来呀。"太平公主在母亲身边坐下，缓了一阵气，才说："今天，我换了男装，去南市书场听书，说的那故事叫《鹅笼变幻》，笑的人肚子疼。"

"不准笑，讲了再笑。"武则天见女儿又要笑，赶快制止她。

太平公主讲了：

"说东晋时有个叫许彦的人，贩鹅为生。在路上遇一书生，那书生十八九岁，倒卧在路旁。许彦问他：'你怎么了？'书生说：'我的脚痛，走不动，你能不能把你背上的鹅笼打开。让我进去歇歇？'许彦心想，你这不是开玩笑吗，小小鹅笼能装下你吗？但他还是打开了。没想到，那书生居然进去了，与里面的两只鹅并排而坐，相安无事。那书生对许彦说：'麻烦你，捎个脚吧。'许彦背起鹅笼，尽管里面增加了书生，但重量一点没增加。过了几道山梁，许彦累了，把鹅笼放在路旁树下休息。书生出了鹅笼，对许彦说：'这一路劳累你了，待我弄点酒饭来给仁兄吃。'许彦："那当然好。'只见书生一张嘴，吐出个大盘子，盘子里有个盒子，里面装有山珍海味，酒肉饭菜。书生与许彦便在树下大吃起来。酒过三巡，书生说：'小弟外出，随身带着妇人，我想让她出来坐坐，仁兄休怪。'只见他嘴一张，一个十五六岁的绝色女子便出来了，一起坐下，共同进餐……"

太平公主偷眼看母亲，见她听得起劲，手里端碗茶都忘了喝。那旁边伺候她的婉儿，也听得入神。于是继续讲道：

"书生贪杯，竟喝醉了，仰身倒在草丛中。女子望了望书生，对许彦说：'不怕相公见笑，奴家虽与他相好多时，可实在又有外心，也偷偷带了个男子。书生睡觉了，我且叫他出来，请你不要讲啊。'许彦说：'不会。'那女子嘴一张，吐出一个男子，约二十出头，端庄可爱。见了许彦，拱手问好。这时，那书生翻身，似要醒来。这女子急忙口一张，吐出一围帐，把书生遮起来。书生顺手把女子拉进围帐共寝。外面男子对许彦说：'这女子虽对我不错，我心中还有另外一个妇人，现在我想见见她，望仁兄莫与外人言。'男子一张口，吐出一个二十左右的美貌女郎，二人饮酒调情，旁若无人……"

听到这里，武则天禁不住哈哈大笑起来；那婉儿，却红着脸退下去了。

"过了好一会儿，围帐里传出书生睡醒的声音。男子道：'他们二人已经醒了。'于是把女郎吞入口中，那妇人从围帐中出来，忙把那男子吞入口中。然后与许彦闲谈，如无事一般。这时书生从围帐里出来，对许彦说：'本想稍事休息，没想到睡这么久。今天天色不早，你我就此作别吧。'口一张，把女子吞进腹中，接着把装酒菜的碗盘壶杯吞入口中，最后剩下那只大铜盘，他双手捧起对许彦说：'今天多有打扰，无以回报，就送你这个盘子做纪念吧。'"

太平公主说完，又哈哈大笑起来。她本想这个故事一定会使母亲听了高兴，怎么她没笑呢？抬眼一看，她竟然哭了，正在用手绢擦眼泪哩。太平公主吓得立刻跪下，说道："是儿臣讲的故事冒犯了陛下？"

"唉！"武则天先叹了口气，才说，"你的故事很有意思，只是我想，那神仙都有找个相好的自由，你看，我这当皇帝的，偏偏被人管得紧紧的。"

"谁又嚼什么舌根啦？"

"还不是奉宸府张氏兄弟那些事情。"

太平公主脑子一转，说："母皇，您不是在离这不远的龙门山修了个避暑的好去处兴泰宫吗？"

"是呀，已修好很久了。"

"那您不如带上张氏兄弟，搬到那里去住几日，离得远了，耳根子不就清静了。"

"我也想过，只是朝廷这一摊子……"

"母后陛下您尽管放心，隔三岔五的我去兴泰宫看您，有事向您奏报不就行了。"

武则天想了想，说道：

"那好，有你，我倒也放心。这样，还是给你个名分。"

太平公主立即跪下说：

"谢陛下。"

第十章　监国三年——失败的实习

她急不可耐地望着母亲的那张御座。母皇看透了她的心思，便封她为皇太公主，命狄仁杰和上官婉儿辅佐她监国。但她玩不转，三年毫无建树。

上官婉儿从武则天寝宫退出来之后，忍不住热泪盈眶。她想找个地方痛痛快快地哭一场。她觉得上苍对自己太不公平了。怎么碰到的女人一个比一个阴险。那太平公主在讲那女子从嘴里吐出个男人时，连连看我几眼。不就那次跟他被你们逮住了吗。可你们呢？老的不像老的，小的不像小的，都七十好几了，夜夜搂着男人睡，还尽选年轻漂亮的；小的更坏，男人死了换一个就是了，又平白无故地害死了一个女人。家里养着小厮，又到奉宸府里鬼混，都四十出头的人了，还那么妖冶……可是，你们想过没有，我，都快三十了。女人一过三十，还有什么？

也不怪婉儿背地里怨这怨那，她的命运也实在太惨了。

上官婉儿的祖父上官仪，是高宗时的宰相，又是著名诗人。一次，因高宗忍不住武后的专横，要废了她，召上官仪拟诏书。这事很快被武后知道了。当她气势汹汹地质问高宗时，高宗吓得屁滚尿流，语无伦次地说："我本来不想废你的，都是他。"上官仪被皇上出卖了，当了替罪羊，其后果是他和他的儿子上官庭芝都被牵进一件谋反案中，死于冤狱。家口也被籍没了，上官婉儿入宫当了侍女。那时她才十二岁。

　　算来，在宫中已整整十八年了，她不知道这么长的时间是怎么过来的，整日提心吊胆，真叫作战战兢兢，如履薄冰。总算熬到现在这个地步，则天女皇不再用仇视的目光看她了，宫内诏书皆交她拟定，也算是个受人仰慕的人物。但至今孤身一人。女皇啊女皇，公主啊公主，作为女人，你们太不了解女人了。

　　不过转而一想，怎么说这日子总得过，本来就够苦的了，偏偏自己跟自己过不去，何苦呢？不觉间，她竟朗诵起祖父轻快的诗句来：

　　　　脉脉广川流，驱马入长洲。
　　　　鹊飞山月曙，蝉噪野风秋。

　　读着读着，她自己也感到潇洒起来，得意起来。

　　一阵风过，吹响了飞檐上挂着的铃铛；远远的，又吹过来一阵悠扬的乐声。她听出来了，是奉宸府那个方向吹过来的。听，那箫声，回肠荡气，婉转动人。明明是他在吹啊！张昌宗啊张昌宗，你不要再用那销魂的箫声挠我了，有胆量，你来找我。

　　"上官姐姐。"

　　听人叫，上官婉儿吓了一跳，下意识地用手把嘴捂起来，把自己的心思堵在嘴里。

　　"上官姐姐，你原来在这儿，让我好找。"一个宫女向她跑过来说。

　　上官婉儿是正四品的职位，但她不让宫女们呼她的官名，她叫她们喊自己为姐姐。皇宫，是个最险恶的地方，稍不注意得罪一个哪怕是最低等级的宫女，她也有报复你的手段。因此要做得平易近人，一点不摆架子，见了谁都轻言细语，笑脸相迎。宫廷上下，让她哄得滴溜转。

　　"上官姐姐，快去，皇上叫哩。"小宫女挽起她就走。

　　进了武则天寝宫，见她母女还在那里嘻嘻哈哈交谈。她先叩见了皇上："给万岁请安。"再给公主施礼："给太平公主请安。"

"今后称呼改了，叫皇太公主。"武则天笑道："我叫你来，就是要你拟个诏命，封太平公主为皇太公主；命你和狄仁杰辅助她监国。选个日子我要去兴泰宫避暑。"

"臣遵命。"上官婉儿含笑答应着，但内心却酸甜苦辣什么滋味都有。封她皇太公主，又让她监国，大权不就交给她了？这女人不更难伺候了？今后等着受她的气就是了。更伤心的是女皇去兴泰宫，少不了要带上他，这今后想见面就更难了。想来想去，唯一一点安慰是任命我辅助她监国，也算皇上没忘记我。她赶快向武则天跪下："臣叩谢皇上。"又向太平公主屈膝："向皇太公主贺喜。"

"就别客气了，快起来。"太平公主笑吟吟地扶起上官婉儿。她从来没有像今天这么高兴，终于向皇位跨了关键的一步。皇太公主，跟皇太子简直没有区别了，我要是个男子，不就是皇太子吗。还让监国，这监国不就是代行皇帝的职位吗。她记得母皇讲过她当年监国的前前后后经过，又亲眼见过太子李弘、李贤两位兄长的监国，那可是很荣耀很威风的事。记得那年父皇立皇孙重照为皇太孙，竟把年号都改了，开耀改为永淳，可见非同一般。如今我已是皇太公主，只要再走一小步，就可以像母皇那样坐在御椅上号令天下了。只是二张要跟母皇去兴泰宫，见面机会少了。可是，不暂时舍弃他们，将来怎么可能永远拥有他们？不过将来，将来比他们更如意的美男子还会少吗？然而，一想起他们，就有一股特有的气息漫过来，她肯定这种特有的气息是其他任何男子身上所没有的。她努力克制自己，但却很难摆脱。这实在是一次牺牲啊！

唯一感到一无所失的是武则天，三十多年听政，十多年亲政，自古未有的一代女皇，坐在皇位指挥那些自命不凡的男人们，治得他们一个个服服帖帖，太过瘾了。不过，也实在太紧张，太危险，日积夜忧，绞尽脑汁，费尽心机。而今，已七十有七，什么都有了，唯有一点使她永难满足的，是男人的爱。她自从拥有二张，也算心满意足，但这两个小子用情不专，与婉儿……她亲自逮住，听说还与她……她不愿意再想下去。她也想过，把他两个撵了，在奉宸府或其他什么地方另找。她试了下，可不行，没有一个能替代。只有跟他们在一起，才有那种心情和感觉，才有那种情趣，那种满足。

就像案头的那支笔，用惯了，离了它字也写不好，文章也写不顺手；好比那张床，离了它就睡不着觉……她实在不能没有他们，她要让他们专心一意地陪伴自己……

三个女人一台戏，这三个在历史上大有名气的女人，她们怀着各自复杂的心态，走进了自己的角色。

然而，比这三个女人心态更复杂的是一个男人，他就是狄仁杰。

狄仁杰接到辅助太平公主监国的诏命后第一个感觉是他好像掉进泥沼里。

他觉得自己在演戏：一会儿身穿紫袍，头戴乌纱，堂堂一品大员；一会儿身着囚服，颈架木枷，分明一名钦犯；一会儿是国家大臣，坐在大理寺审案；一会儿是朝廷反贼，跪在大堂上受审。他最难忘的是从大理寺卿的高位上以谋反罪送进监狱的那次，简直精彩透顶，几乎每个细节他都记得清清楚楚。

来俊臣坐在他前天才坐的那个位置上，一脸得意：

"狄仁杰，你有罪吗？"

"我自认有罪。大周奉天承运，革命肇兴，我乃唐室旧臣，谋反属实，甘愿受死……"如连珠炮一般，从狄仁杰口中吐出。

来俊臣大喜："好，敢作敢当，像个男子汉，押下去！"

狄仁杰身为大理寺大法官，对武则天制定的法律条款倒背如流：只要主动认罪，不但可以免去苦刑，就是死罪也可改判。他知道来俊臣酷刑的厉害，硬顶下去，皮肉受苦不说，弄不好一命呜呼，死无对证，这罪名就坐定了。现姑且保全性命，再作计较。

其他几位受诬大臣都采取这种办法。

唯一的例外是御史中丞魏元忠，他至死不招。来俊臣将他倒挂起来，问他如何？他却说："我有一种从驴背上摔下来，脚挂在镫上，被驴拖着走的感觉。"

来俊臣大怒，命用酷刑。

魏元忠骂道："来俊臣！若要我的头，尽管来割；若要我自供谋反，任你用刑，我也不会承认。"

狄仁杰自叹不如，但自问无愧。

他写了申冤的血书，设法送到武则天面前。武则天把"谋反"的大臣叫来问道：

"要是没有罪，你们为什么要招供？"

狄仁杰奏道："陛下，若不招供，早就活不到现在了，今天哪还能见到陛下？"

"那魏元忠呢？"武则天不饶人地问。

跪在下面的魏元忠尚未回答，狄仁杰抢过来说："陛下，严刑之下，能忍痛者不吐实，而不能忍痛者吐不实，臣惧痛，臣犯有欺君之罪。"

"恕你无罪。"武则天说。

虽然无罪，仍要流放，因为皇帝的面子要紧。

不过没过多久，又召回京都，还任命为宰相。脱掉囚服换蟒袍，一个角色还未适应过来，又换了一个。

这给武则天当宰相可是个通身是戏的角色。女皇男宠无数，还不断充实奉宸府，其他大臣声嘶力竭，叩头出血地谏阻，狄仁杰却笑笑说，这是皇上的私事，咱们少管；女皇好大喜功，铺张浪费，耗费国库，大臣们一再上表劝阻，狄仁杰却觉得多余。其实，他心里更着急，更难受，但表面上却做出漠不关心的样子。这不是演戏是什么？

不过有一出戏演得狄仁杰很难堪。

他有个姨妈，住在南郊，多年守寡，只有一个儿子，生活很是拮据。狄仁杰常去看望，给一些资助。

一日，狄仁杰去姨妈家，坐了一会儿，见其子打猎回来，对他轻慢地拱个手就走了。狄仁杰对姨妈说："我现在为相，表弟如要当官，我可以尽力。"不想姨妈却说："当官自然富贵，不过，我只此一子，不愿让他去服侍女人。"说得狄仁杰脸红到耳根。

姨妈的一句话，害得狄仁杰几个晚上都没睡好觉。

而现在，女皇下旨，封太平公主为"皇太公主"，命狄仁杰辅佐她监国，服侍了一个女人，还要服侍一个。这太平公主才四十岁，狄仁杰已六十好几，他想，难道这把老骨头就全交给她了？这戏实在无法再演下去了。

他越想越觉得自己是掉在泥沼里了。听人说，掉在泥沼里的人最好的办法是不要动，越动，越沉得快。

太平公主、狄仁杰和上官婉儿组成的三套马车，就是在这种情况下启动的。

每遇事，太平公主就说："请狄公拿个主意。"

狄仁杰便说："皇太公主监国，还是请公主指示。"

她问上官婉儿，上官婉儿说："卑臣只会拟诏。"

太平公主想了想，拿出个办法，问道："狄公以为如何？"

狄仁杰却说："去兴泰宫请示皇上，请她圣裁。"

她问上官婉儿："你说呢？"

上官婉儿答道："狄相国所言极是。"

圈子就这么绕了又绕，绕得很圆，但太平公主感到玩不转。

她感到狄仁杰很难对付，要是有这个权，她非罢了他的官不可。可是在他面前，重话都不能说，连母皇都让着他，早朝也不让他跪拜。有次他随母皇出游，风把帽子吹下马，母皇命太子旦捡起来给他恭敬戴上。那年为防突厥犯边，任命狄仁杰为河北道安抚大使，母皇亲自为他送行至城外。这种破例的规格朝中大臣没人能享受到。母皇如此看重的人，谁敢动他！

国事玩不转，家事她倒玩得滴溜圆。

一两年间，更为豪华的皇太公主府修好了，田庄、房舍、领地，成倍地扩大。她还公开卖官，按职级定价，搜刮的金银钱财、珍宝器玩无可数计。

转得最快最圆的还是她情爱生活的那一环。

府里虽有柳三等一批小厮陪伴，但远远不够。她把母皇走后几近瘫痪的奉宸府重新恢复运转，在里面物色了貌似张昌宗的书生宗云，并把他带回公主府。她又恋上了张昌宗的弟弟张昌仪，情热之际，把他提拔为洛阳令，完全把驸马爷武攸暨晾在一边。

论年纪，武攸暨较太平公主略小，但因他酒色无度，精力衰竭，骨瘦如柴，形同骷髅，太平公主对他兴趣全无，视之如碍眼的破笤帚，加之太平公主与张昌仪、宗云和柳三等出双入对，形影不离，甚至白日宣淫，全不把他放在眼里，恨得他咬牙切齿，却一筹莫展。气伤肝，怒损脾，武攸暨为此百病生，身体更加衰弱。而公主府上虽然丫鬟、使女、家丁、侍从多如牛毛，哪一个不看皇太公主眼色行事？都视他为多余；就是他的儿女，也在母亲教唆下，把他当作路人。

连气加病，驸马爷一病不起。不久，便满怀一腔愤恨，撒手而去了。

武攸暨死后，太平公主草草办了丧事，从此再无一点约束，随心所欲地在情海爱河中放浪。她身为皇太公主，又掌监国大权，她的任何要求，都可以轻易得到满足。然而，最后她发觉，最难忘却的还是张昌宗、张易之两弟兄。特别是张昌宗，他那洁白细滑的肌体，他那令人销魂的眼神，他那如兰似桂的气息……叫她怎么也摆脱不了。她好想见到他，向他献上一份他梦寐以求的至尊至贵的礼物，让他高兴。

这天传来女皇龙体欠安的消息，太平公主立刻赶到兴泰宫。恰恰母皇刚刚入睡，张昌宗把她接住。因碍于人多眼杂，母皇又睡在里屋，二人只有眉目传情，表达相互的思恋之意。两人作了意味深长的交谈。

"圣上病体究竟如何？"太平公主问。

"御医说了，主要是气血不足，老年人常有的病，不关事。"

"不关事就好。只是她老人家已快八十，还望你尽心伺候，让圣体早日康复。只是，你自己也要保重身子……"太平公主说着，向张昌宗投去深情的一瞥。

"谢皇太公主的关怀，我一定为您保重好身体，将来伺候您一辈子。"

太平公主听了这话，如喝口蜜糖，一直甜到心里，忍不住把手伸过去，紧紧压住张昌宗的手。

"我还给你带来一份礼物。"太平公主小声说。

"什么礼物？"张昌宗使劲握住她的手问。

"是……"

"外面，是谁在讲话呀？"里屋传来武则天的问话。

二人慌忙松开手。太平公主急步走进里屋，跪在母亲床前，说道："是儿臣前来看望母皇。"

武则天在迷迷糊糊中听有人讲话，一听便知是太平公主与张昌宗，因隔得较远，只听张昌宗说了"一辈子"三字，其他再也听不清。她觉得这话中似乎有话，便使全力问一声，打断他们的交谈。她见太平公主跪在床前，说道："我的儿，好久没见到你了，好想，快把手伸过来让娘摸摸。怎么？你的手这么冷？"

太平公主把刚伸出的手又缩了回来说："刚从外面来，外面风大着哩。"

"啊！新公主府修造好了吗？"母皇问。

"修好了，只是翻修了一下。"虽说天气有些凉，太平公主额头上却在冒汗。

"听说规模很大哩。不要过分铺张才是。"

"是，陛下。"

"朝内有什么事吗？"武则天转了话头。

"启奏母皇，大臣上表称，张昌宗督造兴泰宫有功，请封他为王。儿臣与相王哥哥十分赞同。儿臣此次来给母亲请安，就便请母亲下旨。"

这话正说到武则天心上，这一向她对张昌宗很是满意，正想着怎么奖赏他哩。不过，当她正要开口表示同意时，突然觉得不对劲，太平公主这丫头看起来是在讨好我，实际却在讨好张昌宗，要是我不同意，他不怪我？这鬼丫头也太有心计了。想想后她说道：

"张昌宗对朕尽心尽力，一片忠诚，该奖该奖，只是，封王于制度不符，朕意赐爵郕国公是了。"

太平公主立即附和说："还是母皇想得周到。张昌宗，还不快谢过皇上。"

张昌宗快走两步跪下："谢皇上隆恩。"

"不必谢了，起来吧。"武则天说罢问太平公主："朝廷还有什么大事吗？"

"没有什么大事，请圣上放心。"太平公主回道。

"虽说没什么大事，朝廷上没人，朕也不放心。你吃完饭就赶回去吧。"

太平公主本想住一晚，再找机会与张昌宗、张易之相会，听母皇这么一说，只有应道："是，母皇，儿臣吃罢饭就走。"

在回洛阳的马车上，太平公主觉得车子抖得特别厉害；从车窗向外看，一望无际的原野，灰灰蒙蒙的，没有一点色彩。就像她的心情一样。

在软塌塌、暖乎乎的龙床上躺着的女皇武则天，今晚又失眠，先想一阵太平公主提出给张昌宗封王的动机，再想张昌宗说那"一辈子"三个字的含义。她不敢肯定他们到底指的什么，但从太平公主脸发红、手发凉，从张昌宗举止有些失措的情形看，可以肯定这话与我有关，而且不是什么好话。是的，她是自己亲生的女儿，难道太子弘、太子贤、太子哲不是吗？他们可是对我怀着二心啊。越想越睡不着，越睡不着越想。她长长地叹口气，自言自语地说："快八十岁了，对一个皇帝来说，这是一个多么可怕的年龄啊！"不过她不悲观。自从学了张易之的采补之术后，她的身体、她的精神，都明显增进。她认为至少她还可以再活十年，但是张易之说，他保证皇上至少能活到一百岁，说不定还多。她想，我既然能创造一个女人当皇帝的奇迹，也能够创造一个长寿的奇迹。只要我活着，只要我在龙椅上坐着，我就不允许丝毫的背叛，不论你是谁，都不允许！

刚回到洛阳，太平公主就碰上一件棘手的事：突厥默啜可汗派来和亲使团，要招太子旦为驸马。

突厥默啜可汗自恃兵力强盛，常兴兵犯边，朝廷派大军征讨，他便跑到草原深处，无影无踪；大军一撤，他又跟踪而至，侵扰边境，抢掠财物。有时，还伺机攻城略地，造成许多伤亡。特别是他们往往与契丹等配合，对中原威胁更大。

武则天圣历元年，突厥默啜可汗派和亲使到东都洛阳，要把可汗之女嫁给皇太子旦，要他去突厥迎亲。

这可是个大事情，怎么办？

太平公主把大臣宣来商议，她首先问狄仁杰："狄公，你看此事怎么办好？"

"此乃大事，老臣拿不准，请皇太公主定夺。"狄仁杰一脚把球踢回去。

"你的意见呢？"太平公主望着上官婉儿。

"此等大事，小臣拿不出主见。"

"在座诸位大臣，有什么主意，请讲。"太平公主有些气恼，但又不好发作，只有把企求的目光转而对着其他大臣。

大臣们沉默着，眼睛看着脚尖。

看大家半天不说话，太平公主心里想，你们不外乎是瞧不起我，认为我拿不出主意，那你们听着。只听她清了清嗓子，慢条斯理地说道："我看那默啜可汗用心险恶，他们是想把皇太子骗去，然后打着他的旗号，搞灭周兴唐的阴谋。因此，我认为皇太子绝对不能去。但是，默啜派人来和亲，主动与我们交好，如果不答应，他们就会以此为借口惹事。所以，还得想个妥善的办法来应付他们。"

太平公主刚讲完，许多大臣纷纷发言，说公主判断准确，不愧为监国，是圣神皇帝陛下慧眼识英，有其母必有其女，实在是我大周朝的幸事……

但在谈到采取什么办法去应付时，大家又沉默了。

良久，内史杨再思向太平公主深深一揖后说："皇太公主对默啜可汗之诡计，一语道破，见解高妙，不以皇太子和亲，决断英明；然如若拒绝，默啜必将以此为兴兵理由，乱我边庭，故应以计谋对之。依臣愚见，莫如找一与皇太子长相相同者，冒充皇太子去和亲，岂不两全？妥否，请皇太公主定夺。"

这杨再思是有名的谀臣，专干见风使舵、吹牛拍马、讨好卖乖的勾当。因此左补阙戴令言写了篇《两脚狐赋》专门讽刺他。

这时凤阁舍人张柬之忍不住了，他瞟了一眼杨再思，问："杨内史，下官才识学浅，从未听说自古以来有中国亲王娶夷狄女为妻者。请大人指教。"

太平公主听出张柬之的话明是奚落杨再思，实是反对自己，她正要开口说话，杨再思却说了：

"张大人此言差矣，自古以来有没有中国亲王娶夷狄女为妻并不重要，重要的是作为臣下要谨记皇上的教诲，说话行事要以皇上的旨意为准。昔日默啜上表要土地财物并提出和亲要求时，皇上曾召大臣商议，臣面奏'欲取姑予'之策，皇上立即准奏。适才皇太公主对默啜险恶用心的分析和采取的对策，透辟之至，英明无比，与皇上早先的旨意一样……"

几句奉承话一说，太平公主不免有点晕晕乎乎，又听说这个想法早就得到过母亲的同意，她再没细想杨再思的建议有什么不妥，只觉得这个办法有趣，很有点刺激性，便表态说："杨内史之见亦合我意，不妨一试。"但她觉得还是听听狄仁杰的意见为好，他是首席宰相，便转过头来问道："狄公以为如何？"

狄仁杰一直没发言，他也不准备发言，但公主问起来了，便说："公主所言极是，只是张大人的话也有道理，至于杨内史的办法嘛，下官以为应向皇上奏明，方好行事。"

太平公主一听，又是向皇上奏明，心里就有些不高兴。只要不是皇太子去，也就算不了什么大事。我皇太公主这点事都做不了主，还监什么国？便说："此事很急，突厥和亲代表等着回话，再耽误下去，恐有变化。现在就这么定下来，皇上那里，由我去奏报。今日就把人选定了，明天就送他们走路。"

狄仁杰只有暗暗发笑。

一切由太平公主决定：派武承嗣的儿子、淮阴王武延秀冒充皇太子旦去突厥成亲，娶默啜女儿为妻。令春官尚书阎知微等带上黄金万两，锦缎万尺，以及各种礼品，陪武延秀同行。

到了突厥，默啜先把阎知微宣来，看了礼单，收了礼品后，脸一变说："你现在有两条路可走：你把你们这次和亲的内幕说出来，我可以让你在这里当南面可汗，享不完的荣华富贵；你要是不说，你就不要想活着回去！"

阎知微听了，吓得面色如土，忙跪下求饶命，便将如何以武延秀冒充皇太子旦等情由，一一讲了出来。

默啜也不食言，让阎知微当了可汗，将武延秀拘押起来，然后写一封责问信，交人带给武则天。信上说，我可汗贵女，当嫁太子，武氏乃小姓，门户不相当，"罔冒为婚"，休想成亲；而且所送礼品中，锦缎全是假货，金银都是劣等品，谷种全都是蒸过了的，种下也不发芽。最后说，要兴兵攻打河北，并南下勤王，反周为唐等等。

看得太平公主大汗淋漓，看得武则天七窍生烟，她决定，立即下山回朝，免了太平公主的监国，连夜召集众大臣商量对策。

一切都在狄仁杰的意料之中。

其实，武则天要免去太平公主的监国是老早就决定的了，只是在等待时机而已。

事情的起因就在那天她病中听到"一辈子"三个字。

第二天，武则天龙体康复，精神焕发，吃过早饭，便乘玉辇去御云殿接受朝拜。

女皇驾临兴泰宫本以玩乐休养为主，带了一大批专门伺候保卫她的宫女太监卫队和男妃。每天，这些人都要去兴泰宫正殿御云殿，向皇上跪拜请安，聆听她的教谕。如果她有事有病不来，大伙站一阵各自散去。今天，武则天小恙初愈，一则因几日未上朝，心里想着那把龙椅；再则，她要借这个庄严的地方，以便问清那件事。

臣僚、卫队、太监、宫女们依次朝拜，山呼万岁，恭请圣安后，武则天一挥手，叫一声"散"，专留张昌宗在殿上，近前只有一两个心腹太监。

张昌宗站在一旁，不知何事，但偷眼一看武则天板着脸，便知道情况不妙。

武则天咳了两声，慢吞吞地拖着腔问道："张昌宗，你把那天'一辈子'三个字解释一下。"

张昌宗腿一软便跪下了。怪不得这两天眼皮跳，原来是这件事。但他心想，那天说话声音很低，她哪会听见？只是，有个宫女从门前走过，难道……他还没理出个头绪，武则天又问了："俗话说，墙有风，壁有耳，何况，我也听得清楚……"

"是说了，我说伺候陛下一辈子……"

"你再想想，是说伺候朕，还是她？"武则天的语气很严厉。不计其数的人就在她严厉的语气下丧了命。

"是陛下，还有她……"在紧张与恐怖中，张昌宗说漏了嘴。说完，他后悔不迭，恨不得掌自己的嘴。

"那你就把如何伺候朕，如何伺候她，从实说来。"

这圈子怎么挽也挽不圆了。在武则天闪着凶光的双目逼视下，张昌宗只有直说了。

说完，张昌宗心想这下完了，从此失宠，撵出宫门，收监，发配，其至……他不敢想下去。

可是，出乎他的意料，武则天不但没有生气，反倒口气柔和地问：

"你说，是你伺候她一辈子好，还是她伺候你一辈子好？"

张昌宗迷惑了。他不懂："小臣愚蠢，不懂陛下的意思。"

"话说明了，也就没有意思了。你是个聪明人，你自己细细想吧。"

"臣遵旨。"张昌宗还没懂，只有这样回答了。

"好，你起来，快扶我回寝宫。"

张昌宗急忙上前，双手扶圣神皇帝下殿。

武则天十分伤心，她没想到自己疼爱的女儿心眼这么坏，巴望母亲早死，她好早登王位；她更没有想到女儿连母亲的情人都要接过去……想到这里，心底陡然升起一种莫名的恐怖，她不是在走高宗的老路吗？这难道就叫报应？但是，她绝不能让这个报应落在自己头上。于是，她彻底修改了原来的计划。

她把一切都做得天衣无缝。

免了太平公主监国之后，她把太平公主召进宫对她说：

"你看你，捅了多大个娄子。只免了你的监国，其他就不追究了。"

"谢母皇开恩。"太平公主哽咽着声音说。

"我原打算你先监国，然后顺理成章……可是……"

"母亲，您的心意我知道，儿臣有负于陛下……"太平公主两肩耸动着，似在抽泣。

"你看，由于你一着失误，引起突厥默啜可汗借口勤王，发兵犯境，连破我十几座州城，说要兴唐灭周。这一着很有煽动性，我实在没法，只得接受狄仁杰的建议，把庐陵王召回京都，立他为太子，并任命他为河北道元帅，领兵征讨突厥……"

"母皇英明，儿臣该死。"太平公主说着，一头便扎进母亲怀里。

武则天抚摩着女儿的头发，深情地问："我的儿，你感到委屈了么？"

太平公主没有回答。

她已经泣不成声了。

第十一章　情人? 亲人? 敌人?

为那御座，情人反目为仇，亲人互不相容；而敌人，顷刻间却能尽释前嫌，相拥言欢。太平公主能应付自如地扮演着这些角色。

张昌宗自那日武则天给他说了那句含含糊糊的话以后，晚上就睡不好觉了。但身旁睡的是大周女皇，再不好睡也得睡，稍动，惊了圣驾，那可不是闹着玩的。哪怕她的大腿把自己的腰压断，她的手臂把自己的胸口压憋气，他都不敢动。

他静静地等着她醒来，在她对自己最高兴最满意的时候再去问她。

好不容易，她有了动静，沉重的臂膀终于从胸口上取了下来。他长长舒了回气。可是，她的手膀立刻更大弧度地围了上来，把他紧紧搂住。他赶快把身子侧过来面向她，让她能搂得更紧。然而她没有搂，却把头拱到他胸口上。

开始时，由于腰部和胸部的压力解除，他感到一阵轻松。可是，过了一会，从她鼻孔中或急或缓呼出来的那股气息，像一只蚯蚓，在他胸口不停地爬来爬去，似痒非痒，说痛不痛，那滋味比压一只腿在腰上，搁一条胳膊在胸口上更难受。

他只有忍耐着。他想，只要不像昨晚那样疯狂，他都能忍住。

谁知，他刚刚这样想，比昨晚更大的疯狂就开始了。

她紧紧抱着他的背，指甲深深掐进他的肉里，用力一翻身便把他压在身子下面。她的牙齿从胸口处换着地方乱咬，肩头、脖子、脸颊、耳朵，咬个遍。她的拳头没头没脑朝他打去，直到她筋疲力尽，瘫在他身上……张昌宗想，来俊臣的酷刑大概也不过如此。

如是者连续三夜。

第四天，他实在受不住了，便去找哥哥张易之。

张易之看了他周身的牙齿印后却笑道："恭喜你呀，六弟。"

"都把人痛死了，你还开玩笑。"

"因为你太讨皇上喜欢，她才会这样。"

"我觉得不是，以往，她对我高兴了，就大把地赏赐我，给我封官晋爵。"

张易之听了，沉思片刻，说道："说不定有比那更大的好处。"

"你把我说糊涂了，比那更大的好处，那除非把皇帝让我……"

张昌宗还没说完，就被张易之伸过来的手堵住了嘴，他又扭头朝门口看看，没有人，才说道："六弟，说话要谨慎。"接着，他轻声细语地把武则天的反常表现向弟弟做了分析：他说，皇上眼看就八十了，她的基业交给谁是她最焦心的。两个儿子，她不喜欢；武三思，大臣们反对；太平公主，因监国失误，力不胜任。她在走投无路时，便会想到你，因为你是她最喜欢的男人。可是，你既不姓武，又不姓李，你想，她不恨你吗？恨你，当然就要咬你。他咬你，要你痛，但又不把你咬伤，只是咬些牙齿印而已。要是真恨你，真咬你，她有那么多老牙，又长了那么多新牙，你经得住她咬吗？"

听了兄长一番话，张昌宗似有所悟，便想起那日御云殿上女皇讲的话，他向张易之说了一遍。

张易之一听，急着问："你听清楚了吗？"

"听得清清楚楚。"

"那你再说一遍。"

"皇上说：'是你伺候她一辈子好，还是她伺候你一辈子好？'我说：'小臣愚蠢，不懂陛下的意思。'皇上说：'话说明了，也就没有意思了。你是个聪明人，你自己细细想吧。'"

　　张易之仔细听了，说道："这话再明白不过了。既然皇上都有这个意思，就有一半希望了。"

　　"要是皇上真是这个意思，写个诏书，把皇位让给我不就行了，怎么才一半希望？"

　　"六弟，你整日陪皇上玩乐，对朝野之事知之不多。你听说了吗，大臣们对你我是什么评价？宋璟当面叫我'夫人'，张柬之叫我们为'男娼'，魏元忠骂我们是'小人'。他们把你奈何不得，把你的家人逮去杀了。七弟昌期的大门上每晚都有人写'看你横行到几时'，擦了又写。洛阳街头常有骂我们的帖子，还编些歌唱着骂……你想，就算皇上下了诏，底下大臣百姓们不拥戴，能成吗？"

　　"依你这么说来，这事就难办到了。"

　　"也不，只要计划周密，各方面都做周到了，也易如反掌。那时六弟当了皇上，为兄当个宰相就是。"

　　"那是当然，封你当宰相兼兵马大元帅，大权都交给你。"张昌宗似已当了皇帝，大方地许诺着。

　　"谢陛下。"张易之躬腰弯腿，对张昌宗笑道："不过现在还不是开玩笑的时候。我想了，此事应分几步走……"

　　且不说张氏兄弟密室策划，单说太平公主自被罢了监国以后，心中甚是不快，她觉得仅仅为了突厥和亲那档子事，母亲就把原来让我继承皇位的计划都改变了，似乎有些小题大做，何况这事我还请示过她。她总觉得其中还有其他原因，想来想去想到张昌宗。果然，让她打听到一些消息。

　　很凑巧，那天她与张昌宗在宫里不期而遇。

　　"给公主请安。"张昌宗回避不及，只有硬着头皮向公主弯腰，作了个揖。

　　"张昌宗，我问你，那日在御云殿你向母皇陛下怎么嚼舌根的？"太平公主一反往日对他亲昵的态度，码着脸问。

　　"我，我没说……"

　　"是吗？"太平公主杏眼圆睁，满脸怒气。

　　"我，我只是按实说，伺候皇上和公主一辈子……"

"我问你，我什么时候叫你伺候一辈子了？你说！"

"你，你没说，是我说的……"

"那你为什么血口喷人？"

要是平日，张昌宗遇太平公主发怒，便会一再认罪认错，不停地说："请公主恕罪。"可今天，他自觉有半个屁股已坐上御座，底气陡增，说话也就大胆起来："公主何必生这么大的气，气坏了身子，我张昌宗今后去伺候谁？"

"好大胆张昌宗，你是什么东西，谁稀罕你伺候？"

"不过，公主，到时候，谁伺候谁……"张昌宗自觉说漏了嘴，赶快打住。但太平公主已听出话音，跨前两步，准备先打他一巴掌，然后揪他去见母皇。但他身子一闪，像泥鳅似的溜掉了。

太平公主转了几个圈也没找到他，便气喘吁吁地直奔母皇寝宫，准备向她告状。

跨进母皇寝宫一看，张昌宗正在给母皇捶背。她给母皇请了安，正准备开口说话。只见张昌宗跨前一步，向武则天跪下说："启奏圣神皇帝陛下，术士金峭给卑臣占相，说我有天子相，劝我于定州造佛寺，可使天下归心。此事前已奏明陛下，请陛下圣裁。"

张昌宗说完，还故意朝太平公主看了一眼。

武则天听了，淡淡地说了声："朕知道了。"

太平公主听了，大吃一惊。原来这厮刚才的话，事出有因。他们早就串通一气了，怪不得他敢说"谁伺候谁"的话。好呀，张昌宗，你野心不小，你看本公主怎么收拾你，叫你不得好死。

"太平，你有何事呀？"武则天问。

"母皇，儿臣专来给陛下请安，没有什么事。"

说罢，又说了几句闲话，便告退。

太平公主出了宫门，对轿夫说："去梁王府。"

武则天之侄武三思，任夏官尚书，封梁王。武承嗣死后，武则天曾多次向大臣透露拟立他为太子。但她没有明说，只是试探性地了解一下大臣们的意见。有一次，她问狄仁杰，她做梦时常输棋，不知何故。狄仁杰说道："棋者即棋子也，陛下输棋是因为没有棋子，没有棋子焉能不输？"武则天尚有二子，但一个流放外地，一个监禁后宫，等于没有儿子。

又一次，武则天对狄仁杰说："朕梦见鹦鹉的一对翅膀断了，是什么意思呢？"狄仁杰说："陛下姓武，双翼是陛下的二位皇子，如果陛下能启用他们，不就飞起来了？"

武则天向狄仁杰一会儿说"输棋"，一会儿说"断了翅膀"，无外乎希望他支持另立皇太子；而狄仁杰偏偏借题发挥，说应起用自己的儿子，完全与她的想法相反。后来，她觉得闪烁其词不如直截了当，便对狄仁杰说："朕欲立武三思为皇太子。"

狄仁杰也就直截了当地说："陛下必须立亲生儿子为皇太子，武三思只是陛下的侄儿，陛下试想，侄与子谁更亲？陛下乃一国之君，千秋万岁后立庙，享受祭祀。如果武三思立庙，只是以侄祀姑，情理不通；如果亲子立庙，则为子祭母，于情于理都说得过去。即使以后儿子不肖，背叛了父母，母子终归是母子。"

武则天最迷信，听说死后无人祭祀，岂不成了饿鬼？立武三思的决心动摇了。但她还没有完全转过弯来，便说："这是我的家事，以后再说吧。"

可是狄仁杰不等以后，立即进言："普天之下，莫非王土。国家属于皇室，朝廷上的大小事，都是皇家之事。立皇太子乃继承大统的大事，是皇家的事，更是国家的事。"

武则天听了，不想反驳，她知道狄仁杰那张嘴厉害，反驳也说不过他，便说："今天就议到这里，以后再议。"

事情又搁置了下来。

正在母皇在为当皇帝的母亲，还是当皇帝的姑母之间犹豫不决时，怎么又钻出来个张昌宗？要把皇位让给他。难道母皇当皇帝当腻了，又想当皇后了？

太平公主气呼呼地来到梁王府。

较之武承嗣，武三思机灵得多，他很会讨武则天的欢心，所以高官显爵，成为权倾朝野的重臣。而今，又听说要立他为太子，那就是将来的皇帝，朝廷上下对他都刮目相看，而他也上下讨好，左右逢源，以求得支持。

武三思听说太平公主登门，慌忙大开中门迎接。

叙礼毕，武三思问道："今日公主殿下光临，不知有何见教？"

太平公主说道："有一消息奉告。"

武三思听说消息二字，心中一喜，因为他知道这几天正在议论他的立嗣问题，太平公主是核心人物，一定知道内情。今天匆匆赶来，一定是要把好消息先一步通知我。想到这里，不觉笑盈盈地向太平公主作一揖，说："谢公主殿下关心，武某有什么好事，定当厚报公主。"

"不过，我的消息使你失望。皇太子之事，母皇已另有安排。"接着，太平公主便把张昌宗请术士金峭相面，说有天子之相，以及母皇对此表示认可的情况，详详细细说了一遍。

武三思听了，怒不可遏地说道："张昌宗，他是个什么东西，竟如此胆大妄为，图谋不轨，想当皇帝。岂能让他阴谋得逞？"

太平公主却冷静地说："尽管他是个奸佞小人，因为他得到母皇的默允，说不定下一道诏书，把皇位禅让给他也未可知。此事事关重大，特来相告。为我大周江山着想，也为表兄今后着想，得想出办法立即制止。"

两人经过一番谋划，想出几条致张昌宗于死地的手段。议毕，已是深夜。武三思设酒宴款待，杯来盏去，甚是融洽。武三思与太平公主乃表兄妹，自幼在一起玩耍，稍长关系变得暧昧。转眼二十多年过去了，今有机会相见，不免勾起以前的许多回忆。武三思见太平公主虽是中年，已徐娘半老，但风韵犹存，又喝了些酒，那脸红得可爱，加之眉目间饱含温情，说话声悦耳迷人，听得他精神恍惚，难以自持。太平公主见武三思一双兴奋的眼睛直勾勾地望着自己，心想他是母皇亲侄，正在议立太子，说不定成功有望，也就顺水推舟，双双携手进入内室，重拾旧梦。

第二天一早，他们难舍难分地告别，按计划分头活动。

两个在皇帝梦中酣睡的人联合起来去搅醒另一个人的皇帝梦的行动开始了。

按二人商量好的计划，武三思应先到宋璟那里去报告张昌宗的情况。因为宋璟身为御史中丞，事关他的职责；再说，他对张昌宗特别反感，经常当面讥刺挖苦他。宋璟个性刚烈，办事认真，定会查个水落石出。

但是，武三思出门后却直奔皇宫。他要去找上官婉儿。

武三思早就野心勃勃地盯着武则天的御座了，只是他不像武承嗣做得那么露骨，引起满朝文武的反对。他首先讨好的是姑母武则天，同时对武则天周围的人也视其需要，投其所好加以拉拢。上官婉儿是他拉拢的第一个目标。她，独居宫中，什么都不缺，唯一缺少的是男性的温存。他便以此为突破口，不断向她献殷勤。虽然上官婉儿心中属意的是张昌宗，然而在武则天的严密监视之下，很难有机会相聚。她见武三思是皇上的侄儿，一旦立为皇太子，将来便是皇帝，说不定自己的未来要落在这个人身上。而自己又正处于独守空房的苦闷中，有他来填补寂寞的情怀，再恰当不过，于是二人一拍即合。

今天武三思急急忙忙赶到皇宫去见上官婉儿，并不是为了去幽会，他要去核实一下太平公主的消息。太平公主可是个浑身都长心眼的女人，他摸不透，万一消息不实，我岂不中了她的离间之计。我与六郎关系向来不错，不能因此引起他……特别是他身后的圣神皇帝对我的恼怒。想到此，他更觉得非先去找上官婉儿不可。但见她，也得小心，她与张昌宗的关系非同一般。

上官婉儿见武三思主动上门，心中十分欢喜。她正有个消息要告诉他。

二人相见，立刻携手搂肩，相拥走入内室。服侍上官婉儿的宫女太监，也都知趣，纷纷退去。

这些宫中的太监宫女，个个是武则天的耳目，难道他们不去向皇上奏报？其实，他们早就不止一次地奏报过了，但每次得到的回答都是："少管闲事。"

武则天的想法很简单，上官婉儿移情别恋正合她的心意，免得她去勾引张昌宗。至于她与侄儿武三思，那更好。我若不反对他俩相好，他俩岂不对我更忠诚？

可是今天两人的相会却正酝酿着背叛。

"我正有件事要告诉你。"上官婉儿从情爱的快乐中苏醒过来后，第一件事便是把她晓得的张昌宗找金峭看相，说他有帝王之福，女皇有把皇位让给他的打算讲给了武三思。武三思一听，使劲亲了她几口，立即整衣，说声有件急事要办，握手而别。

上官婉儿本是在与张昌宗幽会时听他讲的，当他讲到皇上有意让位给他时，眉飞色舞，忘乎所以，并信誓旦旦地说将来要立她为皇后，终身共享荣华。上官婉儿听了却一点也高兴不起来，她感到似乎有点滑稽。那位子是人人都能坐的吗？汉高祖刘邦靠的是才能坐上去的，秦二世胡亥靠的是根基坐上去的。你张昌宗一无才能，二无根基，仅凭一张小白脸就妄想位列九五之尊，真是自不量力。可是圣神皇帝呢？难道真是老糊涂了？上官婉儿作了冷静判断。肯定张昌宗的结局之后，她毅然决定倒向武三思。

她一口气向武三思讲了她晓得的那个消息后，感到如释重负地畅快。可是，当她整衣起床，坐在床沿上细想，又觉得不无危险。"难呐！"她自言自语地叹道。

一场由太平公主策动、武三思积极奔走、朝中大臣参与的"倒张"运动，颇有规模和声势地开展起来了。

其实，在此之前，已有不少大臣要把张昌宗、张易之等绳之以法了。他们依仗女皇的宠幸，霸占农田，贪污受贿，横行不法，受害者把状子都告到女皇的御案上了。武则天只好交大臣们审理。审理结果，依法判处罚钱免官。

朝堂上在议论这件案子时，武则天说："不管怎么说，张昌宗对朕有功，保留他的官位吧。"

御史中丞宋璟问道："他有什么功劳？"

武则天指殿下站着的"两脚狐"内史杨再思说："你说他有什么功劳？"

杨再思立刻回奏道："昌宗为陛下制丹药，服后得享上寿，可算有功。"

其他大臣听了都掩口暗笑。

武则天便说："那就罚他的钱，官就不免了。"

还有人不服，上表弹劾张昌宗，武则天耍个手腕把上表的大臣调外地办案去了。

事情不了了之。

可这次有些不同。

左台御史中丞宋璟得到武三思告之的情况后，马上把术士金峭捕获，审问中，金峭满口承认，并坚持说张昌宗占相得纯乾天子之卦，其相貌鼻端口方，两耳下垂，唇若点朱，龙眉凤目，怎么看也是个帝王之相。

宋璟立刻上书圣神皇帝。一贯对谋反恨之入骨的武则天这时却说："张昌宗他早已向朕奏明，并未隐瞒，罪应当赦。"还交下一纸张昌宗的自白材料，以证明他确已认罪。

宋璟上书说，为什么张昌宗不早奏明，到案发后才写自白奏明？此种大逆之罪不治究，何以服众？

武则天拖着不理。

宋璟再上书催问，请逮捕张昌宗交他审问。

武则天回答宋璟的是一纸调令：调他去扬州办案。宋璟使出犟驴脾气来，说："不去，看她怎样？"武则天无奈，又派他出幽州公干。他还是不去，还上表说："臣有职在京，无法受君命。依法，御史中丞无军国大事不外使，如调查案件，亦必案件中涉及品级较高的地方官员；如属品级较低者，亦必为监察御史按问。今无大事，臣不敢奉制。"

宋璟敢不服从君命，这还了得？但武则天没有追究他。她虽然很老了，但头脑很清醒，她认为如果为此事去查办宋璟，问题会更复杂。她采取了拖的办法。

武则天不把张昌宗交出来，谁也不敢进宫去抓。但宋璟有办法，他搞了个"缺席审判"，根据金峭的供词和张昌宗的自白，判了他死罪。

宋璟拿着御史台的判决书去找女皇说："这是御史台的判决，请陛下将被告交出审问。臣明知已开罪陛下，但虽死不悔。"

武则天不知所措，情急中咬咬牙说："好，就把他交给你！"

宋璟把张昌宗带回御史台，看天色已晚，对左右说："把他先关押起来，明日细细审问。"

二更时分，门上来报，太平公主要见御史中丞。

宋璟早听说太平公主与张昌宗有染，还曾上书皇上请封他为王，今晚登门，一定是说情来了。既然来了，我自有打发她的办法。

说声"请"，便把太平公主迎进中堂。

太平公主开门见山地说："深夜拜访，实有一要事相告。"

"公主殿下请讲。"

"听说张昌宗已押在御史台？"

"不错。"

"不知何时审判？"

"明日"。

"恕我直言，能把张昌宗从宫中要出来，实非易事。如不连夜审判，便宜处置，恐有变故。"

宋璟听了，大吃一惊。便宜处置，这不是叫我杀了他吗？恐有变故，已关进御史台监狱，还会有何变故？人说太平公主心眼多，野心大，对她不能不防。便说："公主殿下，张昌宗乃谋逆重犯，当以国法处置，如果草率从事，不合律令，臣不能遵命。"

太平公主又将恐有变故，放虎归山之类的话讲了几遍，那宋璟是个倔性子，就是不信。

太平公主见说他不动，站起来指着宋璟的鼻子道："宋璟老儿，你不听我的话，一定后悔。"

说罢，拂袖而去。

第二天一大早，御史台开庭。宋璟主审，监察御史马怀素副审。

只听惊堂木一响，宋璟喊道："把罪犯带上来！"

衙役一阵吆喝，把张昌宗押了上来。

见了这阵势，张昌宗先自酥了一半。他没想到女皇会把他交出来。这一交出来，必死无疑。为免皮肉吃苦，没等叫跪，便扑通一声跪下。

"下跪何人？"宋璟的审问开始了。今天他有几分得意，望着堂下跪着的张昌宗，心想，你到底也有今天。

"张昌宗。"张昌宗低头回答。

"快把你如何找术士金峭相面，图谋篡位的罪行如实招来。"

"我……"

正在此时，一骑马飞快而来。原来是宫里来的特使。他下马后，手举圣旨高喊。

"宋璟听旨。"

宋璟呆了，但很快走下堂来跪拜接旨。

只听特使念道："皇上手谕：着令宋璟立即放张昌宗回宫，不得有误。钦此。"

圣旨岂敢违反，宋璟只得立刻放人。眼看张昌宗跟着特使出了御史台衙门，大摇大摆地走了。

宋璟气得直跺脚，叹道："悔不该不听太平公主的话。真该昨晚连夜审判，把这个贼脑袋砸烂！"

马怀素在一旁说："真是知母莫若女呀！"

宋璟则说："不对，应当是知女莫若母。"

这句话让他说对了，但说迟了。

武则天在朝堂上当着满朝文武一时冲动，把张昌宗交给了宋璟，回到寝宫后立刻就后悔了。回想他入宫十多年来，日夜相陪，给了自己多少欢乐与爱抚……但转而又想，朕乃堂堂一国之君，岂能为这点儿女情而自毁国法？

恰恰这时张易之求见。她知道他要说什么，没等他开口，便说："你不说，我也知道你为何而来，只是他做事太张狂，我不能无视满朝大臣的意见，也不能蔑视由朕亲自制定的国法。他这叫作'天作孽犹可活，自作孽不可活'。你下去吧。"

张易之几乎是哭着离开女皇的寝宫的。

但张易之刚走，武则天又后悔了。他与我恩爱多年，又教我采补长生之术，应该给他些面子。想喊住他，他已走远了。

最难熬的是晚上，实在太冷清，太孤独。起初，她想命太监去叫张易之或其他人来侍寝，转而一想，就一晚上，难道就挨不过去？

这么多年来第一次一人拥衾而眠，因为是单独一人，想得也就更远。从太宗、高宗，想到冯小宝、郭道士，想到张易之、张昌宗……就在张昌宗这里卡住了，眼前出现的是他通体雪艳、完美无瑕的肌肤，鲜细柔润的嘴唇。他那如舞蹈般的举止，如音乐般的话声。他那渗透到全身乃至毛发中的魅力……难道从此再不能拥有？我已八十有零，来日屈指可数，身为帝王，这点及时行乐的权利都没有？

她感到很奇怪，怎么一个人爱上另一个人就那么难舍难分，在眼里就那么完美无缺，甚至明明是缺点和罪孽也都看不出来？看出来了，也觉得情有可原。她想了很久没想通。不过，当她突然想到当初高宗对待自己的那份爱时，她想通了。当年，自己在宫中也算作恶多端，光杀人案就好多起，难道他不知道？不怀疑？然而他全部原谅了我，宽恕了我，因为他太爱我，他缺少不了我；正如我太爱他，缺少不了他……

想到这里，她不愿再想，她只盼天快亮。天一亮，她将亲写手谕，命特使去救他回来。

武三思亲眼见到张昌宗被宋璟带去御史台，心中暗喜。但第二天，又听说武则天下旨把他救回宫了，不免大惊。当晚，他便来找太平公主。但门上说，公主一早就出去了，至今未回府。问什么时候回来，说不知道。他只得怏怏回府。

其实，太平公主并未出门，她正在家中陪一个情人。为了不让人打搅她，便叫门上回绝一切来访者，一律说公主不在家，什么地方去了？不知道。什么时候回来？不知道。

这个情人是司礼丞高戬。太平公主与他有多年的交情，她不仅迷上他的一表人才，更迷上他的儒雅文采。与他一起，吟诗唱曲，下棋作画，你唱我随，琴瑟和谐，有一种难以言说的愉悦与畅快。但是今天高戬兴趣全无，他是来求公主一件事的。

"公主救我。"高戬一进门，就这样对太平公主说。

"你看把你急的，什么大不了的事，坐下歇歇再说。"

太平公主使个眼色，侍女们全部退下。两人相拥而坐。高戬便把所求之事细细说了。

太平公主听了笑道："我原以为天塌下来了呢，原来小事一桩。包在我身上了。"

说完，双手拉着高戬走进内室，边走边说道："今晚，就完全属于我俩了。"

第十二章　第十九般武艺

在宫廷政治斗争中，十八般武艺是不够的，于是太平公主熟练地使出她女性特有的十九般武艺。她运用自如，处处得手。

太平公主府上有一个丫鬟叫宁怀棠，小名秋棠，年方十六，长得白里透红，细嫩无比。那一双眼睛，如两潭秋水，那一双眉毛，如两弯新月，眉目间隐藏着千种柔情、万种风流。那日上街买针线，因遇净街，突然挤过一群人，把她的鞋子踩掉一只。待平静后去找，却见一书生模样的人正拿着那只鞋呆着。因光着一只脚，她也顾不得羞怯，上前向那书生道了万福，说道："相公手上那鞋是我的，请还给我。"说着抬眼一看，那相公也正在看她，四目相对，各自都愣住了。

那相公二十七八年纪，头戴紫红巾，身着蓝绸衫，浓眉凤眼，双目有神，鼻正口阔，脸方额宽，眉宇间英气逼人，实在是个英俊无比的书生。那书生见眼前这个美若天仙般的小姑娘，不觉一惊，哪方风水养得如此好美人？见她向自己讨鞋，便双手捧上。

秋棠伸出纤纤玉手，轻轻从他手上取了过来，道了声谢，便忙着躬身穿鞋。

那书生见小姑娘一双小手灵巧地翻动着，把那只小巧玲珑的脚穿进鞋里。

又见她那微微耸起的臀部，丰满圆滚，实在诱人，便胡思乱想起来。等她穿好鞋，便大胆开了玩笑说："小生为小姐拾了鞋，不知小姐有什么酬劳？"

秋棠见那书生不像歹人，也就大着胆子回答道："刚才不是已给相公行礼道谢了吗？"

那书生却说："刚才小姐虽然行了礼，在下也还了礼。你不是还欠我一个拾鞋的人情吗？"

秋棠见这书生说话很有意思，便问："不知相公要讨个什么样的人情？"

"我只问一声小姐芳名，家住何处？"

"我姓宁，名怀棠，小名秋棠，在太平公主府上当丫鬟。"秋棠一口气说完，又补上一句："这算把人情还了吧？"

"你更欠得多了。"那书生笑着说。

秋棠不解地望着他说："怎么这账越还越多？"

"我问了你，你还没问我啦，不是多了一笔？"

"那好，我还你。"秋棠便一本正经地问起来："请问相公尊姓大名？仙乡何处？在哪个衙门当官啦？"问了，又加一句："我问的比你还多，这账能还清了吧？"

"小生姓张，名道济，单名一个说字，因进京赶考，等候放榜。家住洛阳东乡张家庄，出东门，往西，再向南……"

"好了好了，你又说了这么多；这账怕一辈子也还不清了……"

也许，这是秋棠无意间说漏了嘴；也许，这是她有意发出的什么信号。她说完后便脸红着把头扭到一边去了。

这张道济是何等聪慧之人，听了此话，心头一热，便说："这辈子还不清，下辈子还。"

听来平平常常的两句话，在这个时候讲出来就非同一般了。好像两个人讨论一个什么问题，突然间找到了正确答案。

然而，答案找到了，双方都无话可说了。

张道济也不知道往下面说什么好，便从头到脚把秋棠看了一遍又一遍。她实在太美了，太迷人了。今生今世，只要有了她，哪怕是月里嫦娥下凡，我也不会动心。就是与她有一夜相聚便立即死去，也心甘情愿。

秋棠把头微微低着，看着自己的脚，看着那只被他双手捧过的那只鞋；但她的眼光却不时弯过去弯过来。她知道他还在仔细看自己，她感到从未有过的兴奋，心好像快从胸膛里跳出来似的。

"宁怀棠……"张道济轻声呼唤着。

秋棠从来没有听到过有人这么亲切温馨地叫她的名字，特别是一个男子这样叫她。她感动了，也轻轻叫了一声："张公子……"

两声勾魂摄魄地呼叫，便成了他俩初识相恋的定情之物。

考试发榜了，张道济高中，被任命为凤阁舍人。

他没事就去曾与秋棠相识的地方游转，试图再与她相逢，以圆那个揪心的梦。官场朋友都笑他的痴迷。

张道济一表人才，谈锋锐利，文思机敏，胸怀大志，朝中官员虽愿与他交往，却又嫌他官级太低。他为此愤愤不平，常有怀才不遇的言辞透露出来。

"道济兄，我有个升官的机会，不知你愿意不愿意要。"这天，张昌宗对他说。

"先谢过昌宗兄的提携，不知这机会在何处？"张道济很感兴趣地望着张昌宗说。

"你附耳过来……"

听完张昌宗的耳语，他很高兴，但又很犹豫。原来是要他作证，只要在殿上证明听见肃政中丞魏元忠与司礼监高戬议论说武氏年老，不如依附太子，可保长久，且立即官升三级。谁不知道张昌宗是皇上身边的人，枕头风一吹，想当什么官都行。遇上张昌宗，这升官的道路就畅通无阻了。一时官迷心窍，张道济便答应了下来。

这高戬听说张昌宗在皇上面前告自己与魏丞相议论皇上年老等语，又收买张道济作伪证，甚是惶恐，便去找情人太平公主相救，又特别把张道济暗恋公主府上丫鬟宁怀棠的事说了，如将她送予张道济，再晓之以理，动之以利，要他不去作伪证，张昌宗的诬告便不能成立。

这对太平公主来说，自然是小事一桩。

颠凤倒鸾，一夜风流后，高戬依依而别。

太平公主梳洗毕，传唤秋棠前来问话。

公主府里丫鬟使女有数百之多，平时，太平公主也没有注意到一个叫秋棠的。她正在努力想她的模样时，一个小丫头过来向她请安。一看，果然美丽出众，难怪张道济的相思害得那么苦。

秋棠向公主请安后，静候问话。

公主说了："秋棠，你今年多大了？"

"十六。"

"什么时候进府的？"

"前年七月初七。"

"家里还有些什么人？"

"家中有老母和弟弟。"

"你想他们吗？"

"想，只是当初把我抵押到府上时说得清楚，三年后才能回家。"说着，秋棠眼角也湿了。

太平公主也不管她，继续问道："你认识一个叫张道济的人吗？"

虽然公主语气很平淡，但一听到张道济三字，秋棠心一下就紧了。自那日与他一见，怎么就把他死死记在心上了，怎么抹也不去。人都说太平公主是仙人转世，她果真看透了自己的心思？

"我问你哩。"太平公主又问了一遍。

"我，我与他见过一面。"

"见面次数不在多少，有的天天见面，记不住；有的见过一次，终生难忘。那张道济对你可是终生难忘了……"

秋棠听了，心更紧了，没想到，他也跟我一样。

"我对你直说吧，那张道济托人来说，要娶你，你愿意不？"

听到这，秋棠既紧张，又甜蜜。没想到，那环绕心头难以消散的苦思愁绪，顷刻间就将云开日朗。

"你愿意不？"太平公主又耐心地问一句。

"奴婢是府上的人，听凭公主做主。"秋棠羞怯地说。

"那好，我就给你做主，把你嫁给他。你家欠的银子，全免了。我还给你丰丰厚厚地办一笔嫁妆。"

"谢公主厚恩。"秋棠双膝下跪，声音呜咽着说。

"你起来，我还有一事对你说。"

"公主恩重如山，是再生父母，无论什么事，只要公主吩咐的，奴婢赴汤蹈火也要去。"

"也不是什么大不了的事，只是要你时刻提醒他，莫忘我对他的好处。只要听我的，他的前途不可限量。"

"奴婢做得到，请公主放心。"

"好，那你先下去准备一下，等一会儿我叫他来，你们好见面。"

张道济听太平公主相邀，心头一惊。他想与太平公主素无交往，她怎么知道我这个才入仕的五品小官？当然，他更想到公主府上的那个叫宁怀棠的小丫头，她那美丽无比的脸庞和她那临别时意味无穷的一笑，至今铭刻在心，难以忘怀。难道与她有什么关系？是不是她在公主面前告了我调戏她？今天要拿我去问罪？不至于吧。不过，女人是难以捉摸的。

在犹豫不安中，他被请进了公主府派来的马车。

跨进公主府的客厅，见太平公主笑吟吟地站在门口相迎，张道济一切顾忌全部消失干净。以前，只是听说太平公主长得美丽动人，从未见过，今日一见，果不虚传。已是四十几岁年纪，却细嫩如少女。虽说已微微发胖，但身段匀称，举止婀娜，一双迷人的眼睛左顾右盼，一对小小的酒窝时隐时现。看得张道济也有些儿销魂。

太平公主只听说过张道济的文才，也未见其人。但见他气宇轩昂地迈着有力的步伐走进客厅，又声如洪钟地致了问候。举止进退有度，谈吐不卑不亢，看来是个精明能干的人。如网罗在自己门下，将来定是个得力的助手。

坐定之后，说了几句客套话，立刻转入正题。

太平公说道："今日有请张大人到敝府，有一事相问。听说你看上我府中的一个丫头，为其所苦。我有意成全你们，不知你意下如何？"

张道济一听，简直不相信自己的耳朵。天下竟有这等好事？半年来魂牵梦绕的那段情缘，竟这么轻易地如愿以偿。他实在抑制不住内心的高兴。但转而一想，这事太平公主何以知道的？啊，他想起来了，朋友间相聚，酒后吐真言。这倒不奇，奇的是太平公主与我非亲非故，何以对我如此眷顾？她，可是个难以对付的女人。她是皇上的女儿，还监过国，难道还会有什么事情需要我办？或者以此对我拉拢？不管她，为了宁怀棠那丫头，我就豁出去了。忙起身下座，恭恭敬敬向太平公主一揖到地，说："晚生与府上宁怀棠一见钟情，时刻萦绕在心，如蒙公主垂怜，成全好事，鄙人没齿不忘。"

"好，秋棠我已问过，既然你也是这个心事，那本公主就做一次大媒，让你们了却心愿，永结百年。"说罢命侍女去叫秋棠。

顷刻间，收拾打扮得焕然一新的秋棠低头走进客厅，恭恭敬敬向太平公主跪下请安。太平公主拉起她说："来来来，你看看，这位是不是你说的那个张道济。"她又对张道济说："张大人，你也看看，这位是不是你的宁怀棠？"

二人相见，四目相对，真有说不出的欢喜与激动。那秋棠先向张道济屈膝行礼，说道："向张相公请安。"

张道济忙起身还礼，也说道："向小姐问好。别来无恙。"

公主插话说道："好了好了，你们俩已经是一家人了，就别再客套。我已查过皇历，明日是黄道吉日，把婚事办了。我已给秋棠准备好了一份嫁妆；至于张大人处，因你初到神都，尚无宅院，我已给你准备了一套，就算送你的贺礼。愿你们夫妻和睦相处，永享欢乐。"

张道济与秋棠双双向公主施礼道谢。

这张道济半天之内又有了娇妻，又有了房舍，当然喜不自胜。不过他想，好事来得太容易了，怕不一定是好事。太平公主能白白送我这些好处吗？肯定不能。他想问个明白，便说："公主于我恩重如山，鄙人定当铭记在心。不知公主有何吩咐，但讲无妨。"

太平公主笑道："你就一心一意地当你的新郎官吧，有什么事，我会找你。"

待张道济与秋棠乐融融地办了喜事。第三天，借他们夫妻登门拜谢之机，太平公主单独叫上张道济问道："我有一事相问，听说有人告魏丞相与高戬私下议论皇上之事，说是你亲耳所闻并准备作证，此事当真？"

　　张道济知道今天太平公主要问此事，因为在新婚当晚，他就问秋棠，公主对我们如此关照，不知是何用意。秋棠便把临别前公主的交代向他转达，切不能帮张昌宗作伪证，那是遭人唾骂的事；如果为了官爵，她那里更容易办到。张道济听了，实在佩服太平公主的用心良苦和计划周密。不过，他也感到不解，太平公主与张昌宗不是十分相好吗？怎么又反目为仇了呢？他也知道她与高戬的关系也非同一般，然而比较起来，高戬的权势远不及张昌宗，她既然倾向高戬，定然有她的道理。跟她母皇一样，她可是个有头脑有野心的女人。张道济原来对张昌宗许以高位要他去作证就犹豫不决，现在太平公主是这样的态度，也就放心了许多，决定不去作证，不过对太平公主的问话，他却是这样回答的："请公主殿下明示。"

　　"那张氏兄弟扰乱朝纲，上下愤恨，天怒人怨；张昌宗更怀有篡位野心，他既不姓武，又不姓李，如其阴谋得逞，岂不又要改朝换代？我朝已由大唐改为大周，难道还要改？张昌宗一心诬陷魏、高二位，就是为了扫除他篡国的障碍。今张昌宗要置二人于死地，许以高官利用你作证。此事关系到天地良心，国法情理。望三思。"

　　张道济听了这番话，脸上一阵发烧，忙回道：

　　"听公主教谕，茅塞顿开。我定将按公主的吩咐去做，但请放心。我张道济乃堂堂五尺汉子，自幼熟读经书，不去做那种于良心有愧的事。"

　　太平公主听了，点头道：

　　"我相信。"

　　武则天已年过八十，却最忌讳人家说她老，一听说魏元忠与高戬在背后议论她老了，要让位于太子，心头便一阵怒火，下令对魏元忠进行公开审判，要张昌宗与他对质。张昌宗找到张道济，许以高位，要他作证，他也满口应允。

　　审判由圣神皇帝武则天亲自主持，朝内大臣都参加。她要杀鸡给猴看，哪怕就是当朝宰相，敢于背后议论我，也要治罪。头天晚上，张昌宗又把魏元忠如何议论，张道济亲自听见并愿作证等等，向武则天吹了半夜枕头风。她越想越气，这魏元忠，我都贬过他几次了，有次还是从刑场上拉回来的，还不怕。她坐在去朝堂的肩舆里，不住地跺脚，叫快些，再走快些。

大臣们陆陆续续走向朝堂。

御史中丞宋璟一眼看到张道济，撵上几步对他说："名义至重，鬼神难欺。你要助桀为恶，陷害忠良，就不算人。我问你，你有什么可怕的？怕那两个姓张的'巾帼夫人'吗？你要主持公道，堂堂正正做人，天下人都会支持你。即使因此获罪，也是光荣的。"

著名史学家著作郎刘知几在一旁说道："死有重于泰山，有轻于鸿毛。望勿污青史，连累子孙。"

魏元忠挤过来，指着张道济的鼻子骂道："你这个畜生，竟要来陷害我？"

张道济只有说："大人不要这样说话，请相信下官。"

开庭的钟声响了，大臣们排列两旁。老态龙钟的武则天被扶上御座，坐稳之后，她开始问了：

"张道济，你说，你听见魏元忠跟高戬说了些什么？"

张道济正要回答，在一旁的张昌宗急不可耐地催道："你快说。"

张道济说了："回奏陛下，在陛下面前，张昌宗竟敢逼迫臣，说他要我说的话，他在外面就可想而知了。如今，在陛下面前，当着各位大臣的面，臣要郑重声明，臣从来没有听见魏大人向高戬说什么反对陛下的话。张昌宗要臣按他的意思，去说的那些话，完全是他的捏造，不是事实。"

张昌宗一听，顿时呆了，接着大怒道："张道济与魏元忠本是一党，同谋造反！"

武则天说道："这种话没有根据，不能随便乱说。"

"我有根据。"张昌宗说。

"你有什么根据？"武则天问。

"有一次我亲耳听见，张道济向魏元忠说他像周公。"

堂上大臣们一听，都乐了。

周公辅佐成王，是著名的贤臣，孔夫子都尊敬他为完人。张昌宗本意是说魏元忠怀有野心，想做周公，其结果恰恰相反。

张道济笑道："张昌宗不学无术，连这点常识都没有，实为可笑。试问，魏大人官升三品换上紫衣，臣前往致贺，不以周公为榜样作比，当效法何人呢？"

整个朝堂一片笑声。

张昌宗尴尬至极，老羞成怒，便向武则天耳语数句。只见武则天龙颜大变，怒道："张道济，你这个朝秦暮楚的小人！"

说毕喊退朝，改日再审。

再审，张道济还是那些话。

为了安慰张昌宗，武则天判魏元忠贬出京城，高戬降职。朝廷大臣哗然。

张昌宗没有杀掉魏元忠，还是不解恨，又化名"柴明"向武则天告密，说魏元忠离京之日，有不少朝臣以送别的名义商量谋反。武则天将密信交监察御史马怀素查办。马怀素故意拖着不办。武则天听了张昌宗的枕头状，把马怀素找来问道："交给你的案子为何迟迟不办？"

"陛下，这'柴明'不知是谁，没有原告，怎么审判？"

"根据信里的话就可以判，何必去找原告。"

"陛下，臣不能以一封无名信作凭据去判人罪。"

武则天怒了，说："难道你就让那些叛国贼逍遥法外吗？"

马怀素也不畏惧，说道："臣不敢，只是魏元忠为陛下大臣，他离京时有几个朋友为他饯行，也是人之常情。臣没有依据判他们叛国。陛下操生杀之权，欲加之罪判他们，只要下道圣旨就行了。如果要臣以监察御史的名义判他们谋反，那是叫臣不按法律办事，臣不敢遵命。"

"你这么说来，他们都无罪了。"

"回陛下，臣愚钝，实在看不出他们有什么罪。"

武则天气冲冲地回到寝宫，还未坐定，太平公主来请安。武则天见了，喊一声女儿，便气急败坏地说道："你说我这皇帝当得窝囊不窝囊，底下大臣们一个劲地跟我唱对台戏，你指东，他往西，你说杀鸭子，他逮鸡。这还成什么体统？我非杀他们几个不可……"

听说杀人，太平公主忙问："母皇陛下，谁又惹您老人家生气了？"

"那还有谁，还不是宋璟、马怀素，还有……"

太平公主一听，这些人对自己都是有用的，杀不得。便走到母皇背后，一边给她捶背，一边说："母皇陛下息怒，不就是那几个老儿惹您老人家生气吗？您不必理他们，您越理，他们越来劲。何况，他们有时敢跟陛下顶嘴，还不是因为陛下是开明之君吗？想祖父太宗时，魏征等几个老儿也不是爱唱唱对台戏吗？祖父有时气得也想杀他们，但都没杀。朝廷中有人敢跟皇帝陛下唱对台戏，正是太平盛世才有的。这是好事，您老人家不必为此生气……"

一席话，把武则天的怒气全说消了，不仅没有再说杀人，就连那件"聚众谋反案"也再没有去过问。

对张道济的临阵倒戈，在朝堂之上公开揭露张昌宗，大臣们一片夸奖；当后来得知太平公主在幕后所起的作用时，群臣对她的印象大为改观。当人们得知她又在武则天面前进谏，劝母皇效法太宗开明纳谏时，对她可以说是很有好感了。

太平公主取得人们的好感，不是想得到支持去谋取皇位，她知道那是办不到的。明知办不到的事何必去白白耗费心机和精力？她的目的第一步是制止母皇把皇位让给张昌宗。她知道，现在去母皇那里弹劾张昌宗不管什么罪名都不起作用，因为母皇已把最后的日子全都交给了他。就是发动满朝文武一起上书弹劾，也动不了他半根汗毛。

在打不倒对方时，最好的办法是让他自己打倒自己。太平公主就想好了这么一个办法。

这天，她把奉宸府的旧情人宗云宣来公主府。

宗云，一个酷似张昌宗的奉宸府供奉，虽然他面貌似张昌宗，但却缺乏张昌宗那套本事，武则天在他身上找不到一点如张昌宗的感觉，只临幸过一两次，便把他忘了。后来，太平公主又与他热和了一阵，也很快冷淡下来。他感到悲哀，论长相，可与张昌宗媲美，论年纪，还比张昌宗小两岁，怎么就不能像他那样打动圣上呢？他听说张昌宗有许多讨好女人的诀窍，便主动登门，送上厚礼，虚心讨教。张昌宗不好拒绝，也皮毛地教他两招。今日，他突然得到太平公主的召唤，心头好不喜欢，庆幸所学有了用武之地。

当他匆匆赶到公主府时，太平公主已在后花园的密室里摆好一桌酒席等他了。

二人见面，携手入席。席间相互调笑，逗趣玩乐，情急间，太平公主屏退侍从，让宗云抱入内室床上，任他揉搓挤压，尽情寻欢。半个多时辰后，复又起床，洗手更衣，重新摆宴，继续饮宴。

此时，外面急急走来一个侍从躬身说道："公主殿下，皇宫来人，说有要紧事见公主。"

太平公主听了，对宗云说："外面有事，我去去就来，如果你累了，就在里间先歇息。"

说罢，随侍从走了。

这宗云独酌一会儿，觉得无味，便走进里间，准备休息。

里间看来是太平公主的书房，只是靠墙处多一张雕花大床。其余，全被书架占满。靠窗处有个大书案，文房四宝齐备，案头摆了些零星书籍，书案正中，端端地摆着一叠案卷，出于好奇，他翻开一卷，随手从中取出一张纸来，就着灯光看。不看则已，看了大吃一惊。原来是张写好的奏折，只见上面写道："启奏圣神皇帝陛下，儿臣家宅附近墙上，发现写有'杀二张'的帖子，家役已揭有十数张，现随奏折呈上数张，恭请陛下御阅。太平公主谨上。"

下面，果然有巴掌大的帖子数张，上面写的是：

　　杀二张，清君侧，明月夜，莫迟延。

细看，背面还有糨糊，明显是从墙上揭下来的。宗云顺手取一张折了揣进怀里。

又等了一会，还不见太平公主回来，他便独自脱衣上床就寝。

刚刚睡下不久，太平公主就匆匆赶回来。见宗云已睡，也急急忙忙脱了衣衫，钻进被窝里去了。宗云把从张昌宗那里学到的本事，尽情发挥。太平公主如痴如醉，几次昏晕过去。醒来后娇声细语问道："宗郎，许久没见，你长进真快。你这套本事哪里学来的？"

宗云不敢隐瞒，如实说道："是从昌宗兄那里学的。"

"我说哩，只有他才精于此道。你应向他多学几招，也好来陪我玩。"

“殿下说的是，我一定不负所望。”

说罢，又使出些手段，极力奉承，直至公主连称满意，方才稍歇。

第二天天亮，宗云起床，见公主还在睡，不好惊动她，就自个儿走出大门，去奉宸府点卯去了。

宗云刚刚出门，太平公主便翻身起床，大声喊道：“快，快准备车马，我要出门。”

第十三章　把母皇轰下台

一场"神龙革命"，武则天的心腹和情人张昌宗、张易之被杀，女皇宣告退位。而那张以圣神皇帝武则天名义发布的"传位诏"，却是她的爱女太平公主指示上官婉儿拟定的。

张昌宗、张易之垂头丧气，焦头烂额地坐在奉宸府的府衙里，连连碰壁之后，不知下一步该怎么走了。

"总不能束手就擒，坐以待毙呀！"张昌宗拿不出办法，只有叹气。

"俗话说，大丈夫能屈能伸。"张易之有主见，他说道："圣上既然让位于你有难处，立武三思又遭群臣反对；而议立庐陵王李显为太子的呼声又很高，我们不如随大流，也劝皇上立庐陵王，这样我们将来免受祸害，可保富贵，这是第一；第二，你去宋璟府上谢罪，求得他的谅解；这第三，去把太平公主那根线接上，虽然以前对她有所得罪，但女人的心究竟要软得多，对她叙叙旧情，也许可以尽释前嫌，旧梦重圆哩。"

张昌宗也觉得只有这样。

第一件事是大事，但办得很顺利，张昌宗几次枕头风一吹，武则天下决心把庐陵王李显召回，立他为太子，原太子李旦改封为相王。从此，皇嗣之争告一段落。

　　第二件、第三件事虽是小事，办起来却棘手。张昌宗带了厚礼去宋璟府上赔罪，人家闭门谢客；去公主府叙旧情，女主人倒是见着了，但讽刺挖苦一番后，被一阵"送客"声撵了出来。

　　恰在兄弟二人心意烦乱、束手无策时，宗云怀揣那张偷来的"帖子"兴致勃勃地来求见顶头上司，他要用这个东西向张氏兄弟表忠心，让他们再传授几手，好去讨太平公主的欢心。

　　他刚跨进门槛，一看张氏兄弟脸色，就觉得今天来的不是时候，但已经来了，又不便退出去。

　　"宗云，你急急匆匆地，有什么事？"张昌宗板着面孔问。

　　"我，我有一件东西呈给二位大人。"既然来了，就硬着头皮回答，并把怀里揣的那张帖子取出来，双手呈上。

　　张易之接过来看了，马上递给张昌宗。立刻，两个人的脸色都变了。

　　张易之显得更沉得住气，他问道："你这帖子是从哪儿来的？"

　　宗云当然不敢说从太平公主府里偷出来的，便说："我来奉宸府的路上拾得的。"

　　"是哪条路上？"

　　"是东大街……"宗云一想昨晚住在太平公主府，路经东大街。但从自己家出来应该经过的是西大街，就改口说："不对，是西大街……"

　　"到底是哪条街？"张昌宗听得心烦，追问道。因为他长相像自己，还到皇上那里去邀宠，张昌宗对他有些反感。说话的语气当然不会很客气。

　　"东，西，西大街……"见张昌宗声严厉色，宗云吓得语无伦次。

　　张昌宗今天心情本不好，又见到那帖子，更是火上加油，看宗云说话吞吞吐吐，前后矛盾，便气不打一处来，上前一步，揪住他的衣领，叭叭左右开弓，响响地打了两记耳光，而后用力推出门去，还骂道："滚！哪里拾来的帖子，谣言惑众。念你平日无大错，否则送衙门治罪！"

　　宗云本想拿了帖子来讨好，不想马屁拍在马蹄上，反被踢了一脚，心中很是气恼。他在奉宸府时间也不短了，对张氏兄弟的劣迹了如指掌，今日见他兄弟神色惊惶，情绪反常，必定遇上什么不称心的事情。他忍住痛，揉了揉挨打的脸，按住怒火。难道我被你白打了？此仇不报非君子！

"你发疯了吗？你嫌我们得罪的人还少吗？"宗云刚出门，张易之便对张昌宗责怪起来。

"心里正烦着哩，偏偏他又拿拾来的破纸气人。"

"你不要小看那破纸，说不定正预示着我们的灾难。这一向，太平公主、武三思、张柬之、李多祚等等，活动频繁，看来都是针对我们的。你还在那里做梦！"

"可是我们有皇上哩！"

"要是皇上驾崩了呢？"

"她答应要给我们安排好的。"

"答应了也是白纸一张。"

"你这么说来，只有死路一条啰！"

"活路有，那只有先下手为强。告诉你，我早已与右羽林大将军武攸宜取得联络，伺机行动。先杀了太子李显，然后逼女皇让位，由你继承，建立一个张姓新朝……"

"没想到兄长计划如此周密，这样看来是稳操胜券了。"

"只要抓住时机，成功自然有望。你现在快去迎仙宫，陪伴皇上，察看动静，稳住她。我出去一趟，待武攸宜领兵到来，立即起事。"

听了兄长张易之的安排，张昌宗心里一下就踏实了，他又有了御座就在眼前，挪挪屁股就可以坐上去的感觉。

往日，太平公主出门总是一个人，带上两三个随从，轻车简从，行动方便；可今天，带上薛崇简、武崇行两个儿子，薛娇、武娆两个女儿，再加上随从，浩浩荡荡一大帮。

往日，太平公主出门，不论坐车，乘轿，还是骑马，总是慢慢悠悠，不慌不忙，一路潇洒流连，东瞧西望；可今天，她上车以后，不停地叫快。急促的马蹄声把洛阳宁静的清晨踏得粉碎。

一行人在御史中丞宋璟的府第门口停下。

刚刚起床的宋璟听说太平公主来访，忙命大开中门，亲自出门迎接。

太平公主带了薛崇简进了中堂，坐定后说道。

"一大早登门，搅了大人清梦，甚是不恭，只因事情紧急，尚请见谅。"

宋璟因上次没有听太平公主的劝告，失去惩处张昌宗的良机，很是抱愧；又因她策划张道济倒戈，救了魏元忠等人性命，开始对她有了几分敬重，便一改往日的孤傲，十分热情地说："公主殿下驾临敝府，未能远迎，甚是失礼，尚请公主恕罪。不知今日有何指教？"他见公主欲言又止，立刻屏退左右。

"宋大人，我今日登门，特送上一张帖子，请大人一观。"太平公主说罢，从袖子里取出一张纸，交给宋璟。

宋璟看了，也不知太平公主是何用意，便说："这些帖子也不知何人所为。想那张氏兄弟，作恶多端，天人共愤，人人得而诛之，只是满街上贴这种传单，蛊惑人心，制造事端，也是犯法的事。待下官查问明白，按律治罪。"

太平公主听着听着，便忍不住说道："宋大人，人人都知道您老一生谨慎，按部就班，可是现在是什么时候？虽说太子已复位，但并不受信任。母皇年事已高，张氏兄弟整日陪伴左右，蒙蔽圣聪，干了许多倒行逆施的勾当，引起天下共愤，故有这类'杀二张，清君侧'的帖子出现。依我所见，与其让这些群龙无首的乌合之众在下面胡闹，惹是生非，扰乱社稷，不如由朝廷大臣请出太子，带羽林军入宫，当着皇上的面，列出二张罪行，就此诛杀，除去祸害，岂不简单，也免得惊动百姓，扰乱民心……"

宋璟听了不觉大吃一惊，心想这太平公主确非平庸之辈，竟与我们不谋而合。不过，对她的话，尚不能轻易相信，便做出惊慌的样子，又从袖子里取出手绢擦擦额头，这才说："此事实在突然，待卑职细细思量。"

太平公主急了，说："等你思量好了，你的人头早没了。当初就是你推三阻四，放了张昌宗，结果贻害至今。你还不吸取教训？"

"下官不是胆小，这办事总得依理依法。"

太平公主听了，几乎笑出声来，说道："你知道吗？二张正在奉宸府里秘密策划起事，如果成了气候，第一个杀的就是你。到那时，容得你去跟他们讲理讲法？"

宋璟听了，似乎有些开窍，说道："公主所言极是，街头传闻二张欲造反，如果有其事，谋反乃第一大罪，按律当斩……"

太平公主听得不耐烦了，就说："宋大人，今日事情紧急，容不得你依什么法，按什么律了。你觉得我说得对，你就听；觉得不对，你就不听；甚至你还可以去奉宸府二张那里告我一状，待他们成功后可以讨个封赏……"

宋璟听罢，又气又急，忙申辩道："公主殿下，你把宋璟看成什么人了？前不久张昌宗带了礼物登门谢罪，我让他吃了闭门羹。我会跟那种小人沆瀣一气吗？"

"好了，宋大人，我也不多说了，反正为了江山社稷，为了黎民百姓，也为了你宋大人的全家性命，本公主也算尽到一份心了。你好自为之吧！告辞了。"

太平公主说罢，大步走出客厅。宋璟忙上前躬身挽留，说道："请公主留步，听下官说完一句话：宋璟为朝廷基业，为社稷安全，当万死不辞。"

太平公主听了回过头来，指着身后的儿子说："既如此，有什么事，由犬子薛崇简与你们通消息。"

说完快步出了大门，上车走了。

"公主殿下及公子慢走。"

宋璟叫人家慢走，自己却急忙吩咐备轿，连早饭也没吃，就赶往宰相张柬之府上去了。

太平公主等一行来到第二站：武三思的梁王府。

自从武则天重新立庐陵王李显为太子后，武三思慢慢从皇帝梦中苏醒过来，他感到李唐江山实难动摇，何必去冒那个险，不如安安心心当他的梁王。然而他老安不下心来，朝廷上下不时传来张氏谋篡的谣言。他比较了一下，太子李显是个平庸无能的人，如果女皇驾崩后他继位，自己高官厚禄不会受影响；如果张氏兄弟谋位得逞，自己的命运就不堪设想了。这几天，外面谣言纷纷，说二张谋反。又听说皇上病重，身边只有二张侍候，要是趁她临危昏迷之际，立下个传位于张昌宗的诏书，这不就麻烦了……

武三思正忧虑间，忽闻太平公主来访，好像久旱逢甘露，忙走出大门外接住。见跟公主来的还有她的儿女，也殷勤相邀。但太平公主说事急，就让他们在门外等候片刻，只带武崇行进府。

因是老交情，免了许多客套。太平公主直接进入内客厅，刚坐下，茶都来不及喝，便把二张的动静及朝廷上下对皇上病危的诸多反应对武三思作了分析，要他去与太子李显、丞相张柬之、羽林将军李多祚等文武大臣处取得联络，一定要抢在二张前动手。她说：

"张昌宗乃无能之辈，不足为虑。只有那个张易之，虽说不上足智多谋，却也算诡计多端。他们日夜守候在母皇身边，见女皇病危，一旦驾崩，就失去靠山，便会狗急跳墙做垂死挣扎。如果仅仅二张，也不足虑，可虑的是他们在朝中多年，也有一些势力，要是与军中什么人挂上了，结成死党，那就危险了。上有皇上遗诏，下有死党相助，江山社稷就会落入他们手中……"

太平公主一席话，说得武三思不住点头，忙说："公主殿下英明高见，我武三思愿听公主驱使。"

"好，事不宜迟，你就抓紧去办，有什么事，我会派武崇行与你通消息。"说了，指着身后的英俊少年道："你记住，这与武表叔的联系就交给你了。"

"是，母亲放心。"武崇行站得笔挺地说。

张柬之原是荆州长史，是个很有才干的人。当初，武则天要狄仁杰推荐一个宰相，狄仁杰便把他推了出来，武则天立即调任他为洛阳司马。过一段时间，武则天又要狄仁杰推宰相，狄仁杰说，我不是已推荐了张柬之吗？武则天说已任命他为洛阳司马了。狄仁杰说道："我举荐他是当宰相的，不是当司马的。"武则天立刻委任他为宰相。

武则天对狄仁杰言听计从，凡他推荐的人，她都重用，如宋璟、姚崇、崔玄讳、敬晖等等。

武则天很会用人，她重用狄仁杰，狄仁杰里里外外替她分忧，为巩固她的统治起了不可估量的作用；但可叹的是她还不够了解人，那狄仁杰是个深藏不露的人物，但说他"深藏不露"也似乎不恰当，因为武承嗣、来俊臣诬他谋反时，他就供认不讳："大周革命，万物一新，我为唐室旧臣，谋反是实。"这本是一句可以从正反两方面理解的话，所以把精明的武则天都哄过去了。

狄仁杰早武则天几年去世，在狄仁杰的灵堂上，武则天痛哭流涕地说："我的朝堂空了，我的朝堂空了。我失去了一位多么忠诚的大臣啊！"

但她并不知道，就在两个时辰前，狄仁杰弥留之际，握着张柬之的手说了许多话，因为左右的人都回避了，没人听见，只有一个送药的小丫鬟听到最后一句："一切，都拜托你了！"说罢就闭上眼睛，再也没睁开。

张柬之正在按狄仁杰的临终嘱托，一步步地去做。

他团结了一批志同道合在朝中握有实权的大臣，目标是：灭周兴唐。

这一向，他们之间的联系更紧密了，因为从各个方面得到的消息都说明，皇上确有让位给张昌宗再废太子的意图。皇上整日与张氏兄弟鬼混，要利用人生最后的时间尽情欢乐。一老二少间的桃色新闻传遍朝廷上上下下，叫人啼笑皆非。因为迷恋在声色之中，一连几个月不与群臣见面，连当宰相的都难见到她一面。这中间到底有些什么文章？为试探虚实，张柬之与几个大臣联名上了个奏折，上面写道：

> 闻陛下龙体欠安，已数月矣。臣等欲进宫请安，并奏事，却不得入。然闻有异姓者在身边侍候。臣等以为，陛下因病需静养，有皇太子和相王服侍汤药已足够矣。宫禁事重，以不让异姓者随意出入为好。

满以为写了这样的奏折会得到召见，好去禁宫看个究竟。但皇上只让太监传了个口信："谢谢卿等的好意。"就算完了。

张柬之越想越觉得不妙，与几个心腹商量好了办法，只要时机一到便立即行动。

一早闻说御史中丞宋璟来访，张柬之立即起身迎入内室。

二人是歃血盟誓的生死相交，没有多余的客套。宋璟见面就说：

"今天一清早，太平公主来访，交给我这张帖子，还坐了一会才走。来，你先看看这帖子。"

张柬之看罢帖子，又听他讲了太平公主对他说的那番话，张柬之说了：

"皇上已八十有一,又疾病缠身,二张自觉末日来临,若骗得皇上诏书,再得到野心之徒的簇拥,那就危险了。太平公主虽然有继大统的野心,但她审时度势,不敢轻易动作,即使她有意挑起事端,让我们与二张相斗,她只会助我等成功。她究竟是李家的血脉,是太子的亲妹妹;如果去助二张,于她何益?难道张昌宗还会立她为后?何况她已与张氏兄弟恩绝情断。她是个精明人,不可能去帮助那两个声名狼藉的'夫人'的。再说,从她这一向表现看,在许多方面与我们是一致的。"

宋璟赞同张柬之的分析,他又问道:

"还有那武三思,他与太平公主关系非同一般,张兄以为如何对待?"

"武三思本意是想当太子,曾与太平公主争风,另立太子后,他便采取退守观望态度。但在反对二张上,又与太平公主利害一致,故关系重又密切。他既反二张,就与我们灭周兴唐的目标一致,故目前对他不宜排斥。"

宋璟听了说:"你如此这般一说,我也看出头绪来了。只是我想,二张再凶,若单单依恃皇上庇荫,没有其他同谋,也成不了气候。这同谋者……"

两人扳着指头数出宋之问、宋之逊……都是兴不起大浪的文人,"那还有谁呢?"

两人正在根据情报分析排队时,门上匆匆来报:"有人求见宋大人,有急事禀告。"

宋璟说:"快叫他进来!"

太平公主出了武三思的梁王府,带领儿女进宫去给母皇请安,一行车马进了禁城后,她突然想到该先到皇宫边的奉宸府去看看,然后再入宫。主意打定后,便令车夫转弯拐进奉宸府。

下得车来,太平公主在儿女搀扶、随从簇拥中进了奉宸府。

大概因为好几个月女皇害病没有驾临,府内有些冷清,除了门房两个看门老头跪接公主外,进了内院,只有少数几个供奉相迎。当日热闹嬉戏,笙歌齐天的景象,已无处可寻。连张易之、张昌宗两个奉宸令一个也不见,问哪儿去了,说是刚才还在,大概是侍驾去了。因为未见到宗云,太平公主感到奇怪,但不便问。

一行人在客厅略事休息后，便从后门去迎仙宫。

迎仙宫是武则天晚年常往的地方，与奉宸府一墙之隔。为了来往方便，专辟了一道门。太平公主一行缓缓而行。这时，已是初春天气，冰化雪消，大地复苏，道路两旁一排排柳树吐出了嫩芽，常青的松柏，在春风里摇摇晃晃。一丛丛低矮的，经过修剪的灌木，星罗棋布地摆了满园。几只仙鹤见有生人，长伸着颈子哇哇乱叫。太平公主无心看这些景致，她关心的是二张今天的行踪。

正走间，前边树丛中有人影一晃，薛崇简眼尖，跑上前去一看，原来是供奉宗云，他说有要事要见公主。

太平公主感到奇怪，昨天还潇潇洒洒英姿勃勃的宗云，今天怎么变得畏畏缩缩神情恍惚了？问他何事，他从怀中取出一纸，迅速交给太平公主，只说了一句："看了便知。"就穿过路边树丛，不见了。

太平公主越发感到奇怪，忙展开纸一看，上面只写了三个字：武攸宜。

武攸宜乃太平公主丈夫武攸暨的隔房兄弟，现为右羽林大将军，手中握有兵权。

一看这三个字，太平公主一切都明白了；再看那宗云躲躲闪闪紧紧张张的行动，知道事情的紧迫和严重。她把薛崇简、武崇行兄弟叫到身边，低声交代几句后，要他们分头去宋璟和武三思府上，当面把消息告诉他们，还一再叮咛道："记住，无论如何要见到他们，当面说。越快越好！"

兄弟二人领命后，上马飞奔而去。

太平公主带着两个女儿和几个侍女，穿过宫墙，快步朝迎仙宫走去。

走进母皇宽大的卧室，见母皇平躺在床上，张昌宗斜坐在床沿，双手紧紧握住母皇的手。见太平公主母女进来，也没有放开的意思。他与太平公主互看了一眼，冷冷地，谁也没有招呼谁。

太平公主领着两个女儿，给母皇跪下请安。

"起来吧，快过来让我看看。"武则天有气无力地说。

比前几天，母皇更老了，又在病中，稀疏的白发散乱着。幸好她比较胖，脸上的皱纹还不显多；但胖了，肉又松弛地往下掉，把脸型都拉变了。

太平公主又偷看了看张昌宗，他把握着母皇的手抽出了一只，另一只却被母皇死死抓住，抽不出。不过看来他也不想抽出，好在太平公主面前炫耀一下女皇对他的宠爱。再看他那脸，一脸傲气，头微微点着，嘴角边上挂了半丝笑意。太平公主见到，心想不好，张昌宗这个人，喜怒形于色，看他那得意扬扬的神情，一定心里藏着什么喜事。难道母皇给他立了禅让诏？难道他篡位图谋有了进展？怎么没见到张易之，不是说到这边来了吗？不在此，又在何处？

"你多大了？"武则天问薛娇。

"陛下，孙女儿已二十四岁了。"

"你呢？"她又问武娆。

"刚满十五。"

"真是花样的年纪呀，想当年我十五岁，刚刚进宫不久，太宗皇上可喜欢我啦。他头一次叫我侍寝的那情景，我还记得清清楚楚。他的气力可大哩，又一脸的大胡子，扎得我呀，又痒又疼……"

武则天沉迷在回忆里，唠唠叨叨不停地说，一只手，还紧紧抓住张昌宗。张昌宗却没有心思听她唠叨，但又不得不连连点头表示在专注地听，而他的目光，却不停地在太平公主、薛娇、武娆身上瞟来瞟去。他在比较这三个女人，真是一个模子压出来的：那太平公主，年纪虽然大了，可胖乎乎白嫩嫩的，脸上并不见多少皱纹，真叫一胖遮百丑呀！何况她一点不丑。薛娇，正如她的名字，娇嫩美丽，虽说已是三个孩子的母亲了，一点不像，看那身段，哪像生过孩子的，简直就是个水灵灵的大姑娘。那武娆，小巧玲珑，妖娆无比，像一碰就碎的瓷娃娃……我一旦登基，把她们都收进后宫。不，太平公主除外，年纪大是一回事，主要是她太厉害，留着后患无穷……怎么，易之兄还没有领兵来？

"母皇陛下，女儿今天路上吹了风，头有些昏，我先去休息一下，等会再来陪您。"太平公主急着要离开。

"好，你去。不过不能走远。我想看到你，多跟你讲讲话……"武则天有气无力地说。

"是，陛下，我过会儿就来。"

太平公主带上两个女儿，出了母亲的卧室。走出门了又忍不住回头看看，母亲还紧紧抓住张昌宗的手不放，而那张昌宗明明在向她冷笑。

太平公主突然感到一股凉意。

加快脚步，来到上官婉儿住的小院。她叫两个女儿在门口看着，但见两个哥哥，马上领他们进来。

按她的计划，薛崇简去通知宋璟，说二张与武攸宜勾结，正在行动，叫他马上转告张柬之，立即带兵进宫；武崇行去通知武三思，先把武攸宜稳住，不行就拘禁起来。她计算着时间，张柬之的兵马也该进宫了，怎么还没有来呢？她有些心神不定。

"公主殿下，婉儿给您请安。"听到婉儿的声音，太平公主从沉思中醒来，随她进了客厅。

太平公主刚刚坐定，但见两个女儿领着两个儿子朝自己走来。她迫不及待地问。

"怎么样？"

"一切顺利。"两个儿子同时回答。

在一旁的上官婉儿丈二和尚摸不着头脑，想问又不便问。

一小会儿后，脚步声、刀剑碰撞声传了进来，上官婉儿有些惊奇，说道："外面发生了什么事情？"说着，她站起来准备出门去看，太平公主把她按在椅子上，说："那场面你我最好都不去看。你坐下，给我拟个诏书。"

此时，外面急慌慌跑进来一个人，刚进院子，就被薛崇简、武崇行扭住。太平公主见了，原来是他，真叫作不是冤家不聚头。喊一声："把他押进来！"

原来是张昌宗，见了太平公主和上官婉儿，双膝跪下便拜，口里不住地喊："公主救命，婉儿救命……"

"下跪何人啦？"太平公主冷笑两声后看着他，故意拖长着声音问。

"罪臣张昌宗，请公主饶命，看在我们以前的……"

"住嘴！刚才，你不是在向我冷笑吗？"

"小人该死，请公主开恩……"

"崇简、崇行，快把这个人押到那边去，交张丞相处置。"

张昌宗被拖出大门时，还不断喊："公主救命！"

　　"别管他,我们来做更要紧的事,婉儿,快拟诏书。"

　　太平公主话说得很平静,可是心思却一点平静不下来。她可以想象到不远处的迎仙宫里这时在上演一出什么样的戏:一代女皇被迫让位下野,她的两个情人同时被杀。她很想去看看那场面,可又怕去。她怕见到母亲那愤怒的、哀怨的、悔恨的目光。她要是知道我参与了推翻她的活动,她会怎样想呢?她为了登上皇位,是毒辣了些,可对我,向来是慈爱的。她还想过要我去继承她的帝位,可我却叫人拟诏书要她退位……

　　上官婉儿不愧是拟诏书的能手,废呀立,立呀废,劝退呀,劝进呀,那一套她熟悉得很,不到半个时辰,太平公主要她拟的诏书就写成了。这时,外面的闹声渐渐平息,只见宫中老太监牛光保急急忙忙跑过来说:"公主殿下,陛下宣您去,她老人家要见您。"

　　太平公主立即起身,随牛光保走进迎仙宫。在宫门一侧,摆着两具无头尸,旁边树上挂着两颗人头。一看便知,那便是张氏兄弟。

　　走进母皇寝宫,见有许多士兵把寝宫包围着。太平公主来了,都退身让路。再走进卧室,里面围满了人,丞相张柬之、崔玄玮、御史中丞宋璟、司刑少卿恒彦范、禁卫军首领李多祚、右羽林将军杨元琰、驸马都尉王同皎,还有太子李显等等,都在。他们团团围住那张床,床上平卧着微微闭着眼的圣神皇帝武则天。

　　见太平公主进来,武则天坐了起来,一把抓过她的手,说道:"你看看,他们……他们……他们杀了张易之、张昌宗,还要我让位。你看他们当中谁不是我一手提拔上来的?可一个个都背叛了我。更有这个太子李显,我刚从外地把他接回来,立他为太子,他就等不及了,领头叛乱。太平,我的乖女儿,从小我就那么爱你,那么疼你,你就是我心头的一块肉,你……你该不会跟他们一起谋反吧?你说,你说……"

　　周围的人都很尴尬,有的甚至感到羞愧。

　　太平公主也有这种感觉,但她深深地藏在心里。她轻轻地从母皇手中把手抽出来,伸进怀里,摸出那张诏书,平平静静地说:"母皇陛下,这是刚刚拟好的传位诏书,您老人家年事已高,把皇位传给太子显,改周为唐,这是顺应天下的大好事。陛下,我想您一定会首肯的……"

"什么？"武则天大叫一声，立刻倒了下去。

"母亲……"太平公主忍不住一头扎进武则天怀里。

武则天爱改年号，这一年又改为"神龙"，是龙不算，还是神龙，照说该大吉大利了，可是才用一两个月，这"龙"就被赶出宫廷，神光褪尽，六神无主地瘫倒在上阳宫里。

第十四章 "镇国太平公主千岁! 千千岁!"

> 因参与打倒母皇的"神龙革命"有功，太平公主被加封为镇国太平公主，她的几个儿子都封王。人们对她高呼"千岁! 千千岁! "，而她，只冷冷一笑。

武则天圣神大皇帝下野，太子李显即位，为中宗。然后下诏收捕张氏兄弟党羽和宗室，杀头的杀头，没杀头的流放边疆；再然后，根据贡献大小，论功行赏：皇弟相王李旦，加号安国相王。皇妹太平公主，加号镇国太平公主。张柬之等五大功臣，加官晋爵。其他有功人员，都各有升赏。就连武则天，也因让位有功，封为则天大圣皇帝。把她请回上阳宫，派专人保卫，好让她安静休养，颐养天年。中宗皇上、相王李旦、太平公主，定期轮流去请安。她的日子过得从来没有这么清闲，只因为没有臣僚的朝拜，没有二张的陪伴，也感到从未有过的暗淡和枯索。

最得意的当然是中宗皇帝李显。回想二十年前，一句话丢掉了皇位，被幽禁在外。还算命大，熬到现在，居然又坐了龙椅，真如做梦一般。坐上龙椅后，再立韦氏为皇后，她要中宗封已故的父亲韦玄贞为王，中宗满口应承，也不顾朝臣反对，封了他个上洛王。

只有武三思，虽然对"神龙革命"有所贡献，但因为他是武则天的侄儿，还议过他是否可当太子，对他不放心，什么封赏也没捞着。他心中感到很不平衡。

他首先想到了太平公主。

太平公主因立新朝有功，被加封为镇国太平公主不说，四个儿子都被封为异姓王，掌握着朝廷大权，凡军国大事，她都参与裁定。中宗对她恭维毕至。朝中大臣有事奏报，中宗都说，你请示过太平公主没有？太平公主府车马如云，达官贵人进进出出，比朝堂还热闹。

她觉得从来没有过的舒心，哪怕是以前的"监国"，也没有现在痛快。监国那阵，上有母皇管着，下有狄仁杰等一批大臣牵着，手脚被捆得紧紧的；而如今，中宗皇上把一大半权力交给自己，威风凛凛，唯我独尊。权力的欲望满足了，唯一感到不足的是身边少一个称心的男人。府中虽有不少娈童，却不中用，寂寞时聊可充数，然没有一个中意的。

她首先想到的是武三思。虽然相貌一般，可对付女人的手段非同一般。她曾把他与张昌宗做过比较，张昌宗太女人化了，他温存，却属于女人那种和风细雨、柔情似水的温存，缺乏力度；她要的是大幅度、大力度的爱。只有他，才算是真正的男人，而跟他，才感到自己是个真正的女人。

真是心有灵犀一点通，想到武三思，门上就报说："武大人到！"

太平公主无比高兴地把他接入内厅，两人久未见面，喜笑颜开，知心话说个不休。

"三思，这一阵是不是又有什么艳遇？竟忘了过府来叙叙。"太平公主先对他开个玩笑。

"公主殿下不要拿下官取笑了，我倒是想，自皇上登基以来，公主倍受重用，比当年监国还显耀，有的是人侍候，怕早就把武三思给忘了。"

太平公主听了心里好笑。恰巧堂前挂了一笼小鸟叫得正欢，她便指着那鸟笼问武三思："那鸟儿叫得好听吗？"

武三思觉得奇怪，这太平公主怎么把话题又扯到鸟儿身上去了？她既然问了，就只得回答："叫得太好听了。"

"你能认出哪只是雌，哪只是雄吗？"

今天她怎么啦？话越扯越远。但他还是站起来，走近鸟笼细看，两只鸟一模一样，难分雌雄，只是有只头上多绺黄毛的，不住地围住另一只跳来跳去，唱得更欢。他便断定出雌雄了，说道："我看那只头上有绺黄毛的是雄鸟。"

"因为它头上有绺黄毛吗？"太平公主问。

"不是。而是因为它老是围着那只跳来跳去地叫。"

太平公主嫣然一笑说："好了，余下的话，我就不说了。"

这时，武三思才陡然明白太平公主问话的用意，也不顾白天晚上，猛地扑向太平公主，用力把她抱起，转了一圈，看看客厅，除了椅子、茶几，再无可放的地方。在他怀里的太平公主嗔声道："看把你急的，东南西北都分不清了，书房就在你身后，一脚踢开门就是……"

太平公主为了淫乐的方便，府内遍设书房。房内，除了书案书架外，床椅桌凳一应家具齐全。床上铺的波斯毯，放的香罗被，挂的罗蚊帐，摆的销魂枕。屋里弥漫着迷人的香气。

武三思把房门踢开进屋后，脚一勾，又把门反踢上。接着，便是一片欢笑和喘息。

二人尽兴方休。整衣时，太平公主问道："这么久没来，你今日来定有什么事情求我。"

武三思也不隐瞒，便把"神龙革命"时他如何遵照公主吩咐，稳住武攸宜，又如何冒险给太子李显通消息等经过，陈述一遍。望公主勿忘他的功劳。

太平公主听了，安慰道："大概是皇兄贵人多忘事，把你的封赏给忘了。此事你就交给我，过几日你来，定有佳音相告。"

武三思听了，满意而去。

其实，关于武三思的封赏，早已议过，因为他是武氏亲族，武则天退位后，大臣们怕武氏势力再起，都反对对他的封赏。今天他上门求，太平公主如果有意为他力争，也是不难办到的。但她没有这样做。以后，武三思一连几次登门，二人欢愉一番后，问及此事，太平公主不是说没有机会，就是说还有个要紧位置没腾出来，叫他再等几日。转眼，一两个月过去了，武三思便起了疑心。

太平公主当然有她的打算，她觉得现在朝堂上，除了皇上就是她，权力已达极顶；而在情欲上她却是个空白，没有一个如意郎君陪伴，这空虚的

"权"有何用？然而要有如意的男人又非得有"权"不可。比如她很满意的武三思，他能隔三岔五地来，就因为她有帮他升官的权，一旦他升官了，他还会经常来吗？张昌宗就是个例子，当初是我推他上去的，后来呢，反目成仇。因此，她对武三思采取拖延战术。让他来不断地求我吧，什么时候我觉得可以了，再说……这大概就叫作玩之于股掌吧？这个玩法还很有意思。

武三思可不是任人玩弄的人，当他意识到太平公主在有意延宕时，他又另辟了条路。

这其实是条老路。

今晚皇宫的一所院落里张灯结彩，从清早开始就有乐队在演奏欢快喜庆的音乐。门窗上、大厅里，贴着耀眼的红喜字。一顶八人抬的大花轿，在一对红绿灯的指引下不断地在宫里兜圈子，抬进那座张灯结彩的大院里去了。

原来今天中宗皇上结婚。

其实，皇上结婚，除了正式的原配皇后和纳皇妃外，都是很随便的。后宫佳丽三千，看上哪个就跟哪个结婚。而今皇上有了韦氏皇后，也早就有了不少正式接进宫的皇妃，怎么又在办喜事呢？而且接来的轿子不出宫门，就在宫里就把新娘抬过来了，这岂不有些怪吗？说穿了一点不怪，因为今天皇上接的是从小在宫中长大的上官婉儿。

上官婉儿今天坐在花轿里，在吹吹打打的乐声中被抬着在宫中转悠时，她全然没有当新娘的那种喜悦心情。照说她应该笑，因为嫁给了皇上，可她笑不出来；那她该哭？三十多了总算有了归宿有了名分，也算是件好事，为什么要哭？她是个诗人，但不知道该用什么词儿来形容自己这时的心情。最后她选择了"没有劲"。

也真太没劲，没想到自己的终身竟落在他身上。她宁愿给武三思做第十房、第二十房姜，也不愿嫁给他。可有什么办法，他是皇上，是个昏昏庸庸中气不足的皇上。年纪大倒没什么，就没点男人味，哪像张昌宗那样温柔？哪像武三思那样勇猛。简直就是团破棉絮。尽管皇上册封她为婕好，还封她母亲郑氏为沛国夫人，那又顶什么用？然而她只有顺从。

可是中宗皇上对她一点也不计较，尽管新婚之夜他就发觉她不是处女，也无所谓，就算她与先父高宗，也没关系，母皇不是先祖父太宗的才人吗？他觉得追究起来大家都没意思，装着不知道，岂不省心？

就凭这，婉儿就看不起他，尽管他是皇上。

婉儿思念着武三思。瞅着中宗去别处歇息的机会，她与武三思常常相聚。要是多几日没见到，她便不知道这日子怎么过。好在他们做得机密，中宗又大嘻嘻的像个大傻瓜，故未露出破绽。但韦氏是个机灵鬼，宫中又布满她的耳目，久了能瞒过她？最好的办法是把她拉下水。婉儿在宫中多年，什么计谋什么手段没见过，便投其所好地选用了一个。

韦氏所好是什么？作为女人，作为共同一个男人的女人，婉儿最清楚。

她先讨好韦氏，把她哄得团团转，已经达到见面不叫皇后，只准叫姐姐的程度。姊妹间当然无话不说。女人，又是同一个男人的女人，说得最多的当然是自己的男人。

"妹妹，你对我说实话，你觉得皇上的滋味如何？"

"姐姐，我对你实说。听人说也好，在书上看到的也好，都说那事怎么怎么美，怎么我跟皇上就尝不出那种滋味呢？不知道姐姐是什么滋味？"

"什么滋味？就像家乡荒年吃的厚皮梨，不吃吧，饿；吃吧，没味道。"

听韦氏的话，也不是个安分的女人。婉儿胆子便大了。她说："姐姐跟皇上同患难二十年，现应共享安乐，可是他复位后，今天选妃子，明天收嫔女，谁也不敢说半个不字，皇上可以行乐，姐姐就不可以吗？"

"好呀，妹子，你叫姐姐去偷野男人呀？"

"姐姐此言差矣，想则天大圣皇帝，一生男宠无数，都八十多了，还天天晚上搂着三十几的张昌宗睡呢！"

这么久了，婉儿嘴里都没念过这个人，怎么今天嘴一滑就出来了，脸上顿时冒出两朵红云。

韦氏一听张昌宗，便想到婉儿额上的那个伤疤，问道："听说你额上那伤疤是因为张昌宗？"

触动了她的伤疤，她有点伤心地点点头。

韦氏把她挽到身边，轻轻抹开她额上的那绺头发，摸着那像朵梅花的伤疤，同情且又深情地说："值得。是我么，扎个窟窿都不后悔。"

"姐，如此说来你不怕喽？"

"妹子，你给我找个如意的，我重谢你。"

"好，今晚就来。"

"真的？"

"哄你我是小狗。"

当晚，趁中宗另宿他处，婉儿把武三思引见给了韦氏。

第二天，当婉儿问他的滋味时，她说："我这才算做了一夜真正的女人。"

从此，武三思常常深夜入宫，让婉儿和韦氏做真正的女人。

在韦氏和婉儿的双股枕头风的夹击之下，中宗皇上任命武三思为司空，已是相当于宰相的高位了。

接着，韦氏又撺掇中宗，把女儿安乐公主嫁给武三思的儿子武崇训。两家成了亲家，武三思出入皇宫更为方便了。宫中都知道他与韦氏与婉儿的关系，就瞒着皇上一个人。

起初，武三思一连好久没登门，太平公主也不觉得太奇怪，男人都是这个德行，总是又缠上谁了。后来听说他在宫中与婉儿幽会，虽有些吃醋，也还情有可原，他们到底也算老交情了。可是后来中宗不顾大臣们反对，硬要任命武三思为司空，太平公主这才发觉问题不那么简单，单单是婉儿不可能有这么大的能耐。很自然，她想到韦氏。而当武三思之子武崇训要娶安乐公主为妻的消息传开后，太平公主把一切看清楚了。及至中宗允许在他的座旁挂上一块紫纱，后面安一张椅子，让韦氏皇后与他一起听政时，太平公主才觉得大事不妙，难道那段戏要重演？

事实上，一切都在重演。

当初，高宗还是太子时，武则天冒险顺从他，给他以欢乐；而中宗在流放时，韦氏给他以安慰，他才活了下来。虽然情况有些区别，但女人的付出都是一样。既有付出，当然就有讨还。

认真说，韦氏的付出要多得多。中宗是个胆小懦弱的人，许多事都靠韦氏给他撑腰。那时在流放地，每听说宫廷派人来，都以为是要杀他了，恐惧得要自杀。幸好韦氏劝道："是祸是福，听天由命，何必这般惶恐？"他这才没有去寻短见。中宗非常感激韦氏，对她说："将来如果我重登皇位，天下一半属于你。"

现在，她要向中宗要那一半江山了。中宗一诺千金，让她参与政事。在他看来，不就旁边多摆把椅子嘛。

朝廷大臣们震惊了，这不是第二个武则天吗？

张柬之、桓彦范、崔玄祎等辅助中宗登基的老臣纷纷上书："牝鸡司晨，有害无利。"并提出削韦氏权柄，以安内外的建议。这时的中宗已完全为韦氏、婉儿、武三思所左右，先给那些提意见的大臣们封个空头衔的王位，打发他们到外地去做官。然后，一个个安了罪名赐死。

朝廷的权力中心朝韦氏方面转移；而且，又有聪明人说她有天子之命了，她自己也在野心勃勃地盘算着，什么时候把中宗挤下皇位。

无独有偶，中宗与韦氏有一女安乐公主，以母后无子为借口，闹着要立她为皇太女，还公开说祖母武则天可以当天子，我这个天子之女就不能当太子吗？中宗觉得女儿言之有理，竟有允许的意思。

太平公主见她母女如此明目张胆，朝中竟也没有多少人反对。大概这些年人们已习惯了女人统治，没有女人管着还过不得。如果这样，我比她母女哪些不如？为什么这现成的皇位要让她们白白捡去？

她后悔错过了好多次机会，比如"监国"那阵，又比如"神龙革命"刚成功那阵，大权在握，拿出母皇的手段，说不定早就君临天下了。可是现在也不迟，中宗皇上是个糊涂虫，很容易对付；相王李旦是个逍遥派，与世无争。除了他们，我是嫡传，只待积蓄力量，等待时机，到时候，振臂一呼，谁不响应？

太平公主决定行动了。

她采取的第一步是去上阳宫给则天大圣皇帝请安。

太平公主的玉辇在上阳宫门外停下。在女儿们的搀扶下，太平公主一行缓步朝母亲的寝殿走去。这中间要经过一个长廊，长廊的两旁种的四季花卉，边走边看。隔不远还有个小亭，里面石桌石凳，供走累了休息。每走到一个亭子，太平公主都要坐坐，她不是累，而是触景生情，坐在石凳上向女儿们讲她的童年，因为她的童年很多时光是在这里度过的。讲得津津有味，听得哈哈大笑。

"娘，原来您小时候跟我们一样调皮呀？"女儿们问。

"比你们更调皮。"

一路说说笑笑。两旁锄草修枝扫地的太监见公主过来，都跪下高呼："给镇国太平公主请安。镇国太平公主千岁！千千岁！"

这些，她已听腻了，毫不在意。她沉醉在童年的美好回忆里。

陡然，眼前一亮，一个与众不同的身影，他跪着，两手高高抬起，手里捧着那块手形的板子。

一阵惊恐，一阵惶惑。他还在？算来，已有二十几年没看见过他了。虽然他勾着头，看不清他的脸，但他那平坦实在的脊背，他那粗壮有力的胳膊，他那大而细滑的手掌……她都没忘记。

走近了，已经走到他面前了。

"娘，这太监呈上来的是什么东西？"女儿们好奇地问。

太平公主没有回答，只是从那太监手上取过那手形板子，翻来覆去瞧了瞧，然后举着它，朝那太监头上轻轻敲了几下，放下便走了。几个女儿觉得很好玩，也学母亲那样，每个人都拿起那板子向那太监头上敲几下。一阵笃笃的响声伴着一串串笑声在长廊中骤起，又渐渐消散在四周的树丛里。

从敲那太监的头直到走进母亲的卧室，这长长一段路太平公主不知道是怎么走过来的，她也说不出心头是个什么味道，羞怯，惭愧，悔恨，怀念，厌恶……好像样样都有一点。

"还我张昌宗！"刚进门，武则天就认出来的是太平公主。没等她问安，便怒气冲冲地向她呐喊。

太平公主带着女儿们给则天大圣皇帝请安之后，支女儿们走开，她要单独跟母亲谈谈。

"还我张昌宗！"武则天重复着。

要是以往，太平公主就把话给岔开了。而今天，她却接下去问道："母皇，像张昌宗那种小人，您怎么对他那么难忘？"

"一个女人当皇帝，没有几个心腹男人行吗？你看，满朝文武，哪个不是想从我身上得到好处？可是他们一旦发现在我身上得不到新的好处时，就背叛我；但是张昌宗、张易之，他们陪我多年，把整个少年风流都给了我这个老太婆，直到最后，他们也没有背叛。人们都说他们给了我情欲享受，还有什么房中术，采补术之类，这不假，我喜欢；不过我更看重的是他们对我的忠诚……"

太平公主十分佩服母亲的头脑清醒，她需要母亲在清醒时对她多说些话。

"可是母皇，你究竟没有保护住他们……"太平公主又出了个挑逗性的题目。

要是平日，她在皇位上时，绝不会接着这个话茬说下去的。可现在，人更老了，话更多了，加之在这冷清的宫里，说话的人很少。有了女儿太平公主在，话匣子一打开便收不住，什么都想说。

"现在想来，朕最大的失策是不该废唐兴周。一个女人能当皇帝已经不易，还要另立新朝，岂不树下更多敌人。要是我不改国号为周，还是用唐朝名号，说不定现在我还在那龙椅上坐着哩，谁想动也动不了……"

听了这话，太平公主不光是佩服母亲的清醒了，她更佩服她的政治意识。而这对她很重要，她正在想将来改个什么朝代的主意顿时打消了。

"太平，你过来，靠近我。你看你方额广颐，长得多像我；你的聪明，也像我，但我希望你的野心不要像我。人无欲则退，欲过则危。李斯显赫一时，后来斩于市曹时方叹做个贩夫走卒而不得。为娘较李斯，又不知显赫多少，而今虽没有落得他那样下场，但宫墙内外有御林军把守，我出不去，别人进不来。白天孤独而坐，夜晚拥衾而眠，找个讲话的人都没有。要是一般百姓家，像我这把年纪，儿孙绕膝，天伦之乐，成天奶奶婆婆叫个不停，那该有多热和、多风光……"

知足常乐，这是年老人常劝下辈人的话，太平公主听了不以为然。您老人家六十六岁还登基，现在八十多了还留恋那宝座，我才四十多岁，风华正茂的年纪，不干番惊天地的事来，不把人生吃得更透，嚼得更香，不枉自来人生一遭吗？不有负于您老人家生养疼爱我一场吗？这些，当然都是太平公主的心里话，没敢讲出来。

看看天色不早，太平公主准备告辞，便问道："母皇，您还差什么吗？"

听口气女儿要走，武则天有些难受。她没有回答，只摇摇头。

太平公主看她卧室四壁空空，连一幅画都没有挂，就问道："下次我来，给您带幅吴道子画的弥勒佛像，挂在这墙上好吗？"

一提起神像，武则天又滔滔不绝地讲了起来："我成也在它，败也在它……"

"怎么说？"太平公主感到奇怪，急着问。

"你听我说。"武则天挥挥手，示意不要打断她，"过去我信神、佛、道，什么都信。我一信，大家都信，说我是什么菩萨转世，我也真的相信自己是什么神仙下凡了，闹了不少笑话。后来我才悟出，这神，只能让人家信，你自己千万不能信。古话说：国将兴，听于人；国将亡，听于神。此话千真万确。所以现在，我什么都不信了，就让那墙空着吧……"

当太平公主带着女儿告别母亲时，她觉得实在不虚此行。以往几次那种敷衍搪塞例行公事的感觉一点也没有了。

除了太平公主，一心想去坐中宗那张龙椅，而且比她更有资格的是太子重俊。他是中宗的亲儿子，但非韦氏所生，所以在宫中倍受冷落。他怪他父亲太懦弱无能，对宫中一派乌烟瘴气熟视无睹，常有不满情绪流露出来。韦氏、安乐公主、武三思、上官婉儿，都把他当作眼中钉。

太子重俊眼看他们抱成一团，把个宫廷搞得秽气冲天，心中好不难受。

那韦氏皇后与武三思勾勾扯扯，竟毫不避人，中宗视而不见。两个人掷骰子眉来眼去动手动脚，中宗还帮他们点筹码；韦氏与光禄卿杨均、中书令宗楚客，甚至与一个叫慧苑的和尚都明来暗去，发生了说不清道不明的关系，闹出许多花里胡哨的桃色新闻，宫廷上下传遍了，中宗却不知。不过据宫里人说，中宗每次去韦氏住处，老远就咳嗽，让该回避的人回避，免得碰上了尴尬。还有那个安乐公主，也是个不安分的主儿，与才从番邦回来的小叔子武延秀打得火热，气得夫君武崇训要自杀。

贪得无厌地搜刮民财也是他们的特长，其中卖官的收入最为可观，一个五品官要一千两银子，按品论价，公开拍卖，一时间衙门人满为患。十羊九牧，官多民少。老百姓把这种不经过考试用钱买来的官称"斜封官"。他们还利用"老母节"把全国成千上万"斜封官"召集到京城，由皇上亲自颁发任命书。以示郑重。"斜封官"们一睹龙颜后手捧任命书叩头谢恩。卖官封爵成了批量成交的无本买卖。武三思等则乘机广揽心腹，培植亲信，一批奸佞之徒如杨再思、周利用、宗楚客、纪处纳、宋之问等等都成了他的羽翼和爪牙。

可叹的是中宗皇上对他们言听计从，有求必应。爱女安乐公主要修定昆池，张口就要上千亩土地，皇上立批同意，害得百户农民流离失所……

"姑母，还是请你出面去劝劝父皇吧！"太子重俊向太平公主哭诉着，恳求着。

"好侄儿，你一片苦心我知道，我去劝告皇兄陛下就是了。"

太平公主嘴里这样讲，心里却是另外的想法。她始终相信自己打倒自己的这个理。她幸灾乐祸地作壁上观。

她也觉得作为皇妹，作壁上观心眼未免太坏。但有什么办法，他已经到了不可救药的地步，谁去救他谁倒霉，哪怕我是他的皇妹。

不久前才发生过两件事：

韦月将，一介书生，向皇上写信列举武三思种种罪行，请皇上查办治罪。皇上交御史台法办，御笔批的是将韦月将立即斩首。御史中承宋璟道："外人对武三思也有议论，说他私通中宫，陛下应查究才对，不应滥杀无辜。"皇上不许，这宋璟的倔脾气上来了，竟当面抗议道："要杀，先杀我！"皇上也是欺软怕硬，犟不过他，改判韦月将一百杖刑，流放岭南。但半道上就被武三思派人杀了。

王同皎，还是为中宗登基出过大力的驸马都尉，因背后议论了几句武三思与韦后私通的事，被无耻文人宋之问、宋之逊弟兄告了密，中宗皇上交"两脚狐"杨再思查办，严刑逼供，株连亲朋，最后杀了一批。而宋之问等却借此平步青云，当了朝散大夫。

韦月将、王同皎，他们只不过出于义愤，可是太平公主却还不止于此。那韦氏夺去了她的权势，夺去了她的情人，而且把手伸得长长的要夺取李唐江山，想把本应属于她的皇位抢走，她是绝对不能容忍的；但她容忍了，不仅容忍，还要退让，还要为他们捧场，让他们把路走到尽头。

可怜的是中宗皇兄，被韦氏、婉儿、武三思等玩于股掌还不知，还自鸣得意，被人卖了还帮着数钱。他是劝不住的，病入膏肓，无药可医。就像一个要跳崖的人，你去拉他，说不定他先把你反搡下去。自作多情，反受其害，何苦！

那就让他自己毁掉自己吧！

第十五章　盛唐浊流流不尽

后世史家论史，有"唐乌龟"之说，言唐朝宫廷淫乱成风，污秽不堪。太平公主为之添上了浓艳的一笔。

东城清化坊有一处清幽宽敞的府第，从正门看去，说不上豪华别致，只是门上有块写着"诗礼传家"的大匾特别引人注目，每个字都是用金箔贴成的，闪闪发亮，耀眼夺目。如果仔细看落款，会使每个人都大吃一惊，进而对这府第的主人肃然起敬。因为那是前朝太宗皇帝李世民的亲笔，写明是赐给中书侍郎崔仁师的。现在，这个府第的主人，崔仁师的儿子崔挹，是当朝礼部侍郎。崔挹有三个儿子，长子崔湜、次子崔液进士及第后，一个任吏部员外郎，一个任殿中侍御史。第三子崔澄因年少尚未应考，但其才华也为人称道。后来，崔湜迁兵部侍部，于是一家祖孙三侍部，被称为京城一绝。

然而，崔家不仅因在官场上地位突出被人称道，还有一点被人称道的是，一家三兄弟个个风流俊俏，才貌绝伦，半个京城为之倾倒。

太平公主对崔氏公子早有所闻，只是尚未找到机会见面。

有一次，她去兄长相王李旦府上赴宴，席间，离席净手去后花厅。正走着，忽被迎面慌慌张张跑过来的年轻女子撞个满怀。太平公主正要发作，只见那女子身后跟着走出来相王三子临淄王李隆基，见了姑母，一脸笑容地说："姑母请息怒。"说了，转身对那女子道："快过来见过镇国公主殿下。"

那女子听说是太平公主，慌忙上前跪下说："贱妾不小心冒犯公主殿下，乞求恕罪。"

太平公主听了这银铃般的声音，再低头一看她的面容，心头一颤。这世界上竟有这般姣美的女子。只见她身段丰满匀称，线条优美动人，脸色微红，双目含羞，低头跪在那里，煞是可怜，忙伸手相扶问道："好一个美人儿，这是哪家宝眷？"

那女子还未答话，李隆基就说："她是吏部员外郎崔湜的夫人唐氏。"

"啊，原来是早已闻名的才貌双全的崔湜夫人，真是天作一对，地造一双。怎么，你们早就认识了？"太平公主最后这句话把那崔夫人的脸问得更红了。李隆基在一旁也不自在，解释说："早就认识，今日偶然碰见。"

那太平公主乃情场老手，一看便知两人刚才干什么去了，立刻又触发她一个念头，便问道："夫人既然在这里，想必夫君也在相王府吧？"

"启奏公主殿下，妾夫因有紧要公务，未能前来。"

"啊。"太平公主不免有些失望，转而接着说："待他公干回来后，请你们夫妇到我那边坐坐。我还要向崔相公请教学问呢。"

崔夫人忙回答："崔湜学识浅陋，还望公主殿下教诲提携，待他回来，定到府上给公主殿下请安。"

李隆基则说："姑母要召见崔湜，我见到他立刻带他来。"

"那好。"太平公主说。

"公主殿下，贱妾告退，改日给公主请安。"崔湜夫人说罢，屈膝行礼而退。

"姑母，我那边还有几个朋友要陪，侄儿也告退了。"李隆基向太平公主行礼后准备走。

"慢着。"太平公主故作认真地说："你干的好事，趁人家夫君不在，勾引人家娘子，成何体统？"

"姑母误会了，刚才，我是碰巧遇上的。"

"还嘴硬，看你，帽子戴正了没有？脸上胭脂擦干净了没有？能把我哄过去了？"

李隆基一摸，帽子果然没戴正。脸上，他看不见，只有取出手绢在脸上乱擦。

"鼻子左边，使劲……"太平公主忍不住笑着说："怎么样，人赃俱获吧？"

李隆基赶快一揖到地，连连赔罪，说道："望姑母大人恕罪……"

"念你初犯，暂不追究，下次要是再碰到我手上，定将你送官治究，判你个诱骗良家妇女的罪名。"公主说罢，掩口而笑。

李隆基也掩口笑道：

"姑母大人宽宏大量，小侄再次谢过。这该放我走了吧？"

"走吧。"说了，太平公主又补上一句，"莫忘了带崔湜来见我。"

"是，姑母，此事包在小侄身上。"

中宗皇上之弟相王李旦，共生有五子：长子成器，曾立过太子，后改封为寿春王；次子成义，封衡阳王；四子隆范，封岐王；五子隆业，封彭城王。李隆基系三子，官为右卫郎将，封临淄王，曾出任外地，回来后，便住在新修的临淄王府里斗鸡走马，纵情声色。但这只是他用来迷惑别人的韬晦之计。

自韦氏与武三思相互勾结，狼狈为奸，朝纲败坏，国事日乱。中宗昏庸，无所作为，眼看大唐江山又有倾覆的危险。李隆基胸怀大志，一心要重振唐室，再造辉煌。他利用在京城的机会，广交四方朋友，团结有志之士，以图发展。

李隆基旧王府与崔宅相距不远，他与崔家老三崔澄的交情甚为亲密，李隆基外放潞州别驾，宾朋好友为他饯行送至城外十里长亭告别，唯崔澄则送了一程又一程。一路交谈，不忍离别。可见二人交往之深。李隆基回京后，二人更是朝夕相伴，情深意笃。

这天，崔湜叫住崔澄说："三弟，我有一事求你。"

"兄长请讲，弟一定效劳。"崔澄说。

"我设家宴，请把临淄王请来一叙。"

"我当什么事呢。"崔澄笑道："你把酒席准备好，我一定请来。不过你得把好酒多准备几坛，他的酒量可大着呢……"

一个寒冬之夜，漫天大雪下个不停。在崔府的小客厅里，红红地架着两盆大火，把饮酒划拳猜谜赋诗的临淄王李隆基和崔氏兄弟四人的脸烤得通红。看来，大家都已有五七分酒意了，但奴婢们还在不断地上菜斟酒。

上首，坐的是临淄王李隆基，他二十五六年纪，身材魁伟，脸方口阔，浓眉大眼，闪烁有神。只是因为多喝了些酒，眼神有些迷蒙。

朦胧中的李隆基见一绝色美女出现在眼前，不觉一惊，酒也醒了一大半，忙起身拱手相迎。

在一旁的崔湜介绍说："内人久慕临淄王的英名，一定要来给您敬杯酒。"

崔夫人笑吟吟说："能在寒舍一睹王爷风采，真是三生有幸。"

说着叫婢女送过一壶温热的酒，亲自给李隆基斟上。李隆基借机对她细细打量。只见她雪白细嫩的皮肤，圆润丰满的脸颊，微笑时两个小酒窝时隐时现，说话间一排整齐的玉齿闪闪发光；还有那双灵巧的纤纤玉手，斟酒的动作如舞蹈般优美。酒还未饮，便有了几分醉意。

李隆基连饮三大杯，显示了男子汉的豪壮之气。

再加上崔氏兄弟的热情相劝，李隆基快要醉了。

此时，崔氏兄弟已不知何时离去。席上，只剩下李隆基和崔夫人。灯光闪烁，醉眼迷蒙，崔夫人显得更美丽了。

这临淄王李隆基不是别人，他便是历史上大名鼎鼎的唐玄宗唐明皇，他与杨贵妃演绎的那段风流故事不知打动了多少朝代多少人。然而那时他在长生殿上与杨贵妃相拥私语时已早过半百年纪；如今，他可是正当青春年华，面对一位爱慕自己的年轻美貌女子，他哪里还顾那么多？只见他把手中的一杯酒喝了一半，剩下一半递给崔夫人道："你我今生有缘，如有意，请喝下这半杯。"

崔夫人接过酒来，嫣然一笑，一饮而尽，酒杯一掷，便趁势倒在李隆基怀中，娇娇滴滴地说："早闻殿下大名，恨不能相见，今得相识，乃前世之造化。既蒙不弃，妾身今晚就交托给殿下了。"

说罢，扶起醉晕晕的李隆基，翻开门帘，进了内室。

今晚这一切，都是崔湜精心安排的。

　　崔湜二十来岁进士及第，在吏部员外郎任上已十来年，眼看一批同僚靠蝇营狗苟手段爬了上去，便发出许多怀才不遇的感慨。他认定在这世风日下之时，靠真才实学勤恳踏实是很难发达的，便改弦更张，以张昌宗、杨再思、武三思等为榜样，只要能升官发财，可以不顾廉耻，不讲信义，不择手段。因而不惜以自己的老婆施美人计，用以巴结临淄王李隆基。

　　自那个难忘的雪夜之后，李隆基成了崔府的常客。凡遇李隆基来，崔湜便借口回避，让夫人专心接待，务使临淄王高兴而来，满意而去；有时，李隆基召唤，崔夫人立即动身，送上府去。你来我往、打得火热。

　　李隆基对崔湜把娇妻让给自己的目的十分清楚；但他此时手中无权，要报答他只有求助姑母太平公主。他正在寻找一个恰当的时机。

　　正在他寻找时机时，时机却陡然降临。

　　"崔湜兄，恭喜恭喜。"李隆基这天对崔湜说。

　　"喜从何来？"崔湜摸不着头脑地问。

　　"你附耳过来。"

　　崔湜听了，喜笑颜开地跟着李隆基去了一个地方。

　　太平公主刚刚搬进她在兴道坊的新府。她本不想搬，结婚时就在铜驼坊老房子里住，已这么多年，那里留有许多美好的回忆。但可恼的是韦氏心腹宰相宗楚客，有意将他的府第挨着她修，而且有一幢修得特别高，站在上面能把她家每个角落都看清楚。一气之下她要中宗拨款给她新修府第。中宗对皇妹的要求立刻答应，马上拨款。不到半年，新府便落成。较之旧府，新府更宽大，更豪华。特别是花园，小桥流水，奇石假山，曲径通幽，精致绝伦；还有宽阔的池塘，茂密的树丛，奇花异草，样样齐备。但因为心情不好，再美的景致，她都无心观赏。

　　这天，她换上短打衣装，去后院草坪上舞剑。舞着舞着，心绪烦乱起来，便朝花丛树木砍去，直砍得残花飞舞，树枝满地。

　　"公主殿下，您息怒，身子要紧……"其他侍女都不敢来劝，只有她的奶娘张夫人走过来，接过公主手上的剑，细声劝慰着。

　　"殿下，您不必计较那班小人，俗话说，多行不义必自毙……"

　　奶娘张夫人知道公主气的是武三思。这武三思自从与韦氏皇后勾搭上之后，再也不登公主府，就连这次庆祝新府落成，还给他发了请帖，他都借故不来。

　　但张夫人只知其一，不知其二。还有一个更重要的原因是，她最希望见到的崔湜也未来。李隆基明明说好要带他来的，可到时候连李隆基的影子也未见到。难怪她生气。

　　按她的设想，武三思来了后，她就把崔湜介绍给他，让他看看比他年轻得多的京城美男子也在她的麾下，也算给他点颜色看看。但两个都没来，她便把一腔怒火发到树木花草上。

　　"公主，我去叫才从江南来的那几个小戏子来陪陪您，好吗？"张夫人问。

　　"不要。"

　　府内这么多年少美貌的娈童，怎么就没有一个她如意的。张夫人感到不可思议，为此她很焦急。

　　正在这时，府内总监来报："临淄王和崔员外郎求见公主殿下。"

　　太平公主听了，一阵惊喜，忙说："快把他们请到内厅，我立刻就来。"

　　脸上的愁云一下消散了，说话的声音也变得快活了。张夫人心头的焦急随之消失，不过她更感到不可思议了。

　　太平公主重新洗漱收拾一番后，打扮得雍容华贵而又楚楚动人。虽然她年纪已四十有余，却因善于保养和化妆，又经张易之传授青春不老术，脸上没有一丝皱纹，头上没有一根白发；皮肤洁白细嫩，面目姣好媚人。当崔湜头一眼看到她时，怎么也不相信她已是四十几岁、七八个孩子的母亲。只当是二十八九的少妇。行前的那种要去陪一个皱巴巴老女人的忧虑，已荡然无存。

　　"姑母大人，侄儿给您请安。侄儿给您带来一个客人，就是我以前多次提起的吏部员外郎崔湜。"李隆基笑嘻嘻地对太平公主说。

　　"太平公主殿下，下官崔湜给您请安。"崔湜十分恭敬地向公主行礼。

　　多日想见而不得见的美男子终于站在她的面前，本想责问李隆基的那番话早已忘记。她把他跟想象中的做了比较，身材、气度、眉毛、眼神、脸……没想到会比想象中的还好，简直找不到一丝缺点。身段适中，线条匀称。既有文人的儒雅，又有将军的英武，眉宇间透露出勃勃生机，具有一种不可抗拒的男人魅力。特别是那张脸，每个部位都在最恰当的位置上，犹如一座精美的雕像……太平公主惊喜万状，心在激烈地跳动，呼吸也急促起来。

"快坐下，快坐下。"太平公主热情地招呼着。

又急急吩咐看茶、上点心、准备设宴。

"久闻崔员外郎美名，今日一见，果然不虚。"

崔湜听公主当面夸奖，不免脸红，谦虚说："谢公主殿下夸奖，小臣实在徒有虚名。"

李隆基却在一旁说："崔兄你就不要过谦了。你写的诗，公主早就拜读过了。边读边说好，赞不绝口。"

"崔员外郎文思机敏，胜过曹植；品貌端美，超过潘安。这上天也太不公，竟把所有的优点都给予你了……"太平公主把在自己喜欢的男人面前说的恭维话顺口都说了出来。

"过奖过奖，不敢当不敢当。"崔湜受宠若惊，不知该如何回答了。

太平公主又说："今日崔员外郎到府，我还要问些经书的事，请不吝赐教。"

"哪里哪里，小臣当听公主殿下教诲。"

李隆基见他俩你言我语，说得入港，自觉已是多余，便向公主一揖说："启禀姑母，侄儿今日还有紧要的聚会，不能奉陪了。"说着又转向崔湜道："只有请崔兄代劳，多陪公主殿下叙话。夜宴时，亦请代我多敬殿下两杯酒。"

太平公主听了，也不挽留；崔湜也不便说什么，任李隆基告辞而去。

走了多余的人，二人谈话就更随便了。

太平公主见崔湜还是有些拘束，便说："员外郎休要拘束，我虽是当朝镇国公主，但从不以势压人，特别是对你们这些书生，一向随和亲切，当自己人看待，何况今天只有你我两人，更不必拘礼，尽管随便。"

崔湜十分感动地说："难得公主这般平易近人。下官能见公主玉颜，相对而坐，实在是三生有幸。"

"三生有幸？我看不如叫三生有缘。我慕名已久，几次都错过机会，今日相见，了却凤愿，岂不是三生有缘吗？"

对公主的话，崔湜心领神会，连连点头称是。

说话间，酒宴已摆好，二人先后相对入席。席间，对饮对斟，细细谈心；碰杯交杯，开怀畅饮。因为两人都是情场老手，不用言语便心领神会，达到默契，在了无声息中完成了各自的心愿。

事毕，二人重整衣冠，携手入席。

男女间无论地位、年龄、等级、权力以及财富相距多大，一旦发生了这种关系，一种亲密无间的平等观念便自然形成。相互说话、交往，也就免去了许多客套和繁文缛节。

"崔郎。"太平公主立刻改变了称呼，说话也随便多了，"早听说你是个风流仙子，一定遇到不少年轻美貌的女人，对我这样比你年纪大的女子，你不会感到不快吧？"

"公主，你说哪里话。这爱情是世上最难说清楚的。爱情爱情，情由爱生，爱因情浓。殿下比我长几岁不假，但因为我内心里对殿下爱慕多年，而今一旦如愿，其情韵远非年轻女子可比。"崔湜虽然说的不完全是心里话，但因说得通情理，太平公主听了自然高兴，也说道："此话不假，想那张昌宗，比母皇要小四十多岁，但他长期相伴，情浓意深，难舍难分，叫年轻男女都羡慕。"

"其实，依小臣看，女子大些更好，既同样有女人的韵味，又多一份如母亲般的慈爱，岂不两全其美。"崔湜净拣太平公主喜欢听的话说。

"可是有人说张昌宗对母皇根本无爱情可言，完全是为了从她那里得到什么好处。"

"下官认为，这个说法也不错。试问，一般人家嫁娶，谁不讲求对方的家财和地位？找个男人再相当，穷得没饭吃，那就不如找个有饭吃的，哪怕不相当也不在乎。这个理在男人身上也一样。不知公主以为如何？"

"看来你真称得上是才思敏捷，说理透辟，能言善辩的奇才。可惜你这么好的学识，怎么这么多年才是个员外郎？"

崔湜一听话入了正题，便说道："古有伯乐相马、伯牙听琴的故事。下官多年来尽管兢兢业业，勤于王事，才能学识不弱于人，但却未能遇到知音。

但愿今后能遇见像公主殿下这般耳聪目慧的上司。"

"这么说来，你的上司对你很不公平？"

"唉！"崔湜叹口气说："公主殿下长期主宰朝政，您是清楚的，这些年官员数量大增，'正额不足，加以员外'。员外禄俸减正员一半，只有做事的份，没有判事的权。员外都想转正，这就得拉关系走门子。而我堂堂男子汉，进士出身，实在不……"他做出一副委屈的样子，把自己几年间连连办砸了几件事引起上司不满的事隐瞒不说。

太平公主拉过他的手安慰道："崔郎，别为员内员外的小事烦恼了，不值。"最爱出新出奇的太平公主想想说："你家祖父、父亲都是侍郎，我让你也当上侍郎。一家祖孙三代侍郎，让那些卡你脖子的人气死！"

崔湜听了忙站起身打躬作揖连声说："谢公主殿下，谢公主殿下。"

"你我何必言谢。其实，只要你不忘刚才说的那些话，莫说侍郎，就是尚书、宰相，也只是我一句话。"

崔湜不觉双膝跪下，咽鸣着声音，涕泗滂沱地说："公主殿下再造之恩，我崔湜永世不忘，终身愿为您的奴仆……"

"不仅你，就是你的两个弟弟，我也可以提拔重用他们，你叫他们只管来找我。"

"我替我的弟弟们谢过公主殿下了。"

太平公主双手把崔湜扶起："你就等着好消息吧。"

然而崔湜，在他尽兴玩乐离开太平公主府的回家路上，见街边墙上贴的成立修文馆招贤纳俊的布告后，言犹在耳的对太平公主的信誓旦旦承诺全都抛到脑后。他挤进人堆里，在报名的册子上写上崔湜的大名。

修文馆的创办者是已成了中宗皇上婕好的上官婉儿。

嫁给中宗，她觉得好像嫁了床破棉絮，然而就是这破棉絮也难有相会的时候，今天这个宫，明天那个院，几个月也难与他相聚一次。正处于如火如荼年龄又不止与一个男人往来过的上官婉儿，怎耐得住独守空房的寂寞？她本来有个武三思，但为讨好韦氏，他对她的光顾越来越少。她感到后悔，早知如此，又何必去牵那根线？而今覆水难收，武三思已被有权势的韦氏全部占据，自己只有另起炉灶了。

她突然想起控鹤府，虽然撤销，但可以搞个类似的机构，把一些文人学士集中起来，吟诗作词，写字作画。文人中的风流佳客最多，尽可以从中物色可意人儿。恰中宗、韦氏、安乐公主都爱附庸风雅，又爱热闹。投其所好，他们准保支持。她便向中宗建议成立修文馆，把那些能文会诗的公卿大臣、学士文人，定期集中，品茶喝酒，吟诗作赋，既可为朝廷歌功颂德，让他们干些正事，又避免他们在下面妄议朝政。中宗觉得有理，便立即批准成立。每月初一、十五两次例会，参加者要交诗作，评定等级后皇上颁奖。一时间报名参加的人多如牛毛，写的诗成百上千。中宗、韦氏、安乐公主常由婉儿捉刀代笔，不断有新作问世。都说上官婉儿出生时，其母梦见天神交付她一把秤，并说："汝女将来文才冠天下，这把秤就交给你，用来称天下士。"故而，皇上命婉儿评定等级，中宗、韦氏、安乐公主的诗每次都能夺冠，群臣纷纷称贺，说他们乃天下第一流的诗人，甚至超过屈原和三曹。这样一来，他们的积极性更加高涨，修文馆的评诗活动搞得热火朝天。

还有一个每次都能评为一等奖的人是崔湜，这时他已升任为兵部侍郎。他的诗本也不错，但更主要的是他的美貌打动了上官婉儿的芳心。几次一等奖评下来，二人成了知交，常借研究诗艺在修文馆相聚，由研究作诗技巧逐渐变为研究其他方面技巧。郎貌女才，风流天成，二人很快搅在了一起。那崔湜更看好上官婉儿的特殊地位。为讨好她，又把崔液、崔澄两个弟弟一个一个地引见给她。饮酒说笑，猜谜吟诗，有时通宵达旦寻欢作乐，搅得上官婉儿和崔湜几兄弟的桃色新闻如一场漫天大雪洒遍了京城。

好哇婉儿，你这个贱人，看来是一定要跟我作对了：我的张昌宗，你偷；我的武三思，你偷；我的崔湜，你又偷，我还没到手的崔液、崔澄你倒先下了手。天下男子这么多，你为什么偏偏拣我爱的偷？我就那么好欺负？该我的，我一定会拿过来。咱们走着瞧！

太平公主心里骂着，手舞着雪亮锋利的日月宝剑横杀竖砍，眼看一片才长起来的小树林被她砍得一片狼藉，吓得来向她报告消息的宗云赶快躲到一边。他生怕公主砍顺了手，把他也给砍了。

她砍累了，丢下宝剑，坐在草地上喘气。一大帮侍女都远远站着，不敢靠近。

"宗云，你过来。"太平公主向宗云招手。

宗云小心翼翼走了过来。他想坏了，今天这马屁难道又拍到马蹄上了？上次因为去讨张昌宗的好，被打了两巴掌，虽然立马就报了仇，但那阴影还在。可是今天，公主问起崔湜，我只说了人人都说过的那几句，怎么又错了？

"你把崔湜这段时间去修文馆的情况详细给我讲讲，我非治治他不可。"

宗云见太平公主气已消了许多，胆子大些了，走近两步，细声讲了一遍，然后关心地劝慰道："公主殿下，那崔湜看起来衣冠楚楚，文质彬彬，只不过小人一个。公主殿下是干大事的大人物，何必跟他那样的小人计较？"

太平公主听了，心中稍觉快活，笑道："你越来越会说话了。"

"谢公主殿下夸奖。"

"你们过来。"公主指着站在远处的侍女们说道："去告诉总管，叫他从库里选一百尺好缎子，准备好车马，送宗侍郎回府。"

宗云听了忙躬身打拱说："谢公主殿下赏赐。"被赏了一百尺缎子，自然高兴，但没让他饮宴侍寝，又不免懊丧。

宗云的长相酷似张昌宗，太平公主与他一起，能勾起以往与张昌宗的许多美妙有趣的回忆。要是平日，她一定会留住他，可今天不能。

因为今天丹房里还有个年轻道士等着她。

太平公主的私生活也确实够浪漫的。唐代是个较为开放的社会，男女之情的约束不像宋以后那么严格，然而就以当时的观念看，太平公主也算得上是非常糜烂和混乱了。她除了正式的两任丈夫外，未婚前就有过多次与男性的性游戏。以后，家中养着数以百计的娈童供其取乐不算，还与一些三教九流的低贱之徒、颇有知名度的显赫人物保持着关系，其中尤以与张昌宗、张易之的关系最为可叹。二张本为她所发现，而后供奉给母亲武则天。母女同宠，相安无事。她与武三思、崔氏兄弟以及张氏兄弟等人的关系，延伸下去，与武则天、韦氏、上官婉儿，以及朝中许多政要共同织成一个以政治为经、以情爱为纬的密匝的网，太平公主正握住那网头。

这或许是太平公主家庭的"传统"。她的祖父太宗李世民，在夺取政权后就把弟媳元吉之妻杨氏纳入后宫；高宗更是色胆包天，敢偷父皇的才人武则天，"父子同妃"，竟造就了一个中国历史上唯一的女皇；高宗又最无所顾忌，他既与武后之姊韩国夫人相好，又与其女魏国夫人私通；后来武则天当政，把高宗的把戏反过来玩，与女儿太平公主同时爱着一个或几个男人；中宗皇后韦氏，不仅与武三思、马秦客、宗楚客等有密切的情爱关系，甚至看上了女儿安乐公主的二任丈夫自己的女婿武延秀，强迫他侍寝。韦氏创造了唐宫廷淫乱史的纪录，但比起太平公主的作为，她又还略逊一筹。

且说太平公主打发宗云走后，沐浴更衣，准备去丹房接受道士传授青春不老术。刚刚移步，忽闻门上报："王子卫王求见。"

"快请。"太平公主忙说。

她决定不去丹房了。

太平公主为何如此看重卫王重俊呢？这与他们间的一次巧遇有关。

自从"神龙革命"武则天退位以后，朝中就数太平公主为大了，失去了管束的她就更加无所顾忌起来，她本性那种寻求新奇刺激的欲望大爆炸，想着点子寻欢作乐以填补她那永难填满的欲壑。

太平公主府内修了个假山石洞，洞中装修得豪华别致。每晚，都聚有许多王子王孙、公主驸马、少年官员和妖冶男女，他们在里面唱跳嬉闹纵情狂欢，进入高潮时，灯光突然熄灭，节目换成了瞎子摸鱼。男女捉对乱摸，摸上谁是谁，而后进入密室交欢。因为都看不清对方，混乱中自然闹出不少笑话。太平公主对这个节目有特别的兴趣，常常参与，乐此不疲。然而有一次，被她摸住的竟是王子重俊，她当然不知道，但重俊却在二人进入密室后从她胸前那串夜明珠的闪闪光亮中认出是镇国太平公主。惊慌失措中忘了游戏规则，急忙跪下说："求公主姑姑恕罪。"叩了个头后仓皇逃出密室。正在情浓意切激情爆发时对方突然逃走，太平公主十分恼怒，因认出是侄儿重俊，不便发作。只是此后她几日不得安宁，特别是每每回忆起他口中呼出的令她迷醉的气息，他身上散发的特有的温馨，更有那强大有力的拥抱，都使她难以忘怀。

"世间得不到的就是最好的。"太平公主陷入了情感的迷城，眼前，重俊的影子总是挥之不去，她要去圆那个迷乱的梦。一个月前议立皇太子，太平公主为重俊力争，成了太子。她想他一定会来报答她，到那时……

太子重俊备了一份厚礼走进公主府，见了太平公主纳头便拜："姑母，侄儿能立为太子，全靠您老人家栽培。侄儿给姑母叩头。"说罢，磕了三个响头。他决定不提那晚的事。可太平公主却不放过那晚的事，她把话往那个题目上靠。

"你这太子的位子实在来之不易，我不知费了多少口舌。难道你磕三个头就算报答了吗？"

"姑母在上，侄儿能有今日，全靠您老，您说要什么，只要侄儿有的，都孝敬您。"

"此话当真？"

"当真！"

"那好，你过来。"

太子重俊上前两步，走近姑母。

"再靠近些。"

他感到不自在，但他还是更靠近了。

"今晚要你陪我。"太平公主说得小声，但说得很清楚。

那晚他逃脱了，可是今晚……他犹豫了。

"重俊，我虽是你的姑母，也比你大不了几岁，你……"

太子重俊想到今后要登基，无论如何少不了她的支持。心一横，也就同意了。只是事后他说："姑母，下不为例。"

可是，太平公主她无法控制自己，她从重俊身上尝到了从未有过的甜头，时时盼望重俊回心转意，破例再来。

今天，他果然来了。

重俊进屋后，太平公主发现他神色有些慌张，便问道："什么事，慌慌张张的？"

"姑母！"喊一声后，重俊便握着太平公主的双手向她跪下了。

　　太平公主把他扶起来，拉他坐下，自己顺势坐在他的怀里，说道："天大的事，有我哩！你说，谁又给你气受了？"

　　重俊放低声向她说了一阵。

　　太平公主听了，先是一惊，后来咬了牙说道："我的乖乖，好，就是死，我也陪着你！"

　　说罢，太平公主一口气吹灭了蜡烛，正准备拉着重俊上床，忽见外面一晃，一个黑影闪了过去。

　　"谁？"太平公主提剑撵出去，外面空无一人。

　　难道我眼花了？她想。

第十六章　纵横捭阖左右逢源

在一次失败的政变中，她失去了两个情人，差点连自己都搭了进去；但她却是个胜利者。

太平公主眼睛并没有花。

半个多月前，嵩山南麓荒山野岭间的一个破烂道院里，老道金峭对他的两个徒弟作临别训诫。

坐在八卦蒲团上的金峭，从满头白发和长长的银须看，当在八十岁以上；从他红润的皮肤和明亮的目光看，却不过四十左右。他用铿锵果断的语气对站立在阶下的一僧一道说："你两个这次下山，虽各自使命不同，但都应严守为师对你们订的戒规，若有违犯，所学之奇术就会失灵。切记切记。"

"谨遵师命。"两个弟子同声回答。

"李十三，你上前一步。"金峭说。

一个四十开外满脸胡须的道士，上前稽首侍立，说道："小徒在！"

"因唐室诸王起事造反案，你被通缉，虽然已过多年，也不能大意。我把你的名字改为李石山，石头的石，大山的山，这样可以少些麻烦，又与你本名一个音。你的使命是药杀韦氏和太平，当然也可以采取其他手段，只要能致这两个祸国殃民的妖妇于死地就行。这里有一瓶药，名青春不老丹，服之对房事有奇效。此药瓶有两个盖，盖黄盖服了无毒；盖红盖，服后一两个时辰内毙命，无药可解。切记不要弄错。"

金峭说罢，递给他一个盖着黄盖的药瓶，又递给他一个布袋，金峭打开给他看，里面装着个红瓶盖。

李石山接过药瓶，揣进怀里，毕恭毕敬地站立在老师面前。

金峭看了看他，又说："看你胡髯满腮，一脸皱纹，老气横秋的模样，像卖青春不老丹的吗？凭你这样子，能靠近韦氏和太平公主吗？快过来，我给你治治。"

李石山上前，挨近师父。只见金峭微闭双目，口中念念有词，一双手不断在他脸上抚摩。不一会儿，奇迹出现了：李石山脸上的皱纹如被熨斗熨过一般，全没了。就连胡须，也变得色泽鲜亮，并无一根杂毛。

站立在一旁的和尚看得呆了，上前一步向金峭拱手说："师父，请您也给我摸一摸。"

金峭板着面孔说："等会儿叫你时再说。"

那和尚羞赧地退下一步。

"李石山，你这次下山，使命重大。纵观世事，不出三年，当有大变。也许那时能出一个力挽狂澜的贤明君主，一扫大唐污秽，重振国威，再造盛世。但愿你审度时势，相机而动，为国立功，为民造福，也不枉我们师徒一场。"

"谢师父教导，小徒牢记在心。"李石山回答道。

金峭又对那和尚喊道："乌龟韩过来。"

和尚上前一步，侍立恭听。

"把你的名字也改改，这么多年你都没玩乌龟了，还舍不得丢掉那个名字。你先学佛，后学道，两教合一，就叫韩合一吧。"

"谢师父赐名。"和尚双手合十躬身感谢。

金峭接着说：

"你这次下山，一则协助师兄李石山完成使命。再者你要看你的儿子，要把他救出来。只是你儿子性情偏，要是实在不愿，不要勉为其难。何况，他现在年纪已大，那身子更是无法还原的了。你要顺其自然。见了面，他愿意，就带他出来；不愿，也就算了。人，不管怎么过，都是一辈子。

"你刚才见我给李石山做了返童术，你也想做，可见你凡心还是太重，何况，于你去救儿子无一用处，他要是见了面认不得你，岂不是更不会跟你走了吗？所以你就不必做了。再说即使做了，也不可能永葆青春，只是短时间能骗过人去。人，还是用本来面目好。"

韩合一听了，似觉茅塞顿开，忙说："谨遵师父教诲。"

"好，为师就讲这些，你们还有何事要问？"

李石山问道："师父刚才教导审度时势，相机而动，弟子感到最难。这时势变化，难以预料，如何把握准确，实非易事。早闻师父为铲除张昌宗、张易之，促动'神龙革命'，恢复大唐基业，建有奇功，弟子冒昧相问，请告之一二，也让我们学些见识，好用来为国效力。以前弟子也曾相问，师父闭口不说。今日弟子即将下山，恳请师父拨开疑团，不吝赐教。"

道长沉思良久，微微一笑，说道："你们要听，去端个蒲团，坐下让我细讲。"

"那武氏妖妇专权时代，何等凶恶，何等张狂，但凡稍有不满，便杀之于市；甚至连好言相劝者，也交周兴、来俊臣等酷吏查办，定要把你折磨得家破人亡方才罢休。李敬业起兵，诸王反抗，白白送死。靠外力，难以把她掀翻。幸好有个张昌宗，是她须臾离不开的面首，从他身上用计谋，最能见效；可是他权重位尊，富可敌国，没有可以打动他的。据情势看，武氏年老多病，张氏兄弟作恶多端自觉难保，定生谋国篡位野心；而武氏为色所迷，也有意禅位于张昌宗。我便利用替他看相的机会，说他生有天子之相，使之心乱神迷，一意孤行。又劝他在定州营造佛寺，求上苍保佑，使天下归心。就是公堂之上我也这样说，尽管明知自己将获罪，也顾不上那么许多了……"

"啊！"李石山、韩合一齐齐发出一声惊叹。韩合一接着问道："那师父后来是用什么法术跑掉的？"

"我没用法术，也不用跑。二张被杀，武氏退位后，御史中丞宋璟亲自到狱中接我出狱，还说我为李唐王朝立了大功哩。哈哈哈……"

听了金峭的故事，两个徒弟茅塞顿开，钦佩不已，称颂一番后，告别下山，直奔洛阳。

李石山走街串巷卖药，因药效显著，众口相传，不几日便被太平公主府上家丁打听得详细，禀报了公主。

李石山被请进公主府。太平公主问道："听说你的药很神奇，愿闻其详。"

李石山说："此药乃华山顶峰仙草、东瀛深海龙涎等数十种稀有药物配合，用吐纳术采天地之精气练就而成。有病者服之，可除百病；无病者服之，能增寿强身。此药尤对房事有奇效，男女皆然……"

太平公主当晚服后一试，果然奇妙无比。始信道士之言不虚。

李石山又说他还有一种服后可还处女之身的药，只是要服药与修炼同时进行。太平公主听了，求之不得，决定一试。

李石山从怀里摸出小布袋，解开，从中取出那个红色的瓶盖，要把它换在药瓶上。他觉得自己正在完成一项庄严神圣的使命。他旋开黄瓶盖，换上红瓶盖，盖好，拧紧……每个哪怕是很细微的动作，都与大唐江山社稷休戚相关。他似乎看到她服药后慢慢瘫倒，口流血，挣扎着死去……他还想好如何从容而出，安全地逃出公主府……

做好这一切后，他微闭双目，坐在炼丹房的蒲团上，**静静地**等候太平公主的到来。

一个时辰过去了，又一个时辰过去了，从下午等到天黑，等到二更、三更……难道她有所察觉？难道出了什么意外？他坐不住了，便轻启窗门，跳了出去。他要探个究竟。

太平公主与太子重俊的一切，他都一一看在眼里了。他们的交谈，尽管声音很小，但对练过各种奇异神功的李石山来说，都听得清清楚楚。他气得几乎要爆炸。

"好呀你们这两个狗男女，姑侄通奸，谋划造反。"他对太子重俊的崇敬瞬间被粉碎，他要拥戴的立刻变为他要打倒的。他决定把这个消息捅给皇上。时间紧急，一刻也不能耽误。

当他从太平公主卧室的窗下纵身跳上屋顶时，那声惊惧的"谁？"他听得清清楚楚。

兵部尚书魏元忠摸着自己的光头在厅堂里走来走去，神色疑惧，脚步零乱，老于政治斗争的他也不知如何是好了。

中宗继位后，流放外地的魏元忠被召回，担任兵部尚书之职。他年已七十有八，在历经生活磨难后，已完全失去当年的锐气，正如他那颗光头，毛发脱尽，浑圆溜光，只图最后的岁月平安无事足矣。他又纳了房小妾，红颜白发，又是一番情趣。他沉醉在温柔之乡里。

可是今天太子重俊与将军李多祚来访后，太子说话开门见山，一切平静都被打破。

"魏大人，您是前朝老臣，一向正直，满朝敬佩。韦氏母女淫乱，上官婉儿弄权，武三恩与她们勾结，欺父皇软弱，宫廷之内秽气冲天，一片狼藉，眼看大唐江山又将落入他人之手。今日我约李将军一起来府上拜谒，商议共讨之策，以保卫我大唐基业……"

"啊，嗯……"魏元忠吞吞吐吐。

"魏大人。"李多祚接着说："满朝文武中，我最敬佩您。想当初武氏专权，二张气焰嚣张，您敢于与之对簿公堂，真是大快人心。而今，朝廷有难，还望您老出面，为重振唐室，再立新功……"

"李将军辅助太子除逆，可敬可叹，只是那韦氏、武氏合流后，其势不可低估……"

李多祚说："魏大人不必多虑，韦武淫恶，天人共怒。想前年讨伐二张，如风扫落叶。今讨韦氏和武三思，亦易如反掌……朝廷大臣对他们怨声不绝，只要魏大人振臂一呼，当应者云集。你我配合，定会一举成功。"

魏元忠听了，中气不足地说："只是吾已老矣，力不从心。在一旁助助威还可以，其他很难有所作为……"

就这么几句话说了，魏元忠还后悔不迭。

李多祚见魏元忠态度暧昧，便说："那好，只要魏大人不出卖我们就行，也不指望您做得更多。"

说罢，他便与太子重俊出门，分头活动，准备立即起事。

太平公主虽然对重俊太子说什么"就是死，我也陪着你"，那只是兴头上冲口而出的话。她觉得支持他起事，即使夺得皇位自己也坐不成。中宗皇兄不是她扶起来的吗？可是现在，他听韦氏的，听武三思的。好在他尚念手足之情，性格懦弱，对我有许多迁就照顾；可是重俊野心勃勃，性情刚强，一旦上台，他会听我的？加上刚才窗外那可疑的人影，如果真的有人听了什么去，那就麻烦了。所以，当太子重俊告辞时，她便说道：

"此事我当鼎力相助，但不便出面，望你与李多祚密切配合，他忠勇双全，可以依赖。我这里也会帮助你做许多事，你放心去吧。"

第二天，听说那道士不辞而别，太平公主心中更增加了几分疑惧，派出几个心腹家丁外出打听消息后，便心神不安地在府里闷坐。

一个白天，太平公主都在惊惶不安中度过。

晚上二更时分，心腹家丁来报说，见一彪人马在李多祚将军带领下，拥着太子重俊，杀入武三思府第。只听见里面厮杀声，情况不明。

第一个家丁刚走，第二个家丁来报说，李多祚和太子带兵入武三思府内，见人就杀，武三思及其娇妻美妾，还有驸马武崇训并亲党十余人，皆被诛杀。安乐公主因去宫中未回，得以幸免。现在李多祚与太子带着兵马正向皇宫杀去。

太平公主起初听了，不觉有些伤感，那武三思与自己有多年恩爱关系，死得可惜；然而一想，他忘恩负情，助韦氏、婉儿专与自己作对，也算死有余辜。当她想到武三思既死，韦氏孤掌难鸣，看来重俊夺位有望。此时不动，还待何时？想到此处，太平公主便立刻召集府中卫兵、家丁及她的贴身女兵，一共也有二三百人之多，个个穿扎整齐，带上武器，在厅前听候命令。

这时，太平公主披一身银色铠甲，头戴金盔，腰挂日月宝剑，骑在一头枣红马上，俨然一员女将。她对府内兵丁说道：

"韦氏与武三思淫乱朝廷，谋帝位，作恶多端，太子重俊兴兵讨伐，已把武三思诛杀。你们随我杀进宫去，剿灭韦氏及其同党，为朝廷建功立业。事成后论功行赏，望大家勇敢向前。有后退者，立斩不赦。快，随我来！"

太平公主正率兵丁向皇宫进发时，探马来报，说李多祚将军已杀进肃章门，入了禁宫。太平公主大呼一声："快！"快马加鞭，领着队伍向肃章门而去。

　　过一会儿，探马又报，说中宗皇上、韦氏、上官婉儿等，均在玄武门城楼上，李多祚率人马正在攻城。太平公主又命向玄武门进发。

　　没跑几步，前面传来消息说，李多祚因兵马太少，寡不敌众，被宫闱令杨思勖杀于城下。随他攻城的人马，被杀死不少。太子生死不明。

　　太平公主一听，暗自叫苦，但她脑子一转，向兵丁下令道："快去玄武门救驾，遇有李多祚的叛军，格杀勿论。"

　　太平公主带着兵马，杀了几个李多祚的败兵，到达玄武门城楼下，抬头望去，只见中宗、韦氏、婉儿、安乐公主、宗楚客等都在城楼上，她便大声喊道："皇兄、皇嫂勿惊，小妹率兵前来救驾。"

　　城楼上中宗见了，高兴地说道："多谢皇妹关心，不辞兵马劳顿，前来救驾。叛贼李多祚已被诛，逆子重俊逃脱，朕已派禁军追拿去了。"

　　"既然叛贼已诛，皇兄皇嫂回宫休息吧，明日，小妹来请安。"

　　说罢，掉转马头，带着兵丁疾驶回府，而后关了府门，太平公主对随行兵丁厉声说道：

　　"今日之事，谁要说了出去，我立即结果了他！要想到，你已参与此事，再也无法洗清，要是告密，到头来也难免一死。只有众口一词说去救驾，方得无虑。今晚大家辛苦，每人发十两银子作为犒赏。"

　　众兵丁听了都说：

　　"公主殿下对我们恩如父母，我等发誓忠于殿下，若有告密者，共同诛之。"

　　但是太平公主还是不放心，因为太子重俊逃脱，要是逮了回来，岂不坏事？幸好，当晚就听说，太子逃到荒山，被左右所杀，首级已悬于玄武门。没有想到，昨晚还与他温存，今夜他就做了刀下之鬼。太平公主心里有说不出的苦楚。

　　叛乱平定后，论功行赏，加封杨思勖为银青光禄大夫，杨再思为中书令，宗楚客为中丞；反过来，宗楚客等上表，称中宗为应天神龙皇帝，韦氏为顺天翊圣皇后，就连那个玄武门也改称为神武门，玄武楼改称为制胜楼。君臣皆大欢喜。韦氏因失去情夫武三思，安乐公主失去驸马武崇训，扭着中宗，中宗下令厚葬他们，还封武三思为太尉梁宣王。但韦氏母女不以此为满足，她们要求追查余党。

魏元忠是第一个被追查的对象，虽未抓到真赃实据，但其子太仆少卿魏升被胁迫参与，让以前被他参奏过的宗楚客、杨再思等抓住把柄，牵连进去，他被贬为渠州司马。一代忠良最后客死涪陵。

太平公主知道要轮到自己头上来了，但她一点也不怕。

平叛胜利，皇宫摆宴庆贺，太平公主应邀进宫。她明白，今天是去赴鸿门宴。她穿了紧身软甲，藏了锋利短剑，带上几个女兵，毫无畏惧地进了皇宫。

今天的宴会摆在含元殿，警卫森严，气氛与往日大不一样。

殿正中是中宗、韦氏的席位，左手是相王李旦，右手是太平公主，依次下来的是上官婉儿、安乐公主，以及宗楚客、杨再思、杨思勖等十几位朝中大臣。

宴会开始，重复老一套的程式，只不过换上粉碎叛乱、皇上洪福齐天、天下永享平安之类的内容。酒过数巡后，御史冉祖雍见安乐公主递过来眼色，便从座位后面站出来，向中宗奏道：

"吾皇万岁，万万岁，臣冉祖雍启奏陛下，重俊、李多祚谋逆虽被粉碎，然其余党尚未清除。臣奏请陛下，为了社稷，应除恶务尽，以免后患。"

中宗尚未开口，韦氏便说：

"冉卿所言极是，俗话说，斩草不除根，春风吹又生。这次太子谋乱，同谋者仍在朝堂之上，今后必为大患。"

中书令杨再思马上接话道："顺天翊圣皇后圣谕极是，太子谋乱，绝非偶然，请皇上下旨，务必查出主谋，以保我大唐江山之永固。"

在这些人讲话时，太平公主注意到殿堂上下目光都朝自己集中，情知今天必有一场好戏，她装着若无其事地问道："杨大人，请问今天是元宵节吗？"

杨再思被问得发懵，回道："不是。"

"既不是元宵节，为何各位出灯谜叫大家猜？什么同谋呀，主谋呀，余党呀，真叫人猜不透是什么意思。是不是请你们干脆把谜底拿出来，也免得大家费心思。"

太平公主这一说，半晌无人回话，大殿上鸦雀无声。

只见安乐公主在座位上气得直跺脚，连连给宗楚客递了几个眼色。宗楚客似有几分无奈地走到大殿中央，向中宗皇上奏道："启奏陛下，刚才太平公主殿下所言极是，今日朝堂之上，当着皇上皇后，有话明讲，臣听说太平公主和相王都与太子谋反案有些牵连哩！"

坐在中宗旁边的相王，一听牵扯到自己，吓得慌忙走下座位，匍匐在中宗面前，只是痛哭流涕。

坐在韦氏旁边的太平公主听说把相王也牵扯了进来，心中大喜，不觉哈哈大笑道："启奏皇兄陛下，相王兄及小妹我都被告谋反，今天在这大殿上，请宗大人把证据拿出来。如果拿不出来，这诬告皇上宗亲谋反之罪，可不是儿戏。宗大人，请当面拿出证据！"

宗楚客平日只听说太平公主厉害，尚未与之交过锋，今见她声色俱厉，说话寸步不让，便有几分胆怯，后悔不该受安乐公主指使惹这母老虎，便把求救的目光望着安乐公主。

今天这场戏，全由韦氏和安乐公主策划。事已至此，安乐公主只有硬着头皮站出来了。她离座走到殿前，向中宗叩拜行礼后说道："启奏父皇母后，儿臣曾把几张写有相王和太平公主与太子重俊合谋造反的帖子呈给父皇，不就是见了这帖子，才有了准备，反贼才未得手么？"

中宗听了点头说："这倒是实，还全靠那帖子透了消息，要知道写帖的人，朕要重赏。"

太平公主忙说："启奏皇兄，小妹就知道那帖子是谁写的，请皇上赏赐。"

"谁？"中宗急切地问。

"安乐公主。请皇上赏赐她。"太平公主不慌不忙，意味深长地说。

安乐公主愣住了，当她醒悟过来时，声明说："那帖子不是我写的，那是无头帖子。"

太平公主说道："既是无头帖子，那定是奸人所写，意在挑拨皇兄与弟妹的关系，只是碰巧遇上太子谋逆罢了。"

"皇妹所言有理。"中宗一向没有主张，说话又偏向太平公主。

其他许多大臣也点头称是。

这冉祖雍有所不甘，说道："陛下，臣以为，对这种碰巧的事也应查个水落石出才对。"

太平公主看了他一眼说道："这位大臣，怎么越看越眼生。从其衣着绯色看，不上三品，没有资格参加今天的皇家饮宴。我要问，你是受谁的邀请和指使，在这个大殿上发难的？"

一句话提醒了中宗，便问宫闱令杨思勖："今日宴饮名单是谁定的？"

杨思勖很为难，半天才说："启奏陛下，是皇后定的。"

一听是皇后，中宗便打住了，不再追究，只对冉祖雍吼道："还不快退下！"

"慢！"太平公主说："陛下，这冉祖雍为首发难诬告相王兄及小妹，是十恶不赦的大罪，对此，先皇早有圣旨。"说着，太平公主从怀中掏出一张圣旨念道："圣历二年二月壬寅武则天圣神皇帝诏曰：太子显、相王旦，太平公主，共立誓文如下：兄妹同胞，不得相残。有离间者，罪诛九族。特告天地于明堂，铭之铁券，藏于史馆。钦此。"

念罢，又取出一张圣旨说道："此乃中宗皇兄亲拟的诏书，上面写道：'朕与相王旦、太平公主，乃手足之情，应相互扶助，共兴国运，永不背叛。如有离间者，立即赐死。钦此。神龙元年五月乙酉。'大家都听清了，两道圣旨，都有规定，要对挑拨皇上兄妹关系的人立即赐死，罪及九族。请陛下按圣旨对冉祖雍治罪！"

太平公主用铿锵有力的声音，念罢两道圣旨，吓得冉祖雍心惊肉跳，伏地不敢抬头。就连宗楚客、杨再思也跪在殿下不再开口。安乐公主则低头跪在那里，不知所措。甚至高高在上的韦氏，也六神无主，不知该说什么好。

中宗只感到头晕。

这时，御史中承肖至忠走到殿前，向中宗跪奏道："陛下乃一国之主，富有四海，统治万民，难道容不下一弟一妹吗？如被奸人利用罗织成罪，无端究治相王和太平公主，岂不贻笑朝野？想当年相王由则天圣神皇帝立嗣，他数日不食，坚辞不受，定要让给陛下，这是天下共知的；太平公主助陛下诛灭二张，奉陛下登基，也是有目共睹的。陛下不应听冉祖雍一面之词，而应给诬告者以严厉的惩治。否则，天下人不寒心吗？"

中宗听了，觉得有理，正准备下旨对冉祖雍治罪，身旁的韦氏见了，慌忙踢了他一脚，中宗便改变主意说："冉祖雍先行退出含元殿。今日之事容朕想好后再办。"

说罢，赶快下座扶起相王，又对太平公主举杯说："皇妹，今日之事，不必计较，请皇妹开怀畅饮……"

太平公主怒目扫视韦氏、安乐公主和殿下的宗楚客、杨冉思等人一眼后，说道："皇兄陛下，今日之事明显有人预谋，如不查个水落石出，按先皇及皇兄的圣旨严惩诬告者，相王和我，定然不依！"

说罢离席，拂袖而去。所有殿上的人想挽留，她都不听，头也不回地走出含元殿。

太平公主回府的路上，不停地打喷嚏。原因是在殿堂上她的内衣全都被汗湿透，出来冷风一吹，便感冒了。

她骑在马上，睥睨着一切。韦氏、安乐公主、宗楚客、杨再思，统统不在话下。还有那个婉儿，躲在角落里，简直不敢说一句话。

她又打了两个喷嚏，真的感冒了。

感冒，不过是小毛病，她不在乎。

第十七章　一曲悲歌《郁轮袍》

太平公主爱色，也爱才。著名诗人王维，就是在她极力推荐下当上状元的。一曲"红豆生南国"，唱尽人间相思情。

长安城东南角曲江池边新修了一座十分宽敞豪华的山庄，其规格品级之高，可以与皇宫比美。大门，就像一座皇城的城门，上面同样有城楼和箭垛。进门后，便是一个长宽各数十丈的广场，专为停驻车马和操演之用。正对广场是大殿，几乎与皇宫里的大殿一般大小。左右两边，是大大小小的院落和房舍，好似皇宫里的东宫西宫。向后，则是庞大无比的花园，楼台亭阁，书斋画室，戏台绣楼，星罗棋布地分布在曲江池的岸边和水中。那曲江池占地千亩有余，中间还有几个小岛，都有弯弯曲曲的石桥相连。园中树木花草，茂密繁盛；池中野鸭天鹅，嬉戏其间；林中麋鹿黄羊，奔跑跳跃，专供游猎和观赏。曲江池中有游船来往，船中桌椅齐备，摆上酒馔，饮宴荡舟，神仙过的日子也不过如此。

谁敢修如此大规模高规格的山庄？

除了太平公主，还有谁？

武则天皇帝死后，大唐国都随着她的灵枢从洛阳搬回长安，太平公主嫌城里的公主府太狭窄，便选了曲江边修了这座山庄，专供她居住和享乐之用。

武三思被杀后，韦氏势力有所减弱，权力的天平又向太平公主方向倾斜。

虽然曲江池边的这所山庄离长安城中心地带较远，但因为这里住的是掌握着朝廷大半个权力的太平公主，一年四季山庄门口车水马龙，比赶集还热闹。

到山庄来的人中最多的是赴宴。太平公主最爱热闹，招贤纳士，广交朋友，一日小宴，三日大宴，多时几百人，少时也有好几十。如果加上家眷随从，队伍更是庞大；其次是来求官谋职的，他们带来成车成驮的厚礼，献给公主，讨得她的欢心。只要她点了头，哪怕是你想当宰相，她也能办到。朝中不少大官都出自她的举荐；还有是来商讨朝政的。中宗是个平庸贪耍的皇帝，遇事拿不出主意，又懒得动脑筋拿主意。他对来请示政事的大臣说："你们先去问问太平公主。"于是他们便来到太平公主的山庄，议论一番后，太平公主说："就这么办。"便一锤定音；再有一种是来求功名的，他们多是些书生，带些薄礼，然后向公主呈上自己的著作，请她批评指正，目的是望她对主考官说句话。只要她点了头，高中就没有问题，哪怕是状元，也是她说了算。

太平公主住在宽大豪华风景如画的山庄里，在许多美貌男宠的陪伴下，过着神仙般的生活，又手握军国大权，按说，她应当心满意足了吧？可是不，她还想要当皇帝，坐御座，威仪四海，号令天下。

她的皇帝梦醒了做，做了醒，已反复过好多次了。有一次，她甚至已完全打消要当皇帝的想法了。

那是神龙元年十一月二十六日，则天大圣皇帝生命的最后一天。她把什么事都交代后，专门把太平公主叫到身边，用极其微弱的声音说道："我的遗诏说得很清楚：去帝号，称则天大圣皇后。太平，我的乖女儿，你的名字是我取的，愿你太太平平，也愿天下太太平平……"

这是太平公主永远也忘不掉的，像母亲那样雄才大略、坚强果敢的女人她没见过，没听说过，可以说前无古人，后无来者。就是她，已经当了十几年皇帝的她，临终时竟要削去帝号，改称皇后。可见，作为女人，那皇帝的宝座是多么不好坐。

她觉得就这样也不错，有个中宗这样完全听命于自己的懦弱皇帝，比自己当皇上也差不了多少，还少操好多心。早朝，想去就去，不想去就在家睡觉。一个冬天，一个夏天，虽说殿上有火炉，有冰块，冻不着也热不着，可在路上那冷、那热，也是够受的。再说，真的当了皇上，那些谏议大夫们，这个说你这样不对，那个说你那样欠妥。又是祖制，又是律令，把你管得死死的；还有一帮专拣好听的说，什么皇上英明啦，万岁远见啦，陛下一言如拨乌云见青天啦，等等，听得你晕晕乎乎，也不知道他们肚里到底是什么打算，说不定正在算计你捣鼓你，要从你那里捞到点什么哩！

她决定不去花心思冒风险去争什么皇位了。

然而，宫里一连串出现几件怪事，又勾起了她的雄心，而且使她想登基的念头比任何时候都强烈，都急不可耐。

说起来，这也是唐朝历史上的一桩笑话。

这天，宫女们在收拾韦氏皇后的衣服时，发现裙子上有一团迹印。那裙子是浅红色的绸子做的，因为那时染色工艺比较落后，大概不注意漏下几滴水或鼻涕或口痰或其他什么液体，漫开去变成了深深浅浅的图案。几个宫女见了便你一言我一语议论开了：

"像张树叶。"

"不，像朵花。"

"都不像，五颜六色的，还镶了边，明明像朵云。"

"那简直就是一朵云，一朵五彩祥云。"

于是，"皇后裙子上出现五彩祥云"的消息便在宫里传开了。

这是象征吉祥的大事，中宗皇上下旨：马上呈上来他过目。

宫女把裙子叠得平平展展，把有五色祥云的那面放在上面，又把裙子放在供盘里，恭恭敬敬，举案齐眉，端给皇上御览。

中宗皇上忽远忽近，远远近近，看了个仔细。他总觉得这如五色祥云的一团印迹很眼熟，有时也在皇后皇妃和其他宫女的裙子上看见过。啊，他想起来了，昨晚他在皇后那里过夜，迫不及待留下的一团秽迹，怎么又成了五彩祥云了？他感到实在可笑，但又实在不敢笑。一向糊里糊涂优柔寡断的他，第一次表现出非凡的聪明，非凡的果断：既然都说是祥云，那就是祥云吧。并立即传来宫中的太监画师，叫他画出来。

宫中的太监个个都是些见风使舵油光水滑的货色，经过这些大手笔，即使是皇后屙的一泡屎，也会画得金光闪闪，香气扑鼻。果然，在他们的艺术处理下，一幅冉冉欲飞的"五色祥云图"便画出来了。皇上看了很高兴，上朝时把图挂在殿上，让文武百官瞻仰。

一听说是皇后裙子上出现的祥云，群臣纷纷围上来观看。

"啊，真是吉祥的预兆呀，明年定是一个大丰收年。"

"啊，这是皇上皇后洪福齐天，是臣民百姓的莫大幸福。"

"我都快八十了，从没见过这种奇事，都说人见稀奇事，必定寿诞长。我也算沾皇后的光了。"

一阵赞不绝口的恭维话后，便动起真格的来了。

侍中韦巨源奏道："皇帝陛下，皇后衣裙上有五色祥云凝聚，实在是我朝非同一般的祥瑞，请皇上下旨，布告天下，让万民都分享这个好消息。"

宰相宗楚客接着说："皇帝陛下，有如此好的祥瑞，该大赦天下，让万民受福。"

中书令杨再思说："皇后衣裙上出现祥云，是天下女子的福音，可以对五品以上官员的母亲、妻子加封，对百姓中八十岁以上的妇女授郡县乡君的称号，以示庆贺。"

中宗一律准奏，命上官婉儿拟诏，布告天下。

于是臣民百姓，皆大欢喜，衷心希望皇后的裙子上多出现几次"祥云"。

"祥云"余波继续向外扩散：有人献歌，称颂皇后；有人献词，赞美皇后；有人说皇后的伟大贤惠连黄帝妃嫘祖、周文王妃太姒都比不上，"德容美备，千古第一"。

中宗听了，满心欢喜，没想到无意中留下的那点痕迹，竟产生这么大的轰动效果。他自己也觉得当初决策的英明。

当然更满心欢喜的是韦氏皇后，一个荒谬绝顶的开始，竟会炒到这样一个庄严肃穆的结局。这是一次考察，看来这批人没有白养。他们就是我将来当女皇的忠实可靠的臣僚。

这一切，都被太平公主看在眼里，记在心上。

当初，母皇武则天登基前不是也频频出现祥瑞吗？什么三脚乌鸦，五脚龟，什么洛水"宝图"，汜水"瑞石"，还有什么大明宫顶上黄昏的五彩云，夜半的流星雨……那裙子上的祥云只不过是当年母皇把戏的翻版，是更拙劣、更低级的翻版。

然而拙劣也好，低级也好，却有那么多人帮她玩，而且玩得那么起劲，就连崔湜也参与其间帮闲凑热闹。

一想到崔湜，太平公主就满腔怒火。昨天才听说，他不仅在修文馆里与上官婉儿混上了，还与韦氏混上了，甚至还跟安乐公主混上了，怪不得这么久也见不到他的人影哩。想想，当初那些山盟海誓全都是欺人之谈。原以为他知书识礼，但知书识礼更把世事看得透，做起事来更寡廉鲜耻。

大概这种人在官场上混得太久，学坏了。真正的心腹，真正的知音要在年轻纯洁的书生中去找。

太平公主把目光盯在那些来京应考的书生身上。

果然有个书生正在找上门来。

书生王维，蒲州人。他自幼喜欢音乐、绘画，九岁时便能写诗，十五岁写《过秦王墓行》，十六岁作《洛阳女儿行》，十七岁那年写出有名的《九月九日忆山东兄弟》。诗曰：

> 独在异乡为异客，每逢佳节倍思亲。
> 遥知兄弟登高处，遍插茱萸少一人。

文人墨客、市井百姓间广为传诵。

因为王维具有深厚的文学艺术造诣，京城的王孙公子，文人学士多喜与他交往。其中，与相王四子岐王李隆范关系尤为亲密。

这天，王维对李隆范说："进士考试临近，听说考生张九皋托人走太平公主的门子，请她写信给主考官举荐他为第一名状元。不知可否请隆范兄帮我去找找太平公主，写信举荐一下？"

李隆范听了，沉思片刻道："此事不难，但姑母太平公主脾气有些倔，直接去找她，可能要碰壁，不如这样：你抄上你的诗作十篇，准备好琵琶一曲，过三天到我家来，我自会设法帮你。"

王维照办，如期而至。

李隆范对他说："今天要委屈你一下，你穿上随从的衣裳，抱上琵琶，带着你的诗卷，随我到太平公主的山庄，一切听我安排。"

王维点头称是，随即上了李隆范的马车，一路说说笑笑，到了太平公主曲江池边的南山山庄。

今天太平公主宴请宾客，王维随李隆范进了宴会厅。

宴会开始了，乐伎奏起迎宾曲，唱起劝酒歌，舞姬跳起了羽衣舞。宾主在歌舞声中杯盏交碰，饮酒作乐。

太平公主眼尖，见侄儿岐王李隆范身后站着一个风度翩翩面目姣美的少年，便问道："侄儿，你身后站的这位少年是谁呀？以前像没见过。"

李隆范起身道："姑母殿下，他是一个从蒲州来的乐手，弹一手好琵琶，我让他弹一曲您听。"

说罢，示意王维。王维从身上取下琵琶向太平公主一揖，说道："公主殿下，在下献丑了。"

说完，手弄琴弦，调好音阶，一片哀婉凄切之声便从他那灵巧的手指间传出。

起初，满座客人尚未注意，有的劝酒，有的交谈。突然间，一阵悠扬悦耳的琴声如春风徐徐吹来，扣人心扉，动人心弦，把所有的客人全都镇住了。弹到后来，如泣如诉，如歌如吟，似长声哀叹。在座客人个个听得如痴如醉。及至琴声戛然而止时，人们才似乎从一场美妙的梦中醒来。即使醒来，都还在回味和品咂。

太平公主听罢，感叹不已，赞道："这等美妙的音乐，只应天上才有。不知叫什么曲名？"

王维道："曲名《郁轮袍》。"

太平公主又问："请问你的姓名？"

"在下王维。"

李隆范又说："这王维不仅弹得好琴，还写得好诗。据我看，眼下长安城还没有能超过他的。"

太平公主很有兴趣地问道："今日带的有吗？"

王维答道："带得有。"说罢，便把所抄之诗呈上。

太平公主展开诗卷，第一首便是《送元二使安西》：

　　渭城朝雨浥轻尘，客舍青青柳色新。

　　劝君更尽一杯酒，西出阳关无故人。

"这不是'阳关三叠'吗？我还以为是位老先生写的呢。"说了，太平公主继续往下看，是首五言绝句《相思》：

　　红豆生南国，春来发几枝。

　　劝君多采撷，此物最相思。

看得太平公主不住地点头称赞："好诗呀，好诗。"

她见王维站在那里，穿的又是随从的衣服，吩咐总管道："快，带上王相公把衣服换了，就在我身边安个座。"

俗话说，人是衣冠马是鞍。

当王维换了衣服，重新出现在宴会厅时，把人们都惊得呆了，都暗暗叹道：

"好一个美貌少年。"

太平公主把他从头看到脚：浅蓝色的帽子把那张如满月的圆脸衬托得如粉似玉。细而长的眉毛下，闪着青春火热的目光，热烈、深沉而又单纯，恰似一弯湖水，一会儿深不见底，一会儿又清澈透明。围在颈上的白色纱巾把脸的下半部衬得白里透红。微笑时，也像姑娘一样有对浅浅的酒窝在脸颊上跳跃。身着蓝色长袍，与颈项间的白纱巾层次分明地捧出那张书生特有的文雅而略带孤傲的脸。

他向太平公主走过来了，浅浅地笑着，不卑不亢。走到面前时，微微点头。太平公主长辈般地拉他坐下，他有礼貌地说一声："谢公主殿下。"而后大方地坐下。饮酒，既豪爽又注意分寸；说话，既诙谐又不低俗。身边的太平公主异常高兴，不断给他夹菜，招来四周一束束羡慕的目光。

太平公主虽凶狠毒辣，但也多愁善感，柔情似水。她对诗有特别的爱好，因而对诗人王维便有一种特别的崇敬。

"刚才看了你的那些诗，许多都是我平时爱读的。我还以为是古人所写，原来是你写的。你说说，你是怎样构思、怎样用韵的？"

王维侃侃而谈，全无一点拘束：

"写诗少不了灵感，但灵感总得有所依托。比如我那首《相思》，如果没有一个生动的故事做依托，是写不出来的。"

太平公主说："什么故事，你不妨说说。"

"相传，古时一男子出征，死在边地。其妻日夜思念，哭于树下。泪哭干了，流出来的是粒粒鲜红的血滴。血滴化为红豆，红豆生根发芽，长成大树，结满了一树红豆，人们称之为相思豆。夫妻恩爱，相思至泣血，可见其爱之深，其情之炽。我用这粒小小的红豆作为一个象征，让它包容了人间男女相思相爱的全部欢爱与深情。"

"啊！"听的人不约而同地发出惊叹声。

"啊！"太平公主不觉拊掌叫绝。

岐王李隆范见时机已到，便对太平公主说："像王维这样有才华的人，如果能成为进士第一名，实在为国增光不少。"

太平公主说："那为什么不让他去应考？"

李隆范说："他表示，如果不以第一名推荐，他绝不应试。听说姑母已向主考官推荐张九皋了？"

"倒是有人托我，但我还没有答应。"太平公主说着，转对王维说："你要是参考，我一定推荐你为第一名。"

王维听了，立即离席，向太平公主躬身致谢。

太平公主忙拉着他说："事尚未成，待你当了状元，再谢不迟。"

说罢，大家饮酒猜谜，尽兴而散。

散席后，太平公主要王维留下教公主府内的乐伎演奏《郁轮袍》。

傍晚，在后花厅设宴，单请王维。

王维对太平公主的风流韵事早有所闻，但他成竹在胸。席间，与太平公主饮宴谈笑，极有分寸。对太平公主的挑逗、引诱，不是装着不懂，便是借故闪开，顾左右而言他。太平公主见了，没想到这世界上竟有在权势、女色面前不为所动的人。她想，也许是自己年纪大了。但张昌宗比母后小四十几岁，崔湜不是比我也小很多吗？

越是不容易得到的东西，越是想得到。面对一个如此风流倜傥、才华横溢的美貌男子，她绝不放过。王维不是诗人吗？诗人总是多情的，诗人的情还是要用诗才能打动。她便问他的诗。

"你的情诗写得最动人，在那么多的情诗中，你最满意的是哪一首？"

"比较而言，那首《息夫人》自觉写得还不错。"

"就是那首'莫以今日宠'？……"太平公主问。

"正是。"

"那首诗我很爱读，听说写的一个什么故事？"

"还不止一个。"

"啊！讲给我听听。"

"有一次，我们在宁王李宪府上聚会，他给我们讲他的故事：他看上一个烧饼师傅的美丽妻子，弄到手后十分宠爱她，可是她终日闷闷不乐。一年多以后，他问她：'你还想你的烧饼大郎吗？'她仍然闷不作声，一连问几次都这样。他便把那个烧饼师傅宣来。她见了，泪流满面，泣不成声。宁王讲完后，对我们说：'你们都是诗人，请就此赋诗一首，如何？'我便写道：

> 莫以今日宠，忘却旧时恩。
>
> 看花满眼泪，不共楚王宫。

写毕，我为诗标题为《息夫人》。"

"息夫人？这与息夫人何干？"太平公主问。

"这又是另一个故事了。"王维说，"春秋时，息侯夫人美貌无比。楚文王灭息后，将她占为己有，带回楚国。可她一直不说话。楚文王问她：'你为什么不说话呢？'息夫人摇头泣道：'像我这样，又有什么说的呢？'"

太平公主听了，赞不绝口说："构思太巧妙了。两个女人都以沉默的方式表示不忘旧情。千言万语，尽在不言中……"

　　夸奖的话刚讲罢,太平公主觉得不对,王维讲这两个故事似有所指,不觉脸也红了。但她并不灰心,便接着问道:"王学士是否也有旧情?"

　　王维回答道:"王维来京前,与同村易氏女有约,她非我不嫁,我非她不娶……"

　　太平公主见用诗打不动他,便又生一计,说道:"听说王学士是丹青妙手,我有个画室,里面藏有许多珍贵字画,一则请你去鉴赏,再则也请你留下墨宝。"

　　一听说名画,王维兴致就来了,急着想去看。

　　太平公主引王维去她的书画珍藏室。这是一个大院落,门口写着"曲江画楼"四个大字。正厅一溜三间,两边厢房是画室和卧室。院内绿树荫荫,花香阵阵。

　　打开第一道门,里面全是历代名画,有顾恺之的《女史箴》,戴达的山水,阎立本的历代帝王图卷,吴道子的佛道画……看得王维眼花缭乱,叹为观止。第二道、第三道门内,都是珍奇字画,还有雕塑、古玩、玉器等。

　　太平公主拉着王维的衣袖进了第四个门,里面全是春宫图。王维专注地看挂在墙上的画;太平公主却专注地看着王维。然而王维并没有像她想象的那样在那些裸体男女面前心乱神迷不能自持。他慢条斯理地一一浏览,就像欣赏佛道画、山水画、仕女图一样从容自然,脸上看不出一丝邪念。太平公主见他那认真严肃凛然不可犯的神情,不觉有了几分肃然起敬。霎时,她觉得自己也变得崇高起来。

　　走进厢房画室,墙上挂满当代著名和不著名画家的作品,其中也包括太平公主的。

　　太平公主亲自从柜子里取出一卷画纸,铺在宽大的画桌上,请王维作画。笔、墨都是现成的,王维提起了笔。

　　当他正准备落笔时,却停下了,他发现那画纸洁白如玉,他从来没见过这么好的纸,忍不住提起来对着光细看。

　　"这纸是特制的,"太平公主解释说,"里面有一层细丝隐约可见,可以保存千年不破不碎;纸色白中透蓝,柔润无比,吸墨性能极好。是真正的'蔡侯纸'。只可惜此技艺已失传。这已是最后的一卷了。"

王维听了，把提起的笔放下说道："听公主殿下这么一说，这纸如此贵重，让我这个无名之辈糟蹋了岂不可惜？请留给配用它的高手画吧。"

"王学士何必自谦，你的画，你的诗，堪称双绝，请动笔。"

王维犹豫再三，说道："公主殿下，容学生细细构思后再画，以免辱没了它。"

"那好，今天你也累了，歇息一晚，明日再画不迟。"

当晚，安排他在曲江画楼卧室休息。

太平公主回去后，翻来覆去睡不着。

"来人，快来人。"她大声喊着。

"在。"门外值班侍从立即答应，"殿下有何吩咐？"

"快去叫王学士来，说我有请。"

"是。"侍从应罢，走下台阶，传来开大门声。

"慢！"她觉得不妥，要是他不来呢，岂不难堪？喝住侍从后，想了想决定亲自去，便说："准备好灯，扶我过去。"

"是。"只听外面一阵忙乱。

贴身侍女听说公主要夜半出门，赶快为她穿衣、梳洗。

太平公主心里很不是滋味：我去俯就他，岂不失掉我的身份？再说，我去找他，他若不从，不是更难堪？这种事女人是无法强迫男人的。她越想越气，为什么母后不把我生成个男孩呢？不要说女人当皇帝困难，就连这种事，也困难……想着想着，兴味渐渐淡了，马上改变主意，喊道："睡觉，都去睡觉，哪儿都不去了。"

太平公主哪里睡得着？

他太聪明、太深邃了。他讲那诗，用意很深，也很明显：他在婉拒我。就连他拒绝画画，也是婉拒我。不过那很隐晦，难道他把自己比做那高贵的画纸？那我不就成了那无名的画家了？好个王维，你也太胆大了……

第二天天刚亮，太平公主就叫人去看王维起来没有。回来说，他天不亮就走了。

"这个不识抬举的东西！"太平公主骂着，便朝曲江画楼赶去。因相距不远，须臾便到。进院一看，果然人去楼空，那淡蓝色的帽子和深蓝色的长袍，整整齐齐叠好放在床上。她又去画室，见那张画纸还原封不动地铺在画案上。

太平公主感到羞辱，感到愤怒，扯过那纸，几把撕得粉碎，又顺手抓过桌上的笔筒、砚台、镇纸……一阵乱摔乱打，直至筋疲力尽。

"王维，你这小子，一定要让你尝尝拒绝我的味道！"

太平公主咬牙切齿说。

王维跌跌撞撞跑了一个清早，现在正坐在岐王李隆范府上客厅的椅子上喘气。岐王还未起床，他要等他起来讨个主意。

他很后悔，不就为那个状元吗，怎么自己竟那么下贱？递行卷走门子，献媚讨好套近乎，还化装成下人去公主府献殷勤。他对她的每句话，每个动作，每个眼神，都懂。只要眼睛一闭，随了，什么好处都会滚滚而来。而他实在也险些被她征服。她长得媚态横生，快五十了，还那么流光溢彩，扰人心扉，令人难以自持。可是，他知道人们是怎么骂张昌宗，骂崔湜，骂崔澄，骂……他也骂过他们。但一经接触，她的风度，她的魅力，她的威仪，都有一种不可抗拒的力量。他陷于极度矛盾之中。他害怕明天，明天如果见到她，甚至不要她暗示，自己就会主动投入她的怀抱……于是他选择了跑。

现在，他坐在岐王府的客厅里，心里忐忑不安。到底这话怎样对岐王讲呢？

当李隆范刚走进客厅时，王维便忍不住跨前半步，说出的第一句话竟是："岐王救我。"

"什么事？"岐王很奇怪。

"我得罪了公主。"

"什么，你得罪了公主？我早就对你说过，她老人家的脾气大着哩，你得罪了她，可不是闹着玩的。"岐王也觉得问题有点严重，他问道："什么事得罪了她？"

王维与李隆范是知心朋友，便毫不隐瞒地把一切都告诉了他。

李隆范听了也不知该怎么办了。

对姑母的风流，李隆范是很清楚的，他之所以向她推荐王维，一则为了朋友之情，帮他一把；另一方面，也有向姑母讨好的意思。她老人家在朝堂上说一不二，给她送去才貌双全的王维，她一定喜欢。只要讨得她老人家的欢心，什么事办不到？说不定，将来大唐江山……可是现在，这个不知好歹的王维……

正在这时，门上来报，太平公主府上的管家要见岐王。

王维一听，说声坏了，定是捉拿他来了。岐王叫他到后面暂避。

公主府管家见了岐王，呈上一个包袱说："奉公主殿下之命，将这包袱呈交岐王。公主叫奴才传话说，包袱里有王相公喜爱的画两幅，还有白银二百两，都是送给王相公的；另有一封向主考大人推荐他当状元的信。因不知王相公下榻何处，便呈交岐王殿下，请转交。"

岐王听了，接过包袱，悬着的心顿时放了下来，转身大喊："王维贤弟快出来。"

王维在里间听了喊他，心中一惊，以为岐王出卖了他，不知什么地方可藏身，正想翻窗逃跑，岐王进来一把抓住他拉上客厅。

见了公主的推荐信和赠金赠画，王维感动非常，双手抱拳向管家道歉，请他转致公主的谢意："小人不明事理，不辞而别，有负公主厚爱，待以后应试考上状元，再登门拜谢。"

果然，王维经过苦读，加上太平公主的举荐，然后应考，列为榜首，当了状元。

然而，当他正准备去太平公主府上拜谢时，太平公主却因参加反对唐玄宗李隆基的政变，失败被杀了。

王维不负前约，用心画了幅画，写了首悼念的诗，祭奠在太平公主的坟前。

第十八章 "水至清则无鱼"

> 她争强好斗，心思全花在争权夺位上，竟把已长大成人的女儿忘记在后院。当她想起来时，已经步她的后尘走了好远。她只有叹道：女大不当留。

中宗皇上慢慢嚼出点当皇帝的滋味来了，怪不得母后武则天冒再大风险都不顾，一定要争这个皇位哩，原来有这么多好处。想到什么有什么，没有想到的有人替你想。一句话，一个眼神，一个喷嚏，都有人猜测、揣摩、揣度，总让你心满意足。"皇上放个屁，臣下跑断气"，此话真是不假。

却说中宗正在品咂当皇帝的滋味，想想还有什么该玩该尝的还没玩到尝到时，打扮得花枝招展、浑身珠光宝气的爱女安乐公主像只花蝴蝶似的飞了进来。女儿从小宠惯了，进屋也不请安，直到走近他的御座前，才扭扭身子嗲声嗲气地说："父皇，你翻翻那皇历看看，还差几天就过年了？"

中宗翻了翻说："还有一个半月。裹儿，你又想办什么事了？"

安乐公主是在中宗被贬去荆州的路上生的，狼狈至极，生下地时连一块干净布都没有，中宗便把他系在腰上的裹袋解下来把她装了。从此她便有了"裹儿"这个小名。

"今年过年父皇准备怎么过？"安乐公主问。

"什么怎么过？"中宗问。

刚与御医马秦客在后宫亲热了一阵的韦氏皇后走来，问道："你们爷俩在说什么事，这么起劲？"

安乐公主见母后来了，忙拉她坐下，依偎着她说："母后您看，还有一个多月就过年了，我问父皇今年过年怎么过，他心里还没有一点数。"

韦后听了手一拍说："裹儿这话可问到我心上了，这年，年年都这么过，放烟火，闹花灯，踩高跷……老一套，都看烦了。"

"原来是指的这个。"中宗终于明白过来，他本性贪玩，一拍即合，"我也是这个意思，过年嘛，就要年年不一样才有味道。"

"父皇的话正是我要说的，这年要花样翻新地过，老是那些节目，看了腻人。"

"那你们说，有什么新花样，只管讲出来朕叫他们去办。"

"我说这样，父皇、母后、我，我们三个人每人想一个节目，要新奇，要大家看了都觉得好笑。"安乐公主说着，故意放低了声音，神秘兮兮的样子说："先不宣布，等过年那天群臣朝拜时宣布，叫大家吃一惊。"

"嗯，这个点子好。"中宗连连点头。

"母后……"安乐公主见母亲愣在那里不说话，又摇又喊。

韦后正在回味刚才那事，对女儿的话竟一句也没听清。一摇一喊，她才回过神来，说道："你再说说，我还没听清。"

安乐公主又说了一遍。

韦后这下听清了，说道："还是裹儿鬼点子多，好，就这么办。不过说清楚了，要奇，以前从来没有玩过的。还有，不准讲出去，各自准备自己的，人家出的点子不算。"

"好，一言为定。"

中宗果断地挥了挥手，最后拍板。

中宗、韦后等如何准备过年的节目，按下不表。

且说李石山采用散帖子的办法，向朝廷透露太平公主助太子重俊谋反，使他的政变失败。虽然杀了武三思，但太子重俊，将军李多祚、李思冲、李承况等一批唐室忠良被杀，连元老大臣魏元忠也被牵连进去，贬出京城。这都是李石山所未想到的。

今天，他跪在金峭师父面前请罪。

"也算是给李唐王室一个报应。"金峭端坐在蒲团上，口气缓慢地说："从太宗皇上杀弟娶弟媳起，就种下孽根。高宗更甚，私通太宗才人武氏，又与武氏之姊韩国夫人母女皆有染；武氏与其女太平公主争宠张昌宗、张易之；太平公主与韦氏姑嫂争武三思、崔湜；韦氏又与其女安乐公主争风崔湜、武延秀……简直是一团乱麻。性被情迷，情为色污。这是唐室一大不幸，也是天下之一大不幸。"

说到此处，金峭连连叹息，接着又说："然而，没有想到，太子重俊竟与其姑太平公主私通，更是天理难容！如不是你看见，实难令人相信。只是，此事细究起来，其中也定有曲折。想那太平，淫乱无度，利欲熏心，见重俊年轻英俊，又是太子，未来的皇上，既恋他的色，又贪他的权；而重俊太子，要想有所作为，非太平不可。故情与权互为表里，相互促成，实在也是历代权势政治倾轧争斗中惯用的伎俩，不足为奇。重俊太子之死实在可叹，李多祚等忠臣被杀，实在可惜……"

听了师父一番话后，李石山说："弟子自认尚不愚蠢，怎么这些就看不透，只想到姑侄乱伦，理应当诛，却未想到这中间还有这么多事理尚待探明……只是觉得这世道人欲横流，情海泛滥，实在难测。弟子感到无所适从……"

金峭纠正说："此言差矣！世事尽管纷繁，错综交杂似无头绪，然应以大道为先；人间万象，千奇百怪，无从把握，则应以民生为本。江山社稷，乃国民之本也，只要循大道，顾根本，也就不错了。"

李石山点头说："听师父点拨，弟子稍稍明白了些。下一步该如何进行，尚请师父明示。"

"太子重俊失败后，韦氏更为猖狂，此等妖后，应速除之，勿使她成为武氏第二。汝再次下山，先除韦氏。我这里有书信一封，把它交给皇宫御医马秦客，遇事与他商议，可保成功。"

"谨遵师命，弟子就此下山。"李石山说罢欲走。

"慢着。你的面目该还原了，不然，太平公主把你认出来那就麻烦了。"

金崤说毕，叫他靠近些，随手在他脸上抹了几把，胡须零乱，皱纹复出，模样一如从前。

转眼到了新年，中宗、韦后、太平公主、相王以及诸王、文武大臣、驸马学士等，聚集在御花园临时搭的彩棚里，祭天地祖宗神仙，拜当朝皇帝皇后等礼仪完毕后，宫闱令宣布游乐开始。

在这之前，宫内宫外传说今年过年不同往年，但内幕不详，因此上上下下都巴望着看稀奇。

"恭请应天神龙皇帝陛下宣示第一个节目。"宫闱令放大喉咙喊道。

中宗想了一个多月，直到现在，也没想出什么过年的新花样。又要新奇，又要喜庆，实在很费脑筋。宫闱令点到他的名，他有些茫然失措，张目四望，突然与御史大夫窦从一打个照面。他想起来了，他不是才死了老婆吗。中年丧妻，是人生一大悲事，让我给他做做好事。便叫道："窦从一过来。"

窦从一上前几步，向皇上跪下说："臣窦从一拜见皇上，陛下万岁！万万岁！"

中宗笑道："朕知道你中年丧妻，甚为苦恼。今天，朕给你当个媒人，赐你一个佳妻。就趁今天这个好日子，又宾朋满座，拜了天地，你以为如何？"

听说皇上赐佳妻，窦从一乐得心花怒放，连忙匍匐在地，三跪九叩，再次拜谢。

众大臣见了，很是羡慕。

中宗立刻唤过贴身太监，附耳如此这般交代一番，那太监领命而去。

不到半个时辰，只听一阵喜乐从后面传了过来，一群宫女，提着宫灯，拥出一位盖着红盖头的新娘，缓缓走进彩棚。

但听宫闱令唱道："御史大夫窦从一蒙圣上恩赐佳人，今日双双拜堂：一拜天地，二拜皇上皇后，夫妻交拜。请皇上向新郎新娘谕示。"

中宗一本正经地说："今日朕做主，为窦从一娶妻，恰逢年末岁初，望你们夫妇和美，白头偕老，早生贵子。"

窦从一及新人双双再次跪谢皇上。

中宗说："不光谢朕，今日满朝文武皆在，也要谢他们光临你们的婚礼。"

于是窦从一与新人又四方拜谢，大臣们纷纷回礼，祝贺窦大人喜得佳妻，祝新婚夫妻永结同心。

接着，夫妻喝交杯酒。饮罢，由新郎挑盖头。

窦从一喜滋滋地拿着根红筷子走近新人。他想，今早上朝时，庭院树上一只喜鹊向他不停地叫，原来是这等好事。出门时我一个，回家时就是一双。宫内佳丽三千，皇上赏赐的一定是位美貌无比的宫女……想着想着，筷子一挑，那红绸盖头下的美人就将出现在眼前。可是，不看则已，看罢，他几乎晕了过去。眼前竟是一个六七十岁的皱巴巴的老太婆。

这时中宗、韦氏、安乐公主等笑得前仰后合，相王、太平公主及众大臣见了，先是一阵惊异，接着一片哗然，而后是满堂哄然大笑。

只有窦从一，哭丧着脸，满肚皮委屈无处诉。不过当听说他的这个老太婆竟是皇后娘娘韦氏的奶妈，皇上又特封她为莒国夫人时，他立刻转悲为喜。能找到这么一个靠山，今后定然仕途发达，官运亨通。也是皇恩浩荡，对他特别关照了。从此，窦从一因与顺天翊圣皇后沾亲带故，自视高人一等，众亲朋也对他另眼相看，恭维备至。这时，他才觉得这老妻娶得实在划算。

当宫闱令宣布皇上的第一个节目结束时，群臣拍手欢呼，都说皇上不愧为英明之主，就是出个玩乐的点子也都新奇别致，不仅逗得大家高兴，而且成全了一对新人，旷夫怨女也有了归宿。

宫闱令宣布第二个节目由顺天翊圣皇后亲自设计安排，满朝文武悉听调度。

只听韦氏叫一声："上场。"

但见无数宫女，打扮成村姑村妇小商小贩模样，挑担推车，背筐提兜，拥向花园的道路走廊两边，把带来的东西摆在地上，有米面杂粮、菜蔬水果、布匹绸缎、日用百货、针头线脑，样样齐备，俨然一个集市。

摆布停当后，韦氏宣布道：

"只因宫中清贫，宫女们缺少脂粉钱，只有让她们做点小买卖捞些外快。今天来的王公大臣，文武百官，都请光顾集市，踊跃购买。公平交易，童叟无欺；卖的不准缺斤少两，买的不得斤斤计较。通通现钱交易，赊欠免言。现在宣布开市！"

说完，韦氏把彩棚下的公卿大夫，文臣武将，全都撵去市场。

顿时，御花园里一片喧闹：讨价还钱，争斤论两，寸短尺长，吵闹不休。中宗、韦氏等一班人在集市间来往巡察，遇有争议，亲自调解。混乱中，文武官员与宫女们眉目传情，打情骂俏，甚至动手动脚，下流至极。中宗、韦氏见了，并不干涉。闹得乌烟瘴气，一片狼藉。待市散，卖方一本万利，买方满载而归。兴高采烈，皆大欢喜。

韦皇后娘娘所出的在宫廷开市集的点子，也是亘古未有的新鲜玩意儿。市罢，群臣纷纷夸赞这个主意好。

第三个节目是安乐公主的。

安乐公主今日的打扮也非平日可比，她将一头乌黑闪亮的头发挽成两个圈，高高盘在头顶上，四周，插了一圈鲜花，把个脸庞映得通红。肩上披一领珍珠坎肩，在红底黄花的丝袄衬托下闪闪发光。下面是绣有百鸟百花的长裙。脚下，踏一双深红色的柔皮长靴。端坐在母亲韦氏身边，既妖娆娇艳，又有几分庄重。今年的年要花样翻新本是她的主意，因此她早有准备。但见她轻启朱唇，莺语婉转地宣示道：

"这个节目叫拔河，共分四个队，选宫女一百人为两队，朝廷文武官员一百人为两队，以长安渠为界拔河。下面，由宫闱令宣读入选拔河队名单，然后到渠边集中。未入选者，应在一旁呐喊助威。"

说毕，取过一张参加拔河队文武大臣名单交宫闱令宣读。又命左右牵过马来，请父皇母后相王和太平公主等上马，去含春桥上观看评比。

从高高的含春桥上望去，两根粗长的绳子横卧在长安渠上，像两条粗大的蟒蛇。左岸的两队宫女因安乐公主早有安排，个个掖裙扎裤，站好队列，手握绳头，严阵以待；右边文臣武将两队，都是临时点名叫出来的，稀稀拉拉松松垮垮地走来，其中白发苍苍的老人占了一半，一个个颤颤巍巍走到岸边，勉为其难地抓起绳索。

安乐公主见两边人已来齐，便挥动手中红旗，俨然如出征统帅指挥战斗，喊声开始，四队人马便使劲拉起来。这时，锣鼓齐鸣，欢声四起。

那老臣队本不是宫女队对手，但因个个憋着一口气，劲就往一齐使。对方宫女虽然年轻，因嘻嘻哈哈，劲使不到一起，眼看快要被拉下河去。

老将队一开始就出手不凡，一则他们是行伍出身，行动一致，虽说年纪大，但尚有余勇，对方宫女显然不是对手，已有好几个被拉下水。

韦氏母女见宫女队要输，便命太监到岸边呼叫助威，协调步伐。宫女们眼见自己要输，怕脸面上不好看，便咬紧牙齿使起劲来，一个个累得气喘吁吁，香汗淋漓，果然立刻稳住了阵脚。双方进入相持阶段。

老臣队虽然当初占了上风，但处于相持阶段后，终因年老体衰，渐渐不支，被对岸太监看出破绽，"嗨！嗨！"一阵高呼猛喊，宫女们气力倍增，在一阵吆喝声中，把老臣队拉得人仰马翻，有的滚进水里，有的倒在泥中。皇帝皇后等一干人看得开心大笑。

另一支将军队与宫女队相持不久，终因将军们练兵习武为本职，个个气力过人，加之指挥得当，一鼓作气便把对岸宫女拉入水中，未下水的也滚成一团。

胜负既定，安乐公主宣布节目终止。只是河边传来一阵喷嚏声——因为天冷，那些落水的大臣和宫女个个都得了感冒。

中宗见今日玩得痛快，业已尽兴，准备宣布解散，在旁边的太平公主却说：

"且慢，今日皇兄皇嫂及安乐公主都有精彩节目，我也准备了一个，给过年增加点兴致。"

中宗听了，说道："皇妹既有节目助兴，当然欢迎，请皇妹吩咐便是。"

太平公主说一声"谢皇兄"，便把大家请到一个大草坪上。她早就打听到韦氏母女要在过年时搞点新花样，以显示自己，收罗人心。但今日一见，原来如此。又见她母女得意的样子，心中更是气恼，便把早已准备的节目拿出来表演，也借机显示一下。

一切安排好后，太平公主向身后仰了仰头，叫声："快上！"

话音刚落，便有鼓乐队吹吹打打上场，为首的是一个矮小丑陋的弄臣，他名叫郭解儿，是京城闻名的表演家。他口技魔术、吹奏弹唱、滑稽表演，样样精通。在唢呐声中，他先拉个架势亮了相，配上挤眉弄眼的滑稽丑态，逗得全场大笑。接着拿出一个大花瓶，抛来抛去，忽高忽低，耍得十分纯熟，但忽然一失手掉在地上，摔得粉碎。郭解儿故作痛惜状，观众也为之叹息。只见他取出块红布，将那些碎片盖上。少时，布下面似有什么在拱，揭开一看，那碎片自动合成了花瓶，一点痕迹也没有。郭解儿拿着花瓶绕场一周让大家细看。看完，他又从花瓶里抽出两幅纸，一幅上写"岁岁（碎的谐音）平安"，另一幅上写"岁岁团圆"，看得大家连声称奇。

放过花瓶，郭解儿又取出个刻有"聚宝盆"三个金字的盘子，说这盘子不论投进什么东西，都可以"投一得百"。他拿到安乐公主面前，请她一试。安乐公主顺手把宝石戒指投入盘中。郭解儿端着盘子摇了几摇，果然满盘都是宝石戒指，捧到安乐公主面前请她辨认哪一只是她的。她拿这只瞧瞧，拿那只看看，说只只都像。郭解儿便全数给了她。安乐公主用手绢包了。一只戒指换回这么多，心中好不欢喜。

演完魔术，郭解儿又说了段怕老婆的笑话，逗得全场捧腹擦眼泪。说罢，又和着"回波曲"，唱起《惧内歌》，只听他唱道：

> 回波曲儿唱得好，且唱大哥怕大嫂。
> 外头有个裴御史，里面第一数李老。

唱得太平公主及文武大臣开怀大笑。中宗是个糊涂虫，度量大，并不计较。只有韦氏听了胸中无名火起，正待发作，见上官婉儿向她使了眼色，也就忍住了。她转而一想，说皇上怕我，不是为我张目吗？有何不可。

安乐公主为姑母大庭广众中奚落母亲感到不平，然而一想到刚才凭空得了一大包宝石戒指，气也就消了。可是晚上回去打开手绢一看，全都是芦苇梗，连她的那只也不知去向。气得她大哭大叫，定要去找太平公主算账。还是上官婉儿过来，向她谈了利害，安慰一番。她只得"哑巴吃黄连"，自认晦气。

太平公主大获全胜回到山庄，但心中仍然不快，很久没有见到的崔湜今天见到了，但他一直围着韦氏转，连瞧都不瞧自己一眼，心中又难受又气愤。她又见安乐公主的新驸马武延秀与韦氏挨挨擦擦，眉目传情，脸上便掠过一阵冷笑。但却给她一点提示，她曾多次传崔湜和他的两个弟弟来公主府，均遭到婉拒，何不学她，将崔澄招为女婿……到那时，哼！

　　主意已定，太平公主来不及回府，径直去临淄王府找侄儿李隆基，她知道他与崔家关系非同一般，又与崔澄特别相好。崔澄与薛艳年纪相当，十分般配，由他去说，万无一失。

　　果然一切如太平公主所料，崔澄对李隆基言听计从，其父兄也十分赞同，几句话就说定了这门亲事。

　　薛艳是太平公主与薛绍生的女儿，今年十六岁，生得聪慧美丽，恰如其母。

　　"艳儿，你知道一个叫崔澄的书生吗？"太平公主拉着女儿的手问。

　　"知道，我见过他。"

　　"你对他印象如何？"

　　"只见过一面，说不上来。"

　　"他可是个有名的才子，比你大一岁。整个长安城也难找到像他那样的俊美男子……"

　　"娘……"薛艳已知道以下要说什么，她打断了她的话。

　　"我想把你许配给他。"太平公主不顾女儿的打断，直截了当地说。

　　"娘，我还小，把武娆许配给他吧。"

　　太平公主笑了，她说："看你这话是怎么说的，武娆是你妹妹，会比你更大？"

　　薛艳自觉说漏了嘴，也笑道："娘，妹妹比我更想嫁人，让她先嫁吧。"

　　太平公主感到奇怪，当年自己十四岁时就想有个如意郎君陪伴自己，怎么她十六岁了，却这么冷漠？崔澄，才貌双全，百里挑一，她也见过，为什么不乐意呢？这时，她才感到自己平时只顾忙自己的，很少想到这两个女儿。再看看面前的薛艳，丰满俊俏，楚楚动人，发育正常，不像是个冷漠的姑娘，心中便有了几分疑虑，说道："好，今天不谈这个，你先带我去你的书院看看。"

　　于是母女相扶而行，后面跟着一大帮仆从，慢慢朝曲江边的书院走去。

　　这是一个精致的小院落，专供太平公主子女读书之用。因其他儿女均已长大，只剩下两个小女儿在里面朝夕诵读。除了有个读过经书的侍女辅导外，还请来著名诗人张若虚给两个女儿讲授诗文。

太平公主走到书院，张若虚出门相迎。他五十多岁年纪，慈眉善目，憨态可掬，举止矫健，飘飘欲仙，眉宇间透露出一股灼人的灵气，谈吐中包含丰富的学识和机趣，令人折服。

太平公主问他一些诗书知识，他对答如流，侃侃而谈。当问到两个女儿读书情况时，他说道：

"两位小姐天资聪慧，才华超人，凡读诗书，过目不忘，且能举一反三，深明其理。只是二人性格异趣，薛艳藏而不露，淡泊人生，超凡脱俗；武娆露而有度，有志进取，颇有男子气……"

"啊！"太平公主觉得这个评价很贴切，很准确，虽全是褒奖，却也听出些轻重，语气间更欣赏薛艳。

太平公主在张若虚的陪同下，整个院子都转了一遍，甚至还仔细看了他卧室墙上的那些题诗。她对他的诗十分赞赏：

"张先生的诗作志向高远，含意深邃，穿透人生，实在是少有的好诗……"

张若虚也分明听出了赞扬中的调侃。

把太平公主送出门后，张若虚立即意识到了些什么，忙着收拾整理他的诗稿，但是他难以集中精力。他坐在讲桌后面，对桌上的一摊纸心乱如麻，目光不时打量堂下的两个学生。武娆东张张西望望，心不在焉。薛艳与平时一样，专心读书，但不断把目光投向他，使他躲闪不及。她是一块无瑕的玉，是一张洁白的纸，是一片纤尘不染的蓝天……以往，他用极大的毅力克制了自己的情感。今天，是最后一次了，要守住这道防线，一定要守住！他告诫自己。

武娆又上厕所去了，一个下午能去三次，一去就半天。往常她走，他都板着脸看着她，今天不，他低头装没看见。

武娆刚走，薛艳就拿着书走过来了。他听见她的脚步声在面前停下。他不敢抬头。

也许他们间已有某种默契，也许一刻千金，不容转弯抹角，薛艳的话是这样开头的："张先生，娘叫我嫁人。"

"……"张若虚不知该怎么回答，他只觉得心跳得紧，眼前一片黑暗。

"要我嫁给崔澄。"

"啊！那是个很有才华的年轻人。"他尽量装作若无其事地说。

"那与我无关。"

"你的终身大事，怎么与你无关？"

"你应该懂……"

张若虚轻轻叹口气，不敢回答。

她恨他。他点燃了别人，自己却冷若冰霜。

"你为什么不说话？"她倒像个老师，问面前那个答不出话的学生。

"我能说什么呢？"张若虚无可奈何地说。

"比如说你为什么要准备走？"

"不是我愿走，是我从你母亲眼睛里看出她要撵我走。"

"要走，我跟你一起。"她很坚定地说。

"我曾幻想过……"

"只要听了你这句话，我就有决心，就能办到。"

张若虚见她很固执，一时难以说服她，也不想去说服她，便岔开话题，从抽屉里取出一张精致的诗笺说："这是我专为你写的《春江花月夜》，你收下吧。"

"难道是临别赠诗？"薛艳盯着他。

"我求你读下去。"

薛艳接了过来，读道：

"'春江潮水连海平，海上明月共潮生。滟滟随波千万里，何处春江无月明。'好呀，把我的名字都写进去了。"

"这是专为你写的，怎能没有你？"

"可是你加了几点水。"

"你本来就柔情似水。"这是他的真实感受。

薛艳柔媚地翻了他一眼，继续读下去：

"'江天一色无纤尘，皎皎夜空孤月轮。江畔何人初见月？江月何年初照人？'可是你老躲躲闪闪，时隐时现，那月又怎么照得着你呢？"

"可惜人不能回炉，否则，何须躲？"

"你又说：'此时相望不相闻，愿逐月华留照君。'其实，完全是先生多疑。自古以来红颜白发的故事何其多？你我相差不过三十岁，宫中的嫔妃哪个不比皇上小三四十岁？六十与十六、七十与十七、八十与十八，满朝都是。人生难得一相知，不能因年龄的小节而遗憾终身。"

"可是那终不能同老。"

"只求同心，何须同老。哪怕一年，一个月，一个晚上。"

张若虚虚她了，换了个话题：

"你是公主的小姐，我只是一个穷书生。"

"难道您教我们淡泊守正、清贫乐道那些话都是哄人的？我说过，只要有个小院，几间茅屋，养一群鸡鸭、一池鱼虾，足够了，看来你还是不懂我。"

"我没有勇气懂你，所以只有叹息：'昨夜闲潭梦落花，可怜春半不还家。江水流春去欲尽，江潭落月复西斜。'"

"你还有闲情悲叹落月落花，可我呢？你不知道对我的伤害有多大。"薛艳忍不住热泪夺眶而出，吧嗒吧嗒滴在诗笺上。

张若虚心潮如涌，也顾不了许多，一把抓住她的手。他的手发凉，她的另一只手赶快去焐上。冷热流交织，流遍两人的全身。

"那只有等下世来弥补了。"分不清是谁说了这么一句。

门外有脚步声，二人依依离开。

是夜，张若虚整理行装，准备明日告别，二更才睡。刚吹灯，就听轻轻敲门声。

他知道是谁。他决定不再守那道防线。

他打开门，张开双臂，紧紧地抱住她。

他们终于圆了个美丽的梦。尽管梦醒了有巨大的痛苦等着他们，也不顾。

第二天，太平公主果然解除了张若虚的教席。

第二个月，在太平公主的主持下，薛艳与崔澄完婚。

婚后第二天，崔澄便来找太平公主。

听说崔澄来了，太平公主喜不自胜，究竟心思没有白费。回想他曾经的婉拒，看来只不过是一种姿态。读书人就这个味，什么礼仪，什么伦理，最终都在权势、在情欲面前一败涂地。这时该她摆姿态的时候了。

"叫他等一等。"

太平公主收拾打扮一番后，姗姗而来。

崔澄见到她，喊一声"岳母大人"，便跪在地上流泪不止。

太平公主感到惊异，问道："什么事？到底什么事？"

"她，她已经不是一个完整的她了。"

太平公主听了，一跺脚，骂道："一定是他！我一看他就不是好东西。文人无行！"

她气冲冲地喊过管家，命令道："赶快去把张若虚捉来！"

然而管家回来时报告说，那张若虚一个多月前就回扬州去了。

太平公主想了想，也再没去追究。追究起来杀了他又怎样，岂不是"一缸屎不臭搅起来臭"，自己当初也不是怀了武三思的崇简后才与薛绍结的亲吗？女大不当留，这是古话了。转而又想，崔澄因此必对薛艳有所冷淡，岂不可以乘隙而入？

想到这里，她一把拉过崔澄，说道："人生也不必太认真。水至清则无鱼，还是含糊些吧。"

太平公主感到很大的满足，除了情欲的，更有对崔湜、对上官婉儿的报复的满足。

第十九章 妻杀夫，女弑父。一场骇人听闻的历史惨剧

唐中宗景龙三年的一天，安乐公主给皇上端上一盘蒸饼："父皇，这是母后特别为陛下做的。"贪吃的中宗一连吃了七八个……

在武则天残酷镇压李氏诸王的叛乱中，凡李姓王爷、王妃、公主、驸马，以及他们的家族，男女老少斩尽杀绝。有一个李氏宗亲不满三岁的小男孩因走亲戚家而躲过死难，后被送到边地的一个道观中由马道长收为徒弟，改姓马，因他是秦王李世民的嫡孙，取名秦客。

一晃，十多年过去了。

这天，马道长把他叫到座前，问道："马秦客，你记住了你的不共戴天的仇人是谁吗？"

"记得，妖后武则天。"

"君子报仇，十年不晚。如今已超过十年，你有信心去报仇吗？"

"弟子蒙师父相救，又授黄老之术，剑术亦学得皮毛，早就想下山寻仇了。"

"好，我放你去，寻机杀了武氏。得手后可不必回山，留在朝廷为唐王朝效命。但切勿贪恋富贵，恣意行乐。为师之言，终身受用。"

"师父教诲，弟子永志不忘。"

"你此次去京师，路途遥远。你有一师叔金峭，在嵩山修行，有紧要事，当听他的指点。"

"徒儿记住了。"

经引见，马秦客在宫里当了个小药童。

屈指算来，马秦客下山也好些年了。这些年变化也太大，他还没来得及下手，武则天就被"神龙革命"轰下台。他仍然留在宫中，当御医的助手。因为脑瓜子灵巧，人又生得标致，安乐公主为讨好母亲，把他引荐给韦氏，才三十挂零，就算宫中一个人物了。随着韦氏势力的膨胀，他也跟着发达起来：封了五品散骑常侍，专职的御医，宫外也有府第，家财万贯，妻妾成群，不时受到韦氏母女召幸。还有那个上官婉儿，与他的关系也非寻常。富贵、权势、美色，如潮水般向他涌来。他做梦也没想到他这个孤苦伶仃的小道士能有今天。所以，当他从李石山手中接过那封金峭叫他配合药杀韦氏的信后，他犹豫了。他的一切都是韦氏所赐，药杀她，岂不彻底毁了自己？他不能这样做。

宫中多年，马秦客也学得心狠手毒，首先想到的是杀了那道士，毁尸灭迹。然而一看，眼前这个四十来岁的汉子，一脸络腮胡，两眼闪闪发光，定有一身本事，弄不好，反被他杀了毁尸灭迹；第二个办法，交出金峭的信，把他送官追究。可细想不妥，这样会把自己追究出来，无异于自投罗网。最后，他想到虚与委蛇，拖一拖，看情况变化……

然而最后马秦客采取的是第四套方案。

他把李石山请到密室，一揖到地，说："师兄，此事难从师命。我在宫中多年，韦后为人贤惠厚道。金峭师叔信中所言，恐系传闻。如杀害无辜，弟实难下手。此信当着师兄面烧毁，以免留下后患。"

说毕，取出火种，点燃了那封信。

李石山看着他做完这一切，没有说一句话。

当他起身告辞时，马秦客说："师兄——不管你对我是怎么样的看法，我还是这样喊你。这件事，就这么了了，当没有发生过一样。今后，有什么事，只要我办得到的一定尽力。"

李石山走出马府大门时，外面已是一片茫茫黑夜，恰如他当时的心情。

　　新年花样翻新的一场游戏，在中宗、韦氏、安乐公主间引起一场不大不小的纷争。

　　首先发难的是韦氏："陛下，你是一国之君，一个小丑竟敢在大庭广众中奚落你怕老婆，你一点也不生气。我真佩服你的涵养。我问你，你说，我要你怕了吗？"

　　"有什么大不了嘛，何况，那小丑是太平公主……"中宗说话总是这么软塌塌的，怕担责任。

　　一听太平公主，韦氏火冒三丈："太平公主，太平公主，你只记得有她，她能那样无所顾忌，就是你惯的！"

　　一听太平公主，在旁边的安乐公主就气急败坏地说："她算什么姑母，叫个小丑来骗我的宝石戒指，那戒指价值连城……"

　　"裹儿，这事也不能全怪你姑母，那是耍魔术的小丑干的。"

　　"我看，说不定姑母看上我那戒指了，专叫那小丑来骗的。"

　　中宗觉得女儿说话太没有分寸，说道："这事也怪你，你要是叫那小丑把你的戒指找出来还给你，不就完了。你说认不出来，他全倒给你，你高高兴兴收下了，不是太贪心吗？"

　　这话触动了她的痛处，恰如触动了马蜂窝，只听她边哭边闹边叫："父皇，你好偏心啊！呜，呜，呜，明明姑母骗了我，你还帮她说。呜，呜，呜……"

　　见女儿哭了，韦氏心痛，也来帮腔："我说陛下，俗话说，胳膊肘向里拐，你倒好，处处帮助外人……"

　　"什么？"中宗一听韦氏把太平公主说成外人，也冒火了，"那是我的亲妹妹，她是外人？我这皇位还全靠她哩……"

　　他早就领教过这娘俩的厉害，说完，袖子一甩，走了。不管后面韦氏母女哭得多厉害，闹得有多凶。他头也不回。

　　第二天，又发生一件更大的事。从此，宫廷就再也不安宁了。

　　"你们算算。"太平公主对相王及相王的三子临淄王李隆基扳着指头说：

"韦温、韦播、韦捷、韦灌、韦锜……清一色的韦氏天下，军政大权全在他们的掌握之中，就像当年清一色的武姓一样。可惜中宗皇兄太软弱，一切都听韦氏摆布。韦氏、宗楚客早就勾搭成奸，迟早这江山要改姓韦……"

"我看，还是皇妹多劝劝皇上。有些事，给他点一点，也许……"相王以宽柔著称，说话如温吞水，不冷不热。

"我说相王兄，你就是太仁厚。我不知道明里暗里劝他多少次，但一点作用不起，我看啊……"

"姑母所言极是，皇上已被韦氏、上官婉儿、安乐公主、宗楚客等一帮人挟持，无所作为，光是劝说不起作用，还得想些其他办法。"

相王不以为然地说："你们也不要太着急，我看，最好能找个人去向皇上上书，把事情说透一些……"对相王来说，他认为这个办法已够激烈的了。

太平公主、临淄王李隆基不便再深说，就依了相王的主意。

李隆基回到府上，把向皇上上书，列举韦氏、宗楚客等人的罪恶的设想向几个同谋匡复社稷的心腹朋友讲了，当时便有许州参军燕钦融首先表示愿冒死上书。

"不过，此事不能莽撞，弄不好，白搭上性命。"李隆基说："你不记得定州人郎岌的事吗？他向皇帝上书，揭发韦后、宗楚客谋逆，信都没送到皇帝手上，就被韦后和宗楚客手下人以企图行刺皇上的罪名杖杀，连尸体都没找到。"

燕钦融说："如此说来，就没有能把信直接送到皇上手上的办法了？"

"有倒是有。"李隆基说，"只有这样……你告我谋反……"

"什么？"燕钦融不相信自己的耳朵。

"你告我谋反！"李隆基重复道。

"我不懂。"燕钦融听清楚了，感到奇怪。

李隆基说了："垂拱二年，因李敬业谋反，朝廷奖励告密，凡有告谋反者，臣下不得过问，由皇上亲自处理。当时索元礼就因告密受到我皇祖母则天大帝的召见……只有这个办法，你才能亲见皇上……索元礼还因此当了游击将军……"

"啊，我懂了。"燕钦融说。

第二天早朝时，燕钦融大步朝皇宫走去。

"站住！你是干什么的？"侍卫厉声问。

"告人谋反！"燕钦融说。

"告谁谋反？"

"要面圣时才能说。"

侍卫迅速禀告给兵部尚书宗楚客。宗楚客把燕钦融叫来问道："你是谁？"

"许州参军燕钦融。"

"你告谁谋反？"

"告临淄王李隆基。"燕钦融认得宗楚客。

宗楚客一听大喜。告谋反下臣不得过问，要由皇上亲问的朝规他是清楚的。宗楚客立刻把燕钦融带到中宗面前。

燕钦融见了皇上，跪拜以后，呈上状纸一叠，上面历数韦后淫乱，干预国政，培植宗族势力，与宗楚客、武延秀、安乐公主等相勾结，图谋不轨危及宗社等罪行。

中宗看罢，气得浑身发抖，一个小小的参军，敢这么大胆面君告皇后、公主和宰相，如其事实不确，岂不自己找死？而所举的事例，中宗也有所耳闻，他要问个明白："朕问你，燕钦融，你告皇后、宗楚客等淫乱宫廷，勾结公主、驸马同谋造反等等，这可不是小事。你要知道，如系诬告，是要反坐的。"

燕钦融早已置生死于度外，毫无畏惧将韦氏、宗楚客等人的种种丑恶罪行，一一奏报。

中宗极力控制着自己的情绪，静静地听他讲。

当说到韦氏私通宗楚客、御医马秦客、御厨杨均，并卖官鬻爵，培植韦氏势力，有谋反篡位野心时，紫纱帐后听政的韦氏听了大为恼怒，几次出面阻止，嘶声吼道："此贼一派胡言乱语，快将他杀了！"

而中宗皇上这次却表现出了特别的冷静，不理韦氏，对燕钦融说："你说下去。"

　　燕钦融接着揭露宗楚客的谋反言论，公开说什么"始吾在卑位，尤爱宰相；及居之，又思太极，南面一日足矣……"其野心昭然若揭。

　　宗楚客听了怒不可遏，一把拉过燕钦融的衣领，举起朝笏板劈脸打去，顿时鲜血淋漓，溅满御殿。众大臣见了一片哗然。

　　燕钦融大声向中宗求救："皇上，皇上……"

　　宗楚客一向傲慢无理，骄横惯了，并不把皇上放在眼里，继续用朝笏板向燕融钦头上乱打。众大臣都把目光看向皇上。

　　中宗实在气愤不过，忍不住喝道："宗楚客住手！你，你，你身为宰相，难道不知法度？竟敢在朝堂上当着朕行凶殴打上书人，如此大胆，该当何罪？"

　　见皇上真的发怒了，宗楚客也自觉心虚，只得连声喏喏，极不情愿地站到一边。

　　中宗心想，此事不能草草了事，不然我这个皇帝岂不太窝囊了？便说："燕钦融，你上书所言，尚待详查。如有不实，定当严惩。你暂回住所听候调查传讯。"

　　说罢宣布散朝。

　　宗楚客见皇上如此宽待燕钦融，便预感到皇上一定要追查他与韦氏的种种罪恶。一不做二不休，趁中宗退朝时，命卫士把燕钦融捆了，一阵乱棒。燕钦融放开喉咙，高喊"皇上救命！"但没喊两声，便被投于殿庭石上，折颈而死。

　　中宗尚未走远，听见呼喊，赶过去看燕钦融时，已被打得血肉模糊死去。他指着卫士大怒道："大胆畜生，谁让你们打死他的？"

　　卫士们回道："我们奉宗大人之命……"

　　中宗越发愤怒："哼！你们只知道有宗楚客，还知道有朕么？"

　　正在快意的宗楚客听了皇上斥骂，自知理亏，本要认错，但见韦氏随后赶来，顿觉有了后劲，便把目光投向她。韦氏见这情状，一时也不知该说什么好。

　　宗楚客这时心慌意乱，没了主意，只得向中宗躬身求饶道："臣对此贼口出秽言辱骂皇后，十分气愤，命武士打死了他。请皇上宽恕。"

在皇上身后的韦氏见宗楚客向中宗请罪，顿时火起，怒气冲冲地走上前说："不过杀了个犯上作乱恶毒攻击朝廷的小小参军，难道还要问罪当朝宰相？何况宗丞相所为实在是为了皇家尊严，陛下为何如此不明事理？"

见韦氏发怒，慑于雌威的中宗有些心虚。但因余怒未消，一脸不悦地使劲跺了两脚便径自回宫去了。

"今日之事，绝非偶然。"在宫中的一个秘密地点，宗楚客对韦氏、马秦客、杨均等人说道："那燕钦融肯定是太平公主、李隆基的同党，不然，哪里晓得这许多？现在事情紧急，中宗绝不会轻易放过我们，而太平公主等也要借题发挥，置我等于死地。如果不及早想办法，你我都死无葬身之地……"

韦氏早有篡位野心，觉得这是一个很好的机会，便说："眼下军国大权大多在我的掌握之中，不如趁机发兵围了太平公主、相王和临淄王李隆基的府第，杀他个鸡犬不留。至于中宗嘛……"

"把他废了就是。"马秦客说。

"不行，留下祸根，终是后患，不如及早解决了！"宗楚客说话时不住地看韦氏。

韦氏说了："宗卿之言极是，像他那样的窝囊废留着何用？应及早将他除掉，立温王重茂为帝，当个傀儡，我们仍然可以自由自在地过日子。"

"何必再立新帝，就学武则天大皇帝，韦皇后登基，也少一番周折。"御厨杨均把改朝换代当杀鸡屠鹅般简单。

杨均的话说到安乐公主心坎上，忙说："对，母后临朝，封我个皇太女……"

杨均的话也说到韦氏心坎上了，她很高兴，但她觉得不能匆忙行事，便望着宗楚客说："宗卿是宰相，胸中自有计谋，请你想个万全之策。"

宗楚客也有当皇帝的野心，但藏而不露，现在离那一步还早。听韦氏问，便说："臣以为皇后陛下的见解极为恰当，现在我们应加强京师保卫，防止太平、相王等作乱，调遣人马暗中包围王府，伺机剿杀之；对中宗，以药杀为好，不留痕迹。待他死后，立重茂为帝作为过渡，待局势稳定后，再请韦皇后登基。这样更为稳妥。"

韦后最后布置说："礼部尚书韦温调兵马五万屯驻京城；中书令宗楚客派兵监视相王、太平公主和李隆基三府；散骑常侍马秦客准备毒药，要立马见效不留痕迹的那种；光禄少卿杨均准备做好中宗爱吃的食物……事不宜迟，立即行动。"

一派紧张气氛笼罩着宫墙外的太平公主府。

第一个来的是兵部侍郎崔日用。他是一个在官场上混了几十年的老官油子，之所以历经高宗、武后、中宗等几朝复杂权力斗争而不倒，就在于能察言观色，审时度势。他对韦党的作为早存戒心，对韦氏、宗楚客合流的前景深感不妙，特别是燕钦融事件后，朝野议论纷纷，人心惶惶，如果不及早抽身，一味依附韦氏，结果不堪设想，于是他想到太平公主。

"公主殿下，小臣见朝廷韦氏专权，皇上过于柔弱，大唐江山可虑，特拜谒殿下，请您拿个主意……"

第二个来的是崔湜，他也是兵部侍郎。中书令兼兵部尚书宗楚客是他的顶头上司，他对宗楚客与韦氏蝇营狗苟狼狈为奸甚为不满，料定他们干不成大事。韦氏虽与他有染，但她太浅薄粗陋，颐指气使，专横跋扈，皇上已对她失去信任，如不及早抽身改换门庭，将来必然受累。于是回过头来，又投入太平公主的怀抱。

"今天是什么风呀，把你这位贵客给吹来啦？"太平公主对崔湜依附韦氏，长久不来与她相会很是不满，今日见了，便先说几句让他听听。

"公主殿下，不是小臣忘情，实在身不由己，请公主大量，原谅一二。"说毕，把椅子搬得靠太平公主近近的，又做出一副媚态。

太平公主本对年轻貌美的崔湜难以忘怀，今日见他如此赔罪下话，一肚皮怨气顿时烟消云散，不由拉过他的手说道："你这个冤家，不知怎的，总让我摆不脱甩不掉，今日你既归来，过去的一切我都不计较，但愿我们和好如初……"

二人久别重逢，一番亲热后，太平公主便问道："你今日来，定有什么事情，不妨大胆讲来。"

"殿下英明，聪慧绝顶，什么事能瞒过您？"崔湜说，"眼下，韦、宗结党，欺皇上软弱，国事堪忧。祸福变化，且夕之中，特向公主禀告，望殿下再以'神龙革命'的胆识谋略，挽救唐室。如有需要我崔湜之处，当万死不辞。"

太平公主听了他这番话，又看看他的神态，觉得不会有假，但她还是笑着问道："莫非你奉了韦皇后懿旨前来打探我的口风？"

一听这话，崔湜扑通一声跪下，指天发誓道："今日之言，如有半点虚假，死无葬身之地……"

"好了好了，一句玩笑话，就当真了。你既悔悟，我深信不疑。你刚才的建议，我好好想想再说，只是你要充分利用与韦氏、上官婉儿的关系，及时向我通些消息。将来有什么变化，你也算立了一大功……不过，还有一点，你要经常到我这里来陪我说话，若今后再三心二意，我可不饶你……"说着，把他扶了起来。

"公主殿下放心，我崔湜能有今日，全是您的提携。我是属于殿下的，今后随召随到。"

这几天来得最勤、说得最多的是临淄王李隆基。姑侄二人细细商量应变计划：太平公主与朝中大臣联络，并入宫探听虚实；李隆基与羽林军、万骑军中的军官结交，随时准备用武力收拾局面。

长安城上空乌云滚滚，似有厮杀之声从远处传来。

但在平民百姓中，却是一派升平。六街三市，行人如云，熙熙攘攘，谈笑风生。只是传闻宗宰相兼兵部尚书手握重权，无端杀人，又与皇上对抗，惹得皇上冒火，其他没有特别新闻。虽然，那高大的皇城无论从长安的哪个角落都看得到，但老百姓还是觉得离他们太远。

然而，一僧一道韩合一和李石山的感觉却不一样。他们时时刻刻都盯着皇宫，想看透那厚厚宫墙里的秘密。

"你今天又见到你的儿子了？"李石山问。

这时韩合一的儿子二桂已在宫中当了个太监小头目，进出皇宫比较自由，父子俩能常见面。

"见到了。"韩合一回答。

"还是不愿离开皇宫？"

"他说这一辈子就算了，出来又有什么意思。"

"宫里有什么新闻？"

"说皇上跟皇后闹别扭，几天都没讲话了。据他看，怕有什么事情发生。"

二人正在兴业寺门前交谈，突然过来一个人向李石山拱手道："请问是李石山道长吗？"

"贫道正是。"

"可把我好找。我们马大人有请。"

"什么马大人？"

"御医散骑常侍马秦客马大人。他正在府上恭候。"

李石山觉得奇怪，但还是随来人进了马府。

与马秦客相见后，让进密室。

"李师兄，我先请你看个物件。"说罢，马秦客取过一封信交给李石山。

李石山接过来一看，原来是那封金峭写给他的信。

"那天你不是烧了吗？"

"那天烧的是个拓本。"

"什么意思？"

"师兄，实不相瞒，你我并不认识，金师叔也从未见过，我不敢轻信，只是这段时间对你的观察，才确信你并非歹人，乃真义士也。故今日请师兄来敝府共商大计。"

"啊！"李石山如梦初醒，向来有江湖险恶之说，对人不得不防，特别是生人。"还是师弟精细，为兄有所误解，请原谅。"

"自家兄弟，不必客气。"

"师弟今日找愚兄来有何见教，请讲。"

"说实在话，那日看了金师叔的信后，我就在寻找时机。现在，有个绝好机会。这几天，韦氏与皇上憋气，卧病在床，每日由我煎制汤药，真是天赐良机。只是皇宫中不准存有毒药，且一般毒药很容易露出破绽，故请师兄商议。"

李石山这几天正焦虑此事，不想机会来得这么容易。他说："此事好办。

我这里有药，保证万无一失。服后如得心病而死，找不出半点破绽。"

说罢，从怀中取出药瓶，取下黄盖，换上红盖，双手捧着，把药瓶交给马秦客。

"一切拜托了。"

临走时，李石山这样说。

中宗像掉了魂似的，在神龙殿御案前走来走去。御案上，山头般堆着要御批的文件。

自从与韦氏闹翻后，几天两人不打照面，就连那个小丫头裹儿，也跟着母亲和他憋气，连个人影儿也见不着。

"回想流放那阵子，韦氏对我多好，白天辛苦操劳，晚上让我拱在她怀里，拍着我，哄着我，让我安心睡觉，不做噩梦。我们互相对天盟誓，相守终生，绝不背叛。可是那燕钦融说她跟宗楚客、跟马秦客、跟杨均……其实，我只见过她跟武三思，其他都是传闻，没有实据。那么苦的日子都跟我过来了，而今，一国的皇后，会那么不自爱？我不信……那天，我也实在太不给她脸面了。这么几天都不来？其实，只要你来了，几句话一说，气不就消了。俗话说，一日夫妻百日恩。可你要跟我赌气，好，赌就赌。宫里这么多佳丽，我想找哪个陪就找哪个陪，非得跟你说话？

只是那个死丫头裹儿，生下来就跟我一起受罪，十多年，连一双像样的鞋都没穿过。冬天，光着脚到山上捡柴，小脚丫冻得通红稀烂。一双小手长满冻疮，指头肿得像红萝卜，真叫人心疼。现在好了，什么都满足你了：开府置官，修定昆池，封驸马……可你也得体谅父皇的难处。讲了你几句，也赌气。原先那个围着我膝头转着叫父亲的裹儿到哪儿去了呢？"

他围着御案转，一圈又一圈。渐渐地，他平静了下来，又端坐在御椅上，拿起笔批那些永远也批不完的文件……

忽然，他闻到一股香味，那是他非常熟悉的香味，是荆州特有的蒸饼才出笼时漫出的香味。韦氏最会做那种饼了，那味道美极了，山珍海味也没它好吃。闻着闻着，没有了。他怀疑这是一种幻觉，就又低头批他的文件。

"拜见父皇。"

他抬头一看，安乐公主双手捧着一个大食盒跪在殿前。

"裹儿……"中宗声音有些儿变调，他太喜欢这个女儿了。他丢下笔，推开御椅，快步走上前去，把女儿扶起来。

"父皇……"安乐公主喊着，眼泪不住往下掉，"母后叫儿臣奏告父皇，她那日冲撞了父皇，望父皇宽恩。她本有病，但仍挣扎起来，做了父皇最喜欢吃的蒸饼，叫儿臣送来，请父皇品尝……"

"好，起来，起来。我老早就闻到香味了。"中宗把女儿扶上御座，叫她坐下，接过食盒，揭开盖子一看，亮晶晶白生生一屉，还在冒热气，他先取了一个递给安乐公主说："来，你先尝尝。"

"我，我在母后做的时候偷嘴都偷饱了，父皇，您请吧……"

"好，我吃，我吃。"

中宗也太贪嘴，一连吃了七八个。

当第八个蒸饼还在嘴里没吞下肚时，他指着肚子说痛，但也只说了两声，便瘫倒在御案下了。他的眼睛大大地睁着，一只手指着肚子，一只手指着他的爱女安乐公主。

中宗死了，除了宫中少数人以外，没人知道，因为韦氏和宗楚客决定：秘不发丧。

然而第二天，消息就走漏出去了。

整个长安城像一锅温火熬的玉米粥，时不时有几个气泡从锅底下冒起来。

第三天早晨，人们发现一个满脸大胡子的道长在散骑常待马秦客府门上自杀身亡。一把利剑从胸口刺进去，直到剑柄，穿过背心一尺多长，深深扎在红漆大门上。

第二十章　决斗在三个女人间进行

在唐代的皇权争斗中，女人扮演着极不寻常的角色。太平公主与韦氏皇后、安乐公主，都是出色的演员。

一切按计划进行。

京城已变成兵的世界：长安令韦播、中郎将韦锜、卫尉卿韦璿、中书舍人韦元、驸马都尉韦捷、韦灌……一大群韦氏将领各领自己统辖的军队，把皇宫和城里的要道要地把守得严严实实。

太平公主听报说中宗驾崩，立刻得出结论：谋杀。她坐上轿子马上进宫，要看个究竟。

"皇兄昨天还好好的，今天就驾崩了。得的什么病？吃的什么药？停枢在何处？"太平公主见到韦氏，连珠炮似的向她提问。

韦氏心虚，说话吞吞吐吐："听说皇上在神龙殿上批阅奏章时犯了心病，御医马秦客去诊断，药方尚未开，不知怎的便驾崩了……"

"马上带我去看！"

韦氏被迫在前面引路，走到神龙殿，只见中宗躺在临时搭起的床上，微闭双目，看似安详，细看隐约有痛苦状。太平公主见了，想到手足之情，忍不住叫一声"皇兄……"便放声大哭起来。一旁的韦氏也假装干号了几声。

太平公主意识到现在不是哭的时候，立刻止住，对着中宗的尸体一语双关地说道："皇兄，你放心去吧，后事自有妹妹为你安排。"

说完，转身向韦氏："皇兄有遗诏吗？"

"没有，我已叫上官婉儿拟去了。"

她们匆匆来到上官婉儿那里。

"遗诏拟好了吗？"刚跨进门，太平公主就迫不及待地问。

上官婉儿回道："刚刚拟好，请皇后和镇国太平公主过目。"

因为是按韦氏的意见拟的，韦氏接过来粗略看看后便交给太平公主。

太平公主刚看头一句便问："'立温王重茂为皇太子。'怎么没有皇帝？国家岂能一日无君？"

上官婉儿忙解释道："只是临时应付局面，待办完先皇后事，再择吉举行太子即位大典。"

太平公主向下念："'皇后知政事，相王旦参谋政事。'这个主意倒不错。那就这样定吧。快选吉日新皇上登基。"

说完，太平公主便出宫回府。

回府后太平公主首先宣来崔湜，二人携手进入内室。崔湜以为需要他，便把她抱到床上，但太平公主翻身爬起来说："今天我找你不是为这个，也顾不上这个。我是向你打听一件事。"

"什么事？"

"皇上的死因。"

"此事只听议论纷纷，传说皇上被毒杀，但无真凭实据。可巧我听到一点线索……"

"快快讲来。"

"皇上驾崩那天晚上，在神龙殿伺候皇上的两个小宫女失踪了。"

"啊！那这两个宫女必然知道内情，被他们杀人灭口了。"

"不过巧的是一个被救了，听说躲在一个庙里。"

"那快去把她找着。此事就交给你，找着后马上带到我这里来。这算你立下的头功。"

二桂在宫里当了个太监小头目，手下管几十个司更守夜的太监。他尽职尽责，天天晚上都把宫中处处巡查个遍。

这天晚上三更以后了，他正在御花园里巡夜，忽听一阵杂乱的脚步声由远而近。深更半夜的，他们干什么？他知道宫里的事，不该看的不看，不该问的不问。但这件事太怪，在好奇心的驱使下，他躲在一棵大树背后，想看个究竟。

隐约中他看出是韦皇后身边的几个太监，其中两个肩头上还扛着物件，软耷耷的，分明是人。另一些，拿着锄头铁锨，急匆匆向花园深处走去。这种事韦氏不止做过一次了，不过他估计这与今天皇上突然驾崩有关。他决定看下去。

他跟了上去。那伙太监慌慌张张在挖坑，只听"快、快"的催促声和铁器碰上石子的噼啪声阵阵传过来。不久，听见两具尸首抛进土坑的扑通声和铲土、盖土声。

又多了两个冤魂。

二桂心里很难过，也很气愤。但他又有什么办法呢？他退到大路上，故意把手中的梆子敲得响响的。果然，那伙人便急急忙忙散走了。

鬼使神差，完全是鬼使神差。平时不管闲事的二桂今天偏要去看个究竟。他走近松松软软的土堆面前，还围着它转了一圈。他为他们祈祷，为他们愤恨。当他还准备往回走时，忽听土堆里传出呻吟声。他以为听错了，仔细听，又传出两声。一定还没死。他放下梆子鼓起勇气使劲用手刨土。才盖上的土很松软，很快就刨到两个人体。原来是两个女人。他摸摸她们的鼻子，有个还有一丝气，微弱的声音就是她嘴里吐出来的；另一个已完全死去。他把活着的拖出土坑，平放在草地上，从她嘴里、鼻孔里抠出泥土，又给她扩扩胸。渐渐地，她缓了过来。他决定把她背到他的小屋里去，让她活下去。在背她之前，他把土堆还原，不留下痕迹。

他认识她，是神龙殿前的宫女敏儿，一个圆圆脸蛋、妩媚无比的小姑娘。在喂了她几口热水后，她苏醒了过来。她也认出了他。

"我怎么会在这儿？"

"我只是从土坑里把你救了出来，其他，我就不知道了。"

敏儿想了想，想起来了。

"我和捷儿在神龙殿侍候皇上，只见安乐公主给皇上端了一盒蒸饼，皇上吃了就瘫倒在御案下死了。当时我们吓得魂飞魄散，不知所措。而后，韦皇后来了，她叫我们不要说。我们什么也没敢说。晚上，我们睡了，进来几个人用口袋把我们蒙住了，就昏过去了……"

"啊！"二桂一声惊叹。

"桂叔，您救我出宫吧。"

"你要回家？"

"我没有家。"

"先出去再说，明天我带你出去。"

第二天天未亮，二桂把敏儿藏在运粮运菜的空车里，混出了宫墙，送到韩合一住的破庙里。不巧又被人看见了，于是，一个老道带了个年轻女子住在庙里的桃色新闻很快传开，各种猜测也跟着出来了。因为恰恰是在皇上驾崩的第二天，两件事就被联系上了。

敏儿无家可归，韩合一正在发愁把她送往何处时，忽被崔湜派来的一队兵包围了破庙，他俩被捉进了太平公主府。

一听说是太平公主，韩合一心中一紧，算来四十多年了，怎么又碰上她了。

"你就是神龙殿前的宫女敏儿吗？"太平公主问道。

"奴婢是。"

"你认识我吗？"

"公主殿下，我认识。"

"你把你那天亲眼所见如实讲来，本公主替你做主。"

敏儿从头到尾细讲了一遍，并在供状材料上画了押。

这时，太平公主才发现旁边还站着个老道士，她忘了他与这件事的关系，问道："我家又不做道场，你来干什么？"太平公主的一句俏皮话，说乐了满堂上下的人，韩合一下胆大了许多，他回道："公主殿下，我来要儿子。"

"什么？"公主奇怪地望着他又问："你叫什么名字？"

"贫道乌龟韩。"

太平公主愣住了，她想起了四十多年前那个憨憨厚厚的汉子。

"你还没死？"

"公主殿下，俗话说'千年王八万年龟'，还有得活哩！"

"你来寻仇？"

"不，我是被捉来的，也是贫道的机缘，借此向殿下讨还儿子。"

"啊，二桂！"太平公主说："可以，我马上就还你。"

说着，转过身来吩咐公主府总管家："快去宫中把太监二桂叫来。"

韩合一当然不敢说他早已见过，只不断向太平公主双手合十，连声感谢说："谢公主大恩大德，只是……"

"只是什么？"太平公主问。

"只是他已不是原来的二龟了，我家的香火便从此断了。"

公主无话可说了。但她看到站在一旁的敏儿，不觉心里一亮，问道："敏儿，你回宫还是回家？"

"奴婢绝不回宫，不过我无家可回。"

"好。"太平公主笑了，她脑子里马上闪过一个奇异的计划。

她问韩合一道："乌龟韩，我问你，你怎么又改名韩合一了呢？"

"师父说我先当和尚，后当道士，两道合一。"

"看来你也是一个立志不专的出家人。你刚才说，你要讨还一个完整的儿子，可以，我做主为你娶房妻子，让她给你多生几个完完整整的儿子，连本带利都还清，你说好吗？"

公主的话一说完，堂上堂下一阵哄笑，笑得韩合一脸红心跳，他还没想好如何回答太平公主，她又说了："这是天赐良缘。敏儿，过来。我问你，你已无家可归，我把你许配给他，你愿意吗？"

"他？"敏儿看着韩合一说："嫁给一个老道？"

"那容易。管家，快把韩合一带进去换换衣裳，梳洗打扮一下。"

韩合一一心要儿子出宫，就是想要他娶妻生子，好续韩家香火，可是儿子不愿出宫；话又说回来，即使他愿意，一个太监，又能怎样？太平公主一句认真的玩笑话点醒了他，他也就半推半就，口里说不好、欠妥，脚步早随管家进去了。

再次出来的韩合一已焕然一新，头戴青丝帽，身穿绿布袍，脚踏一双厚底皮靴，除了脸上的皱纹依然如故外，全身上下伸伸展展，俨然一个教书先生。

太平公主叫过敏儿说："我给你讲个故事，还是父皇在世时，有年考进士，有个程姓书生高中第二名，父皇接见他时，见他白发银须，问他青春几何？他说七十有三。问他有几个子女？他说尚未娶妻。父皇就赐他一个年方十七的宫女。结亲时，有人写诗跟他开玩笑：'新人若问郎年纪，五十年前二十三。'自古以来老夫少妻、红颜白发的佳话多的是。你就不要再去计较他的年纪。再说，他父子救了你，你们相遇，也是缘分。你看他那老实巴交的样子，将来一定不会欺负你。"

一席话，把敏儿锁着的眉头说消散了，低头笑说："全凭公主殿下做主。"

太平公主这时叫过韩合一和敏儿，对他们说："今天，我就给你们做主，结为夫妇。望你们早生贵子。好续你韩家的香火。"

韩合一、敏儿双双向太平公主跪下，齐声说："谢公主！"

这时，管家带着二桂到了。

二桂见了公主，忙下跪问安。只因走得匆忙，那手形小木板未来得及带上，他感到很是遗憾。

太平公主手指敏儿说："二桂，快去拜见你母亲。"

二桂愣住了，从小就没听说有母亲，怎么现在钻出个母亲来了？及至看见父亲已还俗，穿着常人衣衫喜滋滋站在那里，旁边站着他昨天搭救的敏儿，便有了几分明白。遵照公主吩咐，认认真真地叩头，恭恭敬敬地说道："给父亲、母亲大人请安道喜。"

太平公主说不出自己这时的心情，欢喜吗？悔恨吗？戏谑吗？好像样样都有。她看看二桂说道："二桂，你在宫中这么多年，实在不易，愿意出宫，你就走。我会重重赏赐你。"

"走吧，二桂，跟咱们走吧。"韩合一说。

"不，我不走，我要留在宫里，我要侍候太平公主殿下。"二桂说得很坚决，很固执。

太平公主导演了这场喜剧后，迅速赶到相王府，将皇上被韦氏母女毒死的经过细细讲了。相王听了止不住泪流满面，连连叹气，却一点儿也拿不出办法。他只有说："皇妹，你看着办吧。"

太平公主听了并不觉相王无能，心中却暗暗高兴。

急急回府后，太平公主唤来临淄王李隆基，对他讲了皇上被害、韦氏制遗诏等情节。李隆基也把他从宫里太监总管高力士那里得到的消息加以印证，说明情势很危急。但他却胸有成竹地说：

"姑母勿虑，侄儿我已安排内苑总监钟绍京、尚衣奉卿王崇晔、刘幽球、御林军将领麻嗣宗、陈玄礼、果毅都尉葛福顺、李仙凫，以及家将王毛仲、李守德等，做好一切准备。韦氏各支军队中我都有人，他那边稍有动作，我都知道。现在是密切观察形势，找准时机，务求一举成功。"

太平公主点头称赞道：

"贤侄实在精细果断，思虑精密。"

但她心里感到恐惧。他怎么一点也不像他的父亲呢？

韦氏将上官婉儿拟定的遗诏给宗楚客看。

宗楚客将诏书向书案上一丢，说："不行，要改。"

"怎么改？"韦氏问。

"相王旦参谋政事要改掉，加封他个太子太师的空头衔就是。皇后知政事改为'皇后临朝摄政'。不然，一番苦心就白费了。"

韦氏有些为难地说："可那是与太平公主一起商定的呀！"

"不管她，明天通知相王、太平公主和诸宰相上朝，宣布了就是。造成既成事实，看她又奈我何！"

第二天，韦氏请相王、太平公主及韦温、岑羲、宗楚客、崔湜、纪处纳、苏环等十余个大臣入宫，宣布遗诏。

太平公主听了，拍案怒吼道："昨日我亲见遗诏有'相王旦参谋政事'，为何没有了？原来'皇后知政事'怎么成了'皇后临朝摄政？'"

宗楚客对太平公主怒目而视说："相王参谋政事，皇后知政事，同在朝堂上，于理非宜。自古有'叔嫂不通问'的规矩。相王参谋政事理应修改。"

尚书右仆射苏环平时以敢言著称，他不惧韦氏权势，说道："遗诏岂可随便更改！"

太平公主则冷冷地说："那就随他们的意吧……"

说罢起身而出。

韦氏明白，光靠一纸诏书是达不到目的的，重要的是武力后盾。她命总知内外兵马事的韦温领兵五万驻扎城中；驸马都尉韦捷、韦灌率羽林军万骑营，严守宫城；长安令韦播统所辖兵马昼夜巡逻，加强戒备，有异常情况立即弹压，格杀勿论。

一切布置停当后，聚满朝文武，宣布太子重茂即位，为殇帝，改元唐隆。皇后临朝摄政，相王为太子太师进封太尉。韦温总领内外兵马。其他如崔湜、岑羲等都晋升官职。又宣布大赦天下，以收揽民心。

然而，韦氏、宗楚客、安乐公主等心里并不踏实。"韦皇后毒杀中宗"的说法在朝廷内外流传。他们整日心惊胆战，坐卧不宁。特别是听说太平公主将那个侥幸逃脱的宫女敏儿藏在府中，她已将毒死中宗皇上的全部过程讲了出来。铁证如山，罪责难逃。

"历来都是'成者为王，败者为寇''先下手为强，后下手遭殃'，眼下情势一触即发，如不抢先一步，你我都将作刀下之鬼。"

宗楚客这么一说，韦氏、安乐公主等无不心惊肉跳，急忙商议行动步骤：中宗发丧出殡那天，以击钟为号，先杀殇帝重茂；再以太平公主、相王、临淄王李隆基谋反为名，发兵剿灭，务必斩尽杀绝，不留后患。然后，拥韦氏登基为帝。只有这样，可使大家无虑。

任务分派下去后，专等中宗出殡那天的到来。

然而，几乎一切重要机密都被太平公主和李隆基打听到了，从而使这次讨伐韦氏、重振唐室大业的计划得以顺利完成。其中，做出卓绝贡献的是一个阉臣，他就是陪伴唐明皇李隆基大半生的著名太监高力士。

高力士本姓冯，八岁入宫时拜太监高延福为义父，改名高力士。在宫中时间久了，他看到一片刀光剑影中这派起那派落，认定跟哪一派都是危险的。他就周旋于安乐公主驸马武廷秀和太平公主之子薛崇简、相王之子李隆基之间。他很有头脑，喜读书，爱思考，从历史变化中总结前朝兴亡，权谋得失，还形成自己的一套阉臣哲学：在皇权争斗中脚踏几只船，随时准备改换门庭，随时准备反戈一击，甚至反反戈一击。

现在，他面临一种选择。因为他投靠在安乐公主门下，在中宗被毒死后被任命为内给事中，并在这次"翦灭三府"的军事行动中被任命为监军，奉命与兵部侍郎崔日用一起统兵围困相王、太平公主和临淄王三府，不许放跑一人。

他作了一番权衡：韦氏无论才能权谋，都不及武则天，就是比太平公主也差得远。她手下的人，多是些贪图小利的鼠辈；更何况名不正、言不顺。武则天的戏演一次已经够了，历史绝不会给韦氏再提供一次舞台，她必败无疑。谁是赢家呢？他毫不犹豫地看中了临淄王李隆基。年轻、英俊、有头脑、有能力。颇受众望不说，他是相王之子，正统的接班人。高力士早与他有过接触。当"剪灭三府"的密诏发到他手上时，他立即将消息传给了李隆基。接着，李隆基又得到崔日用的相同情报。这支军队不仅没有去完成"翦灭三府"的任务，后来反倒成了攻打皇宫的主力。

李隆基还得到情报，韦氏对高力士和崔日用并不信任，她又派御林军将军韦忠率三千兵马尾随在后，一则用以监视高、崔的部队；再者如发现他们不用力尽命，立即补充上去，一定要把三府杀个寸草不留。

"计划不可谓不周，用心不可谓不恶毒。"李隆基心想，"你从外面攻打我，我便从内部攻打你，掏出你的心脏。"他做了一个非常大胆的决定：把他的指挥中心设在禁苑之内。

大内禁苑总监钟绍京是管理宫内上千名工匠的总头目，对韦氏、宗楚客等人的恶毒凶残见得太多了，如果让他们独霸了朝政，这日子就没法过了。他们嗜杀成性，那么多有本事有能力的人都死在他们手下，我这个工匠头目算什么？稍有不慎，吃饭的家伙就会被他们端了。权衡再三，他决定投靠李隆基。把后苑他的办公府衙稍作布置，就成了李隆基的指挥部。钟绍京手下还有一批效忠唐室的工匠，他们便成了李隆基的卫戍部队，日夜拿着锄头铁锤斧子等工具，以劳动为掩护，执行着保卫他们心中偶像的神圣任务。

李隆基早在儿童时代就成了人们心目中的偶像了。

他七岁那年，则天圣神皇帝坐朝，文武百官鸦雀无声，肃立两旁，恭听皇上训示。四周一片寂静，就连远处几个麻雀在树梢上打架都听得清清楚楚。

就在如此庄严安静的时刻，突然一阵马蹄声夹杂着滚滚车轮声，由远而近，眼看进了御殿大院，一直冲向朝堂。值班卫队忙去阻拦，马车竟不停，直到一群卫士上前拉住马车，勒住马缰，马车才缓缓停住。

"谁敢私闯朝堂，快给我拉下车来。"武则天大怒，咆哮着。

还没等卫士去拉，车帘一挑，一个身着华服的孩童猛地站在车辕上，从腰间抽出佩剑，挥动着对围捉他的卫士们说："还不快些滚开，这是李氏江山，大唐朝堂，谁敢阻拦本王车驾？本王上朝，坐轿乘车由我的便，不用你们过问。若不让开，小心本王取了你的脑袋！"

武则天在御座上听得真切，忙喝开卫士，叫道："隆基孙儿，快上来。"

李隆基跑上大殿，正准备行礼跪拜，被武则天一把抱过来放在膝头上，亲了又亲，又对众大臣道："此儿将来定是安邦定国的天子！"

在那风雨飘摇、人心惶惶的乱世，人们心中都期望有一个力挽狂澜的英雄，一个真命天子，一个众人崇拜的偶像，于是李隆基便被推上前台。只要他振臂一呼，立刻应者云集。

"殿下就在我们御苑内！"工匠们互相传递着这个鼓舞人心的消息。

太平公主独自一人在府中独斟独饮。

这几天特别紧张，她想放松一下。她回忆被崔湜轻轻抱起来，轻轻放到床上的情景。很奇怪，她却没有那个兴致，冷冰冰地回绝了他，想起来很不应该。如果是现在，该多好。可是去传唤他的人已走了一个多时辰，还没有来，她情急难熬，焦急万分。

摆的酒菜早已冷了。

酒菜冷了，可心里在燃烧。她一杯接一杯不停地喝，心想他来了第一句话我会说："恭喜你呀，入阁当宰相了。"他一定会说："全靠公主殿下的提携。"其实完全是韦氏的意思，不过我没有反对，还附和了一声，当然也算提携。他这个人我还不知道，油光水滑，要是当着韦氏，他更会这样说。我还要问："听说你挨了薛艳一巴掌？你给我说说。哼，你不说就当我不知道？"

"公主殿下，您过量了，不要再喝了……"侍女们都劝她。

她不听，还要喝。

眼前出现人影，她问："是崔湜来了吗？"

"不是，是宫里来人请殿下去议事的。"

酒醉心明白。她觉着奇怪，她今天到这所府里来没人知道呀。看来人，不止一个，是一大帮。反正跑不掉，她大声说："走，快备轿。"

在一旁的薛崇简阻止道："母亲，您不能去。"

"去，没有事，那韦氏岂是我的对手？"

太平公主醉醺醺地上了轿，后面紧跟着薛崇简。

这是韦氏、宗楚客和安乐公主共同策划的阴谋。

"以皇上的名义去请他们来。不来，抗旨；来了，那就由不得她了。"安乐公主人小鬼大点子多，她提出了这个建议。

"还是公主聪明。佩服。"安乐公主因大胆承担给父亲送蒸饼的任务，为毒死中宗立下头功，成了他们几个人眼中的"英雄"。韦氏、宗楚客同声表扬她。

"如果找不到她呢？她狡兔三窟，谁知她躲在哪里？"韦氏说。

"有一个人准知道她在哪儿。"安乐公主说。

"谁？"韦氏、宗楚客同时问。

"崔湜。"

果然，他们从他那里摸到线索，把太平公主"请进"了皇宫。

太平公主也确实喝得太多，直到把她抬进宫门，因宫中卫士把薛崇简挡在门外面发生激烈争吵，才把她惊醒。她对与禁军争辩的薛崇简说："儿子，你就留在这儿，看他们敢对我们怎么样？"说完，使劲一跺脚，厉声命令轿夫："走！"在她心里，这一脚她跺的是崔湜，可是却落在轿夫的肩头上。

薛崇简眼看母亲的轿子消失在宫墙里，他想抽身回家。几个卫兵一挡："请你留一下。"他也被软禁起来。

相王也被以同样的方式"请"进了宫里，不过他没有喝醉酒。听说有圣旨，便毫不犹豫地跟着来人进了宫。当然也被软禁了起来。

只有临淄王李隆基，因为他早就躲进了内苑，去府上"请"他的人空手而归。

"可算大功告成了一半。相王、太平公主都在我们掌握之中，群龙已无首。其他凡与我们作对的人，一个个收拾。"韦氏咬牙切齿地说，脸上却堆满了笑意。

"可是还有个李隆基啊！"宗楚客说。

"他，孤掌难鸣。逮住他只是迟早的事。"

韦氏说完，一手拉着宗楚客，一手拉着崔湜，轻声细语地说："好累呀，让我们一起去歇息歇息。"

第二十一章　孤独的胜利者

一夜之间，她的政敌和情敌韦氏、安乐公主、上官婉儿等全数被消灭，战场一片狼藉。她感到孤独、寂寞，甚至恐惧。

公元 710 年，即唐少帝李重茂唐隆元年，是唐朝历史上最为激烈、紧张、焦躁不安的一年。这年六月，天气又特别热，人们见面第一句话便是："今天好热呀。"

"比昨天更热。"

"这老天爷真的冒火了。"

刚刚被任命为宰相的崔湜今天不仅热，而且心焦不安，他遇到了从来没有过的情况：韦氏、太平公主、安乐公主、上官婉儿同时派人来请他去。时间又偏偏都是今天晚上。

他在宽大的书房里踱步，轻松、悠闲，还有几分得意。走到一面镜子面前，他停下来，欣赏着里面的自己。怪不得她们都少不了我，就连我自己见了，都忍不住想亲一口。他果然把嘴对着里面的那张嘴"嘶"地亲了一口。

就在那一刹那，他发现一个白影晃了一下。仔细看去，原来是白头发，一根、两根……他一根根地剔出来，一一扯掉。扯一下，痛得歪一次嘴皱了一次眉，当他歪过不知多少次嘴皱过多少次眉后，他的脚前已留下一片白色，这才发现白头发已多得扯不胜扯，不由长长地叹口气说："这宰相来得也实在不易。"

他决定不再在镜子面前停留，转过身来，准备再走两个来回。但刚转身，才想起忘记取出那件东西。

镜子是个暗柜的门，他拉开它，从里面取出一个小瓶。他今天要用这个去对付她们，莫说四个，哼，再四个又怎样？他忍不住笑了，悄悄对自己说："看来这宰相来得也太舒服，太容易了。"他仔细端详着手中的那个小小的蓝瓷瓶，玲珑精致，煞是可爱。只要打开瓶盖闻一闻，就可以所向披靡。他记得这是一个和尚献的。也怪，和尚四大皆空，不近女色，却专会做这些玩意儿。可见，他们对女人很有研究。

女人，想到女人，他便把今晚要去会见的那四个女人一一做了比较：韦氏、太平公主，情场老手，风流尤物，酣畅淋漓，但她们身上权势味太重，对她们，是听命，是服从，是奉命行事，情绪往往受到限制；至于安乐公主，年轻、美貌、鲜嫩无比，然而盛气凌人，薄情寡义，只能是她的工具和奴隶，用完撂到一边。有兴味的还是上官婉儿，美丽温顺不说，有诗人的情怀与气质，柔情似水，善解人意，彼此平等，没有戒心，没有顾忌，尽情而乐，尽欢而止。经过一番比较，他总觉得男女之事还是少有些利害为好，利益的因素越多，趣味就越少；利益的因素越少，情意就会更浓。他认为自己的这个总结很有道理，他还认为官场与情场的区别就在于此。

想欢乐的事，时间过得特别快。看天色不早了，便对门外喊一声"备轿"，准备马上出门。

上了轿，执事问去哪儿？

按说，他该先去韦皇后那里，但转而一想不行，太平公主这位姑奶奶更难缠，先应付好她最要紧，便说："去太平公主府。"

也许是晃晃悠悠的轿子的颠簸，他有了几分清醒，才想到刚才太平公主派来的人说她在兴市坊别府。他马上叫轿子掉头。

他知道她不断换地方是有用意的，看得出来，韦氏和宗楚客已酝酿对她下手。可太平公主也不是好对付的，听说相王的三公子李隆基这段时间十分活跃，行踪不定，诡秘莫测，看来还有一场厮杀。好容易弄到的相位说不定马上会从手上滑掉。想到这里，他光滑平润的脸上顿时出现几道深沟。

太平公主在兴市坊的别府他来过，门脸较小，从外面看，只是一般中等级的府第，可里面宽大豪华。在那里，他与她度过若干个难忘的销魂之夜。

轿子到了，他一跺脚叫停下。正准备下轿，一骑马从后面撵上来，一看，便知是宫里人。来人拿出韦氏手谕，请他立即进宫。

他猛然意识到他被跟踪了。

他只有叫一声："起轿，进宫。"

在轿子里他盘算着，要编个什么样的谎言才能骗过那个精明的醋罐子呢？

太平公主被"请"进宫后安置在一个偏僻的院落里，门外，有几个陌生的人影晃动。

这种事她经历不多看的多，该怎么对付，心中有数，便和衣倒在床上蒙头休息。

半个多时辰后，韦氏在安乐公主陪同下来了，她们刚刚跨进门，好像从半空中掉下来的声音把她们吓一大跳："嫂子，你这是什么意思？"

太平公主脸朝里，好像对着墙壁在说。

恰恰这时，崔湜也一脚跨进来，太平公主仍对着墙壁，发出如幽灵般的声音问道："崔湜，你也来啦？"

有质问，有责备，有嘲讽……崔湜听了，浸一身冷汗。

这时，太平公主翻身坐起，穿了鞋，在梳妆台前轻轻摆弄了下头发，整理了衣饰，还对镜子里的自己微微一笑。

"姑母，您老别多心，我们是请您来商议后天父皇安葬殡仪大典的。"安乐公主走上前，向太平公主施礼说。

韦氏马上接着说："是呀，皇上驾崩后，我六神无主，想到皇妹更有主见，特请您来拿拿主意。"

这时太平公主已整衣毕，在上首的太师椅上坐下，摆出主人的架势说："怎么，你们都站着干什么？坐，快坐！"

韦氏等先后就座。

"讲吧。"太平公主也不看谁，对着自己的脚尖说。

　　韦氏把眼睛看着女儿安乐公主，安乐公主直摆头；她又看看崔湜，崔湜把眼睛看着窗外那片天。

　　这一切，都没瞒过太平公主。她笑问道："怎么，还没有商量好？"

　　"是这样，皇妹。"韦氏见他们都不讲，只有硬着头皮说道："反正今天在这里的都不是外人……崔丞相，也是自己人，我们一起商议。自则天皇帝退位，中宗继承大统以来，我大唐国势日衰。今中宗皇上驾崩后，殇帝即位，然而他年幼无知，不懂事体，这大唐江山交给他，实在叫人不放心。看来，还是女主当政，大唐国运方会发达。我们商议，废了殇帝，请太平公主您……"

　　韦氏还没讲完，安乐公主忙抢过话头说："我们商议由姑母您当女皇……不过，姑母一向淡泊守正，对皇位一定不感兴趣，故……"

　　"好了好了，不要说了，我全明白了。"太平公主打断她们，逼视着她们说："我对皇位不感兴趣，那谁感兴趣呢？当然是你们母女俩了。你们直说，到底要我干什么？"

　　"姑母，我们不要你干什么。只要你不反对母亲登基，不反对立我为皇太女，您老人家照享富贵……"

　　韦氏以目示崔湜，崔湜只得说："安乐公主所言极是。"

　　太平公主立即把目光转向他，他眨个眼睛躲了。

　　太平公主暗想，自己有几次可以登位的机会，可一想起则天母后那最后的目光，那叮嘱，就把野心压了下去。没想到，这两个女人还这么迫不及待。好，先看看你们是不是那块料，便说："想当年父皇驾崩后，母后则天皇帝继位，改国号周，不知皇嫂登基后，这国号改称什么呢？"

　　两个女人一个急着想当皇帝，一个急着想当皇太女，至于国号，她们还没来得及想。太平公主一问，倒把她们问住了。你望望我，我望望你，半晌答不出话来。

　　"哈哈哈。"太平公主狂笑一阵后，说道："当年母皇武则天雄才大略，深谋远虑，有经天纬地之才，费了好大劲才当上皇帝，不过也只当了十五年，临终前自动放弃了帝位。我看着你们两个，加起来也比不过她一个脚指头，还想学她当皇帝？你们要是明智的，赶快丢掉痴心妄想，好好去李氏宗祠请罪，说不定还可以保全性命，要是不听我的劝告，到时候你们后悔不及……"

"好个不识抬举的东西，看我结果了你！"韦氏说完，从侍卫手中夺过剑，要杀太平公主。

太平公主竟毫无惧色，上前几步，走到韦氏面前，伸着脖子说："杀吧！"

韦氏果然举起了剑……

"且慢！"一声震耳的吼声传来，韦氏一惊，手中的剑差点掉在地上。

在禁苑的隐蔽指挥部里，李隆基望着一双双焦急愤怒的目光。他明白，大家都在等他下命令。

按计划，要明天下午才起事。可今天，相王和太平公主先后被抓进宫，生死不明。难道他们已知道起事计划，提前动手了？可是，要是真的提前动手为什么只"请"相王和太平公主两人进宫，他们的家族一点未动？只有一种解释：他们心慌意乱，怕到时候相王和太平公主躲了，先扣起来再说。

但部将李守德、内苑总管钟绍京不这样看，他们认为计划已暴露，如不提前马上行动，就来不及了。

李隆基拒绝下令，他说："准备不周，仓促行动，无异送死。"

直至得到准确情报，证实韦氏母女捉去相王和太平公主，不过为了做人质。她们因毒死亲父亲夫，心中紧张恐怖，要抓两个大人物来为自己"保镖"壮胆。就是死，也有两个像样的殉葬人。如此而已。

崔湜被韦皇后传进宫，初以为是为了给她侍寝，后来了解到主要还是从他身上摸到太平公主的行踪，以致进宫后，他心中很不是滋味。她一定会误会，以为我出卖了她。他要找个机会解释。

现在就有一个绝好的机会，当他看到韦氏举起剑向她劈下去时，平时一贯在韦氏面前温驯如羔羊的他，竟然发出来自丹田的力气猛喝一声："且慢！"

韦氏的剑放下了，但一束愤怒的目光对着他。

崔湜赶快上前，卑谦恭顺地对她讲："陛下，恕臣直言，您这一剑砍下去，不只是砍了太平公主，也砍了您苦心制定的计划，砍掉了您的基业。陛下不要过于气恼，不要过于性急。什么时候该做什么事情，都有定规。望陛下三思。"

韦氏也觉得他的话有理，原计划也不是现在杀她，只是她太凶狠，才忍不住恨不得马上结果了她。真的杀了，手里少一张王牌，事更难办。她说道："好，先不杀你，你好好想想，只要你回心转意，什么条件我都答应。"

说完，韦氏带上一干人，急匆匆走出门去。

崔湜走在最后，在跨出门前，回头一望，恰与太平公主目光相对，众目睽睽之下，他不敢传递任何意思便若无其事地跨出门去，尾随韦氏之后走了。

韦氏只有走来走去来消解心底的恐惧。与任何杀人狂一样，她这两天心情特别糟，精神恍惚，心意烦乱，食不甘味，寝不安眠。她不敢与任何人的目光相对，她从任何人的目光中都似乎看到对她的蔑视，对她的唾弃，对她的愤怒；她从任何人的目光中都看到"你是杀人狂"几个字。

她努力使自己安静下来的唯一办法就是多想她的婆婆则天大皇帝。她那时怎么就那么平静？亲手掐死自己的女儿，毒杀自己的儿子。她的姐姐、外甥女，母女双双死于她手，居然心安理得，不惊不诧，没有分毫负罪感，皇帝当得有滋有味。我只不过才亲手杀了一个人，就这么稳不住。比她，我到底差些什么呢？对了，她悟出来了，则天皇帝身材高大，威风凛凛，站在那里像座山，当然什么也不怕。

她立刻换上高底鞋，穿上如则天皇帝那样的长袍。那长袍太长，出入门槛，上下阶梯，都少不了有两个小宫娥在后面牵着。她便这样在皇宫里走来走去，心情似乎平静了许多。

但是晚上不能不睡觉，哪怕杨均、马秦客双双相陪，左拥右抱，百般抚慰，千种痴情，万般风流，都不能使她安寝。

"陛下，我去亲自给您做碗鲜参汤来，喝了自然心境舒畅。"御厨杨均说罢便出门，不一会儿端上一碗热腾腾的参汤。但她只尝了两汤匙，就推到一边去了。

"陛下，我去给您拿安神药来，只消吃上三五粒，保准心神怡然，酣至入梦。"御医马秦客取过药来，韦氏抓一把吃了，照样睡不着。

最后，还是马秦客的办法生效。他让她躺下，通身上下，一一按摩穴位。渐渐地，她闭上眼，还传来轻微的鼾声。

可是梦中，她更不平静。她与杨均在不停地揉面，不停地搅拌那有红色药末的馅，不停地做蒸饼。在梦里，中宗临死时的表情看得更真切，他的挣扎呻吟听得更清楚……

与她相反，被囚禁的太平公主却表现出分外的安详，晚上觉也好睡，准确地说，还从来没有今天这么好睡过。没有人来打搅，甚至没有人陪伴，专心一意地睡，一直睡到第二天中午才醒。

她计算着时间，距与李隆基商量的起事时间还有两三个时辰。

她守候在窗前。少时，一个武官模样的人走过。她把他喊住。

"喂，你过来。"

那武官走了过来，向她拱手行礼。

"你认识我吗？"

"声名显赫的镇国太平公主殿下，谁不认识？"

"你叫什么名字？任何职务？"

"在下监门校尉刘平。"

"谁叫你们把我看管起来的？"

"公主殿下，此事与我无关，完全是奉长安令韦播的命令行事。"

"你知道要囚禁我的原因吗？"

"不知。"

"好，我对你说。韦氏毒死皇上，与安乐公主、宗楚客合谋，要篡夺唐室江山，他们怕我反对，便把我囚禁于此。"

"原来如此，险些被他们骗了。我家世代食唐朝君禄，正寻机图报，听公主殿下一席教诲，末将愿听调遣，为唐室立功。"

太平公主听他说得真诚，便从头上拔下簪子交与他："你快出宫门去寻找我的儿子薛崇简、薛崇箕，将我在宫中所住方位告诉他们，好来搭救。还有把相王的住所也打听清楚。这里是一支金簪，事成后以此为凭，我将重重封赏你。"

"末将听命。"刘平接过金簪准备退下,太平公主说:"把你的佩剑留下。"

刘平稍有犹豫,但还是解下,双手捧给了太平公主。

刘平出了大院,翻身上马,混出建福门。但见队队兵马,整齐排列在承天门内外待命,他不由心中一紧;走到承天门,从城门洞往外看,密密麻麻的队伍聚集在广场上,里里外外,把皇宫包围得如铁桶一般。刘平不觉有些畏惧,原来韦皇后早有准备,兵马已调齐。太平公主虽有朝臣支持,但兵权在韦氏家族的人手中,要想逃出宫去,重振唐室,谈何容易。我只不过是个低级军官,风大随风,雨大随雨,才可免性命之虑,进而得到发达;而刚才,贸然答应太平公主出宫报信,也实在危险,弄不好是要掉脑袋的。他感到骑虎难下。

正两难间,只见从承天门进来一彪人马,为首的正是长安令韦播。想躲,已经来不及,只有硬着头皮去见礼。韦播见到他,问道:"刘平,你不在宫中看管好人,跑出来干什么?"

"禀告大人,末将有一事寻找大人。"

"什么要紧事,快讲。"

刘平从怀中取出太平公主给他的金簪,交给韦播说:"末将在内宫值班,被太平公主叫住,给了这个,叫去宫外报信。特向大人禀报。"

韦播接过来看了看,说:"你速速回宫,严密看守太平公主,以防她逃脱。快!"

"遵命!"刘平应声从原路回宫。

但此时宫中局势已呈乱象,进进出出的太监宫女,个个神色紧张,不知所措。刘平夹在当中,心里,比太监宫女们的脚步还慌乱。

临淄王李隆基已将各方面都布置停当,约定今晚起事,放炮为号,宫墙内外,一齐动手,诛杀韦氏及其党羽。

是夜,月明星稀,凉风习习,长安令韦播与卫尉卿韦璿正在玄武门门楼上巡视。因连日辛苦,甲不离身,难得今夜偷闲,便解甲畅饮。酒至半酣,忽听远处一声炮响,韦播一惊,忙向门外守望的校尉葛福顺说:"快去察看是哪里放炮，逮住他就地正法。"

只听葛福顺应了一声，领十余名兵士推门而入，还未等韦播、韦璿回过神来，二人皆作了刀下之鬼。葛福顺命割下两颗人头，挑到城楼上向下喊道："众御林军弟兄们听着，韦氏毒杀皇上，弑君作乱。韦氏党人，结伙成帮，乱我大唐。我等奉相王将令，已将韦播、韦璿二贼处死，悬首级于此，望诸位弟兄共同努力，诛杀韦党，效命唐室，共建勋业；如有助纣为虐，甘心附逆者，定诛九族。"

御林军中多数对韦氏党人深恶痛绝，今既有人领头，又奉了相王之令，便个个争先恐后参加伐韦行列。葛福顺下了城楼，重新整顿兵马，聚有千余人，向玄德门杀去。

羽林将军李仙凫，在帐中听到炮响，带上手下数百兵马攻下白兽门。一路杀去，所向无敌，与葛福顺的兵马恰在凌烟阁会师。

李隆基所领的一支兵马，已在玄武门外，听见炮响后，宫内杀声震天，量已得手，便发动进攻。南北夹击，顿时攻下玄武门，在凌烟阁与李仙凫、葛福顺会合，向韦氏的巢穴东宫杀去。

太平公主手握佩剑，摆了几个架势，又舞了两个套路，上下翻飞，左右刺杀，尚觉得心应手。她庆幸从小学了两手，紧要时也算排上了用场。她计算着时间，这刘平也该回来了。

"公主殿下……"一个熟悉的声音从后墙窗外传来。

她踩上板凳推窗一看，是个老太监，因低着头，认不清。

"你是谁？"

那太监猛地抬头。

"啊！二桂，你……"太平公主见到他分外亲切。

"殿下，快跟我走，迟了就跑不掉了！"

"什么？"

"韦氏已率兵杀向这里来了，快！"

不等回话，二桂就从窗外伸出手来。太平公主拉着他那粗壮肥硕的手，轻轻上了墙，从窗口翻了出去。

"随我来，去救了相王一道跑。"

太平公主这才肯定相王也关在宫中。她扶着二桂的手臂，翻过几道矮墙，又拐过几道门槛，到了一个院落的后门。太平公主在宫中住过多年，她记得这是当年爷爷太宗皇上常住的地方。她见二桂对守门兵士说了几句话，那兵士便开了门，恭立在门边。太平公主进门时，守门兵士还躬身行礼。

这个院子里关着相王。

相王本与世无争，几次让皇位，让太子位。被韦氏抓来以后，他成天静坐在床上练吐纳之功。一切听天由命。

他正练得入神，忽听门响，睁眼一看，推门进来的是太平公主。他惊喜万分，功也顾不上练了。

"参见相王哥哥。"太平公主的声音有些哽咽。

"妹妹请起。"相王扶起太平公主要她坐。

"二位殿下，此处非久留之地，快打点了随我走。"二桂着急地说。

相王是个慢性子人，拖拖拉拉好一阵才说走。可刚刚出门，就被韦氏等一行逼了回来。相王与太平公主退到房内。太平公主手握佩剑与韦氏相对，韦氏身后是一群卫士。

"哼，看你们往哪里跑？"韦氏手提长剑，凶狠地对相王和太平公主说。

相王推开身前护着他的太平公主，上前半步，向韦氏一拱手说："皇嫂，不知为何你一定要置我们兄妹于死地。你要当皇上，你当就是，不干我的事，为何要杀个不停？连亲兄妹你都不放过。你也太狠心了。你看你身后那扇门上，还贴有前朝大将军尉迟敬德的像，是当年祖父太宗皇上时留下的。玄武门之变，太宗杀了建成、元吉兄弟，晚年受他们亡魂的折磨，便命人画了尉迟敬德的像贴在门上，日夜守护。你韦氏毒杀亲夫中宗皇上，却不自知罪孽深重，幡然悔悟。反而还要残杀我兄妹，你你你，你不怕亡魂向你索命吗？"

相王说得义愤填膺，声泪俱下。太平公主对兄长这个时候讲这些空话感到可笑，一把把他拖到身后，扬起佩剑指着韦氏说："相王兄，对这杀夫弑君的贼妇，讲这些岂不费了口舌。来，韦氏，有本事咱俩一对一比试比试。"

那韦氏提把宝剑只是虚张声势，听说要一对一比试，慌忙后退，叫后面的卫士们上。

太平公主见了大笑道："你这贼妇，有本事毒死亲夫，却不敢与本公主对阵。好，你且退去。来，哪个卫士敢上来，与我比试比试。"

见是太平公主，卫士们谁也不敢上，也学着韦氏向后退。

"量你们也不敢！"太平公主厉声说："你们看清了，我是镇国太平公主，我身后是安国相王。韦氏这贼妇，毒杀了皇上还不算，还要斩尽杀绝我李唐宗亲。你们都是食大唐俸禄的兵士，现在正是为大唐尽忠效命的时候。快杀了这贼妇，为皇上报仇。谁杀了她，谁立头功，我封他五品官衔……"

太平公主话音刚落，一片杀声从外面传来。杀声中分明听到有"杀韦氏，灭韦党，兴大唐"的喊声。韦氏身后的卫士队伍立刻瓦解。在溃退中，韦氏身后一个年轻军官上前，手起刀落，立斩韦氏，取了首级，献于相王和太平公主脚下。

"啊，刘平，是你。封你正四品将军，本公主绝不食言。走，快跟我去清杀韦氏余孽，再立战功。"

"谢公主！"刘平心里为自己永远忠诚于胜利者的信念选择而庆幸，紧随太平公主身后再立战功去了。

这时有卫兵牵过两匹马来，太平公主、相王各骑一匹，带领刚才收编的卫兵，向宫外杀去。半道上，又与总监钟绍京的工匠队伍数百人汇合，浩浩荡荡一大群。先在宫里搜索韦氏余党，无论老少，杀得一个不留。

"姑母饶命。"安乐公主被几个工匠捉住，押到太平公主马前。太平公主对她冷笑两声，问道："安乐，我问你，你今年多大了？"

"姑母殿下，侄女今年二十二岁了。"

"多好的年纪呀，真可惜！更可惜你父皇白白疼你一场！"

"侄女知罪，但求免死。"

"像你这样敢杀死自己亲生父亲的女人，留在世上何益？"

太平公主对押她的人摆了摆头，于是，几把锄头几乎同时砸在她的头上，顿时脑浆迸出，死于阶前。

太平公主还未杀出东宫宫门，外面太极宫李隆基引领的御林军就杀了进来。姑侄二人在大门上相遇。会合后，继续在宫中清杀韦党余孽。

听到外面的厮杀声，上官婉儿更是心神不定。她派出的侍从进进出出，一会儿回来说韦家的士兵杀进了宫，一会儿又说李隆基的队伍杀入了承天门。好在她早已做好准备。她草拟了两份诏书：一份是韦氏登基的，从中国有女娲补天，到异域有女王体制，从前朝则天皇帝，到当朝韦氏功德，说得头头是道。一句话，韦氏登基乃天运使然，人神共扶；一份是韦氏当诛的，从她淫乱宫廷，培植党羽，到她毒夫弑君，野心篡国。种种罪恶，罄竹难书，天地不容，人神共诛，写得义正词严。她把两份诏书分别放在书案的左右两个抽屉里，视情势变化，打开不同抽屉，拿出来呈上。

上官婉儿乃唐代著名女诗人，可她是作为一个罪人之女留在宫中的。在宫廷斗争中。她的人生小舟忽上忽下，波峰浪谷；不知经历了多少恶水险滩，然而她终于有惊无险地度了过来。

现在，她又面临一次生与死、荣与辱的考验。她忐忑不安地等待着决定她命运的那一刻。

当她得知李隆基的兵马已全部控制了皇室，韦氏、安乐公主等一干人均已被诛时，她意识到自己处境的严峻。她急忙拿出那张谴责韦氏的诏书，命宫女打着纱灯出门迎接李隆基的兵马。

来的是刘幽球，李隆基的心腹将军。她呈上诏书，求刘幽球在李隆基面前代她说几句话，以求免死。刘幽球见她虽已年过四十，然风韵犹存，话声宛转，娇柔动人，便产生几分爱意，满口应承下来。时值李隆基、太平公主正在含元殿处理军机要务，见刘幽球带着手捧诏书的上官婉儿走上殿来。那上官婉儿自知有罪，进来后低头不语，十分可怜。刘幽球从她手上取过诏书，呈给李隆基，并说道：“上官婉儿早就拟好声讨韦氏的诏书，还提出请立相王的建议，可见她对唐室的忠诚。请二位殿下网开一面，放她一条生路，让她继续为新朝拟制诏书，将功补过吧。”

李隆基听了沉默未语，只把目光看着太平公主。

这时，太平公主仔细地端详上官婉儿。看着她，便想到张昌宗，想到崔湜，想到她与韦氏合流……但她也实在太可怜，孤苦伶仃地在宫中挣扎，确也不易。如此圆滑机灵，还是未逃脱今日，对她不免有些同情，然而，当李隆基以询问的目光望着她时，她竟毫不犹豫地做了个摇头的动作。

　　于是，李隆基说道："上官婉儿，淫乱宫闱，助纣为虐，不可轻恕，今日不杀，遗患无穷。"

　　上官婉儿听了，也不分辨，任几个兵士把她推到台阶下。只听耳边一阵风响，就什么也不知道了。

　　可惜一缕芳魂变成一道红光，瞬间便消散了。

　　时年，上官婉儿四十六岁。

　　太平公主眼看自己的敌手韦氏、安乐公主、上官婉儿，一夜之间都被消灭了，不知为什么她并不感到特别高兴，她感到寂寞，感到孤独，甚至有几分恐怖。

第二十二章　乱世众生相

> 不断的政变，不断的杀戮，一批人浮上来，一批人沉下去。不管你是谁，每个人都在生死荣辱的网眼里过一道。这世界一下就变得斑斓多彩了。

又是一场大清洗。凡韦党人物，除当场杀死者外，其余韦温、韦捷、韦灌、韦元徼等等，一并拿斩，而且株连家族，连褓褓小儿也一个不留。至于不姓韦，但助韦为恶的宗楚客、赵履温等首恶，也一网打尽。于是那些以前趋附韦氏的人个个胆战心惊，想出种种办法保全自己。

第一个慌了手脚的是那个讨了韦氏奶娘做老婆的御史大夫窦从一。他把老婆子叫来骂道："你这个死老婆子，当初，你叫我在满朝文武百官面前大出洋相，让我没法做人。而今，又因你的原因，害得我性命难保，对不起……"

说着，向她丢一把利刀，一条绳子，并说："你请便吧。"

那老婆子见要她自寻短见，不肯就范，说道："当初你娶我不是很高兴吗，还以韦皇后的义父自称，而且你也实在沾了不少光。你从四品提到三品，还不全靠我去走门子成全的吗？要我死，没那么简单，要死一齐死。"

窦从一看硬的不行，便来软的，他说："你既然成全了我，那就成全到底，就像秘书监王邕的老婆一样，她是韦氏的妹妹崇国夫人，见韦氏被诛，自己寻了短见，让丈夫把首级割下来献上，结果免死。古书上说'夫为妻纲'，自己死了却救了丈夫，这是青史留名的好事……"

老婆子心里有点活动了，但仍低头叹气。

"你叹什么气？怕到阴间没有房子住，没有衣服穿，没有钱用？这好办，我给你准备齐全，你放心走路，我还要在你的碑文上记一笔，说你是烈女，是节妇，是深明大义的好女人，还给你立个牌坊……"

老婆子自杀了，让男人提着她的脑袋去救他的命。

窦从一果然免死，被贬为濠州司马，与他一起免死的王邕，被贬为沁州刺史。

韦乱既平，但皇权问题并未解决。殇帝重茂是一个不中用的傀儡，任何价值没有，太平公主想以兄长相王来替换他。她问殇帝：

"重茂侄儿，这皇帝滋味怎样？"

"姑母，别说了，我当皇帝这十来天，杀过去杀过来，成天提心吊胆，什么滋味都没尝出来。"

"这皇帝嘛，本不是孩子当的，你现在还小，等长大了再当。先把皇位让给相王叔叔好吗？"

殇帝觉得这破皇帝当着实在没多大意思，便说：

"好，一切听姑母的。"

第二天，太极殿上朝议事，太平公主宣布说：

"殇帝说了，他尚年幼，把皇位让给相王叔叔。大家以为如何？"

刘幽球马上出班跪奏道：

"国家多事之秋，应立德高望重、年纪大的为皇嗣，相王慈爱宽厚，及早即位可以安天下。"

众大臣也随声附和，一致说相王为帝最为恰当。

相王却一再推辞，说自己不合适。

大家又一再相劝，他才勉为其难地答应。

只有殇帝坐在御座上不开腔，昨天他本答应退位的，但后来一想，退了位就再没有人向自己磕头朝拜了，不免有些失落。他见相王叔叔推来推去，心想他不当，那还是我的，便稳坐不动。及至后来相王答应了，他还愣在御椅上不动。太平公主见了，上前一把拉下来，又把相王推了上去。

顿时，下面群臣山呼万岁，拜相王登基。这是他第二次登基了，原睿宗称号照旧。

睿宗李旦没想到二十六年前当了两个月的皇帝，就被母后武则天废了，他早就死了这门心思。而今，又被推了上来，不想当还不行。看来也是定数。他只有端坐在朝堂上任群臣跪拜了。

接着，大封功臣。太平公主头一份，但她的封号已到顶，便"实封万户"；其他钟绍京为中书令，刘幽球为中书舍人；另外薛崇简、葛福顺、陈玄礼等等，各有封赏。

由于太平公主和李隆基对睿宗复位有特殊贡献，睿宗对他们格外信任。凡有宰相问事，他都说，你们与太平公主议了吗？与三郎（李隆基排行第三）议了吗？二人控制朝廷大权，文武百官为之侧目。

这日，睿宗拿出一张稿笺，上写五言诗一首，诗曰：

阳月南飞雁，传闻至此回。

我行残未已，何日复归来？

江静潮初落，林昏瘴不开。

明朝望出处，应见陇头梅。

太平公主一看，知是宋之问的诗，便说："宋之问的诗我最爱读，他有首五绝《渡汉江》我都能背出来。"说罢念道："'岭外音书绝，经冬复历春。近乡情更怯，不敢问来人。'他的诗写得实在不错……"

睿宗说："我不是问他的诗写得如何，我是问他的人如何。"

太平公主明白了，说道："皇兄大概是想把他从越州调回京城任用？"

"他曾给我写了个奏章，附上诗，希望回京为新朝建功。我看他文才不错，眼下又是用人之际，调他回京，拟拟诏书之类，一定不亚于上官婉儿。"

太平公主笑道："大概皇兄一生不问世事，所以对宋之问不甚了解。此人学问虽好，人品欠佳……不是欠佳而是恶劣。"

太平公主接着把他的情况一一向睿宗介绍：

宋之问，进士出身，曾供职于奉宸府。有一次，随则天母后游龙门山，随从侍臣写诗抒怀。左史东方虬最先写成，母后很高兴，赐他一件锦袍。接着，宋之问写成，母后一看，大加赞赏，较东方虬的诗强多了，便收回锦袍，转赐给宋之问。可见他的诗才。

更出风头的是中宗时，君臣游昆明池，群臣作诗百余首。皇上命上官婉儿从中选一首配曲。选诗台上张灯结彩，群臣在下面等候。一会儿，彩楼上纸落如飞，落选的诗都抛了下来被作者拿走了，只有沈佺期和宋之问的没有扔下来。过一会儿，沈佺期的也被扔下来了，只有宋之问的留下谱曲，其中两句"不愁明月尽，自有夜珠来"最为精彩，朝野传唱，风靡一时。

然而宋之问的为人就差劲了。张易之受母后宠幸，宋之问对他曲意逢迎。有一次张易之睡在床上要小解，他竟为之捧夜壶。张易之被诛后，宋之问被贬为泷州参军。没多久私自逃回，躲在同窗好友张仲之家中。

张仲之乃洛阳富户，为人豪爽慷慨，见宋之问落魄逃回，深表同情，让他在自己的私宅里躲起来，礼遇甚周。

宋之问被安排在后院住宿，晚上起夜，见前院灯火明亮，悄悄走近，隔窗一望，除张仲之外，还有五六个人，其中驸马都尉王同皎他是认识的。只听他们纵声谈笑，议论武三思种种丑行。听着听着，他心中便渐渐酝酿成熟了一个恶毒的计划。

他想，自己是个流放的罪人，躲避在此，永无出头之日，要东山再起，必定要攀权贵，建奇功。武三思是当朝最有权势的人物，如将张仲之、王同皎等人的议论向他告发，岂不建了奇功？想到这里，他无比兴奋，又继续听下去。但这时他们的声音已很低，只听得"趁他生日喧闹之际杀他"一句。当晚，宋之问便翻后墙去武三思府上告了密。

第二天，家人送饭才发现宋之问不在，循迹找去，原来翻墙跑了。张仲之叫声不好，正打算逃走，却被武三思派来的兵丁堵在门口。同天，王同皎等也被抓。最后全数以谋反罪斩于市。

宋之问果然因此立了功，赦了他的前罪，官封鸿胪主簿，留京城任用，还给了他一个朝散大夫的头衔。中宗见他文思机敏，迁升他为考功员外郎，还打算任命他为中书舍人。只因他贪赃受贿，才被贬为越州长史。

太平公主向睿宗详详细细地介绍了宋之问的情况后，说道："我以前对学者、诗人敬佩之至，然而学者诗人中能做到文章道德皆佳者实在太少。可是历代君王多喜欢用邀功取宠、诌媚讨好的文人，致使朝中这类人越来越多，刚烈正直之士往往无立锥之地。皇兄初登皇位，当多注意才是。"

睿宗点头称是，只是他又觉得不解的是，那个崔湜，也是个颇负文名而朝秦暮楚的人，可皇妹太平公主却对他特别眷顾，前天还在我面前替他说情，再给他些宽恩哩！

崔湜这些年在政治舞台上的表演也算够精彩的了，他靠一张脸蛋，周旋于几个有权势的女人之间不断捞好处，直至被韦氏任命为相当于宰相的同平章事。但他眼观六路，耳听八方，一当发现韦氏有倾覆的危险时，便立即倒向相王及太平公主，在最后时刻没有随韦氏沉入深渊。然而他以前陷得太深，大臣们纷纷要求对他严加惩办。其中，中书舍人姚崇的呼声最为强烈，坚决主张贬他出朝。因为他是太平公主的情人，睿宗在处理这件事时感到棘手。

"皇妹，听说崔湜躲在你府上，有此事么？"睿宗试探着问太平公主。

"有此事。"她毫不隐瞒。"那天，韦氏举剑要杀我，还多亏他的相救，他对你我都还算有点功劳。何况，他是我的人，皇兄你是知道的……"

"但上下议论纷纷，他以前当过宰相，目标大，不贬到外州府，留京城不好安置。我看就贬他为华州刺史，过几天风头一过，把他召回来便是。"

"皇兄，你……"太平公主还没说出来，眼泪就掉下来了。睿宗最怕的就是这个。

"皇妹，我这皇帝实在不好当，算了算了，我不当了。"太平公主怕就怕这个，他不当，换上李隆基，那可不得了。她擦干眼泪说："那你说，贬下去，什么时候回来？"

"多不过五七个月。"

一听说这么久，太平公主的眼泪又掉下来了，她抽泣着说："皇兄，母后生下我们这么多兄弟姊妹，如今只剩下咱兄妹俩了。而今，我已年近半百，孤身一人，好凄苦，晚年的日子生不如死。呜呜呜……"

睿宗是个软心肠，听了妹妹的哭诉，也直擦眼泪。

后来又经太平公主软磨硬缠，崔湜被贬为华州刺史未及上任，便被改任为吏部侍郎。

看到太平公主有这么大的本事，被贬的吏部侍郎岑羲、中书侍郎肖至忠等也找到太平公主的门子，得到睿宗的宽恩，贬地由远改近，岑羲由贬岭南改陕州，肖至忠由贬许州改为蒲州。有的还很快回到京城，照样当官。

这天，太平公主一家在曲江边的山庄欢聚，门官来报说有个叫窦怀贞的外地官员求见公主殿下。

太平公主玩得高兴，挥挥手说："不见，叫他走。"

"是。"门官应声后问："他送来的一车礼物收不收？"

听说有一车礼物，太平公主改口说："那就让他进来吧。"

少顷，一中年官员走进，见了公主纳头便拜："窦怀贞拜见公主殿下。"

太平公主眼尖，一眼便认出他是前年过年群臣聚会时中宗皇兄赏他一个老妻的那个大臣，忍不住笑问："你不就是窦从一吗？"

"公主殿下真是目光如炬，英明无比。下官正是窦从一。"

"怎么改名了？叫什么窦怀贞。"

"启禀公主殿下，当年下官有眼无珠，错附韦氏和宗楚客，被贬去濠州边地。经日夜反思，痛定思痛，决心革面洗心，重新做人，改名怀贞，投靠公主殿下，以表示下官对当今皇上、对镇国太平公主殿下的满怀忠贞……"

太平公主听了点点头说："我知道了，窦大人，你下去吧。"

窦怀贞刚出去，太平公主的子女们便对着这位娶了韦氏保姆、人们戏称为"国爹"的背影指指点点，笑成一团。

只有太平公主的长子薛崇简笑不起来。他说："窦从一，不对，现在该叫他窦怀贞。这个人最爱巴结权贵。武三思当权时他去讨好，宗楚客走红时他去吹捧，宫中太监得势时，他见到无须之人都要礼拜，真是卑鄙之至！"说着他面向太平公主，"母亲，恕孩儿多嘴，像这种有奶便是娘的人，还是不理为好……"他还想把崔湜的名字点出来的，但忍住了。

太平公主面无表情地说了句："我知道了。"

太平公主嘴里这么说，心里却另有打算。在她的运作下，窦怀贞很快从濠州司马调任益州长史。后来，还被任命为左御史大夫，同中书门下平章事。

凡太平公主有求，睿宗都百依百顺，爽快答应，使她感到心满意足。

但也不可能每件事都依她，比如立谁为太子，众大臣认为应立平王李隆基，理由是"国家安宜先嫡长，国家危先有功"。李隆基为平定韦氏篡位中立了大功，改封平王，深受众望，当立为太子；而太平公主觉得李隆基英武多才，不易驾驭，于己不利，便极力主张立懦弱的相王长子李成器。她对睿宗说：

"宋王成器是你的嫡亲长子，又仁厚孝道。你第一次继帝位时的文明元年，就立他为太子，则天母后还亲授他为皇太子。可是现在你又想立李隆基，他虽然在平韦乱中有功，但毕竟不是嫡出，又排行第三，你立他，岂不乱了规矩？"

太平公主见睿宗似有所动，便进一步说：

"自古废长立幼，祸乱之根，远的不说，就说隋朝，隋文帝立嫡长杨勇为太子，但因次子杨广凭战功夺了太子位，后来竟杀了父亲文帝，自立为炀帝……"

睿宗听了这些话，身上直冒冷汗，但他觉得宋王成器绝不会是杨勇。他说：

"成器曾几次向我表示，坚决不愿为太子，甚至以死相请，绝不会像杨勇那样……"

"兄长此言差矣。"太平公主反驳说："世上只有人这个东西最复杂，说的，做的，想的，往往相差十万八千里。再者，人的思想是变化的，此时此地的所思所想与彼时彼地所思所想，往往判若两人。皇兄历经皇室斗争，两登帝位，难道看的还不多吗？"

睿宗听了太平公主的话不免有些动摇，便说："那好，让我考虑考虑。"

宋王成器早在 26 年前随父亲相王登帝位被封为太子，后来则天皇帝登基，父亲便降级改封为皇太子，成器随之改封为皇太孙。那时则天皇帝专权，凶狠异常，皇太子也好，皇太孙也好，就好像是枷锁，套在身上沉重无比，整日提心吊胆地过日子。故而，当初听说又要他当太子，他余悸犹存，赶快呈表固辞。

现在，父亲睿宗已坐稳了皇位，那太子位成了令人羡慕注目的焦点，真的能当上也不坏。因此，人们再议论由他来当太子时，他也推辞，但只不过礼节性地做做样子，心里已在蠢蠢欲动。特别是听说姑姑太平公主为自己打抱不平，便想，真的有她支持，这太子位十有八九能拿到，以后，帝位自然也就是我的了。一想到当皇帝坐龙椅接受群臣朝拜的八面威风，他顿时就变得无比兴奋起来。

不过，当成器听到"国家安宜嫡长，国家危先有功"的议论后，眼前立即出现李隆基那魁伟英武、精明果断和凛然不可战胜的高大形象，而自己一下就变得渺小软弱起来。所以当太平公主来鼓动他向父皇收回固辞太子的奏表，劝他当仁不让去争太子位时，他只有连声喏喏，含混其词地点头哈腰。太平公主一走，他赶紧去见父皇，把太平公主教他说的什么立幼不立长，祸乱由此生；什么太子他曾经当过，非他莫属；什么原先固辞太子并非本意，而是见满朝都是李隆基的心腹等等，全盘托出。而且一再说：

"启奏父皇，这些话都是姑母太平公主所教，她叫我不要说是她教的。"

又一再说：

"启奏父皇，请您不要对太平公主姑母说我对您说了这些话……"

睿宗听了儿子的这番话，除了感到对太平公主这个妹妹太失望外，也对成器感到太失望。原先，在立太子问题上他在李隆基与成器间尚有一丝犹豫，而今，全没了。他感到成器太像自己了，忠厚老实，胆小怕事，哪像当帝王的料。在他心里，他不仅已定下立李隆基为太子的决心，甚至想得更远：让他早些接替自己。

鼓动成器失败后，太平公主并不甘心，又去鼓动申王、岐王和薛王。申王李成义既非嫡出，又是个胆小怕事的人，便把一切向李隆基讲了。李隆基开始不相信，太平公主曾亲口对他说过，支持他当太子，怎么变了？他想，崔湜与太平公主关系非同一般，一定了解内情，便微服私访崔湜。

崔湜险些被贬，全靠太平公主才又当上吏部侍郎，他曾官高宰辅，现在当个吏部副职，深感屈才。但要想再爬上去，因有与韦氏那一段前科，上上下下对他印象不好，如果不建什么奇功，不靠什么更厚的臂膀，是很难办到的。不过，他总结宦海沉浮的经验认为，机遇甚为重要。他等待着。

听说平王李隆基来访，他大喜道："机遇来了！"赶快迎出大门，见了李隆基便拜："平王驾到未能远迎，恕罪恕罪。"

李隆基拉起崔湜说："大家老相识了，不必拘礼。你我久未相聚，今日抽空来叙叙。"

崔湜是个精明人，李隆基平韦氏乱后，声望日高，整日忙于公务，哪有闲时间来叙话。他来，一定有紧要事要问，要不然就是想与他的情人、自己的老婆相会。

上茶后，崔湜屏退左右，说道："平王有何事相问，但说无妨。"

"好，只有一件小事相问。听说太平公主鼓吹要立成器为太子，不知有此事否？"

此事太平公主早跟他透露过，叫他不要随便说与人。但今天对坐的是平王李隆基，一个呼声最高的太子候选人，今后可能一切还要靠他。今天是送上门的机遇，千万不能错过。想到此，马上做出一副讨好的表情说："殿下不来，我就要去府上禀告此事。太平公主惧殿下的英武才能，故主张立懦弱的宋王成器为太子，并已向睿宗皇上提起。"

"那皇上的意思呢？"

"她说皇上有同意的意思。"

"当真？"

"是她告诉我的，不会有假。"

李隆基听了，立即起身告辞，连已从里屋出来的崔夫人挽留，他都拱手婉谢，相约下次。

李隆基一口气跑遍了几个心腹宰相大臣家，告诉他们皇上在太平公主的鼓吹下对立太子似有悔意，很可能再立宋王成器，请他们出面相助。

宰相姚崇、宋璟、刘幽球等纷纷去晋见皇上，奏道："立太子事关社稷大事，陛下不可轻易许诺。我大唐国运多舛，一波未平，一波又起。韦氏为乱，幸有平王李隆基领兵除之，力挽狂澜，救社稷于将倾。论功劳、德行，皆应为太子，皇上原已有许诺。太平公主却在宋王和申王之间挑拨，又在岐王与薛王之间煽风。他们皆手握兵权，情势颇为紧张。在这危急关头，望圣上果断处置，速立李隆基为太子，并罢诸王兵权，把宋王和申王调出京城，削去岐王和薛王兵权，逐太平公主去东都闲住。只有这样，才保社稷无虑。"

睿宗听了说："朕无兄弟，唯太平一妹，岂可远置东都？"甚为犹豫。

姚崇等则说："臣等为国家太平，为陛下安全着想，才冒死直谏，如果陛下不果断决策，臣等恐有渎职之罪，只有向陛下告假归田了。"

睿宗无奈，只得同意。

第二天早朝，立即宣布。

太平公主听了，脚一跺，一阵冷笑。姑奶奶我哪儿也不去，看谁敢把我怎样！

太平公主虽然没有去东都洛阳，但洛阳那边发生一起重大事件却与她有关。

曲江池边太平公主的南山山庄，实在是个美妙的去处，别的不说，仅就那一片碧波荡漾的湖水，看一眼就能使人心旷神怡，畅快无比。荡舟其间，随浪起伏，任细雨洒遍周身的毛孔，一切忧虑，一切烦恼，一切尘嚣，都被雨水淋过一遍，洗得干干净净，剩下的只是天的辽阔蔚蓝，水的清澈透明，一种进入四大皆空入定境界的感觉顿时沁入心脾肺腑，于是你便超然尘世，飘飘欲仙……

可是太平公主怎么也找不到这种感觉，她有的只是烦躁、恼怒、不平、怨恨……她对着那片浩瀚辽阔的水面大喊大叫，她问：

"为什么我是女人？"

中宗、睿宗，一个平庸糊涂，一个胸无大志，可偏偏他们能继承皇位，我却不行。他们死的死了，老的老了，我还不到五十，为什么不能去坐一坐御椅？还要留给李隆基……

她越想越烦躁，越难受，猛地起来，踏上船帮，一头扎进湖里，任那冰凉的湖水浸泡全身，她感到一阵畅快。

太平公主自小就会游泳，一个猛子扎下去后很久才浮起来，拉着崔湜伸给她的手爬上船，然后让崔湜为她擦头发，抹身子，换衣裳。这时她的心情渐渐安静下来。

这一阵子，她几乎天天都这么过。

她不这样过也不行。

因为立太子的事连连碰壁，太平公主差点被撵出京城，后来虽然睿宗念兄妹之情允许她留下，可是几个皇子受她牵连调的调去外地，没调的削去了兵权。这让她很丢面子。这引起她对李隆基、甚至对皇兄睿宗有了更大的不满。她更不满的是那几个受到处罚的侄儿，一个个都是扶不起的阿斗。特别是那个宋王成器，放着太子位不去坐，算傻到家了。他以为去父皇那里讨好卖乖就会没事，哼，照样把你一脚踢开，好让李隆基顺顺当当当太子，然后顺理成章继承大统……

她不甘心。有我在，就让你李隆基清静不了。她在寻找机会。

果然，一个机会找上门来。

这天，一个黑影闪进太平公主庄园，见了太平公主叫一声：

"公主姑姑救我。"然后伏地不起。

太平公主一眼就认出来人是故中宗皇兄之子谯王重福，他曾是庄园的常客，每次假山石洞中玩"瞎子摸鱼"的节目都少不了他，太平公主对他再熟悉不过了。他的突然到来使她十分惊讶。她问：

"你不是在均州吗？"

"唉，真是一言难尽！"

见他还跪在那里，太平公主便扶他起来："快起来坐，有话慢慢说。"

此时太平公主无比兴奋，天上掉下来一张对付李隆基的王牌。

中宗皇上有四子，因长子重润已死，次子重福应该是当然的继承人。这张牌打出去，他李隆基能抵得住？

重福坐下喝了一杯热茶后，便向姑母诉起苦来：

"我真冤枉。当年不知是谁向则天皇奶告密，说重润兄长与姐姐永泰公主、姐夫武延基在背后议论她与张昌宗、张易之的那些事，皇奶大怒，命人杖杀了他们。可是后来，韦氏皇后却说是我去告的密，把我贬去边荒之地，受这么多年的罪……"

听得太平公主面红耳热，心惊肉跳。当年，向母后告密的正是自己。当时，只不过为了压压与自己争宠的武承嗣，没想到母皇却怒杀了武承嗣的儿子武延基和重润姐弟。一笔账竟然让眼前这个年轻人冤冤枉枉背了这么久。想想，也实在有些对不起他。

重福接着往下说，太平公主越听越激动，及至重福把他完整计划全都说出来后，太平公主已激动得从座椅上猛地站起来说："好，我终于等来一个绝好的机会。我们一起干！"

然后她叫来女管家，对重福说："重福贤侄，你暂去后园先休息休息，明天我们一起去洛阳。"

当太平公主送走重福后，取下墙上挂着的长剑，对准那张红木桌子砍去，只听"咔嚓"一声，那桌子便被劈成两半。

第二十三章　姑侄斗法

> 她遇上了强劲的对手——侄儿李隆基。斗智斗勇，你进我退。几次交锋，各有胜负。从而谱写出历史的精彩篇章。

谯王重福系中宗与偏妃所生，甚是聪慧，因而受到韦氏的虐待和嫉恨，动辄得咎，找个借口贬出京城，为均州刺史。历次大赦，十恶者都可赦免，唯他不在赦免之列。他愤愤不平上书中宗皇上："陛下焚柴展礼，郊祀上玄，苍生并得赦除，赤子偏加摈弃，皇天平分之道，固若此乎！天下之人闻者为臣流涕。况陛下慈念，岂不悯臣凄惶！"

声声泣血，句句揪心，有读之者，无不为之泣下。然而奏书却被韦氏扣下，中宗皇上哪里知道？

韦氏被诛后，睿宗派专人带上书信和物资到均州慰问。但重福心中很不是滋味。本该是自己的帝位，被你夺去。不觉心头火起，愤怒异常。

恰在这时，郑暗来到均州他的府上。

武则天大周末年至唐玄宗初年这十来年间，是唐代政治极不稳定的时期，经历了武则天、中宗、殇帝、睿宗、玄宗五个皇帝。其中，又经历了武三思、韦氏、太平公主等强势集团，朝廷政治中心不断转移，这就造就了一批在官场上见风使舵，在各个权力集团间钻营攀附，并随时准备反戈一击乃至反反戈一击的无耻政客，郑暗就是其中极其典型的一个。然而他的官运并不算亨通，走马灯似的换主子：依附来俊臣，来俊臣被诛；依附张易之，张易之被诛；依附武三思，武三思被杀。好容易投靠韦氏当上了吏部侍郎，韦氏谋逆失败被杀，郑暗贬为江州司马。但他不甘心失败，仍野心勃勃地窥探着，找寻着。很快，谯王重福进入了他的视线。

经过一番跋涉，郑暗悄悄来到均州谯王府，见了谯王喊一声"殿下"便涕泗滂沱放声大哭起来；哭罢，抹掉眼泪又一阵纵声大笑。谯王重福早就认得郑暗，没听说他有癫痫症呀。问道：

"郑大人，你先一阵哭，后一阵笑。啥意思？"

郑暗说："下官见殿下哭，是因为想起殿下上书中宗皇上诉说老天对你的不公，天下人都为之流涕；想起中宗皇上驾崩后本应属殿下的皇位，却被韦氏立了个殇帝重茂占了去。重茂去帝位后，又由其叔睿宗篡夺了去，把你这个正统继承人撂到这边荒之地受苦。臣下又怎能不为您伤心痛哭啊……"

句句打中重福的心窝，眼泪不停地一滴滴往下掉。

"哈哈哈……"郑暗连笑带说："我后来笑，是替殿下高兴，高兴殿下遇上我郑暗给你带来一个天大的好消息。"

一听好消息，重福破涕为笑问道："什么天大的好消息？请郑大人快讲来。"

这时郑暗压低声音问道："殿下还记得那个洛阳人张灵均吗？"

"记得，不就是那个准备要去刺杀韦氏，还没动手，韦氏就因谋逆被杀了。遗憾，我只闻其名，未见其人。"

"他可是个了不起的人物，在洛阳深孚民望。我与他亲如兄弟，他要我转告殿下，他为殿下抱不平，为了殿下，他可以粉身碎骨，不惜生命……"

重福听了很感动，没想到远在东都洛阳也有人把我谯王重福记在心里。

不过，当郑暗把张灵均要拥戴谯王殿下去洛阳另立朝廷的建议说出来时，谯王重福感到害怕，那太冒险了。

"冒险？"郑暗鼓动说："哪个当皇帝不冒险，就拿您祖上太宗皇上，您祖母则天大帝，您父亲中宗皇帝，哪一个不是在冒险中登上皇位的？而殿下，如今是名正言顺，天下人都认可的皇位接班人。是复位，是收回属于您的皇权。又不是谋逆篡位，能冒多大险？"

郑暗巧舌如簧，重福终于被说动："好，我豁出去了。郑爱卿，我听你的，你看，下一步我们怎么办？"

"咱们分头行动。我去洛阳与张灵均充分准备；殿下您去长安拜见太平公主，求得她的支持，只要有她站在殿下这边，就成功了大半。另外，你再去会会崔湜，他也是一个举足轻重的人物。"

重福说："太平公主是我姑母，从小就心疼我，听说她跟睿宗皇上和李隆基太子闹得很僵。她一定会支持我。只是那个崔湜，我与他的交情不深。"

"崔湜与我是知交。来，你拿上这个。"说着郑暗解下金腰带交给重福，"把它交给崔湜，他见了就会明白……"

于是，谯王重福决定悄悄去长安拜见太平公主。

他知道姑母在朝廷中的分量，中宗、睿宗能登上帝位全是她的支持。她不仅精明强悍，而且有一批人，一些宰相都出自她的门下。她在长安城跺跺脚，神州大地都要发抖。只要有她的支持，这皇帝是当稳了。

第二天，重福装扮成书生，骑一匹快马，昼夜兼程，赶到长安太平公主的南山山庄。

经过一番密谋，太平公主决定去洛阳起事。

可就在去洛阳的头一天出了意外。

太平公主想到即将告别长安，告别她的曲江池边的山庄，心中有许多依恋。她要与崔湜，与她那些面首们作最后一次游乐。

当月上柳梢头时，曲江池边的凉亭里已摆好一桌丰盛的酒席。

太平公主拉着崔湜先入席，另有五六个男女作陪。

按太平公主的安排，重福不宜露面，今夜的玩乐自然没有他的份。但这重福正是年轻贪玩的年龄，又因长期被贬在外，日子过得单调清苦，今日见到这般享受，不觉怦然心动，悄悄溜到近处看看。这不看则已，当他看到席间有一年轻美貌无比的姑娘时，他顿时按捺不住，便不由自主地走进了凉亭。

太平公主见他进来，狠狠地看他两眼，但他假装没看见。她也不便制止。

　　崔湜从太平公主手上接过郑暗送来的金腰带时，心情极其复杂。郑暗是个扫帚星，跟谁谁倒霉。但架不住太平公主枕头风一吹，加之又见政局混乱，李隆基、重福间谁胜谁负很难说，脚踏两只船甚至多只船，谁翻了我都没事。因此见到重福他忙下座一揖到地，说：

　　"能在这里见到谯王殿下，实乃万幸。"

　　"彼此彼此。"重福说着便自动入席，与那年轻女子挨邻而坐。

　　"女儿，快起来见过谯王殿下。"崔湜又指着那姑娘对谯王说，"这是在下的女儿，名珠儿。"

　　珠儿一双滴溜转的大眼睛对重福上下一扫，眼前不觉一亮，心想，今生有这般标致的男子陪伴，也不枉一世。

　　重福坐在珠儿身旁，一阵异香扑面而来，甜甜的，润润的，令人心醉神迷；她的脸庞，圆圆的嫩嫩的，真想过去咬一口；她那微凸的胸脯，柔软的腰肢，恨不得过去紧紧搂抱在一起……

　　太平公主见重福一双眼睛直勾勾望着崔湜的女儿，心中顿生一种不祥之感，如此贪恋女色的人能干出什么大事？

　　崔湜高兴地望着重福，他可是个皇子，前途无可限量，他看上自己的女儿，也算是她的福分。怪不得今天她吵着要来曲江池玩哩，原来有段因缘。故而他对重福把一双眼睛贪婪地落在自己女儿身上的有失体面的表现，也不在意。

　　酒过三巡后太平公主宣布今晚游乐开始，她拉上崔湜及其他几个男宠上了游船，慢慢划向湖心。其余饮酒也好，下棋也罢，悉听尊便。

　　太平公主待船划到湖心，打闹一阵后划拳行令。有输者，就将他抛入水中，然后再拉上来。只听扑通扑通声不停地传到凉亭中来。但凉亭中的重福与崔小姐正谈得起劲，全没把池中的游戏放在心上。两人越谈越热和，及至崔湜他们从池中央回来时，两人已如胶似漆，再也难以分割了。

　　崔湜下船后，重福把他拉到一边说："我与你女儿已定终身，此事望岳父大人成全。"

　　崔湜惊道："吾女早已许配给张道济的儿子为妻，再过两月就要接人了。"

　　"事已至此，只有望岳丈包涵了。"

当晚，重福便领着崔小姐不辞而别，回均州去享鱼水之乐去了。至于造反起事当皇帝的大事，他已忘了个一干二净。

第二天，太平公主一切准备就绪，专等重福一齐上路去东都洛阳，可家人来报说，重福已不辞而别，接着又说崔湜的女儿也不见了，分明两人相约私奔了。崔湜气极，对太平公主说："殿下您看您这侄儿，怎么就干起拐带妇女的勾当来。我那女儿已许人，如何向人家交代？您还依靠他干大事，这种人能干什么大事？"

太平公主起初也很生气，不过转而一想，她需要的正是这样的人当皇帝。李隆基倒精明能干，你能驾驭得住他吗？她劝崔湜说："算了，你也别气了，等他玩够了自然会回来。待那时再议。"

崔湜本不愿意加入太平公主的这次冒险行动，但受她胁迫，不得不参加。重福拐了自己女儿跑了，他大概也就死心了，不再去图谋皇位了。但愿这事就这么了了，也免得担惊受怕。于是便整日陪太平公主在曲江边的山庄里尽情欢乐。

谯王重福拐带崔湜之女私奔的桃色新闻，很快传遍了长安城的街头巷尾，有好事者又画蛇添足地渲染一番，谈论得津津有味。李隆基听了却想，重福天远地远到太平公主山庄里来，难道就是为了这个女人？

谯王重福带着崔小姐日夜兼程回到均州，他在那里有当地第一流的府邸，有第一流的享受。奴婢成群，威风八面。今日，又偷得个玉琢般的美人儿回来，加上重福也生得英俊漂亮，真是天造一对，地配一双，两相情愿，情投意合，每日欢愉无比，早把兴兵造反的事丢到九霄云外去了。

可是朝廷没有忘记他，一道诏书下来，再贬他去更偏远的蜀南集州。

这下，他的平静安乐生活被打乱了。为什么还要贬？难道与太平公主商议谋反之事泄露了出去？

正在忐忑不安、日夜焦虑之时，突然来了一个人，他就是郑暗。

郑暗带来了好消息：洛阳张灵均已做好起事准备，联络的人马已有数万，并议好了诏制：立重福为帝，改元为中元克复，尊睿宗为皇季叔，重茂为皇太弟；郑暗为左丞相，负责内政外交；张灵均为右丞相，专管武事。下设礼部、户部、兵部等，均委有任职人员。兵马也已调齐，万事俱备，只等谯王驾临了。洛阳百姓如久旱盼雨，久雨盼晴，盼谯王快去登基。只要一宣布起事，上下呼应，占领洛阳，西进陕州，东取河南北，天下指日可定。长安如在掌握之中。

一席话说得谯王喜上眉梢，好像那皇帝的御椅就在面前，一跨步就能坐上。为给郑暗接风，急命左右设宴，以上宾款待。酒席间，二人又商量一些起事的细节，并决定第二天起程去洛阳。

当晚，重福回到房中，向崔氏说要去洛阳公干，不日便回。哄过了她。

第二天一早，重福与郑暗急匆匆上马起程，一个急着当皇帝，一个急着当丞相，二人快马加鞭，日夜兼程，不两日便到了洛阳。

这时，张灵均已聚有千余人，号称万人。见了谯王，立刻全部跪伏在地，山呼万岁。谯王好不兴奋，向他们挥挥手，又好言抚慰、鼓励一番。然后，上马挥剑，率领兵丁，向左、右屯营杀去。他想只要攻下屯营，招降了数万兵将，就可以正式加冕登基。那时再领兵杀向长安，夺取全国政权。

谯王重福和张灵均领着兵丁一路杀去，攻占了县衙、府衙，吏员兵弁纷纷逃匿。洛州长史崔日知、侍御史李邕料他们必去左、右屯营策反，便先行驰入屯营，告诫屯营兵将要心向朝廷，抵御叛军，乘此立功，博取富贵。因为有了准备，待谯王兵马杀至，已营门紧闭。正待攻城时，箭如雨点般射下来，因躲避不及，千余人马，半数被杀伤。谯王大惊，下令改攻留守营，也遭到顽强抵抗。正在不知所措时，左右营及留守营兵马同时杀出，谯王所剩几百兵丁多数被杀被俘。谯王纵马逃出洛阳东门，但后面追兵紧紧相随。逃至山岩边，前无逃路，后有追兵，谯王向天大呼两声："天灭我矣！"纵身跳下漕渠，一命呜呼。

张灵均、郑暗皆被捉。审讯时，张灵均昂首挺胸，侃侃而谈。郑暗则把如何在张灵均与谯王之间联络，如何鼓动谯王去寻求太平公主支持的经过一一讲个详细。因念及多年交情，把送给崔湜金腰带一事隐了。郑暗本想把太平公主参与的情节讲了以减轻罪责，谁知宣判与张灵均一同处斩。赴刑那日，张灵均面无惧色，慷慨引颈。而郑暗则双腿发抖，瘫在地下如一团烂泥。

张灵均回首轻蔑地笑道："跟你这种不中用的人同谋，不失败才怪哩！"

谯王失败的消息传来，太平公主才知道他们已急不可耐地起了事，她庆幸自己没有去洛阳。不过她认为，如果她亲自去了洛阳指挥这次起事，绝无失败之理。谯王缺少主见，郑暗鼠目寸光，张灵均有勇无谋。这样一伙人结盟，其结果可想而知。谯王起事失败死了，手中少了一张对付李隆基的王牌，太平公主甚为可惜。

朝中在议论处理谯王余党时，有人提出太平公主与谯王关系密切，谯王叛乱是她一手煽动起来的。但死无对证，谁也把太平公主奈何不得。

大概又安稳了一个月，太平公主与崔湜及一班面首们在曲江池的山庄里什么节目都玩腻了，崔湜扭住她说："公主殿下，卑职自贬以来，朝夕陪伴左右，尽心尽力，半点差池没有，难道你忍心我老死在这吏部侍郎的任上吗？"

太平公主明白，崔湜对自己曲意奉承，想尽法子让自己欢乐，不外乎想从自己这里捞好处。尽管如此，她还是丢不开他，只要见到他对自己一笑，什么都可以不计较。她也想过让他高升，可高升意味着高飞，想他终日厮守陪伴就难了；但若不依他，看他那委屈哀怨的眼光心里就不忍。她向他摊开说："你的请求我可以去向皇上说，不过，我把丑话说在前头，你当了高官要是找借口不来陪我，我可饶不了你！"

"殿下放心，我就是当了宰相，也三天两头来府上陪你。说心里话，我也割舍不了你。"

"一言为定。"

"君子一言，驷马难追。"

"你这个君子，我不相信。"

"那立下字据如何？"

"算了算了，你凭良心就是。明天，我就进宫去说。"

"殿下，我还有个好友陆象先也望公主代为引荐。"

"就是你，还不知说不说得好呢，怎么又多一个？"

"陆象先言高行洁，如能入朝，必孚众望。他是我的好友，必是您的心腹。"

太平公主点头表示同意。

次日，太平公主入宫。她很久没进宫了，睿宗见了分外亲切，兄妹间在笑谈中，太平公主便把推荐崔湜、陆象先为相的事讲了。

睿宗说："陆象先人品高洁，素有声望，可以入相；只是那崔湜行为太龌龊，任妻淫佚，纵女私奔，恐难孚人望。"

太平公主说："妻女之事与他何干？只不过管教不严而已。再说，这类小节，圣贤皇帝都难避免。对他，又何必如此苛刻？"

睿宗仍面有难色，沉默不语。

太平公主便带着哭泣的声音说道："妹妹这几个月来，从未有什么事相求，没想到这点小事皇兄都不给面子，叫我今后在朝廷上怎么见人？"

睿宗心最软，一见眼泪便六神无主，忙点头答应。

太平公主这才破涕为笑，向皇兄一再表示感谢。

这时，朝廷设宰相七人，由太平公主举荐的就有窦怀贞、崔湜等五人。虽然，第一、二把手由李隆基的人宋璟、姚崇担任，但人多势众，太平公主的势力又重新张扬起来。

这还不算，过了两天，太平公主又在朝堂上设了座位，隔着一张紫纱，与大臣们共议朝政。

这又招致了李隆基的不满，姑侄二人常常在朝堂上唇枪舌剑，争论不休，闹得睿宗的头都大了。

这天，又演了一场使睿宗十分难堪的戏。

太阳刚刚露头，含元殿已是一派紧张，一队队盔甲整齐、手执戈矛的殿前卫士在值日金吾的带领下，从两侧走向含元殿两廊，只听一片铁器撞击声有节奏地传过来，又荡开去。长长的两列卫队，把庄严肃穆的朝堂气氛渲染得浓浓的。

接着，响过三通鼓，一位手执拂尘、身着朱衣的太监从一侧走出，向立于丹凤门外的文武百官大声宣道："时辰已到，文武百官上殿喽！"

一声喊后，文武官员从左右两廊按品级进入大殿，齐齐整整排列在殿堂两旁。

五通鼓响，由远及近传来一派悦耳的笙箫鼓乐之声，宫娥彩女拥着睿宗、太平公主、李隆基进了大殿。睿宗居中，太平公主、李隆基分左右坐在朝堂之上，只是太平公主座前有一道紫色的屏幕遮着，唯其如此，更显出其神秘和特殊。

接着，由太监内给事中高力士查点朝班官员名单，向睿宗跪奏："应到官员已到齐。"

朝仪开始了。

今天的议题有两个：一个是羽林军在清除韦党中立有大功，因而一些兵将居功自傲，发生多起如葛福顺大闹醉仙楼、毁楼殴民的严重事件，大臣奏请将羽林军调出京城，赴外地驻扎；第二个议题是罢斜封官以正纲纪，清除官场弊病。

这两个议题都是倾向于李隆基的宋璟、姚崇两位宰相提出的，当然出自李隆基的意思。

照说，像这样用意很好的议题是应该顺利通过并立即付诸实施的，然而却遇到了意想不到的麻烦。

首先是睿宗不表态。他知道太平公主与李隆基之间矛盾根深，特别是太平公主难侍候。只要听说是李隆基赞成的事，再好，她也能说得一无是处；凡是李隆基反对的事，再孬，她也有本事把它说得一抹溜光。睿宗想先让她发表意见，免得在朝堂上争得不可开交。他问："御妹对这两个议题有何见解？"

她不点头也不摇头更不开腔。

连问两三次都这样。

后来，当姚崇出班把这两桩事的重要性详细奏明，希望立即颁诏执行时，太平公主便说了："羽林军是护卫京师的长城，随便调出去，京畿要地交给谁来保卫？斜封官本是前中宗皇上御批的，也有它可取之处。中宗皇兄驾崩以后，难道他以前制定的制度都该取消吗？"

太平公主说得振振有词，实际上全有另外的打算：羽林军是李隆基的心腹部队，近来军纪不好，京城百姓颇有怨言，对李隆基的威信造成影响，他要调羽林军出京城加以整顿，是为了保持自己的威信，加强部队素质建设，这当然不能同意；斜封官之事因太平公主自始至终参与，从中捞到不少好处，又培植了个人势力，取消了于她不利，当然要反对。

是非不辨的睿宗觉得太平公主说得也有理，正准备表示同意时，宋璟立即出班跪奏道："启奏陛下……"

"慢！"宋璟还没说完一句，太平公主就制止了他："宋丞相，你为当朝宰相向皇上奏事，应该衣冠整齐，你看你，帽子也不戴正……"

她这一说，满堂文武嗤嗤发笑，宋璟羞得满面通红，慌忙去整冠。

李隆基气得直咬牙，忽地站起来，走下殿堂亲自向皇上陈述，举出十个理由应该把羽林军外调，将斜封官制度废除，"以稳定社会，健全官职任用制度。"

太平公主在紫纱帐后，对李隆基一一反驳，举出二十个理由，说明羽林军不能外调，斜封官制不宜取消，"只有这样京城安全才有保障，祖宗制度才能继续。"

睿宗也不知该怎么说好，有时明知太平公主胡搅蛮缠，也只有随她。

最后草草宣布："下次再议。"

"散朝！"

下朝以后，李隆基筋疲力尽，睡了半天闷觉后叫书童磨墨备纸，他提起笔来，写好一张"辞让表章"，请求改立长兄成器为太子。写好后，斟酌再三，觉得文字、语气都无破绽了，伸了个懒腰，打了个呵欠，好像肩上卸下了千斤重负，身子顿时轻松了许多。

李隆基办事干脆，写好辞呈，便换了衣帽去见父皇，当面呈交。

他快步走出东宫，回头看看，无可奈何地说了句："当初我就不该搬进来。"

他手拿辞呈急匆匆向父皇的寝宫走去，走到宫门，内给事中高力士接住他问：

"殿下有事要见皇上？"

"是，向皇上递一份辞呈。"

"什么辞呈？"

"这太子当得艰难，心力交瘁，力不胜任，不如干脆辞了的好。"

"啊……皇上刚刚才睡着，可否将辞呈交奴才代交？"

"当然可以，那就麻烦公公了。"李隆基说罢，回头便走。好像他已经不再是太子，无官一身轻了。

第二天，他借故有病，没有上朝。

下午，宰相宋璟派人送来一张请帖，请他去赴晚宴。

李隆基正想散散心，便准时赴约，骑马来到宋璟府上。因为发了请帖，他以为是个大规模的宴会，结果一看，连他总共才四个人：主人宋璟，还有姚崇、高力士和他。

见了高力士，他就问："我那辞呈你交了吗？"

宋璟岔开话头说："别谈这个，拣些高兴的说。"

"那我先说个高兴的。"姚崇说："我今天从太平公主门前经过，看她府上张灯结彩，好不热闹，一打听，原来说是祝贺成器立为太子。还说，太平公主原先想方设法、费尽心机要立成器为太子都未成功，却立了李隆基，谁知道李隆基胆小无能，自己让出来了……"

李隆基听了也不生气，反而笑道："说我胆小无能便胆小无能，又有什么？好在皇上批准了，就是我的幸运。"

宋璟说："看来此事并不使殿下高兴，再换个题目。"说罢，从抽屉里取出一纸奏章双手递给李隆基。

李隆基一看，原来是前天宋璟、姚崇写的奏章，但见在醒目处御批了四个大字："照准施行。"

李隆基高兴得站了起来，将一大杯酒一饮而尽，感激万分地说："父皇呀，父皇，请受儿一拜！"

说罢，向父皇居住的皇宫方向跪拜再三，忍不住泪流满面。

"只是……"李隆基情绪稍平静后说道："只是我的辞呈已交，姚丞相刚才说皇上已改立长兄成器了……"

"哈哈哈哈……"一阵大笑后，高力士从怀中取出那张辞呈，双手捧还给李隆基。他们三人几乎同时说："请殿下宽恕，是我们骗了您。"

　　李隆基也不冒火，他从高力士手中接过辞呈，凑近烛火，顷刻间，便化成一股青烟飘散了。

第二十四章　图穷匕首现

太平公主与李隆基在无情的争斗中各使伎俩，但"英雄所见略同"，他们克敌制胜的绝招只有一个：杀！

"哈哈哈哈……"

"哈哈哈哈……"

太平公主府里的小型宴会是在一片哈哈声中开始的。

"看那宋璟老儿的狼狈相，脸红脖子粗，头上的帽子本只有那么一点点歪，可他两手去扶，反倒扶得更歪了，大家给他一笑，他自己也不知道该怎么办了。手足无措，无所适从。真有趣，哈，哈……"

"还是公主殿下高人一筹，那套话，说得有理有据，头头是道，口若悬河，一泻千里，叫太子无从回答，真令下官佩服。"

"看，今天早朝他就不敢来了，怕是给气出病来了。"

昨天在朝堂上太平公主把李隆基和他的心腹宋璟美美地奚落了一顿，她感到报复的愉悦。今天晚上特请属于她这条线上的几位宰相来家中聚会，一则庆功，再则商议下一步行动。依她的估计，经过昨天那番较量，李隆基一定受打击很重，根据他的脾气，他很可能赌气主动放弃太子之位，拱手让给成器。如果这样，她的目的就算达到了。

"来来来，大家先请，只差崔丞相一人了，我们边吃边等，等他来了，罚他三大盅。"太平公主一边说，一边邀窦怀贞、肖至忠、岑羲、陆象先等人入座。

玉兔东升，酒过三巡，崔湜还未到。

太平公主心里很急，故作净手，起身去前厅探望。

太平公主一离席，大家说话就方便多了。

"一定是被老婆拽住裤腰了……"

"他老婆是有名的尤物……"

"来了叫他先钻桌子……"

"他油嘴滑舌，能说会道，要有他来才热闹。"

"都快三更天了，再不来，我们就告辞了。"

"好，再等一会儿，不来，我们就走，让他来了一个人陪公主殿下……"

大家又一阵好笑。

从宋璟府中出来，李隆基说不出的高兴，他使劲抽了两马鞭，那马踏着月色飞驰而去。那马跟李隆基多年，很有些灵气，知道晚上主人喜欢到哪里去，它把他驮到崔湜府门前，就不走了。

李隆基下马来，亲热地拍了两下马脸，还亲昵地说了句"老马识途"，然后叫随从去敲门。

开门的管家见是太子驾到，先行了大礼，接着向里院大声通报道："太子驾到！"

这时崔湜正准备出门，听说太子来了，慌忙退到里屋，把老婆推出来接驾。

李隆基自然是针对她来的。

他与她自从那个雪夜之后，就再难割舍，那是一种十分特殊的爱意，谁也无法取代。只要稍有空闲，他就不由自主地想到她。

眼前的她，似乎比上次见面时清瘦，但却更具风采和魅力。她跪下接驾，那轻盈的姿态，那忽闪的目光，那轻柔的一声"太子殿下晚安"，把他的灵魂喊出了窍。

"怎么没见崔丞相？"李隆基问。

"他刚出门处理公务去了。"

"真巧，每次都这么巧。可见我们是有缘分的。"李隆基高兴地一把挽住她，她趁势便倒进他的怀里。

"你怎么一嘴酒气？"她问。

"刚才在宋老儿那里喝的。一高兴，就多喝了两口。"

"殿下什么事这么高兴？"

"一个时辰前，我连太子都不想当了。幸好父皇圣明，一切都依了我的奏章。现在好了，我高兴得只想亲你，来，让我们好好亲亲……"说罢，就势把她抱进屋，轻抛在床上。

慌乱中崔湜退进了自己的卧室，而不是另一间他要退进的书房。李隆基抱着他的老婆进屋，他被逼进里屋无处可躲，只有往床底下钻。他屏声静气地听着头顶上的动静；忽而，如山洪暴发，忽而，如雷电交加。而后，是低声的呻吟和放声浪笑，还有那听得似清非清的绵绵情话。他觉得他们的时间也太久了……最后，他终于听到李隆基的鼾声，这才从床下钻出来。

当他快马加鞭赶到太平公主府上时，已经是三更天了。

太平公主见面就问："为什么这么迟才来？"

其他几位也异口同声这样问。

他当然不能说因为被堵在床底下，便岔开话题说："我打听到一个对我们很不利的消息。"

"什么？快说。"

"皇上已批准了宋璟他们的奏折，羽林军外调，斜封官制取消！"

"啊！"太平公主吃惊地叫了起来，她追问道："准确吗？"

"绝对准确。"

气氛马上就凝重起来。大家都把目光看着太平公主。

"看来，还是父子情深啊！"太平公主说："不过，我就不相信扳不倒他！"

大家商量了一夜，仍拿不出扳倒他的什么好办法。

然而，他却拿出了一套扳倒她的好办法。

睿宗批准了调羽林军出京和取缔斜封官制，表明他对得理不饶人，无理缠死人的太平公主的反感。但有什么办法，她是御妹，手足之情限制了他对她采取进一步措施。他认识到这个妹妹是个极不安分的人，不管从哪点看都像已过世的则天母后。可惜她是个女的，要是个男人，我就把这皇位让给她便了，何必为此绞尽脑汁，费尽心机，整日闹得神鬼不安。特别是她又不分场合，甚至在大殿上想发作就发作，弄得你措手不及，在满朝文武面前让人难堪……

睿宗正为御妹的事焦头烂额心烦意乱时，执事太监传报："宋璟、姚崇求见皇上。"

"宣他们进来。"

两位宰相见了睿宗，伏地痛哭，泣不成声。

"两位爱卿请起，有事慢慢奏来就是，何必如此。"

两人固执地跪在地上，流着眼泪奏道："前日圣上下诏批准了调羽林军出京和废除斜封官制，没想到太平公主煽动一批人从中作梗，使这两件事无法推行……"

"唉，这个皇妹，你又何必？"睿宗叹道。

"陛下前日下诏，命太平公主去洛阳，她抗旨不去；参与谯王谋乱，事实俱在，陛下一再宽恩，未予追究。可她得寸进尺，复又在朝廷上设紫帐参政，处处与太子作难，太子几次写'辞让表章'，要求辞去太子，我等一再相劝，才未呈奏。长此下去，社稷危矣！"

"那太平公主乃朕一胞姊妹，故多有迁就，不免养痈遗患。说她不听，撵她不走，朕又下不了狠心。真是两难啊……"

"陛下，臣等想好一计，只要陛下依计而行，保管朝廷安稳一个时期，好让太子放开手脚助陛下办几件大事。"

睿宗问道："有什么妙计，快快讲给朕听。"

宋璟、姚崇如此这般向睿宗细细奏报。

睿宗听了说："计倒是好计，只是让二位受委屈了。"

"陛下，为了大唐社稷安宁，臣等肝脑涂地，死而无憾。"

第二天早朝，文武百官到齐后，高力士宣布皇上御笔诏书：

"按中书令奏，太平公主纵家人阻挠朝廷政令颁行，危害社稷之稳固；又前因谯王谋反案牵连尚未了结，今一并处理：着太平公主出京去外地闲住，不得干预政事。"

太平公主在紫帐里听了，如五雷轰顶，掀开紫帐就要大闹。但一声"散朝"，顷刻间朝臣走个干净。太平公主只有守着睿宗哭泣，拼死拼活，绝不出京。睿宗任她哭闹，至精疲力竭后方命左右送公主回府。

太平公主回府休息后，精神大振，立即点了府内女兵50名，她自己则一身戎装，骑上高头大马，向东宫进发。东宫卫兵见是公主，不敢阻挡，任她一直走到内院。但见李隆基的嫔妃个个战战兢兢，跪伏在地。

太平公主下得马来，用马鞭指着她们说：

"快把李隆基交出来，否则，放火烧了东宫！"

正在不可开交时，李隆基从外面回宫，见了太平公主，立即下跪说：

"听说姑母前来问罪，小侄特地赶回，向姑母当面请罪。"

"好个李隆基，你要把我撵出京城，我今天跟你没完！"边说，边向他逼近，她的女兵也围了上来。

"姑母请息怒。侄儿刚刚才弄清楚是怎么回事，原来是宋璟、姚崇两个老东西奏的本，蒙蔽了父皇。我已向父皇上表，请削去他俩的官职，流放千里以外……"

"当真？"

"姑母在上，侄儿若有半点谎言，任打任罚，就是要了我的人头，我也该得！"

听这么一说，太平公主气消了大半，急急带女兵回府，只等明天早朝，看皇兄怎么说。

第二天早朝，头一件事就是宣布对宋璟、姚崇的处理。只听高力士大声念道：

"查宋璟、姚崇，身为宰相，所奏太平公主纵仆抗拒政令一节，有挑拨皇室之嫌。兹决定解除二人相职，调离京城。璟为楚州刺史，崇为申州刺史。昨日对太平公主调外地闲住一节，因系皇上亲拟诏书，皇上口中无戏言，仍旧有效，希各自即日起程离京。"

太平公主想再发作，但忍住了，她恨自己过于自信，小看了对手。装着无所谓的样子，撩开紫纱帐，迈着平缓的步子走上她的玉辇。

晚上，睿宗驾临公主府，亲自向御妹赔话："今日之事，皇妹万勿见怪。局面已闹得这么僵了，实在无法收拾，只有采取各打五十大板的办法。这也是我实在不愿意的。"说着，他的眼泪就止不住往下淌，"当初我是不愿当这个皇帝的，都是你。把殇帝从御座上拉下来，硬要我上；可我当上了，你却尽给我出难题。算了算了，我不当了。还是贤妹你当吧……"说罢，赌气把头掉到一边。

说实在话，太平公主闹的就是这个。她心急火燎地正望着那皇位，要像母后那样指点江山，统治万民。可是，她也比较清醒，真的要把皇位禅让给她，这局面她能驾驭得住吗？她没有一点信心。且不说李隆基已成气候，他那道关口就过不去。还有臣民中男尊女卑观念不易转变，加上武则天女皇统治时期的残暴政治，韦氏专权时期的混乱与荒唐，人们对女性掌权存有戒心。一句话，现在还不是时候。

"皇兄此言差矣，如果真的我有登基打算，我会把中宗扶上皇位？我会那么不顾一切地支持你登基？我只是为我大唐江山着想。"见睿宗皇兄当了真，太平公主赶快退一步说："当然，作为妹妹，我性子急，也有不妥处……"

"皇妹，请你想一下为兄的难处。那几件事你实在做得欠妥，不给你一个轻轻的处分，平息不了各方面的意见。所以请你迁出京城一个时期，时间三五月不限，地点由你选择，你想带谁去，都可以……"

太平公主被皇兄的眼泪和真诚征服了，她愿意出京，她选在离京城较近的蒲州。她还记得王维是蒲州人，她对他的印象太深了。

太平公主坐在宽敞舒适的马车里，旁边，是她须臾也离不开的崔湜。她靠在他的怀里，感到无比幸福，完全没有被撵被逐的感觉，倒像是一次轻松的蜜月旅行。

相反，宋璟出京就显得过于悲壮了，许多朋友为他们送行，送了一程又一程。送别的诗，念了一首又一首。宋璟、姚崇忍不住老泪纵横地向送行的人摆手："回罢，后会有期。"

照说李隆基应该为他们送行的，但两处都没有去。对姑母，他说什么呢？那种言不由衷的客套乃至虚伪，他做起来不自在；对宋、姚二位，他不忍去，他实在怕一时控制不住自己的情感会做出出格的举动，他会哭着向他们下跪……

然而这时的李隆基不是若干年后多愁善感的唐明皇，他办事果断坚决，太平公主前脚一走，他便取得父皇同意将对他有威胁的宋王成器、岐王隆范、申王成义等另作任用，让他们远离权力中心；凡与太平公主有密切关系的人他都做了安排调整，崔湜当然在调整之列。他还通过手段，让父皇下诏要他监国。这样一来，朝廷军政大权很快便都集中在他的手中了。

在蒲州，太平公主有意外的收获。

蒲州刺史肖至忠曾为中宗时御史中丞，太子重俊谋反败亡后，有人告相王和太平公主与重俊通谋，中宗命肖至忠审理。他向中宗哭奏其冤："陛下富有四海，难道不能容一弟一妹而任人罗织陷害吗？"帮太平公主躲过一劫。后肖至忠依附韦氏，韦氏败，被贬许州。太平公主投桃报李，帮他活动改任蒲州刺史，并对他说："你先在蒲州待着，以后我负责安排你回京。"

可是，没等到太平公主安排肖至忠回京城，她自己却被撵出京城，放逐到蒲州。

肖至忠为官多年，起落沉浮的事见得多了，何况太平公主是皇上亲妹，不过是来避避风头而已。能到蒲州来，正是一个难得的亲近机会。他是蒲州刺史，在当地官数他大，一声令下，连夜选址在关帝庙附近建造了一座有大殿、有曲廊、有楼台亭榭、花园水池的行宫。比太平公主在长安的府第差不到哪去。因关公是蒲州人，其庙修得高大雄伟，金碧辉煌。昏晨木鱼声声，香烟缭绕，求神拜佛的善男信女络绎不绝。肖至忠把太平公主迎进新修的行宫里，方便她去烧香还愿，消遣玩耍。不时肖至忠又去请安问好，照顾得十分周到。

太平公主有崔湜相伴，白日携手同游，夜晚相拥而眠，在一帮丫鬟侍童陪同下嬉戏玩乐，过着神仙般的日子。没有干扰，远离尘嚣，什么烦心的事都抛之脑后，日子过得从来没有这么舒心过。有时，她甚至觉得就这么过一辈子也挺不错。可是崔湜不这么想，他不愿把一生与她捆在一起就这么断送。他家里有娇妻美妾和万贯家财等他去享用。因此，他常常借口打探消息回京城与家人团聚。当然，消息是要打探的，一些太平公主听了不高兴的消息他全隐了，专拣那些她爱听的讲。

其实，肖至忠把太平公主的行宫建在关帝庙附近还有一个另外的目的，因为庙里有个法名慧范的年轻和尚是他的侄子，他要为他提供一个机会。这天，他把慧范叫来说：

"侄儿，你不是扭着我给你找个发达的机会吗？现在就有一个。"

慧范听了忙问："在哪儿？"

"就在你庙里。"

慧范不明白："庙里？天天烧香念经，哪来什么机会。"

"太平公主常去你庙里，你见过她吗？"

"只远远地见过。"

"我再问你，你知道薛怀义的故事吗？"

"怎么不知道，他也是个和尚。后来当了白马寺主，还当上了将军……"

"好了，下面的话我就不说了，二十大几的人了，你自己去想吧。"

一句话便把慧范点醒。从此，他在庙里见到太平公主便上去请安献殷勤。太平公主对眼前这个英俊机灵又会讨巧的僧人很快有了好感，一来两去，各自有意，趁一个月黑之夜二人成了好事。从此，太平公主的生活过得更有滋味了。后来，当她知道慧范是肖至忠的侄儿时，她对肖至忠的一片苦心很是满意，以后一定要好好奖励他。果然，在太平公主作用下，肖至忠一直登上中书令的高位。当然这是后话。

"因祸得福，不虚此行。"她常常用这八个字来形容在蒲州的难忘的日子。几个月后，睿宗思妹心切，下旨要她回京时，她倒舍不得走了。

在蒲州虽没见到王维，但回京的马车里却多了个和尚。于是，太平公主旅途更浪漫了。回到长安后，慧范被安排在白马寺当寺主，与当年薛怀义一样，隔三岔五去公主府问安。然其德行也与薛怀义一样，常恃太平公主势欺凌百姓逼夺民产。果真成了薛怀义第二。

睿宗传太平公主回京，是思念兄妹之情，同时也是想与她商议传位于太子的事。但思量再三，觉得与她商议这种事会毫无结果，便暂时搁置不议，只是把许多权力慢慢朝太子手中转移，五品以下官吏的任免，军队调动权，死刑审批权等，通通交给了太子。

见太子权力膨胀，太平公主的权欲也膨胀起来，以前的党羽又重新聚集在她的门下。但因去了一趟蒲州，元气大丧，不足与太子抗衡，特别是睿宗御座旁再没了她的位子，一切军国大事都不必再找她商议。她感到愤愤不平，一定要找个机会把他拉下来。

果然一个机会送上门来。

太平公主乘一乘小轿，私访太子李隆基。

听说姑母来访，李隆基忙出门迎接。

坐定之后，李隆基说道："姑母大人，好久没来寒舍，今日光临，不知有何指教？"

"我来求你一件小事。"

"姑母尽管说，侄儿一定效力。"

"因为我的事，崔湜被罢相。我想让他恢复相位，望你去给父皇说说。"

李隆基听了，感到为难，便说："此事有些难办，那崔湜人品龌龊，口碑不好，一时恐难办到。"

"哼，他的人品龌龊，还没龌龊到与自己父亲的小老婆私通的地步吧？"

一句话把李隆基说得心惊肉跳。这个姑奶奶，她是怎么知道的？他与父皇的杨妃私通有孕，正在设法堕胎，此事要是被她捅到父皇那里，那还了得？连忙扑通一声给太平公主跪下，告饶说："但求姑母救侄儿一命，只要您老人家不向父皇说，您所提的什么事我都办到！"

"好。你听着……"

"是，是，小侄通通照办。"李隆基连声喏喏。

　　送走太平公主后，李隆基连夜拜见父皇，言辞恳切地说："父皇在上，儿臣自被封为太子以来，因建功心切，不免性情乖张，多次与姑母太平公主顶撞。而姑母从蒲州回京以后，不计前嫌，一心为儿臣着想，对国事多有贡献，儿臣特向父皇建议，仍请她在御座边设帐，参与军国大事的议定。姑母虽为女流，但常有奇谋奇计，非男子可比；另受姑母牵连的几位贬职宰相，儿臣也建议恢复他们的相位，以共谋大唐之兴旺。"

　　睿宗听了，满心欢喜，说道："我最焦虑的是你与你姑母的关系，现在好了，你姑侄二人能尽释前嫌，精诚合作，乃我大唐之大幸也。所请照准，明日早朝宣布。"

　　从此，朝堂上安静了。凡有未决之事，李隆基都说："以皇姑之言为定。"如稍有异议，太平公主把眼睛向他一瞟，他便不敢再说。

　　见姑侄二人在朝堂上不再吵架，睿宗心头沉重的石头放下了。

　　然而李隆基心头的石头却越来越重。难道就这样被她挟制，让她牵着鼻子走？

　　短短几天时间，接连发生两次刺杀太平公主的事件：一次是在上朝的路上，一刺客手执钢刀，冲到太平公主的轿子边朝轿中刺去，轿子戳了个窟窿，幸未伤人。刺客当场被杀死；一次是深夜，窗外连发数镖，均钉在太平公主榻前，也未伤着，刺客乘黑夜逃窜。

　　太平公主把几个心腹宣来商议对策。

　　"此事一定是李隆基遣人所为，如不对他及早下手，不仅仅我，就连你们都会遭到他的毒手。"太平公主介绍了两次被刺经过后说。

　　肖至忠说："他既然派刺客要置公主殿下于死地，我们也可以采取同样的手段对付他！"

　　慧范说："李隆基住在东宫，高墙深院，暗杀手段不易施展。"

　　崔湜说："那可以采取其他手段，比如毒杀之类……"

　　窦怀贞说："那也不容易，依我看，可以向睿宗进言，免了他的太……"

　　"皇兄生性懦弱，不会轻易贬他的。"太平公主说。

　　"最近，夜观天象，有彗星出现，我向皇上进言，说少主有侵皇位的可能。让皇上把他贬了。"慧范说。

太平公主："不妥，如果他顺水推舟，干脆借此把皇位让了，岂不弄巧成拙了？"

慧范说："皇帝谁不想当？武则天皇上八十多了还舍不得退位哩。"

太平公主架不住这位和尚情人的花言巧语，只得点头同意。

当夜，慧范便以重要星相启奏为由，要见皇上。

睿宗这皇帝当得实在艰难。御案上的奏报，不是天灾，就是水祸，再不就是库里缺银，仓里少粮。刚刚又收到边报，幽州大都督孙佺，左威卫将军周以悌领兵袭契丹兵败被俘，最后为突厥默啜所杀……听太监说天上出现彗星，他走出大殿，仰望天空，果见一条又大又亮的彗星像把笤帚横扫着西方，看得他心里发虚。正在此时，听说慧范大法师深夜求见，便召他近前。

慧范向他奏道："陛下，贫僧夜观天象，西方太微星旁，出现一彗星，长数丈，对帝座有威胁。依臣看，是少主欲侵帝位的征兆，请陛下及早做准备。"

睿宗听了大大松口气说："朕自登基以来，日夜操劳，寝食难安，正想休息呢。你这样说来，上天也指示我要让位了。好，明天我就叫人拟诏，把皇位传给太子。"

慧范听了大惊，忙挽过话说："贫僧之意不是要皇上退位。皇上刚刚年过半百，正是精力旺盛的时候，哪有退位之理？则天皇上八十岁了尚在位。陛下如传位，定将危害社稷……"

睿宗说："朕意已决，你不必再说。退下吧。"

过不几天，皇上果然拟了诏书，要把皇位传给了太子李隆基。

太平公主枉费一番心机，气得指着慧范的鼻子破口大骂。

但她还有最后一张牌：她进宫见了睿宗，将李隆基与皇妃杨氏私通有孕之事告发出来。

"这等乱伦欺君之事，皇上应严加追究，万万不能把皇位传给这等孽子，以免后世耻笑。"

睿宗听了先是生气，后来转而一想，后宫佳丽数千，就算李隆基看上了个把占了去，也无关紧要。何况，此等事不宜声张，以免有损皇室尊严。主意已定，便说："皇妹，你说此事事关重大，待朕命人去细细查访，有了赃证才好处理。贤妹，你就回府休息吧。”

见皇兄对此事采取如此态度，太平公主的心就凉了。她实在气不过了，临走时，袖子一甩，丢下一句话：

“真没出息……”

睿宗假装没听见，按原定计划退位当太上皇，立太子李隆基为帝，是为玄宗。

李隆基这下胆大起来，只见他高高举起手中的权杖，一一将太平公主的亲信从要紧岗位上全都打了下去。

“暗杀！”

“起事！”

“放毒！”

太平公主一伙密谋对付李隆基的办法。

但李隆基防范严密，暗杀、起事都难以得手。

崔湜的相位又给抹掉了，想想自己为李隆基做出的牺牲也太大了，他却一点面子不给。由怨生恨，下决心要除掉他。他说：“我上次就提出药杀的办法。宫中有宫女元氏，我与她很熟，她专为李隆基捣制保健药赤箭粉……”

对崔湜的建议，有人赞成，有人反对，但在一时拿不出更好的办法时，太平公主咬咬牙，作破釜沉舟最后一搏。

然而，崔湜与元氏的阴谋刚刚开始就被李隆基贴身侍卫识破，元氏被有司拿问，太平公主一伙的密谋真相大白。

玄宗李隆基明白，这场较量该到最后决战的时候了。他召集心腹臣僚，作了周密的布置和安排，要把太平公主及其党羽一网打尽。

第二十五章　魂归离恨天

她一生爱过无数的男人，也有无数的男人爱她。可是她最后剩下的，竟是一个不完整的男人。由他，送她上路。

乌云层叠，秋雨连绵。从长安城市区到太平公主曲江池边的山庄道路，被车马辗得泥泞不堪。而偏偏这时，这条路上行人陡增，人来人往，络绎不绝，而且都是行色匆匆的公家人。从他们个个绷紧的面孔看。估计又有什么大事变要发生了。

太平公主的山庄被一片迷蒙的秋雨洗刷着，闪着黄黄绿绿的光，煞是可爱，但却静得可怕。没有丝竹声，没有喧闹声，更没有欢笑声。整个山庄静悄悄的，看不到一丝活气，就是聚集在山庄议事厅里的人们也都沉默不语，任雨水打得树枝树叶沙沙响。

太平公主今天的打扮与往常不同，一身戎装，英姿勃勃，除了没戴沉重的头盔外，其余全部佩戴整齐，甚至箭袋里插满了箭。她坐在上首，挨次打量着两旁或坐或站的心腹们：一边是崔湜、窦怀贞、岑羲、肖至忠、慧范、陆象先；另一边是左羽林军大将军常元楷、右羽林将军李慈、左金吾将军李钦、右散骑常侍贾膺福。济济一堂。

太平公主从椅子上站起来，环顾四周，用坚决的口气说："好几天了，宫中全无动静，从宫里来的消息说，看不出异常情况。据我看，可能出现变故，故今日邀请各位共议大计。"

常元楷抢先说道:"李隆基以幼夺长,刚愎自用,岂是当皇上的料?我今日投在皇太公主麾下,一切听命。李慈、李钦、贾膺服诸将都是心腹朋友,只要公主一声令下,不消两个时辰,全城将尽在我们的掌握之中。只是时间紧迫,事不宜迟……"

窦怀贞说:"明日太上皇早朝于含元殿,请常将军率羽林军从此门突入,捉拿李隆基。我与肖至忠、李慈在南面策应,定能一举成功。"

肖至忠说:"从这两日情况看,宫中定有准备,不能拖延时日,吾意今晚行动,突然袭击东宫,杀他个措手不及。"

"不行。"慧范说:"今晚一是太仓促,二是日子不吉利。明日,乃黄道吉日,出师大利。"

议论结果是多数人同意明早举事。

见陆象先一言不发,太平公主问道:"陆卿有何高见?"

陆象先说:"臣以为玄宗皇上乃以平韦之功继承大统,上下拥戴;如除之,当有正当理由,否则,恐人心不服。"

常元楷却说:"陆丞相所言乃书生之见,自古成者为王,败者为寇,秦始皇以武力治国谁敢不服?则天女皇在位十余年,谁敢不服?"

太平公主说道:"陆卿之言虽不无道理,但李隆基以微薄功德,潜居长上,今又登基为皇帝,朝野难服;且他离间宫廷,私通父妃,早应该废除了,只是太上皇昏庸,不明事理,才成全了他。这些都请陆卿细细思量。"

崔湜说:"陆兄,你的官爵,系小弟保举,太平公主一手提拔。公主今有事,理应知恩图报,勇往直前才是,否则,大家只有等死了。"

陆象先不语,起身向太平公主告辞道:"小臣年老,又胆小怕事,此事我就不参加了。"说罢拂袖而去。

李慈大怒,拔剑撵了出去。太平公主急把他喊住:"李将军且慢,放他去吧。"

正在此时,从帘后走出太平公主的长子薛崇简。他向母亲下跪说:"母亲,请听儿一言:明日之事千万干不得。我家有良田万顷,房舍千间,财帛金银堆积如山,何必去冒险造反?若事成,于我何补?如事败,九族遭诛。

望母亲三思。"

太平公主没想到儿子会反对自己，气得她上前揪住儿子的头发，一阵拳打脚踢。又命左右把他捆了，送牢中关起来再说。

薛崇简不顾满脸鲜血直淌，一再向母亲求道："儿冒死进言，请母亲立即回头。若不听，悔之不及。"他又转过脸对崔湜骂道："你这个混蛋奸贼，你这个无耻小人，权迷心窍，卑鄙至极，我家就败在你的手上。你是不会得到好死的！"

陆象先的退却，儿子薛崇简的背叛，都不足以动摇太平公主。为防止陆象先告密，她决定提前行动，命常元楷三更时分攻打东宫，她率府兵支援，务求一举成功。

李隆基登基以后更加提高了对太平公主这位处处与自己作对的姑姑的警惕，她的一切谋乱布置都未能瞒过他的耳目。得知消息后，他暗地召集心腹大臣，作了严密防守。

三更时分，常元楷、李慈等人的御林军攻东宫遭挫。久攻不下，伤亡惨重；又被兵部尚书郭元振指挥的龙武将军王毛仲、果毅将军李守德所领禁军从外围杀来。常元楷遭到夹击，顷刻间全军覆没。常元楷、李慈等被斩于马下。

太平公主见攻东宫失败，只得从山庄撤退，携崔湜带些细软逃到南山寺中藏匿。其余肖至忠、慧范、岑羲、薛崇箴等，皆被杀。

郭元振领兵到南山寺，里里外外搜了一遍也没找到太平公主和崔湜。一气之下，举火烧了寺庙。

太平公主与崔湜从地下通道逃出南山寺，相互搀扶着走了一天一夜，至第二天黄昏，见前面半山上有一个道观，二人一瘸一跛走了上来。

走近一看，原来是个破旧的道观。

当太平公主抬头见道观门额上那三个大字时，顿时晕了过去。

崔湜一边扶着她，一边抬眼望去，那上面明明是"太平观"三个字。

半晌，太平公主才醒来。她与崔湜交换了无奈的目光，硬着头皮朝里走。

　　进了观门，见一白发银须的老道站在门边笑吟吟地说道：“贫道在此迎候二位贵客多时了。”

　　说罢，在前引路，进了客厅。

　　二人感到吃惊，但已疲劳至极，只有随他入内。

　　“这位是崔相国吧，不知还认得贫道不？”

　　崔湜抬眼细看，他想起来了，原来是当年为张昌宗看相，说他有天子之命的金术士。那时，崔湜任吏部侍郎，曾参与过此案的调查审理，与金术士有一面之缘，不想今日在此地相会。

　　“认识认识，没想到这么多年过去了，金道长还如此精神。”

　　“二位路上辛苦了，贫道早已准备了茶饭，请二位用后再叙。”

　　说罢，从后院端出一个大钵，里面是热气腾腾的小米稀饭。二人也不拘礼，舀了就吃。接着，老道又端来窝头和酸菜，都是太平公主从来没有吃过的粗食。但在饥饿中，那小米稀饭能比过她爱吃的春秋战国宫廷名小吃“桂髓鹌羹”，那窝头较之西汉文帝之母薄太后爱吃的“太后饼”，皆有过之而无不及。

　　吃饱喝足之后，崔湜问道：“金道长，这附近有集镇吗？”

　　“向南去五七里地有一集镇。”

　　“我欲去集上买些衣物食品，内人在此，请多照看。”崔湜说罢，与太平公主依依告别。大步下山去了。

　　“平平，你还记得我吗？”崔湜走远后，金道长问太平公主。

　　她听到有人叫她的小名，心中一惊。她的小名只有父母等很少几个人知道，怎么这个从不相识的老道会知道呢？

　　“你是谁？”她问。

　　“我是你叔公。”

　　“什么？”

　　“你小时候，我到宫里还抱过你。”

　　“我怎么从来没见过？”

　　“那时你太小了，不过，我倒第一眼就认出了你。”

　　“你的眼力就那么好？”

"是你左眉上的那颗痣告诉我的。"

"你既是我的叔公，那就是太宗皇上的兄弟，那你怎么出家当了道长？"

"与你现在一样，在皇室斗争中失败，被你母亲武氏追杀，落荒山野，出家当了道士。"

"啊！怪不得你为张昌宗看相说他有帝王之相，原来你是推他到悬崖边……"

"不，是他自己要到悬崖边的，我只不过引引路。"

"那叔公给我引引路吧，不过不要引我到悬崖边。"

"平平，我为了给你引路，在这破道观里等了好久了。"

"先谢过叔公，请叔公指点迷津。"

"你一生已两为道冠，看来你与道家还有些缘分。现在，是第三次。不过这次不比往常，这次是要当真的。从此割断尘缘，再不涉入世事，过清心寡欲的道观生活。不知你愿意否？"

"叔公，您是得道高士，请您告诉我，难道我与尘世就这么了断了么？"

"平平，不可为的事，不要强求。你落到今天的地步，就是没看透这个理。"

"可我不服，他李隆基比我又强到哪儿？"

"他是男人！"

"可我母亲则天大皇帝也是女人呀！"

"那是千年来唯一的一个机遇。"

"那我回头，与崔湜一道逃匿民间，改名换姓，去过男耕女织的平淡日子。"

"他愿意吗？"

"他愿意。我拿了些首饰给他，到镇上去卖了，买几件百姓衣服换了，和他一道走！"

"他要是不回来了呢？"

"不会。"

"他要是真的不回来，倒好了，就怕他回来时带的不是衣服食品……"

"是什么？"

"是来捉拿你的兵。"

"更不会。"

"唉！"金道长叹了口气说："看来，平平，我对你的一番心思算白费了。那好，我们就此告别。你就在这里耐心等他吧！"

金老道走后不到一个时辰，只听山下马嘶人叫，漫山遍野的兵丁包围了上来，领头的正是她深深爱恋、绝对信任的崔湜。

太平公主束手就擒。她冷笑着望了望崔湜，崔湜把头转过去，避开了她的目光。

当士兵请示如何处置崔湜时，那骑马的军官嘴一歪。只听"咔嚓"一声，崔湜的人头就被砍了下来，像一块烂石头滚下山谷里去了。

太平公主亲眼看到这一切，但她脸上一点表情也没有。

太平公主被押回长安，关在皇宫的一个静僻的院落里。她要求见皇兄，她知道，只有皇兄能救他。李隆基更清楚这一点，他不能让父皇知道，只说太平公主逃无踪迹，尚未找着。他本可以杀了她，但他觉得就这么杀了太便宜她了。她太可恶，在朝堂大庭广众下多次戏弄我，辱骂我，对我下毒、暗杀，什么手段都用上了。一定要让她在死以前与自己见上一面，让这个强悍的女人尝尝失败者的痛苦。

"姑母在上，请受小侄一拜。"李隆基来到拘押太平公主的小院，向她请安。

"难得你有这片孝心，就不必了。"太平公主坦然地说。

"昨日，让姑母受惊了，小侄特来请罪。"

"兵家交战，败者当受辱，何罪之有？"

"姑母大量，侄儿不及。"

"其实，你不及的远不止此。"

"请姑母指教。"

"也许，你的文才是我不及的，但除此之外，讲韬略，讲计谋，讲权变，你都不是姑姑我的对手。想当年则天母后当政，十个兄妹中只有我一个是顺顺当当过来的。他们死的死，贬的贬，我却能在夹缝中如鱼得水地过日子。你呢？还是男子汉，遇到一点挫折就退却撂挑子；可现在，小有胜利就洋洋自得，忘乎所以，在姑姑面前摆威风……"

"姑母，您……"

"再说，那次剿灭韦氏的行动，如果不是我的策划配合，主动出击，你早就死于非命了。可是现在，一切都成了你的，哈哈哈……"

"姑母，我也没说那全是我的功劳……"

"这是你滑头的地方，也正是你笨拙的表现。臣僚们把功劳都记在你账上，为的是让你去当太子，进而当皇上，他们好跟着你沾光；你表面上假惺惺地推给这个，让给那个，背地里又使绊子，最后非你莫属。皇太子当上了，皇帝也当上了，谦让的美名也有了……"

"姑母，您这话也未免过分，我只身深入大内指挥，冒生命危险挽救唐室。这也是众目所见……"

"可是比起姑姑我，你那点算什么？"

"姑母的能耐，侄儿是佩服的。"

"那你让这个，让那个，为什么没想到让我……"

"姑母，因为你是女人。"

"哈哈哈，你算说对了。可我要问你，女人为什么就不行呢？"

"自古如此，天经地义。"

"什么'天经'，什么'地义'？都是人编出来的，准确说，都是你们男人编出来的。不过这话在则天大皇帝时代很少听说，谁说谁的官位、俸禄和脑袋都保不住。可见'天经地义'远远没有官位、俸禄和脑袋重要。"

"姑母把女的看得这么高，可今日您……"

"我今日也是败在你们男人手上，出卖我的陆象先、崔湜，我的儿子薛崇简，都是男人……"

"姑母，我看您年纪大了，改改脾气，就住在这宫中，不问政事，安安静静度晚年，也算侄儿尽最后一点孝心……"

"打入冷宫？就在这儿？"

"难道不好？"

"放我回山庄，让我自由自在地活……"

"恐怕民心通不过……"

"那就让我死！"

李隆基摇摇头，向姑母告别。太平公主脸朝里，看都不看他一眼。

是晚，乌云满天，雷声由远而近。太平公主躺在床上等候那最后的时刻。

她在叹息。

才五十多一点，可母亲六十二岁才登基。

她知道她的时间不会太长了。儿女、情人，一个都不想见，她不愿意最后留给他们的是一个失败者的形象。

"来人！"她像以前那样发号施令。

"公主有何吩咐？"门上的卫兵照样尊敬地回答。

"对他们说，把我出席庆典的衣冠拿来。"

"是。"

没多久，果然都拿来了。

她慢条斯理地穿戴着。对着镜子反反复复地照来照去，直到满意为止。

这时的太平公主云鬓高耸，凤钗摇曳，衬托出白皙胖圆的脸庞。身着红绸丝袄，杏黄色轻柔的纱裙高束于丰满的胸前。脚下，穿一双金线精绣的高头卷云靴，意气自得地坐在那里，像是等待上朝。

"公主殿下，恭喜喽！"一个执事太监进来向她轻轻一跪，说。

"知道了。"她明白"恭喜"的含意，但她不惊不诧。

"圣旨到！"第二个执事太监手捧圣旨进来了。

"公主接旨。"太监提示她要跪接圣旨。

"你念吧，我听着哩！"她坐在椅子上纹丝不动。

太监把她也没法，只有随她，便捧着圣旨念道："太平公主谋反作乱，赐死。钦此。"

"听见了，下去吧！"她语气一如平常。

第三个执事太监进来了，手捧一张漆金盘子，向公主双膝跪下，用悲壮苍凉的声音说："公主殿下，请上路。"

好熟悉的声音。啊！原来是二桂。

刚才紧绷的肌肉，一下松弛了下来，要不是那椅子两边有高高的扶手，她几乎要瘫倒下去。

"公主殿下，请上路吧！有奴才相送，您路上不寂寞。"

二桂的声音是悲凉的，更是凄惨的。

他边说，边用两膝向前"走"，直"走"到太平公主的膝前。

他，白白胖胖的，稀疏地长着几根胡须，眼皮耷拉着，像以往见她一样，不敢正视。

他的胸前是那张金光闪闪的盘子，他的两只肥肥的手把它端着，慢慢地举上来，一直举到太平公主的胸前。

盘子里面整齐叠着一条白绫。

太平公主慢慢伸出手来，去取那白绫。她的手微微有些抖动，那白绫在她手上便出现了些好看的波纹。她把白绫一圈一圈地挽过来，挽到最后一圈时，白绫下面露出的一个物件立刻跳进她的眼帘。她只觉得头发涨，眼发黑，一串亮晶晶的泪水掉下来，滴在她手中的白绫上，顿时，打湿了一片。

那物件就是那把二桂给她准备的用来打他一辈子的手形木板。

她很久都没用过它了，但她忘不了它。

"殿下，拿着它打吧，最后一次……"二桂真诚地请求着。

太平公主从盘子里轻轻取过那板子，轻轻地摩挲着。

"二桂，你怎么想起做这个？"太平公主问道。

"我怕殿下手痛。"

"那你不更痛了？"

"只要您不痛……"

"你的心也太好了……"

"殿下，您拿着它打吧。"

太平公主摇摇头，任泪水涌泉而出。哭着，她拿起那板子，把有把的那头递给二桂，说道："二桂，你接住打我吧，我打了你一辈子，你还这一次，你大胆地接过板子打！"

二桂勾着头跪着，静静地不说话，也不去接那板子。几十年了，他就等这天，他算定有这天。是恨，是爱，是怨，他觉得样样都有，又样样都没有。他说不清楚。

"拿着。"太平公主将板子递到他鼻子下。

他接了过来，两手用力一折，断成两截，顺手就丢到墙角去了。

太平公主双目无神地端坐在那里。

从她的脸上，可以看到追悔，看到怨愤，甚至看到恐惧。一丝冷笑停留在她的嘴角，久久不愿散去。

二桂在为她收拾那段白绫。他先把两个头并在一起，死死地挽个疙瘩，于是白绫就成了个圈……

太平公主看那条白绫在他手上翻来飞去，她就想起他为她编鸟笼。他那双肥大的手，那么灵巧，那么有力。有几年，那手给了她好多欢愉，就是现在想起来，还余味未消。可是，当她抬眼看他的脸，她的心便抖动起来。当年的英俊已荡然无存，松弛的肉堆在脸上，纸似的苍白，白得瘆人。说的话媚声媚气，听了叫人提不起气。怎么太监都这调门？她感到实在对不起他。

她想到那次对他的补偿，便问道："二桂，你父亲呢？"

"回老家去了。"

"他跟敏儿结亲有一年多了，该有孩子了吧？"

"听说给我生了个弟弟。"

"那好，你家香火算续上了。"

"谢公主殿下。"

她还想跟他说话。又问："这些年，你在干什么？"

"殿下，这些年，先扫地，后打更，现在哪儿忙就在哪儿。"

"那空闲时间呢？"

"空闲时间我就读书。"

"啊，没想到，我们的二桂还读书认字了。那你喜欢看什么书？"

"古书。"

"什么古书？"

"什么古书都爱看。"

"那你给我讲一段你喜欢看的古书，好吗？"

二桂想了想，就拣一段轻松的讲。

周穆王得到一个美女，叫盛姬，有倾国倾城之貌，见之者无不动心。周穆王宫中有一个会做机械人的能工巧匠名偃师，奉命做了个机械人给皇上开心。

这天，偃师带一个俊美的男子进宫，一起向周穆王叩拜行礼，周穆王见了问道："这男子是谁？"偃师说："这是我奉命做的机械人"。周穆王见那机械人举止行为如同真人，十分惊奇。偃师说："臣请向大王献艺。"周穆王说："好，让他试试。"

偃师走到机械人身边，在他嘴边一摸，他便唱起歌来，唱得委婉嘹亮，悦耳动听，周穆王和盛姬听了很高兴。

偃师又去拉拉机械人的手，他便左转右旋，舞姿翩翩地跳起来。腰肢柔软，姿态优美。穆王看得开怀大笑。不过立刻他就变脸发怒了，因为他看见那机械人在向他的爱妃盛姬又送媚眼，又打招呼。他便大喝一声：

"停下！"接着严厉地问道："偃师，你知罪吗？"

"大王，小臣何罪之有？"

"你敢说你这是机械人？机械人会公然调戏朕的爱妃？"

"大王您看。"偃师走到机械人旁边，将他衣服一扯，顿时就摊成一堆。分解开看，都是些木料、皮革、棉絮、胶漆之类。

周穆王见了才转怒为喜，赶快叫他复原。

太平公主听得津津有味。

"二桂，你这是从什么书上看来的？"

"殿下，奴才是从《穆天子传》里看来的。"

"这么好的书，我怎么没看过？"

"这书您书房里就有。"

"啊！"她后悔过去净瞎忙，连这样好的书都没看，还不如一个太监。她确实被书中的故事打动了："这太有意思了，怪不得人那么难看透，就连个木头人都难看透……"

"是啊！一个木头人见了女人都身不由己啊……"

"二桂你说什么？"

"我说……我没说什么……"

沉默，良久的沉默。

二桂继续他的工作：他站上椅子，把那圈白绫甩过屋梁。一切准备停当后，他说："公主殿下，奴才准备好了，您看，这有疙瘩的地方我都错开了，不会让你感到不舒服……殿下，时辰到了，您就安稳上路……"

在二桂的搀扶下，她上了椅子，把那白色的圈套在自己的脖子上……

"轰"的一声，她把椅子蹬倒了……

"公主殿下，您走好！"

二桂匍匐在地，叩头至出血。

是年，为唐玄宗开元元年，即公元 713 年，太平公主五十二岁。

1997 年 9 月初版

2020 年秋再校

后 记

写长篇小说是我一个青春梦，因受制于我处的时代，那只能是一个奢侈的梦，故而两手空空，一无所获。若干年后，时势变迁，旧梦得以接着做。然而遗憾的是自己出道太晚，熟悉的题材和经历的故事，已有那么多大家写了，写得那么精美深刻，我哪能写过他们？于是，把目光转向历史，然环顾左右，历代帝王已被人一写再写，名臣显将、文宗巨贾，乃至后妃太监等，也早有人涉笔，最后只得把题材选定在相对较少有人涉及的公主身上。好在自己有在图书馆工作的经历，独享许多史料查阅的便利，一年多时间就写出以武则天之女和秦始皇之女为故事内容的《太平公主》和《华阳公主》两部，并得以出版。接着，又写了以武则天之子唐中宗女儿为主角的《安乐公主》、武则天七世孙唐宣宗之女为主角的《万寿公主》两部。

四本书面世后引起影视界的注意，《太平公主》被改编为三十七集电视连续剧，易名《大明宫词》，在海外及全国各电视台播放；《万寿公主》已交易了改编权，拟冠名《唐宫谣》改编为三十集电视连续剧，筹拍中因故暂停。《安乐公主》，已有剧作家改编为大型话剧，易名《绚梦》正式发表；《华阳公主》也早有制片人联系改编事宜，因种种原因未果。

公主题材的选择很容易被认为在追求趣味性、娱乐性和市场份额。是的，在文化商品属性被认可并大行其道的现实下，请原谅我未能脱俗。然而，我更注重作品的文化意蕴、历史价值和政治内涵。轻松写文化、谈笑品历史和评说帝王政治，是我写历史小说的艺术思想追求。这不是我有意忽略历史亮点，如秦始皇的一统中华、武则天的盛世繁荣，那是应当大书特书的，但是他们的那些文治武功的代价过于昂贵，所以才有武则天死后留无字碑任后人评说的佳话。她的自知之明和自我审判，是她之前之后的任何一代帝王都难以做到的。

历史小说是小说，小说讲求文学性，虚构、编排、剪裁的分量很重，所以不能当成历史读。只要历史的主线索不混乱，重大历史事件和重要历史人物不错位，所反映的那段历史的时代精神不被歪曲，适当虚构应该无可厚非。

记得在《大明宫词》初播时，有人撰文批评其中太平公主与王维的交往有悖史实，太平公主比王维早出生四十年，死时五十二岁，时王维才十二岁，剧中二人间非同一般的交往纯系编导的胡编乱造。其实这不能怪编导，应该怪罪的是我，"板子"该打在我身上，因为我在《太平公主》小说中用了几乎一章的篇幅写太平公主与王维的交往。这当然是虚构，是为了增强唐诗文化色彩和分量，是在一点野史影子启发下的虚构，是在不违背历史的本质真实和艺术创作原则前提下的虚构，是应该被允许和理解的。

《大明宫词》播出后，引发的关于史实的议论很多，还有一些小插曲至今回忆起来仍觉趣味无穷。

电视剧中有一场太平公主主持殿试点魏明伦为状元，家住成都的著名戏剧家魏明伦知道我写过一本关于状元的书，打来电话问我唐代是不是有个叫魏明伦的状元。我当即翻阅书中状元名单告诉他说没有，不仅唐代没有，就是在历代所点的六百余名状元中，也没有一个叫魏明伦的。同时我向他说明，我的《太平公主》小说中只写有王维请太平公主向考官推荐他为状元，书中没有魏明伦其人，至于编导据何虚构，我不知情。那头魏明伦先生听了，传来一阵爽朗开心的大笑，而且感染着电话这头的我也哈哈大笑起来。

唐代离现在已经太远，许多历史细节早已淹没，通过合理的艺术虚构再现当时活生生的生活图景，是文学艺术家用以还原、丰富和表现历史的手段。可以说，没有艺术虚构便没有历史小说、历史戏剧和一切以历史为题材的文艺作品。

但虚构不能太离谱，对已有定评定论于史有据的重大历史事件和历史人物的虚构，以采取慎重态度为好。如《大明宫词》中为了剧情的需要，甩开史料和原作，竟把唐睿宗李旦在中宗和少帝后还当了两年（711—712年）皇帝的历史给虚构没了。这种对历史的随意切割取舍，为了艺术震撼效果而不顾史实的做法，我认为是欠严肃的。

　　这种情况在我的另一部历史小说《万寿公主》改编为电视连续剧时又遇到一次。剧本写好后易名《唐宫谣》，在讨论中提出许多很好的修改意见，但在对史实与虚构的关系上却出现了分歧。如要求把唐文宗、唐武宗、唐宣宗、牛僧孺、李德裕等历史人物，甘露之变、武宗废佛等历史事件作虚化处理；对根据剧情需要而合理虚构的宣宗未登位前的抚平藩镇活动则被认为"于史无据"而要求删去。其原因据说是为了剧本审查易于通过。影视制作是个高风险行业，这种做法的用心良苦诚可以理解，但其既有悖于历史真实又有违于艺术真实的代价实在太大。此剧尚在筹拍中，剧本还未最终定稿，其虚虚实实究竟如何定位，还未可知。

　　历史文学在处理史实与虚构的问题上一直存在着争论，核心话题是谁主导谁，有的说以史为主；有的说史实只是影子，虚构才是主体；有的说史实是筋骨，虚构是血肉；还有用简单的量化法以五五、三七、二八来划分其比例的。在评论家们各持一端争论不休时，一种完全颠覆传统、戏说历史、打通古今、穿越时空的影视剧风行荧幕，引发热播的同时引发异议：担心对观众产生历史误导。其实这种担心完全多余，因为坐在电视机前的一些观众是在看戏找乐子，而有必要担心的应该是那些以正剧面目出现的历史剧中对历史的混淆和误读，如对史实的错讹，如对秦始皇的夸大颂扬，如对康熙皇帝的过分美化，等等，更应当引起关注。

　　这些年，因为爱好，我读了不少历史题材的文学作品，看了不少历史影视剧，还动笔写了几部历史小说，对历史题材文艺作品如何对待处理历史真实与艺术虚构，有些心得体会，借此冒昧发表些浅薄见解，以抛砖引玉。

孙自筠

2013 年初冬于内江师范学院

2022 年修改